... ET DE *SUR LE SEUIL*

« LA TERREUR [...] SE TRANSMET AU LECTEUR
AU FUR ET À MESURE QU'IL TOURNE LES PAGES. »
Filles d'aujourd'hui

« [...] UN THRILLER PALPITANT AUX ACCENTS
D'HORREUR ET DE FANTASTIQUE REDOUTABLES. »
Journal de Montréal

« AVEC *SUR LE SEUIL*, PATRICK SENÉCAL
S'AFFIRME COMME LE MAÎTRE DE L'HORREUR. »
La Tribune

« PATRICK SENÉCAL CONCOCTE DE MAIN DE
MAÎTRE UN SUSPENSE INSOUTENABLE
DANS LEQUEL LA TERREUR ET
LA PSYCHOLOGIE FONT BON MÉNAGE. »
Le Soleil

« UN SUSPENSE DIABOLIQUEMENT EFFICACE.
ON NE S'ÉTONNERA PAS D'APPRENDRE
QU'UN PROJET D'ADAPTATION
CINÉMATOGRAPHIQUE EST DANS L'AIR... »
Elle Québec

« AVEC *SUR LE SEUIL*, PATRICK SENÉCAL RÉUS-
SIT LÀ OÙ BIEN DES AUTEURS D'HORREUR,
DE NOS JOURS, ÉCHOUENT.
IL MAINTIENT LE LECTEUR
DANS UN ÉTAT PROCHE DE LA TRANSE. »
Voir – Montréal

LES SEPT JOURS DU TALION

Du même auteur

5150 rue des Ormes. Roman.
   Laval, Guy Saint-Jean Éditeur, 1994. (épuisé)
   Beauport, Alire, Romans 045, 2001.

Le Passager. Roman.
   Laval, Guy Saint-Jean Éditeur, 1995. (épuisé)
   Lévis, Alire, Romans 066, 2003.

Sur le seuil. Roman.
   Beauport, Alire, Romans 015, 1998.

Aliss. Roman.
   Beauport, Alire, Romans 039, 2000.

Les Sept Jours du talion. Roman.
   Lévis, Alire, Romans 059, 2002.

Oniria. Roman.
   Lévis, Alire, Romans 076, 2004.

LES SEPT JOURS
DU TALION

PATRICK SENÉCAL

ALIRE

Illustration de couverture
JACQUES LAMONTAGNE

Photographie
SOPHIE DAGENAIS

Diffusion et distribution pour le Canada
Messageries ADP
2315, rue de la Province, Longueuil (Québec) Canada J4G 1G4
Tél.: 450-640-1237   Fax: 450-674-6237

Diffusion et distribution pour la France
DNM (Distribution du Nouveau Monde)
30, rue Gay Lussac, 75005 Paris
Tél.: 01.43.54.49.02   Fax: 01.43.54.39.15
Courriel: libraires@librairieduquebec.fr
Internet: www.librairieduquebec.fr

Pour toute information supplémentaire
LES ÉDITIONS ALIRE INC.
C. P. 67, Succ. B, Québec (Qc) Canada G1K 7A1
Tél.: 418-835-4441   Fax: 418-838-4443
Courriel: info@alire.com
Internet: www.alire.com

Les Éditions Alire inc. bénéficient des programmes d'aide à l'édition
de la Société de développement des entreprises culturelles du Québec
(SODEC), du Conseil des Arts du Canada (CAC) et reconnaissent l'aide
financière du gouvernement du Canada par l'entremise du
Programme d'aide au développement de l'industrie de l'édition
(PADIÉ) pour leurs activités d'édition.
Les Éditions Alire inc. ont aussi droit au Programme de crédit d'impôt
pour l'édition de livres du gouvernement du Québec.

1er dépôt légal: 4e trimestre 2002
Bibliothèque nationale du Québec
Bibliothèque nationale du Canada

25e MILLE

À Nathan et Romy,
mes amours,
mes espoirs,
ma vie.

TABLE DES MATIÈRES

« Il faut que je sois cruel
rien que pour être humain. »

Hamlet

En voyant le monstre sortir de la voiture, Bruno Hamel entendit le grognement de chien pour la première fois.

À une trentaine de mètres devant lui, la voiture de police était arrêtée près de l'entrée arrière du Palais de justice depuis une bonne minute déjà et ses occupants n'avaient toujours pas donné signe de vie. Bruno s'était même demandé s'ils n'avaient pas remarqué sa présence lorsque les deux policiers étaient enfin sortis pour ouvrir aussitôt la portière arrière. Le monstre, menotté, était apparu.

Bruno le voyait en chair et en os pour la première fois. À l'exception de ses cheveux lissés et de sa barbe fraîchement coupée, il était comme sur toutes les images vues à la télé.

C'est à ce moment que le grognement de chien se fit entendre, sourd, lointain. Bruno y porta à peine attention. Ses yeux ne quittaient pas le visage du monstre. Il s'était toujours méfié des stéréotypes : il considérait que les plus tordus avaient souvent l'air des plus droits… Pourtant, cette fois, le monstre ressemblait vraiment à une pourriture, une vraie caricature de « méchant » hollywoodien, et cette constatation agaçait Bruno, il n'aurait su dire pourquoi.

Les policiers guidèrent le monstre vers la porte, autour de laquelle une vingtaine de citoyens manifestaient leur hargne et leur dégoût en criant des insultes au prisonnier. Un petit rictus qui se voulait arrogant plissait les lèvres du monstre, mais on devinait la crainte camouflée derrière ces airs de dur. Tout à l'heure, ce sourire ferait place à une expression beaucoup plus affolée. À cette pensée, Bruno dut déployer un certain effort pour ne pas sortir de la voiture et tirer sur le monstre à bout portant avec le pistolet coincé sous la ceinture de son pantalon. Mais il s'obligea au calme, à l'inertie. La haine, utilisée maintenant, serait un gaspillage. Il fallait la conserver pour plus tard. Pour tout à l'heure.

Accompagné des deux policiers, le monstre disparut dans l'édifice et le petit groupe de manifestants se tut aussitôt.

Le grognement de chien gronda pour la seconde fois. Bruno regarda aux alentours, s'attendant à voir un molosse s'approcher, mais il ne vit aucun animal.

L'un des deux policiers ressortit, traversa le groupe des manifestants maintenant silencieux et monta dans sa voiture. Celle-ci recula et alla disparaître sur le côté du Palais de justice, dans le stationnement. Bruno, qui n'avait pas arrêté le moteur de son automobile, la suivit de loin. La voiture de police se stationna près d'une porte, à côté de deux autres véhicules de patrouille. Dix secondes plus tard, l'agent entrait dans l'édifice.

Bruno s'était garé à une vingtaine de mètres de là et il coupa enfin le moteur.

— Tu m'avais pas dit que c'était un char de police…

Bruno se tourna vers l'adolescent assis à côté de lui. Le jeune secoua la tête, embêté, et répéta :

— Si j'avais su, je suis pas sûr que j'aurais dit oui…

Bruno sortit son portefeuille et compta dix coupures de cent dollars. Le jeune, qui ne s'attendait pas à un tel bonus, fixa les billets avec convoitise. Il devait avoir seize ou dix-sept ans, il avait le crâne rasé, une *pine*

dans la lèvre inférieure, et il était plutôt beau garçon.
Il voulut prendre l'argent, mais Bruno le fourra dans
la poche de son manteau.

— Quand ce sera fait, dit-il tout simplement.

Le jeune approuva, puis ouvrit sa portière.

— Pas tout de suite !

L'ado referma nerveusement. Bruno regarda sa
montre : dix heures moins dix.

Il abaissa son pare-soleil pour ne pas être incom-
modé, appuya sa tête et, pour la première fois depuis le
début du cauchemar, repensa aux dix dernières journées.

◆

Les ténèbres choisirent un après-midi particulièrement
ensoleillé pour apparaître. Ce sept octobre ressemblait
à une journée d'été et Bruno ramassait les feuilles sur
son terrain, tombées tôt cette année. Il n'avait aucune
opération à partir de midi et l'hôpital n'avait pas besoin
de lui : une demi-journée de congé. Il avait commencé
par passer une petite heure à son ordinateur. L'informatique était son dada et aussitôt que sa famille ou son
travail lui laissaient le moindre moment libre, il sautait
sur son clavier et devenait inaccessible au commun
des mortels. Mais il faisait tellement beau ce jour-là
qu'il avait fini par sortir pour effectuer quelques travaux
sur le terrain, sans se presser. Tout en terminant sa
troisième bière de l'après-midi (Sylvie n'était pas là
pour le sermonner, aussi bien en profiter !), il préparait
un immense tas de feuilles pour faire une surprise à
Jasmine. Elle serait folle de joie, se jetterait dans le tas
et insisterait pour que son père fasse la même chose.
Et Bruno obéirait avec joie.

Car, bien sûr, il aimait éperdument sa fille.

Il était quinze heures vingt, les enfants défilaient
dans la rue et le tas de feuilles était à peu près terminé.
Bruno vit passer Louise Bédard qui le salua. Comme
tous les jours, elle était allée à l'école chercher son

fils Frédéric, qui n'osait plus revenir seul à la maison. Le garçonnet de neuf ans salua timidement le médecin et celui-ci répondit en souriant, touché, comme toujours, par les terribles cicatrices qui défiguraient l'enfant depuis trois ans et auxquelles Bruno n'arrivait pas à s'habituer. Et tandis qu'il les regardait s'éloigner vers leur maison, au coin de la rue, il se dit pour la millième fois qu'il était chanceux. Très chanceux.

Une heure avant que les ténèbres ne s'abattent sur lui, Bruno Hamel remerciait la providence de lui avoir accordé une vie sans réelles épreuves.

Après avoir vu passer tous les enfants du quartier, il commença à s'interroger. Lorsqu'il alla à l'école, il n'était quand même pas encore inquiet. Elle était peut-être restée dans sa classe pour des explications supplémentaires ou une activité quelconque. Mais on lui assura que Jasmine était partie depuis au moins quarante minutes. Il n'était pas vraiment inquiet non plus en retournant à la maison, s'attendant à y trouver sa fille jouant dans les feuilles avec sa mère. Sylvie était là, mais pas Jasmine. Sylvie donna une série de coups de fil, mais la petite ne se trouvait chez aucune de ses amies.

Après quoi, l'inquiétude se pointa enfin. Assez pour qu'on appelle la police.

Lorsqu'ils arrivèrent, les policiers se voulurent rassurants : une fillette de sept ans qui fait un petit détour avant de rentrer à la maison, c'est fréquent. « Les disparitions d'enfants à Drummondville, c'est plus rare que des gagnants de 6-49 ! » avait blagué l'un d'eux. Bruno savait que ce n'était pas tout à fait vrai : au moins une fois par année, il tombait sur un article, dans le journal local, traitant d'une disparition d'enfant. Les policiers acceptèrent d'effectuer une recherche, même s'ils ne s'alarmaient pas vraiment.

Ils retournèrent tout d'abord à l'école, accompagné par Bruno, tandis que Sylvie restait à la maison pour accueillir sa fille qui, évidemment, reviendrait sur les entrefaites.

À l'école, pendant qu'un policier interrogeait le surveillant à l'extérieur, Bruno observait l'autre agent allant et venant dans le champ près de l'école. Il se répétait que dans une heure ils seraient tous les trois à la maison en train de rire de cette situation ; pourtant, il ne quittait pas des yeux le policier qui fouillait avec insistance dans les buissons…

Tout à coup, l'agent s'immobilisa, le regard rivé au sol ; il enleva sa casquette, se passa lentement une main dans les cheveux… et les jambes de Bruno s'engourdirent instantanément.

Tandis qu'il marchait vers le policier, il ne cessait de se répéter que ce n'était rien, que le flic avait découvert un livre, un chapeau, quelque chose qui n'avait rien à voir avec sa fille… Il s'approcha et, malgré le visage bouleversé du policier, il niait toujours. Même lorsqu'il fut assez près pour voir une jambe nue dépasser du buisson, il continua de se dire que c'était un autre enfant, une autre petite fille, mais pas la sienne, pas Jasmine, parce que c'était tout simplement impossible, ça arrivait à d'autres enfants, à d'autres parents qui passaient aux nouvelles et dans les journaux, mais pas à eux…

Il la reconnut tout de suite, et pourtant ce n'était pas elle. Ce n'était *plus* elle. Ce qui lui creva d'abord le cœur fut sa nudité. Elle portait encore sa robe bleue, mais celle-ci était trop en lambeaux pour recouvrir décemment ce petit corps qu'il connaissait par cœur, qu'il avait lavé des milliers de fois dans leur bain… Mais maintenant il était si… *souillé !* Chaque fois que Jasmine se faisait un petit bobo et qu'elle rentrait dans la maison en pleurant, Bruno en avait mal à l'âme. Pourtant, cette fois, il y avait tellement d'ecchymoses, tellement de sang… et elle ne pleurait pas ! Pourquoi ne pleurait-elle pas, elle devait tellement souffrir !

Lorsqu'il vit autour de son cou son bandeau bleu à cheveux, celui que Sylvie lui avait attaché le matin même en la conjurant de ne pas le perdre, il sut qu'elle était morte.

Jasmine, son unique fille, avec qui il aurait dû être en train de jouer et de rire à ce moment précis, était morte.

Puis il vit son visage. Jamais il ne l'avait vu si enflé. Jamais il n'avait vu sa bouche si tordue. Et son regard… Vide en apparence, mais tout au fond des prunelles subsistait l'horreur… Comment pouvait-il y avoir une telle émotion dans les yeux d'un enfant ? Celui qui avait fait *ça* n'avait pas seulement tué sa fille, il lui avait détruit l'âme.

Bruno se laissa tomber à genoux. Il tendit les bras et, tout doucement, il releva Jasmine, comme il le faisait lorsqu'elle était malade ou endormie devant la télé. Il la ramena contre lui, déposa son visage au creux de son épaule et l'étreignit avec force, sans un mot, sans un cri, avec seulement une lente, longue et sifflante expiration. Il ne remarqua pas si elle était raide ou molle, chaude ou froide… Il remarqua seulement que, pour la première fois, sa fille ne répondait pas à ses caresses, ne le serrait pas contre elle comme à son habitude, ne gloussait pas de plaisir dans son cou… Pour la première fois, elle n'avait aucune réaction. Et de toutes les douleurs, ce fut la pire.

Toujours en la tenant contre lui, il ferma les yeux. Des scènes familières se succédèrent derrière ses paupières closes : Jasmine qui courait vers lui en l'appelant lorsqu'il rentrait à la maison, Jasmine qui l'aidait avec sérieux à classer ses disques, Jasmine qui criait de joie sur le dos de l'éléphant au zoo, Jasmine qui traçait des yeux et une bouche dans son pâté chinois, Jasmine qui mettait les robes de Sylvie et paradait en prenant une moue d'adulte, Jasmine qui courait après les écureuils dans le parc et, surtout, Jasmine qui riait, qui riait…

C'est à ce moment que les ténèbres obscurcirent le soleil.

◆

Bruno ouvrit les yeux. Dix heures quinze. L'audition devant le juge devait être commencée. Le médecin regarda autour de lui : il n'y avait personne dans le stationnement et d'ici, on ne pouvait voir l'entrée arrière du Palais de justice. Il dit donc à l'adolescent qu'il pouvait y aller.

Le jeune sortit et se dirigea rapidement vers la voiture de police. Il prit dans la poche de son manteau un ou deux instruments que Bruno ne put reconnaître et commença à travailler sur la portière. Plus précisément, sur la serrure.

Bruno examina de nouveau les alentours. Les individus les plus près se trouvaient sur le trottoir, à cent mètres de là. Quant aux manifestants près de la porte arrière, il n'y avait pas de raison qu'ils viennent ici. C'était un peu risqué (Bruno n'avait pas prévu la présence de ce petit groupe de citoyens), mais il n'avait pas tellement le choix.

Il remarqua à quel point les autres voitures du stationnement étaient ternes, l'asphalte gris et craquelé, le ciel fade… Mais les choses n'étaient pas vraiment ainsi, il le savait. C'est lui qui les voyait de cette manière.

Car il avait une vue différente, maintenant, une vision altérée.

Il reporta son attention sur le jeune, mais il ne le voyait plus réellement, perdu dans ses pensées. Cette nouvelle vision qu'il possédait, c'était une réaction. Un effet secondaire des ténèbres…

◆

Le changement de vision s'était fait brutalement, sans gradation. Avant de prendre le corps de Jasmine dans ses bras et de fermer les yeux, Bruno voyait d'une certaine manière. En les rouvrant quelques minutes plus tard, il voyait différemment.

Des heures qui suivirent la découverte, il ne gardait qu'un souvenir vague, presque irréel. Seuls quelques moments précis ressortaient avec clarté de ce brouillard : la crise d'hystérie de Sylvie, le coup de téléphone à sa mère… Il se rappelait aussi à quel point Sylvie lui avait semblé terne, sans dimensions, sans relief. Comme l'étaient les murs, les meubles et les objets de la maison, qu'il avait observés d'un air hagard.

Il y avait désormais un filtre devant ses yeux.

Toute la soirée, ils demeurèrent enlacés sur le divan du salon, à ne pas bouger, à parler à peine. Sylvie pleurait continuellement. Bruno la serrait de toutes ses forces, brisé par le malheur et le désespoir… mais aucune larme ne coulait de ses yeux. Les ténèbres en lui étouffaient tout sanglot.

Deux jours après, au salon funéraire, les visiteurs furent nombreux : parents (même la mère de Bruno, qui était presque impotente, avait remué ciel et terre pour y être), amis, collègues et tous les membres du conseil d'administration de l'Éclosion, le refuge pour femmes battues où Sylvie travaillait à temps partiel et où le médecin donnait une soirée de bénévolat par semaine. Bruno avait enlacé chacune de ces personnes, ému à s'en arracher le cœur…

— Ça devrait pas arriver à des gens comme Sylvie et toi, lui avait marmonné Gisèle, la directrice de l'Éclosion, le visage baigné de larmes. Dieu est parfois le pire des salauds…

Bruno lui avait caressé la joue, la gorge trop coincée pour dire quoi que ce soit.

Il réussit tout de même à parler avec des gens, des amis, faisant des efforts surhumains pour taire la détresse en lui, ne serait-ce que quelques secondes. Mais c'était peine perdue : elle était omniprésente, comme une vague perpétuelle qui se reformait aussitôt disparue. Et sous ce désespoir il y avait toujours les ténèbres, cette étrange noirceur dans son âme qui empêchait toute larme et qui semblait camoufler quelque chose qu'il ne voulait pas encore affronter…

Durant la soirée, surtout lorsqu'il allait se recueillir devant le cercueil fermé, il enfouit plusieurs fois la main dans sa poche, où se trouvait le bandeau bleu de Jasmine, qu'elle portait lors de la dernière journée de sa courte vie. Bruno l'avait conservé sans en parler à personne, pas même à Sylvie. Depuis, il l'avait toujours sur lui et il se disait que plus jamais il ne s'en séparerait.

Dans cette boîte de bois fermée se trouvait sa fille. Couchée, paisible comme lorsqu'elle dormait. Chaque soir, en se mettant au lit, elle lançait la même phrase à Bruno lorsqu'il quittait la chambre : « Papa, n'oublie pas ton sac, n'oublie pas ton chapeau, n'oublie pas rien ! » Ça ne voulait rien dire, mais elle disait cela depuis qu'elle avait trois ans et c'était devenu un rituel, une complicité comprise seulement par eux deux.

En observant le cercueil, Bruno se dit que c'était la première fois que Jasmine se couchait sans respecter leur petit rituel.

Pleure ! Mais pleure donc, tu en as tellement envie !

Pourquoi n'y arrivait-il pas ? Pourquoi ces étranges ténèbres en lui, qui endiguaient tout épanchement de son désespoir ?

Pendant la mise en terre le lendemain, sous un soleil resplendissant, Bruno ressentit une panique si intense qu'il fut à deux doigts de se jeter sur le cercueil en hurlant. L'idée que sa petite Jasmine allait passer l'éternité dans ce trou, à y pourrir jusqu'au désagrègement total, lui parut si ignoble, si insensée qu'il voulut s'éloigner, mais la main de Sylvie lui serra la taille au même moment et cela lui donna la force de rester. Il mit sa main dans sa poche et ne lâcha plus le ruban bleu.

Ce soir-là, Bruno aurait dû aller faire son bénévolat à l'Éclosion. Évidemment, il n'y alla pas, ce qui n'arrivait à peu près jamais. Depuis trois ans, il se rendait au centre un soir par semaine pour réconforter les pensionnaires,

leur parler et, parfois, soigner des femmes qui arrivaient
en larmes, encore enflées des coups fraîchement reçus
de leur conjoint. Sylvie, elle, y travaillait trois jours par
semaine. Elle et Bruno y étaient très appréciés et ils
en eurent la preuve en recevant une énorme carte signée
par toutes les pensionnaires de l'Éclosion. La plupart
des messages s'adressaient au couple (« Vous m'avez
tellement aidée, je ferai tout ce que je peux pour vous
aider à mon tour »), mais certains s'adressaient plus à
Bruno (« Je me rappellerai toujours ce soir-là où je suis
arrivée en crise au centre et où vous avez été si doux,
si gentil avec moi »), d'autres plus à Sylvie (« Les trois
plus belles journées de la semaine sont celles où vous
venez travailler »). Ils lurent la carte debout, au milieu
du salon, joue contre joue… Et tout à coup, Sylvie se
tourna vers Bruno :

— Je veux que tu me fasses l'amour.

Pas de désir ni de sensualité dans cette demande,
mais plutôt un désespoir presque suppliant. Bruno la
considéra un long moment. Depuis combien de temps
n'avaient-ils pas eu de relation sexuelle ? Deux mois ?
Peut-être trois ? Leur couple n'était pas très en santé
depuis quelque temps, ils le savaient tous les deux,
mais ils n'en avaient jamais vraiment parlé… Pas de
disputes à répétition ni de reproches précis, juste une
habitude stagnante et morne qui provoquait de moins
en moins d'étincelles…

Bruno comprenait la demande de Sylvie : la mort
de Jasmine devait les rapprocher. C'était le moment ou
jamais de redevenir le couple qu'ils avaient déjà été.
Et surtout, c'était le seul moyen de traverser l'épreuve.
Oui, il comprenait. Et en guise d'approbation, il l'embrassa et la guida lentement vers la chambre à coucher,
au second étage.

Malgré toute la tendresse qui enveloppa leur com-
munion, aucun véritable plaisir, aucune excitation, ne
se fit sentir et ils s'arrêtèrent au bout d'un certain
moment. Sylvie pleura doucement dans les bras de

Bruno. Ce dernier réfléchissait. Bien sûr, ce n'était pas si étonnant que cela n'ait pas fonctionné… mais la mort de Jasmine était-elle la seule cause ? En silence, il se colla contre elle avec un tel besoin de fusion et de réconfort qu'il s'endormit dans cette position.

Le lendemain, en fin d'après-midi, Bruno se rendit à l'école de Jasmine. Il regarda tous les enfants sortir de l'école et certains, qui le connaissaient, l'observèrent avec malaise. Bruno avait l'impression que tous les écoliers étaient ternes et délavés, mais il savait que ce n'était pas le cas. C'était le filtre devant ses yeux…

Lorsqu'il n'y eut plus aucun enfant pour franchir la porte de sortie, le médecin demeura immobile, les yeux rivés sur la porte, souhaitant de toutes ses forces la voir s'ouvrir sur Jasmine. Mais elle demeura fermée. Il sortit le ruban bleu de sa poche. Le sang avait séché sur le tissu. Il l'effleura de sa joue, ferma les yeux un moment, puis, la tête basse, retourna vers sa voiture.

◆

Le jeune s'activait toujours sur la serrure de la voiture, mais Bruno le voyait à peine, toujours perdu dans ses pensées.

Ces quatre journées qui avaient suivi l'arrivée des ténèbres avaient été les plus tristes et les plus désespérées. Mais elles avaient été aussi pleines de volonté : volonté de s'en sortir, volonté de retrouver Sylvie, volonté d'être plus fort que la fatalité… Bien sûr, Bruno était encore trop affaibli par la blessure pour livrer un véritable combat, mais il y croyait. Malgré les ténèbres en lui, il y croyait vraiment. Sylvie et lui ne pourraient que remonter de cet abîme, et l'ascension, aussi longue et douloureuse soit-elle, se ferait jour après jour.

Mais le soir du quatrième jour, le téléphone sonna.

◆

Bruno entendit à l'autre bout du fil une voix douce et rauque à la fois. Toutes les personnes qui avaient appelé jusqu'à maintenant lui avaient demandé sur un ton gêné comment il allait, ce qui lui avait semblé la pire des insultes. Cet homme fut le premier à changer la formule.

— Ici le sergent-détective Mercure. Je m'excuse de vous importuner dans votre douleur.

Bruno ne répondit rien, intrigué.

— Mais la nouvelle vaut la peine : nous avons trouvé l'assassin de votre fille.

Quelque chose s'écroula en Bruno, alourdit son estomac et lui donna un terrible vertige, tandis que sa salive devenait épaisse. Sur le moment, il ne comprit pas ce qui lui arrivait puis la lumière se fit. Depuis quatre jours, il était si submergé par la perte de Jasmine que son cerveau, aussi insensé que cela lui semblât maintenant, ne s'était jamais arrêté à l'idée qu'il y avait un violeur, un tueur, et que celui-ci était toujours en liberté. Pour la première fois, ses émotions se détachèrent de la perte de sa fille et se fixèrent sur l'existence de cet assassin. Cela le déstabilisa tellement qu'il dut s'asseoir, le combiné toujours contre l'oreille.

— Le… Le tueur de Jasmine, balbutia-t-il.

Le type n'avait pas été difficile à trouver, selon Mercure. Il rôdait autour de l'école depuis plusieurs jours et avait parlé à des enfants. Des professeurs l'avaient aussi remarqué, l'identification avait donc été facile. On l'avait interrogé la veille. Il avait fourni un alibi incohérent et confus, s'était contredit dans ses réponses.

Après un long silence, Bruno demanda :

— Il a avoué ?

— C'est tout comme. Quand il a réalisé que ça regardait mal pour lui, il a fini par admettre : « On dirait bien que je suis cuit… » On le tient, monsieur Hamel.

Nouveau silence du médecin. Il ne se sentait vraiment pas bien.

— Quelles sont les prochaines étapes ?

Mercure expliqua : le lendemain, ce serait la comparution, puis l'incarcération au centre de détention de Drummondville. Environ une semaine plus tard, il y aurait une audition devant le juge pour l'enquête préliminaire afin de déterminer la date du procès.

— Il va écoper, vous pouvez en être sûr. Viol avec extrême violence, meurtre sûrement avec préméditation… Tout ça sur une fillette… Il va prendre vingt-cinq ans, c'est presque certain…

— Vingt-cinq ans ?

— C'est la durée d'une peine à vie. Il pourrait être admissible à une libération conditionnelle, mais seulement après quinze ans.

— Mais… il ne restera pas en prison pour le restant de ses jours ?

Bruno se surprit lui-même à dire cela.

— C'est long, vingt-cinq ans, monsieur Hamel. Même quinze ans. Pour demeurer en prison jusqu'à la mort, il faut avoir fait quelque chose de vraiment…

Il s'interrompit, réalisant la maladresse de ses paroles, mais Bruno avait compris et rétorqua sèchement :

— Le viol et la mort de ma fille ne sont pas assez graves, c'est ça ?

— Ce n'est pas ce que j'ai voulu dire…

Silence embarrassé. La bouche vide de salive, le médecin s'entendit demander :

— Comment réagit-il ? Est-ce qu'il… Est-ce qu'il semble avoir des remords ?

Il se frotta le front. Pourquoi posait-il ces questions ?

— Il sait qu'il est foutu et ça l'effraie. Mais il joue les durs et… Non, il n'a aucun remords. Quand on évoquait devant lui l'horreur du crime, il… Enfin, il lui est arrivé de sourire. C'est de l'arrogance, évidemment, mais…

Le médecin hocha la tête, le visage soudain blême. Il marmonna d'une voix vide :

— Merci.

Et il raccrocha. Il resta assis un bon moment. Il essayait de se représenter cet homme qui, tandis qu'on l'accusait du pire des crimes, se contentait de sourire.

De sourire.

Ce tueur anonyme surgit tout à coup des étranges ténèbres qui, jusqu'à maintenant et malgré leur présence indéniable, étaient demeurées stagnantes en lui mais qui, à présent, remuaient lentement. Ce sombre mouvement repoussa même partiellement sa tristesse, qui, tout à coup, diminua d'intensité.

Il remarqua enfin Sylvie, debout dans l'entrée du salon.

— Ils l'ont trouvé, c'est ça?

C'était la première fois qu'elle évoquait le tueur, du moins devant Bruno.

— Oui, ils l'ont trouvé.

Il résuma les informations reçues. Sylvie mit ses mains devant sa bouche et pleura. Bruno comprit que, contrairement à lui, elle avait souvent songé au tueur de Jasmine.

— Il aura sûrement vingt-cinq ans de prison, expliqua-t-il mécaniquement. Et une liberté conditionnelle après quinze ans. En tout cas, c'est ce qu'il risque.

Devant l'air hagard de son conjoint, Sylvie s'étonna et lui demanda s'il n'était pas soulagé.

— Je... je ne sais pas, je...

Il ne pouvait s'empêcher d'imaginer le sourire de cet assassin sans visage.

Sylvie devint alors très grave. Elle rejoignit son conjoint, lui prit les mains et l'obligea à se lever. Elle dit, la voix claire, sans sanglots:

— Bruno, il faut que nous ayons un autre enfant.

Et, après une pause:

— Le plus rapidement possible.

— Tu ne peux plus en avoir.

— Adoptons-en un.

— Je... je ne suis pas prêt à remplacer Jasmine si vite...

— Il ne s'agit pas de la remplacer, tu le sais bien.

— Non, évidemment, mais…

Elle allait trop vite pour lui et ce coup de téléphone de la police le bouleversait trop pour qu'il arrive à réfléchir clairement. Et il y avait les ténèbres, aussi, qui lui remuaient de plus en plus l'estomac, lui procurant une désagréable sensation…

— Écoute, je vais y réfléchir, mais… pas tout de suite…

Elle hocha la tête en reniflant, ajouta qu'elle comprenait. Il lui caressa les cheveux, sourit, puis dit qu'il avait besoin d'aller prendre l'air, seul… Peut-être même ne souperait-il pas à la maison… Elle parut un peu surprise, mais ne s'opposa pas. Il l'embrassa, puis sortit.

Il marcha longtemps, jusqu'au centre-ville, hanté par le coup de téléphone de la police.

Vingt-cinq ans… Peut-être quinze…

Il soupa tard dans un restaurant de la rue Brock, mais au bout de quelques bouchées il repoussa son assiette avec dégoût. Il essayait de retrouver toute la force de la tristesse qui l'habitait depuis quatre jours, mais celle-ci était difficile à atteindre, trop repoussée par les ténèbres qui s'alourdissaient.

Quand Bruno rentra à la maison, après une longue errance en ville, Sylvie était devant la télé. Elle ne lui demanda pas ce qu'il avait fait ni où il était allé. Elle se contenta de dire doucement qu'il arrivait juste à temps pour le bulletin d'informations. Elle avait d'ailleurs mis le magnétoscope sur « enregistrement », au cas où il serait revenu trop tard. Sa mère avait aussi appelé pour prendre des nouvelles. Il hocha la tête en silence. Il avait la bouche si sèche… Il alla prendre une bière dans le réfrigérateur et revint s'asseoir au salon, tout contre Sylvie.

Après les manchettes politiques et internationales, le lecteur de nouvelles expliqua que la police de Drummondville venait d'arrêter un suspect dans l'affaire de « l'horrible mort de la petite Jasmine Jutras-Hamel ».

Là-dessus, le poste de police de Drummondville apparut à l'écran et on y vit deux policiers qui escortaient un jeune homme menotté.

— C'est lui ! souffla Sylvie.

Bruno lui saisit la cuisse et la serra avec force. De sa main libre, il prit la télécommande et monta le son. Sur les images du jeune homme, une voix hors champ expliquait :

— C'est hier soir que la police de Drummondville a arrêté un suspect dans l'affaire de la petite Jasmine Jutras-Hamel, sauvagement violée et tuée vendredi dernier. Le suspect est un certain...

Et tout à coup, Bruno s'empressa de couper le son du téléviseur. Ahurie, Sylvie lui demanda ce qu'il faisait. Le médecin lui-même observait la télécommande avec stupeur. Pourquoi donc avait-il fait ça ? Et d'une voix qui semblait extérieure à lui-même, il s'entendit répondre :

— Je ne veux rien connaître de lui. Ni son nom, ni ce qu'il fait dans la vie, ni aucun autre renseignement.

Sylvie lui demanda pourquoi. Bruno fixa l'écran un moment, comme s'il cherchait une explication précise, claire.

— Toute information sur lui, sur sa personnalité, le rendrait trop semblable à un être humain...

Voilà, c'était ça. Cet homme ne pouvait être un être humain, c'était évident. Un être humain n'aurait pas fait ça. Et Bruno ne voulait pas le considérer comme un homme. C'était le seul moyen pour...

Pour quoi, au juste ?

Il se frotta le front, perplexe.

Sylvie ne répliqua rien pendant quelques instants, déconcertée.

— Mais moi, je veux connaître ces renseignements.

— Tu pourras regarder la vidéocassette plus tard.

Il tourna un regard implorant vers elle.

— S'il te plaît...

Sa demande était absurde, il le savait, mais c'était plus fort que lui. Elle hocha la tête, compréhensive. Elle dit qu'elle allait se préparer un café et qu'elle regarderait la cassette après. Il la remercia et elle marcha vers la cuisine.

À l'écran, on était passé à une autre manchette. Bruno appuya sur le «stop» du magnétoscope, recula le ruban et, toujours sans le son, refit défiler le passage où on voyait le jeune homme menotté. Dans la vingtaine, cheveux longs, blonds et sales, jean troué et veste de cuir fatiguée. Barbe de quelques jours, yeux éteints, bouche bêtement entrouverte. Une sale gueule.

Ce gars s'était approché de Jasmine. Il lui avait parlé, l'avait attirée dans le champ sous un prétexte quelconque… Puis, derrière un buisson, il l'avait étendue sur le sol de force, avait déchiré sa robe, l'avait pénétrée et frappée violemment, encore et encore… et il avait joui en elle, pendant qu'elle tentait de hurler au secours, d'appeler sa maman et son papa à l'aide… Finalement, il avait entouré de son ruban bleu son petit cou et l'avait étranglée, lui laissant ainsi comme dernière émotion de son court passage sur terre une immense et incompréhensible souffrance…

Entre ses mains, la télécommande craqua faiblement.

Tout à coup, le jeune homme à la télé tourna la tête vers la caméra et afficha un bref sourire arrogant, méprisant. En une fraction de seconde, le cœur de Bruno se consuma, devint du granit calciné.

Le lecteur de nouvelles réapparut à l'écran, bougeant sa bouche sans qu'aucun son en sorte. Bruno fit reculer la cassette à nouveau, refit jouer le passage, jusqu'au sourire. Souriait-il comme ça en violant Jasmine, en la battant? Sûrement, oui… Comme il sourira ainsi en sortant de prison, que ce soit dans quinze ou vingt-cinq ans… Sûrement quinze…

En vitesse, Bruno se leva et marcha vers l'escalier. Il croisa Sylvie qui lui demanda où il allait.

— Je vais me coucher, répondit-il rapidement. Je suis vraiment crevé…

C'est en se couchant que Bruno s'abandonnait le plus à sa peine. Immobile dans le lit, il laissait les souvenirs de Jasmine déferler en lui, s'y noyait et s'endormait dans cette souffrance. Mais ce soir-là, la tête enfouie dans l'oreiller, il n'arrivait pas à réactiver sa tristesse. Il la pressentait, la touchait du bout de l'âme, mais les ténèbres s'épaississaient de plus en plus, au point qu'il en avait mal au cœur.

Quand Sylvie vint se coucher une heure plus tard, il ne dormait toujours pas, même s'il avait les yeux fermés. Et à deux heures du matin, il se retournait encore entre ses draps, couvert de sueur, l'esprit totalement confus. Chaque fois qu'il voulait arrêter ses pensées sur le visage de Jasmine, chaque fois qu'il s'efforçait de retrouver sa tristesse pour s'y engloutir avec soulagement, la face du tueur apparaissait, avec son épouvantable sourire. Et dans sa tête, le temps s'écoulait, les années passaient, après lesquelles sa petite fille n'était plus que poussière alors que le tueur, lui, sortait de prison en souriant.

En souriant toujours, toujours, toujours…

Qu'est-ce que Bruno devait faire pour que l'autre arrête enfin de sourire ? pour qu'il grimace enfin de peur et de souffrance, comme Jasmine ?

Un flash de sang, de violence et de furie lui balaya soudain le cerveau avec une telle force qu'il se leva d'un bond et sortit de la chambre, comme s'il fuyait l'homme qui se trouvait dans ce lit deux secondes plus tôt.

Il descendit à la cuisine, prit un verre d'eau. Mais il la recracha, elle ne passait pas : les ténèbres bloquaient son estomac. D'ailleurs, la nausée le saisit au même moment et il eut juste le temps de se rendre à la salle de bain pour vomir dans les toilettes. Et pendant qu'il vomissait les images de folie ne cessaient de marteler sa tête.

Quand il se releva, il se sentait étrangement calme. Il se regarda dans le miroir, d'abord avec étonnement, puis ses traits s'affaissèrent peu à peu, devinrent graves.

D'un pas lent, il alla au salon. Il ouvrit la télé et se passa à nouveau la cassette des nouvelles. Toujours sans le son, il observa les images, puis appuya sur «pause» au moment où l'assassin souriait vers la caméra. Le jeune homme s'immobilisa à l'écran… et, à partir de cet instant, devint le monstre.

Le médecin s'approcha de la télé, se pencha et, le visage tout près de l'écran, fixa intensément le monstre figé devant lui.

Alors, les ténèbres ne se contentèrent plus d'altérer sa tristesse, mais l'abolirent complètement. Telle une tache d'huile grandissante, elles se répandirent dans tout son corps, jusqu'à remplir son regard.

Quand il se coucha dix minutes plus tard, il n'essaya même pas de dormir. Étendu sur le dos, il fixait au plafond ses yeux ouverts et durs, tandis que son cerveau fonctionnait à toute vitesse. Si ses pensées furent d'abord chaotiques et éparpillées, elles s'organisèrent au cours des heures, formant peu à peu un ensemble cohérent et précis. Et tout au long de cette nuit blanche, une phrase ressortit sans cesse de la tempête d'idées qui grondait dans son crâne : le monstre passerait devant le juge pour son enquête préliminaire dans environ une semaine.

Environ une semaine.

◆

Bruno sursauta lorsque le jeune revint dans la voiture, nerveux mais fier, en affirmant que c'était fait. Bruno lui donna les mille dollars. Tout heureux, argent en poche, l'adolescent vint pour sortir, puis se tourna une dernière fois vers Bruno :

— Je le sais pas ce que t'as l'intention de faire, mais juste que ce soit contre des flics, je trouve ça *cool* !

Bruno le considéra sans une ombre d'émotion. Le jeune reprit, d'un air complice :

— Inquiète-toi pas : j'en parlerai à personne !

— Ça n'a aucune importance, marmonna Bruno.

Le *skinhead* détala vers la rue et disparut au bout de dix secondes.

Bruno s'assura qu'il n'y avait toujours personne dans le stationnement puis, trousse en main, sortit. Une fois à la voiture de police, il actionna la poignée de la portière côté conducteur : elle s'ouvrit sans résistance. Et aucune trace d'effraction. L'ado avait fait du bon boulot.

Bruno s'installa sur la banquette côté conducteur et referma la portière. Puis, il sortit le matériel de sa trousse. Il s'agissait d'une série de feuillets pas plus grands qu'une feuille de calepin. Sur chacun étaient collés quatre petits rectangles sombres, de deux centimètres de large sur quatre de long.

Avec attention, en évitant au maximum de le toucher, Bruno décolla l'un de ces petits timbres et le recolla, du côté adhésif, sur la surface arrière du volant de la voiture, de façon que le conducteur, assis sur sa banquette, ne puisse le voir. Bien que Bruno ait demandé à Martin de les faire le plus sombre possible, ils étaient tout de même plus clairs que le volant ; il n'y avait donc pas de risque à prendre.

Bruno recouvrit toute la surface arrière du volant de ces timbres. Il était maintenant impossible que le conducteur touche ce volant sans que ses doigts pressent les petits rectangles. Bruno avait aussi demandé à Martin de les faire le plus mince qu'il pouvait. Et comme les timbres étaient collés serré les uns à la suite des autres, on ne percevait aucune dénivellation entre eux. Normalement, le conducteur ne devrait pas les sentir sous ses doigts.

Normalement.

S'il les sentait et qu'il décidait d'examiner l'arrière de son volant, tout était foutu. À ce moment-là, Bruno interviendrait directement… avec son arme. Ce qu'il ne souhaitait vraiment pas. Il ne ferait sûrement pas le poids face à deux flics expérimentés.

Bruno prit le volant à deux mains, mais les retira presque aussitôt : il ne devait pas laisser ses doigts trop longtemps en contact avec les petits rectangles. Mais cette seconde fut suffisante. Il n'avait pas senti les timbres sous ces doigts. Enfin, il ne le croyait pas…

Il remit les feuillets dans sa trousse et regarda dehors. Au loin, quelqu'un quitta le stationnement, puis disparut. Bruno sortit enfin de la voiture, verrouillant la portière derrière lui. En vitesse, il retourna dans sa Saturn et, une fois à l'intérieur, respira enfin normalement. Couvert de sueur, il enleva son manteau et le lança sur la banquette arrière.

Il jeta un coup d'œil à sa montre : dix heures vingt-cinq.

Plus rien d'autre à faire qu'attendre.

Il observa vaguement les voitures stationnées autour de lui. Son regard tomba sur une Jaguar. Tant d'argent pour un bête amas de tôle…

Bruno était riche, certes, mais pas parce qu'il le souhaitait : sa profession était très payante, tout simplement. Elle l'aurait été moins qu'il l'aurait exercée quand même. En fait, Bruno n'avait jamais accordé une grande importance à l'argent. Il s'était efforcé de baser sa vie sur des valeurs autres que matérialistes. Sylvie et lui avaient chacun une voiture, mais rien de luxueux. Leur maison était belle et confortable, mais à mille lieues de ces châteaux à vingt pièces qu'ils auraient très bien pu s'offrir. Ils avaient un chalet, mais ordinaire, presque une cabane en bois rond. Jasmine fréquentait

   … avait fréquenté…

une école publique, car Bruno était contre les écoles privées. Sylvie partageait les mêmes opinions et valeurs sociales que son conjoint et tous deux éduquaient

   … avaient éduqué…

leur fille dans ce sens. Au travail, certains collègues de Bruno, agacés par cette attitude, le traitaient de bourgeois non assumé qui jouait les gauchistes pour se donner bonne conscience. Bruno s'en moquait.

Mais au cours des derniers jours, et pour la première fois de sa vie, Bruno s'était rendu compte du réel pouvoir de l'argent…

◆

À neuf heures du matin, Bruno fixait toujours le plafond de sa chambre. Il n'avait pas dormi de la nuit, mais il ne sentait aucune fatigue. Sauf cérébrale peut-être, car il avait beaucoup réfléchi. Alors que Sylvie dormait encore, il se leva et s'habilla. Il fut frappé par une singulière lourdeur sur ses épaules mais se dit que cela devait être causé par le manque de sommeil. Il quitta la maison sans bruit mais d'un pas décidé, le visage dur et inébranlable.

À la banque, il retira en liquide cinq mille dollars. Puis, après quarante-cinq minutes de route, il arriva à Trois-Rivières où il s'acheta une perruque noire et une fausse barbe de la même couleur. Il sortit de la ville et retourna sur la 55, vers le nord. Après une ou deux bifurcations, il atteignit la 351, où il monta encore vers le nord jusqu'à Saint-Mathieu-du-Parc, qu'il traversa rapidement. En sortant du village, il examina attentivement la route. Au bout de deux ou trois minutes, il s'engagea sur le chemin des Pionniers qui longeait le lac Souris, camouflé par la forêt. De temps en temps, un chemin de terre s'ouvrait entre les arbres et menait à une habitation plus bas, la plupart du temps un chalet. La voiture de Bruno s'engagea dans deux de ces allées mais en ressortit rapidement : mauvais endroit.

Lorsqu'il prit la troisième entrée, Bruno sut que c'était la bonne. Le chemin de terre, cahoteux, étroit et entouré d'arbres, descendait en pente assez raide pour aboutir, après cent cinquante mètres environ, à une clairière au centre de laquelle se trouvait une petite habitation tout en bois, au *look* très suisse. À moins de cinquante mètres derrière la maison, le lac Souris miroitait sous le soleil automnal.

Bruno sortit de la voiture et regarda autour de lui. Endroit de rêve magnifique, surtout avec les mille couleurs de l'automne, mais qui laissait le médecin indifférent à ce moment-là. Il s'assura que la route, plus haut, était invisible du chalet. Pas de voisins en vue : le plus près devait être à un demi-kilomètre. Puis, il observa la maison.

À peu près deux ans plus tôt, durant l'été, un collègue de Bruno, Josh Frears, lui avait demandé un service. Josh avait oublié chez lui le dossier d'un patient qu'il devait voir cet après-midi-là. Il ne pouvait aller le chercher lui-même, car il avait une opération à effectuer quinze minutes plus tard. Josh, âgé d'une soixantaine d'années, était veuf, n'avait pas d'enfants ; personne ne pouvait donc venir lui porter le dossier. Un peu gêné, il avait demandé à Bruno s'il accepterait d'aller le lui chercher. Non pas qu'ils fussent particulièrement camarades (ils se fréquentaient amicalement au travail, sans plus), mais Bruno était le seul médecin à avoir alors un trou de quelques heures devant lui.

La raison pour laquelle Josh était mal à l'aise de demander ce service, c'est que durant l'été il habitait dans sa résidence secondaire près de Saint-Mathieu-du-Parc, un village en Mauricie, à cent kilomètres de Drummondville. Cela avait un peu refroidi Bruno, mais le vieux médecin semblait si mal pris qu'il avait accepté. Josh lui avait expliqué le chemin pour se rendre.

— Écoute, avait-il ajouté, mes clés sont dans mon bureau en haut, et j'ai pas le temps d'y monter. Mais je cache une clé à l'extérieur du chalet, au cas où.

Il avait bien expliqué l'endroit de la cachette et avait aussi donné à Bruno le numéro du système d'alarme. Bruno était donc allé chercher le dossier et avait été impressionné par l'endroit. Le chalet était certes joli, mais le site lui avait coupé le souffle. À son retour à l'hôpital, plus de deux heures trente plus tard, il avait félicité Josh de posséder un si bel endroit. Le vieux médecin était reconnu pour être misanthrope, peu loquace et on ne lui connaissait pas d'amis proches. Mais son chalet était un sujet qui semblait l'enthousiasmer, car il en parla dix bonnes minutes avec Bruno. C'est ainsi que ce dernier apprit que Josh avait acheté cette petite maison huit ans auparavant et qu'il y passait tous ses étés, du mois de mai au mois de septembre, seul dans la forêt et heureux. Cela lui faisait beaucoup de route pour se rendre à l'hôpital, mais il aimait trop cet endroit pour ne pas y passer l'été. D'octobre à avril, il y allait quelques fois, mais rarement, l'endroit étant moins intéressant l'hiver.

Le lendemain, Bruno ne pensait plus à Saint-Mathieu-du-Parc, au chalet ni au reste.

Ce matin, pourtant, il s'en était rappelé. Comme il s'était aussi rappelé que Josh, depuis cinq ans, tous les mois d'octobre, se rendait en Belgique pour un congrès international de chirurgiens cardiaques. Le congrès durait dix jours, mais Josh en profitait pour prendre des vacances et y demeurait tout le reste du mois. Chaque année.

Et, donc, cette année aussi.

Il n'y avait pas de hasard. C'était un signe. Un signe que ce que voulait faire Bruno était possible et, surtout, légitime.

Bruno s'approcha du foyer extérieur. L'âtre était entouré d'une grille protectrice, épaisse et large. Il y glissa la main et tâta un peu. Josh reprenait-il la clé à la fin de l'été? Il trouva la petite boîte métallique aimantée, dans laquelle se trouvait la clé.

Parfait. Il monta sur le balcon et observa l'unique porte d'entrée du chalet. Il ne semblait pas y avoir de serrures supplémentaires pour l'hiver. Encore parfait. Restait maintenant le plus important : est-ce que le numéro du système d'alarme avait changé? Dans le temps, Josh lui-même lui avait donné le truc pour le retenir : l'adresse de l'hôpital. Impossible à oublier.

Même après deux ans.

Il ouvrit la porte. L'entrée donnait directement dans la cuisine, rustique malgré la présence du four et du réfrigérateur très récents. Le médecin marcha vers un petit clavier numérique sur le mur et entra le code : 570. Le système d'alarme fut désactivé.

Bruno hocha la tête. Il n'aurait pu trouver meilleur endroit : c'était un chalet privé, considéré comme habité à l'année (même si le vieux médecin n'y venait que rarement l'hiver). Jamais on ne viendrait fouiller ici. Et Josh était en Europe jusqu'au 28 octobre.

Il n'y avait vraiment pas de hasard.

Un seul risque : un ami de Josh pouvait arriver à l'improviste, pour une raison quelconque. Le vieux médecin demandait peut-être à une connaissance ou à un voisin d'aller faire un tour au chalet de temps en temps, pour s'assurer que tout allait bien. C'était un risque que Bruno était prêt à courir.

Il alla au salon, qui était un prolongement de la cuisine. Même ambiance vieillotte et moderne à la fois : meubles antiques tout en bois et vieux téléphone à fil, mais télévision récente et chaîne stéréo *high-tech*. Sur les murs, des tableaux de peintres essentiellement symbolistes. Sur quelques étagères, des bibelots de bois représentant surtout des chats. Bruno alla se planter devant la grande fenêtre et observa les flots scintillants du lac. Mais avec sa nouvelle vision, altérée par ce filtre invisible sur ses yeux, l'eau lui semblait grise, sans éclat. Il marmonna :

— Désolé, Josh...

Il s'engagea dans l'étroit couloir menant aux deux uniques chambres et à la minuscule salle de bain. Il entra dans la chambre de gauche, qui servait de bureau, là où il était venu chercher le dossier deux ans plus tôt. La pièce, assez grande, devait faire environ quatre mètres et demi sur six. Un bureau de travail modeste, un petit classeur de métal, deux chaises et un placard. Quelques cadres sur les murs. Une fenêtre donnait sur le lac.

Bruno demeura un long moment dans cette pièce, à l'examiner. Il vit son reflet dans la vitre de la fenêtre et l'étudia longuement. S'il s'y mettait maintenant, il ne reculerait plus, il irait jusqu'au bout. Il était encore temps de tout arrêter, de retourner à la maison, d'aller prendre Sylvie dans ses bras et d'affronter la tempête avec elle.

Il vit le visage du monstre sourire.

Il mit la main dans sa poche, en sortit le ruban bleu de Jasmine et le regarda attentivement.

Trente secondes plus tard, il se mit au travail.

Il termina en fin d'après-midi puis se rendit à Grand-Mère, petite ville à une trentaine de kilomètres de là. Il visita rapidement le centre-ville, repéra deux ou trois endroits en particulier, puis entra dans un modeste restaurant. Il commença par appeler Sylvie. Il lui expliqua qu'il avait passé la journée à l'hôpital.

— Tu recommences déjà à travailler ? s'étonna-t-elle.

Il lui dit que oui, qu'il avait besoin d'action, que la passivité ne ferait qu'empirer les choses. Il ajouta qu'il rentrerait tard, qu'il devait remettre des dossiers à jour…

Un peu plus tard, tout en mangeant un sandwich et buvant une bière, il consulta la section offres d'emploi du journal régional. Il s'intéressa surtout aux offres du type « TRAVAUX DIVERS », « HOMME À TOUT FAIRE » ou « TRAVAUX INTÉRIEURS OU EXTÉRIEURS ». Son père appelait cela des *jobbeux*. Il y avait six annonces de ce genre dans l'hebdo de Shawinigan.

Il était dix-sept heures vingt. Heure parfaite pour joindre les gens…

Avec le journal, il alla s'enfermer dans une cabine téléphonique. Il était hors de question qu'il appelle avec son cellulaire : il ne voulait pas que la police, plus tard, puisse retrouver tous les coups de fil qu'il avait donnés…

Il composa le numéro de la première annonce et demanda à l'homme s'il faisait de la menuiserie et de la soudure. Pas de problème pour le bois, mais pour le métal, le type était moins sûr. Si c'était simple, peut-être, sinon… Bruno raccrocha. Il appela le second numéro, un certain Beaulieu. Non seulement ce dernier se spécialisait en menuiserie, mais il affirmait se débrouiller très bien en mécanique.

— Alors écoutez-moi sans m'interrompre, monsieur Beaulieu. Si jouer avec les limites de la légalité n'est pas un problème pour vous, il y a beaucoup d'argent qui vous attend. En plus, les risques sont à peu près nuls. Il s'agit seulement de construire quelque chose d'un peu spécial. Si ça vous intéresse, rendez-vous à six heures trente, tout à l'heure, dans le parc de la 34e Rue, près de la glissoire. Juste pour vous déplacer et pour m'écouter, vous aurez trois mille dollars, que vous acceptiez ou non ma proposition. Si vous l'acceptez, vous vous ferez beaucoup plus.

Tandis que l'autre commençait une phrase, Bruno coupa la communication. Il s'étonnait de la facilité avec laquelle il avait joué son rôle. Il appela le numéro de la troisième annonce. L'homme faisait aussi de la mécanique. Bruno récita le même texte à une nuance près : il donnait rendez-vous au type à dix-neuf heures trente au téléphone public du bar Chez Lili. Pas plus que Beaulieu, le gars n'eut le temps de répliquer.

Bruno n'appela pas les autres numéros. Deux pour aujourd'hui, ce serait suffisant.

Il retourna dans sa voiture. Sur sa tête déjà très dégarnie malgré ses trente-huit ans, il posa la perruque noire, puis enfila la fausse barbe. Il mit des lunettes noires sur son nez et se regarda dans le rétroviseur : il avait vraiment l'air bizarre, mais il s'en moquait. Sécurité avant tout.

Le premier homme ne se présenta pas au rendez-vous. Le second non plus, mais il envoya quelqu'un. Bruno avait stationné sa voiture à une cinquantaine de mètres de Chez Lili et de sa position, il pouvait voir le téléphone public par la vitrine de façade. À dix-neuf heures trente-cinq, une voiture de police s'arrêtait devant le bar. Les deux policiers entrèrent et allèrent directement au téléphone public. De son poste d'observation, le médecin les vit même interroger le serveur.

Bruno mit le moteur de sa voiture en marche et s'éloigna, sans se presser pour ne pas attirer l'attention. Tout en roulant, il enleva son déguisement.

Juste avant de sortir de la ville, il s'arrêta devant une cabine téléphonique et appela les trois autres travailleurs. L'un d'eux ne semblait pas à l'aise en mécanique, mais les deux autres faisaient l'affaire. Même petit texte récité de la même façon, sauf que Bruno donnait les rendez-vous pour le lendemain. Le premier à neuf heures, à la glissoire du parc; le second à dix heures, à la cabine téléphonique même où il se trouvait.

Il arriva chez lui à vingt heures quarante-cinq et alla directement au frigo se chercher une bière. Sylvie lui demanda comment s'était passé son retour au travail. Il répondit que cela avait été difficile, mais qu'au moins cela l'avait partiellement distrait de sa tristesse, de son malheur. Il mentit avec une aisance qui l'étonna.

— J'ai été seule toute la journée, dit-elle sur un léger ton de reproche.

Il lui dit qu'elle devrait peut-être retourner à l'Éclosion. Rester toute la journée à se complaire dans la souffrance était plutôt malsain, non ? Elle réfléchit, secoua la tête en soupirant.

— Je ne me sens pas encore prête.

Elle était si lasse, si cernée, si démolie. Elle lui tendit les bras. Il s'approcha et l'enlaça.

— Tu te sens bien ? demanda-t-elle contre son épaule.

— Pourquoi ?

— Je ne sais pas… Je te sens tout raide…

Il ne répondit rien. Il aurait voulu s'abandonner complètement à la tendresse, mais les ténèbres l'en empêchaient.

Quand il se coucha, les yeux tournés au plafond, le visage dur, il prit deux bonnes heures à s'endormir.

Le lendemain matin, à neuf heures, il se trouvait de nouveau stationné devant le parc d'enfants à Grand-Mère et guettait la glissoire au loin. C'était jeudi, les enfants se trouvaient à l'école, le parc était à peu près désert. Mais un homme s'approcha alors de la glissoire, s'y arrêta et attendit, en regardant nerveusement autour de lui.

Affublé de son déguisement, Bruno s'approcha à son tour. La température était douce, la journée serait encore chaude, à croire que l'automne avait oublié de prendre la relève. L'homme regarda Bruno s'approcher avec méfiance et étonnement.

— Gaétan Morin?

— Ouais, c'est moi…

Quarante-cinq ans, déjà très grisonnant, ventre proéminent mais bras et jambes tout en muscles. Casquette grise. Il mâchait un cure-dent pour se donner un air relax, mais on le sentait fébrile.

— C'est quoi, cet accoutrement? On est dans un James Bond?

— Je vous ai dit que ça pouvait dépasser le cadre de la légalité…

— Ouais, mais…

Il se grattait la tête, trouvait tout ça un peu trop mystérieux.

— Je suis venu surtout par curiosité…

Bruno sortit de son manteau une enveloppe qu'il donna à Morin.

— Trois mille dollars pour votre déplacement, comme prévu.

Le *jobbeux* regarda autour de lui. Au loin, une femme lisait sur un banc. Deux quidams marchaient là-bas, en discutant. De temps à autre, une voiture passait dans la rue principale. Il osa enfin ouvrir l'enveloppe et compta rapidement l'argent, fasciné. Il rangea le tout sous son manteau, jetant de nouveaux coups d'œil autour de lui, puis revint à Bruno. Son visage avait changé, tout à coup ébahi et intéressé, comme si jusque-là il n'y avait pas vraiment cru. Bruno fut direct : si sa curiosité était satisfaite, Morin pouvait repartir. Mais s'il acceptait l'offre qui allait suivre, il y avait beaucoup plus à gagner.

— Combien ?

Bruno eut un imperceptible hochement de tête. Morin était le type d'homme à mener une vie tranquille et monotone, à rêver d'argent et à ne pas refuser de temps à autre de petites combines pas trop compromettantes. Exactement ce dont Bruno avait besoin. Il lâcha donc tout de suite les chiffres : un premier versement de trente mille dollars, puis sept mille dollars par jour pendant quelque temps. Ce n'est pas la convoitise qui apparut sur les traits de Morin, mais la peur. Il ne s'attendait vraiment pas à autant.

— Heille, je tuerai pas personne, moi !

— Il ne s'agit pas de tuer qui que ce soit. En fait, ce que je veux que vous me construisiez n'est pas illégal en soi. Je veux surtout qu'après l'avoir construit vous vous taisiez.

Morin, soulagé, parut de nouveau intéressé. Bruno ajouta :

— À vous de décider si le silence est un acte criminel trop grave pour vous.

Entre les lèvres de l'homme, le cure-dent bougeait dans tous les sens.

— Vous voulez que je vous construise quoi, au juste ?

— Vous vous débrouillez vraiment bien en mécanique, n'est-ce pas ?

— Je peux tout faire, cher monsieur.

Bruno sortit une feuille de sa poche, la déplia et la donna à l'autre en lui expliquant qu'il s'agissait d'une sorte de croquis, juste pour donner une idée. Morin regarda la feuille, et le cure-dent cessa de bouger, tandis que ses yeux s'agrandissaient légèrement.

— C'est très complexe, j'en conviens. Si vous ne croyez pas avoir les compétences, dites-le tout de suite. Mais si ça semble faisable pour vous, je vous donnerai plus de précisions sur place.

— Calvince ! que c'est que vous voulez faire avec *ça* ?

— Je vous paie aussi pour que vous ne posiez pas de questions.

Silence. Morin le scrutait attentivement. Bruno se félicita de porter des lunettes noires.

— Je vous ferais ça quand ? demanda enfin Morin.

— Le plus vite possible.

— Parfait. Dès demain, si vous voulez. J'ai des contrats, mais je peux les annuler.

Le *jobbeux* semblait tout à coup rassuré et même pressé, comme si, maintenant que sa décision était prise, il avait hâte de commencer. Cette attitude intrigua Bruno.

— Pis le sept mille piastres par jour que vous voulez me donner pour mon silence… Pendant combien de temps, ça ?

— Deux semaines.

C'était faux : ce serait pour moins longtemps, mais ça, Morin n'avait pas besoin de le savoir. Le *jobbeux* fit un rapide calcul mental et ses yeux brillèrent de plus en plus.

— Vous commenceriez à me donner ce montant-là tout de suite après que j'aurais fini de construire votre… votre petite installation ?

— Exactement, ça commencerait dès le lendemain.

— Je peux vous construire ça en deux journées.

Tellement pressé, presque plus que Bruno lui-même… Morin avait-il un urgent besoin d'argent ?

Le chalet de Josh, ce Morin pressé… Tout coïncidait si bien. C'étaient des signes. Des signes que Bruno avait raison de faire ce qu'il voulait faire.

Au loin, la femme se leva du banc et s'éloigna. Le *jobbeux* hochait la tête, ne savait plus quoi dire. Il prit son cure-dent, le considéra un moment, le remit dans sa bouche et haussa les épaules avec un petit ricanement nerveux. Bruno lui demanda s'il y avait un numéro de téléphone où il pouvait le joindre *personnellement*, et Morin lui donna le numéro de son cellulaire. Ils prirent rendez-vous pour le lendemain matin, même heure, même endroit. Morin hocha la tête, hésita encore, puis tendit maladroitement la main. Bruno la considéra un moment avec curiosité, puis la serra mécaniquement. Il éprouvait de plus en plus de difficulté à effectuer ces gestes du quotidien, ces conventions sociales, qui lui semblaient maintenant si loin, si étrangers, si éloignés des ténèbres…

Finalement, le *jobbeux* tourna les talons et s'éloigna, ses pas devenant de plus en plus rapides et énergiques. Il devait avoir hâte d'être dans son véhicule pour hurler sa joie.

Bruno poussa un long soupir, se frotta les yeux sous ses lunettes, puis retourna à sa voiture. Il sortit de Grand-Mère, ne prenant même pas la peine de se rendre au second rendez-vous.

Il fut à Drummondville à onze heures et alla à sa banque. Là, il parla une quinzaine de minutes avec son banquier. Ce dernier semblait perplexe et vaguement découragé, mais il finit par abdiquer et donna rendez-vous à Bruno pour le lendemain après-midi. Le médecin quitta la banque avec cinq mille dollars en liquide.

Il arriva juste à temps au terminus pour l'autobus de onze heures trente à destination de Montréal. Dans un sac de voyage, il emportait avec lui son déguisement.

L'autobus fit un arrêt à Longueuil et Bruno, affublé de son déguisement, y descendit.

Il passa plus d'une heure au centre-ville, puis retourna au métro, direction Montréal.

Dans la métropole, il chercha un concessionnaire de voitures d'occasion et en trouva un vers seize heures trente. Toujours affublé de son déguisement, il acheta en liquide une vieille Chevrolet 92 verte pour la scandaleuse somme de mille dollars, sans négocier, le tout en moins de dix minutes. Le vendeur, d'abord méfiant vis-à-vis de ce clown déguisé, en avala presque sa cigarette d'enthousiasme.

Puis, il trouva un magasin érotique qui se spécialisait dans les accessoires fétichistes. Il y entra, fit un achat, puis sortit, tenant sous le bras un sac dans lequel se trouvait une boîte de carton rectangulaire.

Une demi-heure plus tard, il stationnait sa vieille Chevrolet dans Sainte-Catherine, près de Saint-Laurent. Après hésitation, il laissa ses postiches dans la voiture : le déguisement ne serait pas nécessaire. Il ne garda aussi que mille dollars dans son portefeuille et cacha le reste sous la banquette côté passager.

Il alla manger dans un petit restaurant vietnamien. À dix-huit heures cinquante, il arpentait la rue Sainte-Catherine. Il faisait déjà nuit, mais le froid automnal ne se montrait toujours pas le bout du nez. Bruno croisa plusieurs jeunes punks, des prostituées, des gars à l'allure louche, mais il n'osait aborder aucun d'entre eux. Il se sentait un tantinet nerveux et, surtout, toujours aussi pesant, cette nouvelle lourdeur sur ses épaules ne l'ayant toujours pas quitté.

Dans une ruelle étroite et sale, il vit un homme et une jeune fille discuter avec animation. L'homme, dans la trentaine, était habillé d'un costume noir tape-à-l'œil, plutôt kitch, et ses doigts portaient des bagues extravagantes. Il bougeait beaucoup en parlant, très poseur, très théâtral. Quant à la fille, son accoutrement démontrait clairement qu'il s'agissait d'une prostituée. Manifestement, elle se faisait engueuler par l'autre. Bruno, immobile, les regardait de la rue, hésitant à s'approcher. Au bout d'une minute, la fille sortit de la ruelle, déconfite, et retourna dans la rue.

Prenant son courage à deux mains, Bruno s'engagea dans la ruelle et s'approcha du *pimp* qui s'allumait un cigare. Bruno se mit à lui parler rapidement mais avec assurance. Le *pimp* commença par ricaner avec mépris, fit même signe au médecin de s'en aller, mais Bruno insistait, tellement que le *pimp* finit par démontrer de l'agacement, puis une véritable colère. Même qu'à un moment il saisit Bruno au collet et le plaqua contre le mur, lui crachant des menaces au visage. Réussissant à conserver son sang-froid, Bruno sortit son portefeuille et montra les mille dollars à l'autre. Le *pimp*, d'abord incrédule, se radoucit, lâcha Bruno et compta l'argent. Bruno continuait de parler et cette fois le *pimp* réfléchissait vraiment, sans quitter des yeux la liasse de billets entre ses mains. Finalement, le visage froid mais sans trace d'agressivité, il répondit quelque chose à Bruno que ce dernier sembla approuver, rassuré. Le médecin sortit rapidement de la ruelle et se mêla aux piétons de la rue Sainte-Catherine.

Pendant l'heure qui suivit, il arpenta le quartier au hasard. Une ou deux fois, des filles lui firent des avances. Il ne les regarda même pas. Tout en déambulant, il songeait à la fête qu'ils avaient organisée pour l'anniversaire de Jasmine, un mois auparavant. La fête commençait à seize heures trente, mais Bruno était arrivé une heure plus tard : à cause d'une opération délicate, il n'avait pu se libérer plus tôt. Le retard n'était pas catastrophique, mais Bruno était tout de même très déçu, et Jasmine aussi. Il lui avait dit : « Je ne te ferai plus jamais faux bond, ma chérie. Je te le promets : je serai là chaque fois que tu m'appelleras ! » C'était exagéré, bien sûr, mais il voulait tant lui faire plaisir, tant se faire pardonner... Et avec toute la candeur de ses sept ans, Jasmine l'avait cru, confiante. Elle avait embrassé son père et s'était serrée contre lui.

De toutes les noires pensées de Bruno, la pire était sûrement celle-ci : six jours auparavant, Jasmine l'avait appelé durant de longues et insoutenables minutes, et il n'était pas venu. Elle était morte sans comprendre pourquoi son père ne tenait pas sa promesse.

Pris d'un vertige, il s'assit sur un banc public et, la tête renversée par en arrière, prit de grandes respirations.

À vingt heures, Bruno retourna chercher le reste de son argent dans sa voiture puis se rendit dans un minable hôtel tout près. Il alla à la chambre 27, sordide, puant la drogue et le sperme. Le *pimp* était là, mais pas seul : un colosse noir se tenait à l'écart, les mains croisées devant lui, l'expression aussi avenante que s'il allait chez le dentiste.

— *OK, man,* fit le *pimp.* T'as les deux mille de plus ?

— Je veux voir avant.

L'autre eut un petit sourire, puis fit un signe à son acolyte. Le colosse sortit de sous son gilet une plaque de voiture qu'il jeta sur le lit.

— Elle est sûre ? demanda le médecin.

— T'auras aucun *problem* avec cette plaque, *man.*

Puis, le mastodonte sortit un revolver qu'il déposa sur le lit. Bruno hocha la tête et tendit les deux mille dollars supplémentaires au *pimp.* Ce dernier compta, l'air satisfait, puis donna un petit cours à Bruno : il expliqua comment le charger, enlever le cran d'arrêt, le remettre… Impressionné, le médecin effectuait toutes les opérations dictées par le *pimp.* Il n'aurait jamais cru qu'un revolver fût si lourd !

— Essaie de viser, *now.*

Bruno leva le pistolet et, ne sachant quoi viser, pointa l'arme vers la fenêtre.

— Tu vois le petit viseur, au bout du canon ? Ta cible doit être là, *right on it.* Tu vises, pis tu pèses sur la gâchette.

Bruno visait un carreau, mais l'arme tremblait légèrement au bout de son bras. Il vit alors un visage apparaître dans la fenêtre, fantomatique, vaguement familier, aux longs cheveux blonds et à la barbe irrégulière… Un visage qui lançait un sourire moqueur, inaltérable… Au bout du bras de Bruno, le revolver cessa de trembler et le doigt appuya sur la détente. Un déclic sec retentit.

— *You're a natural, man !* ricana le *pimp.*

Le colosse lui donna aussi une dizaine de balles. Plaque, revolver et munitions se retrouvèrent sous le manteau du médecin.

— Merci, dit-il tout simplement.

Le *pimp* se contenta de hocher la tête. Sur le point de sortir, Bruno entendit l'autre l'interpeller et se tourna vers lui.

— *I don't know what's your intention, man,* mais je te préviens : c'est plus facile qu'on le pense.

Et avec un petit sourire étrange, il prit une bouffée de son cigare.

De retour à Drummondville, Bruno alla garer la vieille Chevrolet dans le stationnement d'un centre d'hébergement pour personnes âgées, celui où sa mère, veuve, habitait depuis deux ans. Seuls les résidents ou les visiteurs avec permis pouvaient s'y stationner, mais par expérience il savait que la police ne vérifiait jamais et qu'on pouvait y laisser sa voiture sans problème, même la nuit.

Dans le coffre, il laissa le revolver, les munitions et l'achat qu'il avait fait dans la boutique fétichiste. Il installa ensuite la nouvelle plaque, puis, à pied, retourna au terminus d'autobus où l'attendait sa Saturn.

À vingt et une heures quarante, il entra chez lui. Sylvie, au salon, regardait la télé.

— J'avais une opération urgente à faire ce soir, expliqua-t-il.

— Tu aurais pu m'appeler, dit-elle sur un ton accusateur.

Il ne répliqua rien, le visage neutre. Elle le regarda un moment d'un air triste et perplexe. Mais Bruno, lui, fixait la télé car il venait d'y reconnaître Jasmine. Sylvie visionnait une vidéo maison et Bruno reconnut l'événement : c'était son propre anniversaire, en mai dernier. Sylvie filmait Jasmine qui, pour l'occasion, lisait un poème qu'elle avait écrit pour son père.

— Je sais que c'est masochiste, soupira Sylvie, mais je peux pas m'en empêcher… J'ai fait ça une bonne partie de la journée…

Sur l'écran de la télévision, c'étaient les réjouissances : lumière forte, ballons multicolores sur les murs, chapeaux de fête rouges et jaunes… Pourtant, toutes ces couleurs semblaient éteintes pour Bruno. Seule Jasmine à l'écran brillait de mille feux : sa robe jaune, ses longs cheveux châtains, ses yeux noisette coquins et intelligents, son mignon grain de beauté près de l'oreille droite, son sourire espiègle…

Elle tenait une feuille de papier entre ses délicates mains et se balançait d'un pied à l'autre, terminant son poème de sa voix claire, allumée, assurée :

> *De tous les papas, tu es vraiment le roi !*
> *Bonne fête, et je t'aime, mon papa à moi !*

Les invités applaudirent à tout rompre, tandis qu'on voyait Bruno, ému et fier, prendre sa fille dans ses bras et l'embrasser dans les cheveux… ses cheveux qui, depuis qu'elle était toute petite, sentaient le miel…

Une douleur épouvantable coinça la gorge de Bruno. Il sentit les larmes venir, les sanglots monter… et pourtant, il ne pleura pas. Comme il n'avait pas pleuré une seule fois depuis l'arrivée des ténèbres.

Le téléphone sonna. Après quatre sonneries, Bruno se décida à se lever et, pour ne pas déranger Sylvie, alla répondre à la cuisine.

Même si toutes les voix, depuis quelques jours, lui paraissaient semblables et interchangeables, il reconnut tout de suite cette tonalité à la fois rauque et douce :

— C'est le sergent-détective Mercure, monsieur Hamel. Je vous appelle pour vous dire que Lem…

— Je ne veux pas savoir son nom, coupa rapidement Bruno.

Le sergent-détective ne montra aucune surprise. Il expliqua au médecin que l'audition devant le juge, pour l'enquête préliminaire, aurait lieu le mardi suivant, le 18. Donc, dans cinq jours. Mentalement, Bruno se livrait à des calculs rapides.

— Expliquez-moi exactement comment ça va se dérouler. D'où il partira, à quelle heure, et tout le reste…

— Je vous demande pardon ?

— Je n'ai pas l'intention de me rendre au Palais de justice. Je ne veux pas le voir. Mais de chez moi, je veux m'imaginer chaque étape, en même temps que ça se produira. Vous comprenez?

Mercure dit qu'il comprenait. Lentement, avec un ton presque rassurant, il expliqua : l'inculpé quitterait le centre de détention dans une voiture de police vers neuf heures trente en direction du Palais de justice. L'audition était fixée à dix heures. Le juge et les avocats discuteraient, puis une date de procès serait déterminée. Le tout devrait durer au maximum une demi-heure, une heure s'il y avait du retard. Après quoi, on raccompagnerait l'inculpé au centre de détention où il demeurerait jusqu'à son procès.

— Et vous êtes toujours sûr que c'est lui? demanda Bruno.

— Les tests d'ADN concordent.

Le médecin ferma les yeux.

Mercure lui dit qu'il continuerait à le tenir au courant, puis conclut, sans fausse mièvrerie :

— J'espère que vous et votre épouse…

— Nous ne sommes pas mariés.

— … que vous et votre conjointe trouvez la force nécessaire pour traverser cette dure épreuve, monsieur Hamel.

Bruno ne répondit rien. À l'autre bout du fil, le policier raccrocha.

Le médecin prit une bière au réfrigérateur et en but une longue gorgée, appuyé contre le comptoir. La cuisine était plongée dans l'obscurité, à peine éclairée par la lumière du couloir.

Sylvie entra dans la pièce, s'informa du coup de téléphone.

— C'était la police. L'enquête préliminaire va avoir lieu jeudi prochain.

Il se rendit à peine compte qu'il mentait sur la journée. Il ajouta que les tests d'ADN concordaient. Sylvie poussa un long soupir, s'approcha et enlaça

Bruno. Celui-ci hésita un moment, pris par surprise, puis l'étreignit à son tour.

— Ho, Bruno! Bruno!... La nuit dernière, j'ai rêvé qu'on pendait le coupable! On le pendait dehors, devant une foule en délire! Comme au siècle dernier! J'étais dans cette foule et... je hurlais de joie!

Le visage de Bruno se durcit, mais il garda le silence.

— Tu étais avec moi, dans le rêve, poursuivit Sylvie, et tu criais d'enthousiasme, toi aussi! C'était... c'était complètement dément...

— Pourquoi est-ce si dément?

Elle le considéra en clignant des yeux. Pourquoi lui posait-il une question si rationnelle, si analytique, alors qu'elle, elle était en pleine émotivité? Un peu à contrecœur, elle répondit:

— Hé bien... C'est juste que... Toi et moi, on a toujours été contre la peine de mort et...

— Je me suis toujours posé des questions là-dessus, tu le sais.

— Oui, mais... Enfin, tu étais plutôt contre, quand même...

Il grimaça, embêté. Il réfléchit un instant et demanda en la regardant dans les yeux:

— Et maintenant, tu souhaiterais quoi? Tu voudrais que le tueur de Jasmine meure?

Sylvie le fixait toujours, déroutée par son ton, par ses questions, par son intensité. Elle eut un long soupir douloureux, appuya de nouveau sa tête contre la poitrine de son conjoint et répondit d'une petite voix brisée:

— Je souhaiterais seulement que notre petite Jasmine revienne parmi nous...

Ils demeurèrent enlacés pendant un très long moment, mais le visage de Bruno demeurait dur.

À neuf heures cinq le lendemain matin, deux véhicules sortirent de Grand-Mère et se suivirent de près: en tête, une vieille Chevrolet verte 92, et derrière, un *pick-up* rempli d'outils, de bois et de métal. Au bout d'une trentaine de minutes, ils traversèrent Saint-

Mathieu-du-Parc, roulèrent un court moment sur le chemin des Pionniers et descendirent le petit chemin qui menait au chalet de Josh. Bruno sortit de la Chevrolet, affublé de son costume, et attendit Morin. Ce dernier descendit du camion et admira le décor.

— Beau petit coin !... Vous avez ça depuis longtemps ?

— Je pensais avoir été clair là-dessus...

Morin leva les mains en signe de défense. Bruno, un sac de voyage en bandoulière, le guida jusqu'à la chambre d'amis à l'intérieur. La pièce était maintenant complètement vide et les rideaux de la fenêtre étaient tirés. Bruno avait sorti tous les meubles à l'extérieur et les avait cachés derrière la maison.

— Voilà, c'est ici.

Morin, après un rapide examen de la pièce, jeta un regard vaguement craintif vers Bruno, mais n'émit aucun commentaire. Le médecin se mit à lui expliquer en détail ce qu'il voulait. Morin écoutait avec attention, notait tout cela sur le plan que lui avait déjà fourni le médecin. Parfois, il ouvrait de grands yeux étonnés, mais continuait d'écrire, posait des questions techniques, examinait les murs, le plafond, revenait au plan...

À la fin, le *jobbeux* se gratta la tête, incertain.

— Écoutez, je veux être sûr que si vous vous retrouvez dans la marde à cause de... (il désigna le plan) de *ça,* vous nommerez pas mon nom.

Bruno le jura, mais l'autre ricana.

— *Come on !* Quelle garantie j'ai ?

— Et moi ? Quelle garantie ai-je que *vous,* vous garderez le silence ?

Morin réfléchit, puis approuva, bon joueur.

— Et vous me dites que ça va être fini pour demain après-midi ?

— Ça devrait, si c'est ce que vous voulez.

Bruno expliqua qu'il reviendrait en fin d'aprèsmidi. Morin devait travailler jusque-là et ne pas partir

avant son retour. Il lui demanda aussi de n'appeler
personne et de ne pas sortir de la maison, du moins du
terrain. Il sortit de son sac deux sandwichs emballés,
une bière ainsi qu'une barre de chocolat.

— Votre dîner pour aujourd'hui. Demain, prévoyez
un lunch.

À onze heures trente, Bruno était de retour à Drummondville. Il mangea au Charlemagne, puis, vers treize
heures, se dirigea vers l'hôpital Sainte-Croix.

L'établissement lui semblait presque inconnu. Il
avait peine à croire qu'il travaillait là depuis sept ans.
Les murs étaient si laids, les patients si rabougris,
l'éclairage si vide… Dans les couloirs, il réussit à éviter
toute rencontre avec des collègues.

Il alla à son bureau et prit avec lui deux trousses
vides. Ensuite, il passa au département de chirurgie,
mais en voyant les deux médecins qui s'y trouvaient,
il tourna les talons. Il se rendit donc tout de suite au
département pharmacologique.

Comme il l'avait prévu, Martin y était seul à cette
heure. Le pharmacien s'étonna du retour si rapide du
médecin, mais celui-ci lui dit qu'il était toujours en
congé : il venait seulement chercher quelques trucs.

Martin, plein de bonnes intentions, demanda à Bruno
comment il allait. C'était un jeune pharmacien, aimable,
gentil, très brillant… mais qui cachait certains points
faibles, comme tout le monde. C'est justement pour
cela que Bruno était venu le voir… Coupant court à
toute discussion, il affirma qu'il avait besoin d'une série
de timbres de nitroglycérine. Mais pas des *nitropatches*
ordinaires…

— Je voudrais qu'elles soient très, très minces…
Tellement minces qu'on les sente à peine…

Il précisa aussi la forme et la grosseur. Martin
écoutait, dérouté, puis opta pour un petit ricanement
interrogatif : qu'est-ce que c'était que cette commande
si spéciale ? Quel genre de traitement nécessitait de
telles spécificités ? Quand Bruno avoua que c'était per-

sonnel, Martin devint mal à l'aise. Voyons, il ne pouvait faire ça sans prescription... Enfin, Bruno savait comment ça fonctionnait, non ?

— Ton ami, il y a trois ans, n'avait pas de prescription non plus, dit tout à coup le médecin.

Trois ans plus tôt, Martin avait vendu à un copain quelques substances illicites et Bruno l'avait découvert. Désespéré, Martin avait expliqué qu'il avait des dettes, qu'il n'avait pas eu le choix. D'ailleurs, tout été maintenant réglé et jamais plus il ne se compromettait dans ce genre de magouille. Bruno ne l'avait pas dénoncé. Parce qu'il l'avait cru, parce que Martin était un bon pharmacien, et parce que, merde ! on ne fout pas en l'air la vie de quelqu'un pour une simple petite erreur de parcours ! Donc, silence. Depuis ce temps, chaque fois que le pharmacien et le médecin se rencontraient dans les couloirs, Martin montrait tant de gentillesse et de camaraderie que c'en était gênant. Bruno ne lui en avait plus jamais parlé. Il était hors de question qu'il tire avantage de cette histoire.

Jusqu'à aujourd'hui.

Martin rougit d'un seul coup, mais sa voix se voulut conciliante.

— Bruno, en ce moment, tu... tu es bouleversé par ce qui t'arrive... et c'est normal... Peut-être que tu... que tu devrais te reposer et ré...

— Écoute-moi bien, Martin. Si tu ne me prépares pas les *nitropatches* pour dimanche, je ressors cette vieille histoire.

Il aurait dû s'en vouloir d'exercer un si ignoble chantage, mais il ne ressentait rien. Rien du tout.

L'autre passa du rouge écarlate au blanc neige. Imperturbable, Bruno précisa qu'il en voulait une trentaine, de couleur noire.

— Noires ? bredouilla le pharmacien. Je... je suis pas sûr que c'est faisable...

— Le plus foncé possible, en tout cas. Débrouille-toi. Et je veux aussi ces antibiotiques et ces sédatifs.

(Il tendit une liste à Martin.) Tu me les donneras en même temps que les timbres. Et je te le répète : ces *patch*s ne tueront personne, je te le jure.

Martin tenta encore d'en savoir plus, mais en vain. Bruno dit qu'il voulait tout cela dans les deux jours. Il lui donna rendez-vous au parc Woodyatt, à dix heures, sur le petit pont. S'il amenait la police avec lui, Bruno déterrerait le passé. Le pharmacien poussa un long soupir douloureux et, complètement abattu, demanda presque en gémissant :

— Merde ! Bruno, qu'est-ce qui te prend ?

Le médecin soutint son regard un moment. Il s'humecta les lèvres, comme pour dire quelque chose, mais renonça et sortit rapidement.

Cette fois, le département de chirurgie était désert. Rapidement, Bruno choisit une série d'objets : instruments chirurgicaux, seringues, sacs de soluté, pansements, désinfectants… Il mit le tout dans ses deux trousses puis sortit.

En route, il tomba malencontreusement sur Jean-Marc, le chef du service. Discussion de circonstance : mon pauvre Bruno, comment t'en sors-tu, comment va Sylvie, nous pensons à vous… Jean-Marc demanda au médecin s'il avait prévu une date de retour au travail.

— Je ne sais pas encore, répondit-il, la voix dénuée d'émotion.

— Prends ton temps ! le rassura Jean-Marc avec empressement. On a confié tes opérations urgentes à Benoît et à Peter. Rien ne presse. Sylvie et toi avez besoin d'être ensemble…

Il semblait intrigué par les deux trousses, mais il ne posa pas de questions.

Une demi-heure après, Bruno était à la banque et en ressortait avec une mallette contenant cent vingt mille dollars en liquide.

Il fit au supermarché une épicerie complète, qui s'éleva à plus de deux cents dollars. À la dernière minute, il ajouta une caisse de bière.

À seize heures, il était de retour au chalet de Josh. Affublé de son déguisement, il alla directement à la chambre d'amis. Morin s'arrêta à peine de travailler pour lui dire « bonjour ». Bruno observa le travail. Ça prenait forme, ça avançait.

— Vous me garantissez que vous finirez demain ?

— Ouais, ouais…

Bruno entra les nombreux sacs de provisions dans la maison et rangea le tout dans les armoires et le réfrigérateur. Morin apparut dans la cuisine. Même s'il se sentait maintenant plus à l'aise devant cet original au déguisement grotesque, le *jobbeux* éprouvait toujours des relents de nervosité. Il dit qu'il avait terminé pour aujourd'hui. Comme il connaissait maintenant l'endroit, il serait ici demain à neuf heures trente. Avant de partir, Morin demanda :

— Pis… est-ce qu'il y aurait moyen d'avoir une petite avance ?

Il avait un ton qui frôlait la supplication, tout à coup, il ressemblait presque à un drogué en manque. Bruno lui donna une avance de cinq mille dollars. Les vingt-cinq autres mille seraient pour demain, après le boulot. Morin était si content qu'il vola presque jusqu'à son camion.

Bruno décapsula une bière et alla la boire dans la chambre d'amis, où il observa le travail de Morin, immobile, appuyé contre le mur.

À dix-sept heures trente, à Drummondville, il garait sa Chevrolet dans le stationnement du centre d'hébergement où l'attendait sa Saturn. Il laissa ses deux trousses dans le coffre de la Chevrolet.

Il arriva chez lui à dix-sept heures quarante. Il alla directement dans son bureau, petite pièce pleine de livres au centre de laquelle trônaient un ordinateur et une imprimante. Il rangea la mallette contenant l'argent dans l'armoire.

À la cuisine, il trouva Sylvie en train de cuisiner, heureuse de voir Bruno rentrer enfin à une heure normale.

Dans la salle à manger trop éclairée, ils mangèrent des pâtes, en parlant presque à voix basse, comme si quelqu'un dormait. En fait, elle parlait quasiment seule, le médecin ne répondant que par monosyllabes. Il avait une drôle d'impression, comme s'il ne se trouvait pas dans cette pièce et que son corps n'était qu'un mannequin jouant les figurants. Car son esprit était loin, très loin… Dans un petit chalet de la Mauricie, à cent kilomètres de là…

— J'ai voulu aller travailler au centre, cet après-midi, disait Sylvie, mais je suis repartie après deux heures… C'était… trop dur…

Elle eut un sourire d'excuse. Elle s'efforçait d'avoir l'air forte, il le voyait bien, mais le résultat n'était pas concluant. Ses longs cheveux noirs écrasaient son visage si gris, si vieilli…

— Je me demande comment toi, tu fais pour travailler, ajouta-t-elle.

Il ne dit rien, prit une bouchée pour se donner contenance. Elle sourit de nouveau mais cette fois avec une joie réelle :

— De toute façon, demain, c'est samedi, on va pouvoir passer la journée ensemble…

Mal à l'aise, il expliqua qu'il travaillait aussi le lendemain. Devant la surprise de Sylvie, il rétorqua que ce n'était tout de même pas la première fois qu'il travaillait le week-end, elle le savait bien. Elle demeura un instant bouche bée, puis déposa ses ustensiles sur la table.

— Qu'est-ce qu'il y a, Bruno ? Tu fuis ta détresse dans le travail, c'est ça ?

Pendant un moment, il songea à tout lui avouer, mais se retint. C'était trop risqué. Elle ne comprendrait peut-être pas. Plus tard, oui, mais c'était peut-être trop tôt… Il se contenta donc de hausser les épaules, embêté.

Lorsque Sylvie se remit à parler, ce fut d'une voix chevrotante :

— Écoute, je sais que ça n'allait pas super bien entre nous avant la… mais maintenant, il faut… il faut justement se battre parce que…

— Sylvie, je…

Il chercha une réponse douce et rassurante, mais renonça et dit froidement :

— Je n'ai pas envie de parler, c'est tout.

— Qu'est-ce qui t'arrive ? Durant les trois ou quatre premiers jours, tu étais tellement doux, tellement délicat, tellement présent, et là… depuis avant-hier, tu es… tu es différent, plus distant, plus… (Elle eut un petit gémissement.) Pourquoi être retourné à l'hôpital si vite, aussi !

Elle tendit les bras au-dessus de la table et lui prit les mains.

— Notre fille est morte, Bruno, et j'ai besoin de toi, est-ce si difficile à comprendre !

Elle avait presque crié. Elle se calma aussitôt et, posément mais avec intensité, ajouta :

— Et toi, tu n'as pas besoin de moi ?

Il dégagea ses mains d'un geste agacé. Ne pouvait-on pas le laisser tranquille ?

Elle recula la tête et le considéra avec une sorte d'ahurissement effrayé, comme si elle ne reconnaissait pas l'homme devant elle. Elle se leva, sur le point de quitter la pièce, mais Bruno lui lança d'une voix dénuée d'émotion :

— Sylvie, dans quelques jours, tout ça aura un sens, tu verras…

— De quoi parles-tu ? demanda-t-elle, déconcertée.

— Tu comprendras plus tard… Très bientôt…

— Mais comprendre quoi ?

Elle pleurait presque, enragée et désespérée à la fois. Bruno répéta sur un ton neutre :

— Tu comprendras…

Sylvie eut une moue dédaigneuse et, au moment où les premières larmes coulèrent de ses yeux, elle quitta la pièce et monta l'escalier.

Seul, Bruno continua à manger.

Quinze minutes plus tard, Sylvie redescendait avec une petite valise. Froidement, elle expliqua qu'elle s'en allait chez son amie Ariane.

— J'ai besoin de présence humaine et de réconfort, alors je vais les chercher moi-même…

— Je comprends, fit Bruno.

Sylvie ajouta qu'il savait où la rejoindre s'il avait besoin d'elle.

— Je suis désolé, marmonna-t-il.

Le ton de sa voix dénotait le contraire.

Sylvie hocha la tête, amère, puis sortit sans ajouter un mot.

Pendant un très bref moment, Bruno sentit le remords lui tordre les tripes, mais les ténèbres intervinrent, comme un anticorps protégeant le système de tout virus. Son enveloppe charnelle redevint mannequin et son esprit retourna au chalet de Josh… Il mangea mécaniquement des pâtes qui ne goûtaient rien.

◆

Il avait légèrement froid. Tandis qu'il remettait son manteau, il vit du coin de l'œil le policier déambuler entre les voitures, dans le stationnement.

Il se coucha sur la banquette côté passager. Ce n'était sûrement pas interdit d'être stationné là, mais il voulait éviter toute intervention extérieure. Il resta ainsi deux minutes, puis se redressa. Plus de policier en vue.

Sa montre indiquait dix heures trente. Dieu ! qu'il avait envie d'une bière !

Il regarda sa main avec curiosité. Il avait l'impression que ce n'était pas la sienne, qu'elle ne lui appartenait pas. En fait, depuis les ténèbres, il avait l'impression d'être dans une autre peau, un corps autre mais qu'il connaissait parfaitement.

Et au cours de ces quatre dernières journées, cette impression avait décuplé…

◆

Le lendemain, il se leva tôt, se doucha, déjeuna rapidement puis partit en apportant avec lui la mallette pleine d'argent et son ordinateur portatif.

Il retourna prendre la Chevrolet puis partit pour Saint-Mathieu-du-Parc, affublé de son déguisement. Au chalet de Josh, Morin attendait, assis sur les marches du perron à fumer une cigarette. Le soleil brillait encore, mais il faisait un peu plus frais que les jours précédents. Le *jobbeux* calcula qu'il devrait avoir terminé vers quinze heures cet après-midi-là.

— Parfait. Je vais essayer de revenir vers cette heure-là, mais je peux être un peu en retard. Ne partez pas avant que je ne sois revenu.

— Craignez pas : je veux être payé ! fit l'autre en mâchouillant son cure-dent d'un air entendu.

Dans sa voiture, Bruno prépara onze rouleaux de sept mille dollars chacun. En coupures de cent, cela faisait des rouleaux consistants, mais ça se cachait tout de même facilement. C'est pour cela qu'il avait fixé les montants à sept mille dollars. Il aurait pu se rendre à dix mille, mais les rouleaux seraient devenus trop épais et, donc, plus difficiles à camoufler dans des endroits étroits.

À Grand-Mère, il retourna au parc de la rue principale et, après quinze minutes de recherche, cacha sept mille dollars dans l'un des barreaux de métal de la fusée pour enfants. Une demi-heure plus tard, il trouva une clôture en métal qui entourait une usine de textile. Le huitième poteau de cette clôture tenait au sol par un socle de ciment. Ce socle était fendu à la base et Bruno y glissa un second rouleau. Il notait avec précision les endroits dans un calepin. Il trouva deux autres cachettes dans Grand-Mère, puis sortit de la ville.

Il cacha les sept autres rouleaux dans deux autres municipalités près de Grand-Mère. Soixante-dix-sept mille dollars furent donc éparpillés en onze cachettes dans trois patelins différents. Onze endroits sûrs, presque impossibles à trouver par hasard. Et chaque fois, il avait pris bien soin de n'attirer l'attention de personne. Neuf cachettes auraient été suffisantes, mais il n'y avait pas de risque à courir. Un pépin pouvait survenir…

Le tout lui prit toute la matinée et une bonne partie de l'après-midi, de sorte qu'il fut de retour au chalet à quinze heures trente.

Morin avait terminé et tout était nettoyé. Bruno examina l'installation en détail. Tandis que Morin lui expliquait comment se servir de tout cela, le médecin faisait des tests, essayait les différents mécanismes. Tout fonctionnait parfaitement bien.

Josh n'aurait jamais reconnu son bureau.

Malgré la complète apathie qui l'habitait depuis l'arrivée des ténèbres, Bruno ne put s'empêcher de ressentir une vague admiration pour Morin. Honnête ou non, il était drôlement compétent. Il se tourna vers lui et le félicita d'une voix morne. Morin haussa les épaules, mais on le sentait fier. Il donna finalement une petite clé à Bruno en précisant:

— Elle ouvre tous les anneaux. Ceux des chaînes et ceux de la table.

Ils retournèrent tous deux au salon. Bruno vit quatre bouteilles de bière vides sur la table. Morin eut un ricanement d'excuse:

— J'ai vu qu'il y en avait dans le frigidaire, ça fait que j'me suis dit…

Le médecin donna les vingt-cinq mille dollars restants. Morin compta plusieurs fois les billets, incrédule. Jamais il n'avait vu tant d'argent.

— Et à partir de demain, vous vous ferez en plus sept mille dollars par jour, lui rappela Bruno.

Il expliqua le mode de paiement: chaque jour, il appellerait le *jobbeux*, entre neuf heures et dix-huit heures, pour lui dire où était l'argent. Si le médecin apprenait que Morin avait parlé de lui à quelqu'un, les

appels cesseraient automatiquement et, donc, les
paiements aussi.

— Et si vous parlez, je le saurai bien, croyez-moi.

Morin ne dit rien. Bruno le prévint : il était hors de
question qu'il revienne ici, pour quelque raison que ce
soit. Si le médecin revoyait ne serait-ce que son ombre,
l'entente tombait à l'eau.

— Et si vous me mentez ? Si vous ne m'appelez pas
demain ?

— Alors, vous viendrez me voir.

— Ou je vous dénonce…

— Me dénoncer de quoi ? En vous demandant de
me construire ces petites installations, je n'ai rien fait
de vraiment illégal…

— Pas encore…

Les deux hommes se regardèrent un bon moment.
Le *jobbeux* avait vraiment pris de l'assurance et son visage était un rien goguenard ; celui de Bruno demeurait
insondable derrière son déguisement.

— Ne parlez de cette histoire à personne, monsieur
Morin, et vous vous ferez sept mille dollars quotidien-
nement pendant environ deux semaines. Après quoi…

Il haussa les épaules :

— … après quoi, vous ferez ce que vous voudrez.

Il vint pour ajouter : *car plus rien n'aura d'importance,* mais il s'en abstint.

Tandis qu'il raccompagnait le *jobbeux* dehors, Bruno
vit dans le camion un outil qui l'intéressa : une masse
avec un long manche, dont la tête en fonte devait venir
à bout des plus solides pierres. Bruno demanda un prix
pour cet instrument.

— Il est pas à vendre, j'en ai besoin.

Le médecin offrit cinq cents dollars et le *jobbeux*
lui céda la masse. Il faillit poser une question, puis se
ravisa en haussant les épaules.

Les deux hommes ne se donnèrent pas la main.
Deux minutes plus tard, le *pick up* remontait le chemin
de terre.

Muni de la masse, Bruno retourna dans la chambre d'amis et observa longuement la sinistre installation. C'était exactement comme il l'avait imaginé, et pourtant, il ne ressentait rien. Tant que ces installations ne serviraient pas, elles ne représenteraient rien pour lui. Il déposa la masse contre le mur près de la porte, puis retourna au salon.

Il regarda à l'extérieur par la grande fenêtre, en buvant une bière. Au-dessus du lac, le soleil achevait sa descente paresseuse. Un soleil que Bruno voyait délavé, sans éclat. Une légère brise s'était levée et sur la berge, des centaines de feuilles rouges (ternes) et jaunes (blêmes) dansaient mollement.

Avant de retourner à Drummondville, il se dirigea vers un village appelé Saint-Élie. Il fit rapidement le tour de la place et, ne trouvant pas ce qu'il cherchait, roula jusqu'au patelin suivant, Charette, situé à une vingtaine de kilomètres de Saint-Mathieu-du-Parc. Il chercha pendant un bon moment et trouva enfin : un vieux duplex assez retiré, où une pancarte indiquait « À louer ». Il y avait un numéro de téléphone pour joindre le propriétaire. Utilisant toujours une cabine téléphonique, Bruno l'appela et ils se rencontrèrent chez lui. L'homme habitait à plusieurs kilomètres du duplex, ce qui faisait parfaitement l'affaire du médecin.

Affublé de son déguisement, mais toujours sans les lunettes noires, Bruno expliqua qu'il s'appelait Gauthier et qu'il était écrivain. Il cherchait un endroit tranquille pour écrire pendant environ deux mois.

— Normalement, je loue à l'année, pas au mois, expliqua le vieux proprio.

Bruno offrit le double du loyer, en liquide. Le vieil homme accepta et remit la clé à Bruno.

— Je vous préviens, vous ne me reverrez sûrement plus, expliqua le nouveau locataire. Quand j'écris, je suis un ermite. Je ne réponds ni au téléphone, ni aux gens qui viennent frapper à ma porte.

— Ne craignez rien, je dérange jamais mes locataires, répondit le vieil homme en souriant.

Dix minutes plus tard, muni de son ordinateur portatif, Bruno visitait le petit quatre et demi rustique du rez-de-chaussée, complètement vide. Il y avait un vieux téléphone, mais la ligne était hors service. Il laissa son ordinateur portatif dans l'appartement, puis sortit.

D'une cabine, il appela Bell et s'entretint un moment avec un préposé.

— Tout sera prêt dès lundi, n'est-ce pas ? insista Bruno.

— Dans l'avant-midi, monsieur.

Il donna un autre coup de téléphone. On lui assura aussi, à l'autre bout du fil, que tout serait réglé le lundi.

Il arriva chez lui à dix-huit heures quarante-cinq. Sur le répondeur, il n'y avait aucun message de Sylvie. Il se demanda s'il devait l'appeler, puis se rendit compte qu'il n'en avait nulle envie.

Il mangea un steak.

Il regarda la télévision sans porter attention à aucune des émissions.

Sa mère appela. Elle pleurait. Il lui parla doucement, lui dit que Sylvie et elle allaient mieux et qu'il passerait la voir très bientôt. Un peu plus tard, ce fut au tour d'un de ses amis d'appeler. Cette fois, Bruno dit assez sèchement qu'il n'avait pas envie de parler.

Il se coucha à vingt-deux heures, mais trouva le lit grand et froid. Il se leva, alla dans la chambre de Jasmine et se coucha dans le lit de sa fille. Il s'endormit en quelques minutes.

À dix heures moins cinq, le lendemain matin, il était au parc Woodyatt. Il contourna le terrain de tennis et marcha sur le chemin qui longeait la rivière Saint-François, vers le petit pont. Le vent était plus frisquet que la veille et il semblait bien que l'automne revendiquait enfin sa place. Plusieurs personnes déambulaient sur le chemin transformé en tapis multicolore ; certains lisaient même sur les bancs, bien emmitouflés, tandis que des enfants croisaient Bruno en courant. Celui-ci avait compté sur cette animation du dimanche. C'est toujours parmi plusieurs personnes qu'on passe le plus inaperçu…

Sur le petit pont, Martin attendait en fumant nerveusement une cigarette, une trousse à la main. En voyant Bruno s'approcher, son visage se rembrunit et il jeta son mégot dans la rivière. Il tendit une grande enveloppe à Bruno. Celui-ci en vérifia discrètement le contenu avant de la ranger sous son manteau. Puis le pharmacien lui donna la trousse qui renfermait les antibiotiques et les sédatifs. Un couple d'amoureux passa sur le pont. Martin ne disait toujours rien, dévisageait Bruno presque avec mépris.

— Je suis désolé, Martin, prononça Bruno, le visage impassible.

Le pharmacien eut un rictus dédaigneux et, le pas raide, s'éloigna.

Bruno observa la nature autour de lui. Il avait toujours considéré l'automne comme la plus belle époque de l'année. Mais ce jour-là, jamais cette saison ne lui avait paru si terne. Une fillette d'environ cinq ans traversa le pont en chantant, une poupée entre les mains. Sa maman la suivait et la surveillait distraitement, l'esprit ailleurs.

Un rire enfantin et aérien résonna dans la tête de Bruno. Il s'éloigna rapidement.

Devant le terrain de tennis, il tomba sur Frédéric Bédard, son petit voisin de neuf ans, accompagné de son père Denis. Surprise, malaise, puis Denis se renseigna sur son état, sur celui de Sylvie. Cette discussion était pénible, presque insupportable pour Bruno… Depuis quatre jours, il ne ressentait que rage et agressivité, et cela rendait la comédie de plus en plus difficile à jouer.

À un moment, le petit Frédéric intervint et dit d'une voix triste :

— Moi aussi, ça me fait de la peine que Jasmine soit morte...

Bruno baissa la tête vers l'enfant. Il fixa un moment ces terribles cicatrices qui le défiguraient depuis maintenant trois ans. Il n'y avait pas si longtemps, chaque fois qu'il voyait cet enfant, Bruno se trouvait chanceux...

Il dut se mordre la lèvre inférieure avec violence pour ne pas hurler.

— En tout cas, dit alors Denis plein d'une écœurante compassion, si tu veux en parler, tu peux compter sur moi...

Il ajouta en avançant la tête :

— Je comprends ce que tu traverses...

Et il disait cela d'un air entendu ! Bruno le regarda longuement, puis articula d'une voix égale :

— À ce que je sache, ton fils n'est pas mort, il est seulement défiguré...

Les traits de Denis se durcirent, tandis que les yeux du petit Frédéric, d'abord ahuris, s'emplissaient de larmes. Il commença même à pleurer, tandis que son père se penchait vers lui pour le réconforter. Bruno aurait voulu regretter ses paroles, mais aucun remords ne se manifestait. Il examina en silence la petite scène, puis il éprouva une sombre jalousie : il envia avec violence le privilège qu'avait cet homme de pouvoir réconforter son garçon.

Denis leva la tête vers le médecin, mais il n'y avait aucun reproche dans son regard. Seulement une vague pitié insupportablement compréhensive...

Bruno s'éloigna à grands pas, le ventre soudain douloureux.

Dans sa voiture, il ferma les yeux et se frotta les tempes. Un dernier effort... Une ou deux choses encore à régler, et tout serait prêt.

Pendant l'heure du dîner, il alla dans plusieurs parcs, stationnements et arcades où il savait pouvoir trouver des jeunes qualifiés de «louches», qui ne faisaient pas grand-chose à part traîner, parler entre eux et fumer.

S'assurant chaque fois de ne pas tomber sur des adolescents qu'il connaissait, il approcha neuf garçons,
choisissant ceux qui avaient l'air le plus *tough*, le plus
louche.

— J'ai cinq cents dollars pour toi si tu acceptes de
déverrouiller une porte de voiture dans deux jours…

Cinq refusèrent son offre, offusqués : pour qui il les
prenait, au juste, des voleurs ? Deux parurent tentés
mais résistèrent, croyant sûrement à un piège. Un autre
lui dit carrément qu'il aurait accepté avec joie, mais
qu'il ne connaissait rien à la technique d'effraction de
voitures… Chaque fois, Bruno s'éloignait rapidement.

Mais le neuvième, un jeune *skinhead* à l'air préten-
tieux, accepta, allumé par le montant d'argent. Sur son
manteau était écrit : « *No faith – No mercy* ». Bruno lui
donna rendez-vous le mardi à neuf heures trente en
face du bar le Box Office.

— À neuf heures et demie ? Je vais manquer l'école !
dit le skinhead avec ironie.

— Je suis sûr que ça te dérange beaucoup…

— Pour cinq cents piastres, je manquerais l'année
au complet ! fit le jeune en prenant une touche de sa
cigarette.

Bruno lui dit qu'il aurait l'argent sur place, puis il
partit, sous le regard amusé et intrigué du *skinhead*.

Il dîna brièvement dans un restaurant, puis alla
garer sa Saturn au centre d'hébergement. À sa grande
surprise, il trouva une contravention sur sa Chevrolet.
Il la chiffonna et la jeta avant de monter dans la vieille
voiture.

Il devait appeler Morin. Pas question d'utiliser le
téléphone de la maison ni son cellulaire. Il s'arrêta
donc à une cabine téléphonique et Morin répondit à la
première sonnerie.

— C'est moi, fit tout simplement Bruno.

— Oui, je vous reconnais.

Sa voix était légèrement excitée, mais surtout surprise.

— Calvince ! Un moment donné, j'y ai plus cru pis j'me suis dit que vous me rappelleriez pas !

— Voici où se trouvent les sept mille dollars d'aujourd'hui.

Tout en consultant son calepin, il expliqua en détail la cachette.

— Attendez, attendez, faut que je note tout ça…

— C'est clair ? demanda Bruno à la fin.

— Très clair ! fit l'autre tout excité. Pis en plus, c'est pas loin de…

— Je vous rappelle demain.

Il raccrocha.

Un peu moins d'une heure plus tard, il arriva à Longueuil et y demeura un bon moment. Après quoi, il retourna à Drummondville.

Durant le reste de l'après-midi, il chercha aux abords de la ville un endroit sûr où il pourrait laisser sa Chevrolet sans que personne la voie. Vers seize heures trente, il trouva enfin. Il roulait sur le chemin du Golf depuis plusieurs minutes et avait même dépassé l'autoroute vingt, franchissant ainsi les limites de Drummondville. De chaque côté de lui, il y avait de la forêt et quelques maisons éparpillées. À un certain moment, il passa devant un petit chemin terreux qui s'enfonçait dans le bois, semblable à celui du chalet de Josh mais plat.

Bruno s'y engagea et, au bout d'une vingtaine de secondes, il arriva à une clairière, sans construction, sans trace de feu de camp, sans aucun déchet… Bref, aucun signe d'activité humaine. Il arrêta sa voiture et sortit. On voyait à peine le chemin du Golf d'où il était. Ce terrain appartenait sûrement à quelqu'un mais, manifestement, on ne s'en servait pas beaucoup…

Quelles étaient les chances qu'on vienne ici au cours des deux prochaines journées, alors que manifestement on n'y mettait jamais les pieds ? À peu près nulles. Il faudrait qu'il soit vraiment malchanceux.

Mais ce n'était pas impossible… Que ferait-il si, dans deux jours, sa Chevrolet n'était plus ici? Eh bien, il volerait une voiture. De n'importe quelle manière.

Il estima qu'à vitesse normale il était à dix minutes du centre-ville. Ça devrait aller.

Il ouvrit le coffre de la Chevrolet et sortit l'une de ses deux trousses médicales. Il déposa dans le coffre son déguisement ainsi que les antibiotiques fournis par Martin. Par contre, il garda avec lui l'enveloppe de *nitropatches*. Puis, sa trousse en main, il retourna sur le chemin du Golf, où il fit du pouce pendant environ dix minutes avant qu'un jeune d'une vingtaine d'années le prît et le ramenât à sa Saturn, au centre d'hébergement.

Debout à côté de sa voiture, les mains sur les hanches, il regarda autour de lui, réfléchissant avec intensité. Avait-il fait tout ce qu'il fallait? Avait-il oublié quelque chose? Il avait l'impression que, depuis les ténèbres, une seule journée s'était déroulée, interminable, engourdissante…

Tout était réglé. Tout était en ordre. Chaque pièce était placée.

Il passa une main dans ses rares cheveux en poussant un très long soupir, monta dans sa Saturn et démarra.

Il ne lui restait plus qu'à attendre le mardi.

◆

Dix heures quarante. Ça devait être presque terminé, maintenant.

Les trois petits coups frappés à la fenêtre de sa portière le firent sursauter. Un policier, dehors, lui indiquait de baisser la vitre. Merde! il ne l'avait vraiment pas vu approcher, celui-là!

— J'attends quelqu'un.

— C'est le stationnement pour les employés du Palais de justice, monsieur. Les visiteurs doivent aller de l'autre côté…

— J'attends quelqu'un, je vous dis... J'attends... maître Bourassa.

Jean-Claude Bourassa, un avocat que Bruno connaissait très vaguement.

— C'est lui qui m'a dit de l'attendre ici. Il devrait sortir d'une minute à l'autre.

Le flic eut un petit soupir contraint : dans dix minutes, si maître Bourassa n'était toujours pas là, il faudrait changer de place... Bruno dit qu'il comprenait et remercia, tandis que le policier repartait.

Dix minutes. Le monstre serait sûrement sorti d'ici là.

C'était si court, dix minutes. Ce n'était rien comparé à l'attente des trente-six dernières heures...

Longue et calme attente...

◆

Durant toute la soirée du dimanche, Bruno resta au salon à ne rien faire. Il laissait les ténèbres onduler en lui.

Le téléphone sonna deux fois. Des amis qui voulaient prendre des nouvelles. Chaque fois, il raccrocha aussitôt. Plus la force de faire semblant.

Sylvie n'appela pas.

Bruno demeura assis plus de trois heures. Il ne sentait rien, sauf le poids sur ses épaules, ce poids qui ne le quittait plus depuis l'arrivée des ténèbres.

À vingt et une heures, il se dit que le temps passerait peut-être plus efficacement s'il était couché. Il monta donc à l'étage et, comme la veille, alla se coucher dans le lit de Jasmine.

Pour la première fois, il rêva à sa fille. Il était assis dans un champ, sur une chaise, et il attendait. Devant lui, sur le sol terreux, il y avait un cercueil fermé. Il savait que c'était celui de sa fille. De petits coups sourds provenaient de l'intérieur, comme quelqu'un frappant avec insistance à une porte, tandis qu'une voix enfantine et étouffée répétait sans cesse : *Papa !... Papa !...* Pas de peur ou de souffrance dans cette voix, mais de l'impatience, de l'urgence... Bruno, immobile sur sa chaise, répondait au cercueil : *Patience, chérie ! C'est pour bientôt, très bientôt...*

Et au loin, du fond du champ, un chien s'approchait en courant silencieusement...

Le soleil brillait de mille feux quand Bruno se réveilla à huit heures du matin. Il déjeuna sans appétit.

Que pouvait-il faire jusqu'au lendemain ? Rien. Rien du tout. Il alla donc s'asseoir au salon et recommença à attendre. Bientôt, il fut à peine conscient qu'il se trouvait chez lui.

Les heures se succédèrent, sans presse.

Alors qu'aucune pensée n'avait traversé l'esprit de Bruno depuis un bon moment, un mot s'alluma dans sa tête tel un système d'alarme, comme si, tapi dans l'ombre, il avait attendu ce moment précis pour percer le brouillard.

Morin.

Bruno se leva aussitôt, ce qui fit grincer tous les os de son corps, et regarda l'heure : quatorze heures dix. Il sortit de la maison, prit sa voiture et roula jusqu'à une cabine téléphonique.

Quand Morin reconnut Bruno, il s'excita :

— L'argent se trouvait bien où vous l'aviez dit !

— Évidemment.

— Oui, je sais ben, c'est juste que...

Morin se tut, gêné. Il éprouvait toujours de la difficulté à croire à ce qui lui arrivait.

Bruno consulta de nouveau son calepin et expliqua à Morin l'endroit exact où se trouvait la seconde somme d'argent.

— Ça non plus, c'est pas tellement loin de...

Bruno raccrocha.

Trois minutes après, il était de retour chez lui. Cette violente sortie de son cocon lui avait causé un léger vertige. Il retourna au salon et replongea dans l'attente.

Lorsque le téléphone sonna vers seize heures, il alla répondre en s'en rendant à peine compte.

C'était Sylvie. Ils se saluèrent avec malaise, surtout Bruno qui éprouvait toutes les difficultés du monde à émerger de son cocon.

— Tu as l'air fatigué… Tu es au travail ?

— Non.

— Tu es à la maison ?

— Oui.

— Qu'est-ce que tu fais ?

— Rien.

Silence, puis Sylvie, la voix désespérée :

— Tu veux qu'on se voie ? Pour parler ?

— Non.

Aucune colère dans la voix du médecin. Sylvie étouffa un sanglot et devint plus suppliante :

— Qu'est-ce qu'il y a, Bruno ? Je ne te reconnais plus, il se passe quelque chose d'épouvantable en toi et je ne sais pas quoi ! Parle-moi ! Dis-moi ce qui se passe !

Bruno ferma les yeux et se frotta le front de sa main libre, en grimaçant. Il ne voulait pas que l'on trouble son attente, il ne voulait pas qu'on vienne déranger les ténèbres en lui, pourquoi le harcelait-on de questions sans importance ? Il n'aurait pas dû répondre, non plus… Il interrompit donc sa conjointe et lui dit rapidement :

— Écoute, Sylvie, ne m'appelle plus, c'est inutile. Moi, je t'appellerai. Et là, tu comprendras.

— Mais arrête avec ça ! Tu m'as dit la même chose l'autre soir ! De quoi parles-tu ? Qu'est-ce que…

Il raccrocha. Il retourna s'asseoir au salon et ne bougea plus. Le téléphone sonna encore quelques fois, puis ce fut le silence.

Le temps passa.

Bruno remarqua qu'il avait mal au ventre. Il constata qu'il était dix-neuf heures et qu'il n'avait pas mangé depuis le matin. Il se fit une soupe et une salade. Il eut envie d'une bière et en but deux, assis à la table, en fixant le mur devant lui.

Cette nuit-là, il refit le même rêve. Mais cette fois, les cognements étaient si forts que le couvercle du cercueil tressautait, et la voix de Jasmine, plus qu'impatiente, manifestait un début de colère et de frustration : *Papa!... PAPA !*, et Bruno lui répondait : *Plus que quelques heures, ma chérie!* Au loin, dans le champ, le chien approchait de plus en plus. C'était un énorme danois noir. Il n'émettait aucun son, mais ses babines retroussées et son regard étincelant exprimaient la plus terrible des menaces, et il n'était plus qu'à une vingtaine de mètres de Bruno...

— *Papa!*

— *Ça y est, ma chérie! J'y vais!*

Il se réveilla au moment où le chien lui sautait dessus, gueule béante.

En ouvrant les yeux, il regarda son réveil : huit heures trente. Exactement l'heure à laquelle il voulait se réveiller.

Il fit sa toilette, s'habilla et transféra le contenu des poches de son pantalon de la veille dans celles de son jean. Il tint un moment entre ses doigts le ruban bleu de Jasmine. La tache de sang séché était maintenant sombre, brunâtre.

Il mangea rapidement. Après quoi, il alla dans son bureau et prit la trousse qu'il avait rapportée la veille. Après réflexion, il prit aussi la mallette contenant les mille dollars restants. Lorsqu'il sortit de la maison, il contempla celle-ci un bref moment. Enfin, il entra dans sa Saturn et démarra.

Il ressentait une très légère excitation.

À neuf heures trente précises, il s'arrêta devant le Box Office et le jeune *skinhead*, souriant, monta dans la voiture.

— Je me demandais si t'allais venir, si tu m'avais pas niaisé, l'autre jour... On dirait ben que c'est sérieux, ton affaire...

Bruno le considéra d'un œil vide, puis, sans un mot, reprit la route. Cinq minutes après, il s'arrêtait dans le stationnement arrière du Palais de justice et coupait le moteur.

— Qu'est-ce qu'on fout ici ? demanda le jeune, qui s'amusait un peu moins.

— On attend.

Le jeune essaya deux ou trois fois de faire parler son étrange patron, mais finit par abandonner.

À neuf heures quarante-huit, Bruno, pour la première fois, voyait le monstre en chair et en os…

… et entendait le grognement de chien.

◆

À dix heures cinquante-six, un agent sortit du Palais de justice et entra dans la voiture de police. Bruno, soudain attentif, mit aussi son moteur en marche.

L'auto-patrouille retourna derrière l'édifice et alla se garer tout près de la porte arrière. Le policier sortit, traversa de nouveau les manifestants qui avaient patienté tout ce temps et franchit la porte.

À trente mètres de là, Bruno attendait avec une certaine fébrilité.

La porte s'ouvrit au bout de deux minutes et, toujours escorté par les deux mêmes policiers, le monstre sortit. Les trois hommes marchèrent jusqu'à la voiture sous la même pluie d'insultes que tout à l'heure.

Sur le visage du monstre flottait toujours cette vague arrogance. On l'installa sur la banquette arrière, les deux policiers montèrent devant… et Bruno retint son souffle. Le moment de vérité. Si la voiture ne démarrait pas dans les dix secondes, c'est qu'ils avaient découvert les timbres sur le volant.

Vingt secondes passèrent. Les manifestants continuaient de cracher leur colère vers la voiture. Une demi-minute. C'était foutu, le conducteur avait senti les *patches*, tout le plan s'effondrait ! Pris d'une soudaine panique, Bruno commençait même à ouvrir la portière, la main sur le revolver coincé dans sa ceinture, en réfléchissant à toute vitesse à ce qu'il allait faire, n'importe quoi, sauf *abandonner!*... et tout à coup, la voiture de police recula et roula vers la sortie du stationnement.

La main légèrement tremblante, Bruno tourna la clé de contact et se mit en route à son tour.

À onze heures pile, les deux voitures roulaient sur le boulevard Saint-Joseph en direction du centre de détention. Derrière son volant, Bruno ne quittait pas des yeux le véhicule à une vingtaine de mètres devant lui.

Il se sentait maintenant très calme. Lourd, mais calme. Il gardait l'émotion pour plus tard, dans environ deux heures...

... au moment où la haine et la joie accompliraient le plus dévastateur des mariages...

JOUR 1

Durant tout le temps que dura l'enquête préliminaire, le sergent-détective Hervé Mercure ne quitta pas Lemaire des yeux.

Le procès aurait lieu dans quatre mois. Lemaire plaidait coupable, mais Mercure doutait que cela lui soit utile. Il en prendrait pour au moins vingt ans. Tout cela aurait dû satisfaire le sergent-détective, mais ce n'était pas le cas. Ce n'était d'ailleurs pas la première fois qu'une arrestation ne le satisfaisait pas pleinement...

Il observait le visage de Lemaire, qui écoutait son avocat en silence, l'expression craintive mais arrogante malgré tout. Comme il l'avait aussi beaucoup observé lors de son arrestation et durant son interrogatoire. Même qu'à un moment, alors que le sergent Bolduc confrontait Lemaire à ses réponses confuses, ce dernier s'était tourné vers Mercure et lui avait lancé froidement :

— Qu'est-ce que t'as, toi, à me regarder comme ça ?

Mercure n'avait rien dit. Lemaire avait ricané, puis avait ajouté :

— Tu te poses trop de questions pour rien, *man* !

Anthony Lemaire, vingt-huit ans, était né à Joliette dans une famille pauvre composée de quatre enfants, d'un père violent et d'une mère alcoolique. Véritable cancre à l'école, il avait interrompu ses études à seize ans et s'était mis à enfiler les petits jobs l'un après l'autre. Il avait essayé plusieurs fois d'avoir des petites amies, mais, selon sa mère, autant Lemaire était arrogant et dur dans le quotidien, autant il était maladroit et incertain avec les filles, au point que celles-ci se lassaient toujours et le quittaient. Il avait fini par se retirer dans sa bulle et sortir de moins en moins. Quand il avait eu vingt-deux ans, sa mère était déménagée à Saint-Hyacinthe pour s'éloigner de son mari violent et Anthony l'avait suivie. Il s'était trouvé un emploi de pompiste, s'était brouillé avec sa mère et avait connu une nouvelle suite d'insuccès avec la gent féminine. Deux ans auparavant, on l'avait accusé du viol et du meurtre d'une gamine. Comme on n'avait trouvé ni trace de sang de l'agresseur, ni sperme, ni même un cheveu, aucun test d'ADN n'avait été fait. Faute de preuve, on l'avait relâché. Il était ensuite déménagé à Drummondville, où il s'était trouvé une autre place de pompiste. Comme personne ne l'y connaissait, il avait tenté de se refaire un cercle d'amis, de reconquérir des filles. Mais de nouveau, sa gaucherie avait attiré sur lui les moqueries et, malgré ses airs supérieurs et arrogants, il avait recommencé à s'isoler, ne sortant qu'à l'occasion avec ses amis voyous pour prendre un coup et fumer des joints. Il avait provoqué quelques bagarres dans des bars, mais rien de grave.

Et voilà : portrait classique, banal même, du délinquant moyen. Mais cela n'expliquait pas tout. Mercure avait souvent croisé des voyous avec le même profil et ils n'étaient pas tous devenus violeurs et assassins pour autant.

Qu'est-ce qu'il y avait dans l'âme de cet homme ?

L'audition (qui avait commencé en retard) était enfin terminée. Le juge se retira et, escorté par les deux policiers, l'inculpé se dirigea vers la sortie des accusés.

Jusqu'à ce que Lemaire disparaisse par la porte, Mercure ne le quitta pas des yeux.

◆

Le sergent Michel Boisvert s'installa sur la banquette côté passager de la voiture de police et tourna la tête vers Lemaire, assis à l'arrière.

— Tu veux que je te dise ? lança-t-il avec mépris. J'espère que tu vas avoir la perpète ! Pis si c'était juste de moi, je t'enverrais te faire juger aux États ! Là-bas, ils te condamneraient à mort, pis ce serait parfait !

Le sergent Bertrand Cabana suggéra à son collègue de se calmer tout en prenant place derrière le volant. En sourdine, on percevait les insultes des manifestants à l'extérieur, à quelques mètres de la voiture. Derrière le grillage qui divisait l'intérieur de la voiture en deux, Lemaire, menottes aux poings, eut un petit sourire insolent. Cabana mit le moteur en marche puis prévint le poste par radio qu'ils quittaient le Palais de justice. Enfin, il saisit le volant à deux mains et dirigea le véhicule vers la sortie du stationnement. Là, il s'arrêta à un feu rouge et examina ses mains avec curiosité.

— Ça va ? demanda Boisvert.

— Oui, c'est juste que… On dirait que le volant est… je sais pas…

Il toucha de nouveau le volant, regarda ses doigts une seconde fois, vaguement intrigué.

— Comme s'il…

Il haussa les épaules.

— Tu psychanalyseras ton volant une autre fois, le feu est vert, se moqua Boisvert.

La voiture s'engagea sur le boulevard Saint-Joseph, peu achalandé à cette heure de la matinée. Ils roulèrent en silence durant quelques minutes. Boisvert était morose. C'était la première fois qu'il était en contact avec un assassin d'enfants et, batince ! il espérait que c'était la dernière ! Il avait lui-même deux enfants, de cinq et neuf ans, et s'il fallait qu'un salaud tue l'un d'eux… Il voulut se retourner pour lancer une injure au trou du cul derrière lui, puis se ravisa en maugréant pour lui-même.

Du coin de l'œil, il vit Cabana qui enlevait sa casquette et se frottait le front en grimaçant. Boisvert lui demanda de nouveau si ça allait.

— Mal à la tête, répondit Cabana en remettant sa casquette.

Boisvert, lui, c'est au cœur qu'il avait mal : accompagner ce salaud, derrière, lui donnait littéralement envie de vomir.

Cabana enlevait de nouveau sa casquette et soupirait, le visage soudain blême. Cette fois, Boisvert répéta sa question avec une certaine inquiétude. L'autre bredouilla qu'il ne se sentait vraiment pas bien. Le centre de détention n'était plus loin, Cabana pouvait-il encore conduire trois minutes ? Ou préférait-il que Boisvert le remplace ? La voiture commençait même à zigzaguer, le conducteur devenait de plus en plus mou, ses yeux papillotaient. Effrayé, Boisvert lui ordonna de s'arrêter près du trottoir, ce que fit Cabana de peine et misère. Derrière, Lemaire fronçait les sourcils. La voiture s'arrêta enfin complètement.

— Voyons, Bert, qu'est-ce que t'as ?

Cabana commença à bredouiller quelque chose, mais il s'effondra sur son volant et ne bougea plus. Affolé, Boisvert se mit à le secouer en tous sens. Lemaire regardait toujours la scène, un vague sourire amusé aux lèvres.

Le policier était sur le point d'appeler au poste lorsque la portière du côté passager s'ouvrit. Penché vers l'intérieur, un homme d'une quarantaine d'années, à la calvitie avancée, demanda :

— Excusez-moi, monsieur l'agent, je roulais derrière vous quand j'ai cru remarquer que… Y a un problème ?

— Mais… mais refermez cette porte pis mêlez-vous de ce qui vous regarde ! s'offusqua le sergent.

— Je suis médecin, je peux peut-être aider votre collègue…

Boisvert remarqua enfin la trousse que tenait l'homme, son air calme, et, après un dixième de seconde d'hésitation, lui dit de faire le tour. Le médecin contourna la voiture, ouvrit la portière du conducteur et déposa sa trousse sur le plancher de l'automobile, aux pieds de Cabana. Pendant ce temps, Boisvert demandait au poste d'envoyer une ambulance. Le médecin redressa la tête du conducteur qui, les yeux fermés, n'opposait aucune résistance.

— C'est peut-être une crise cardiaque, non ? proposa maladroitement Boisvert.

— Peut-être…

Il examina ses pupilles, puis :

— Il a besoin d'air. Aidez-moi à le sortir au plus vite.

Boisvert n'hésita même pas : Lemaire était menotté et les deux portières arrière ne s'ouvraient pas de l'intérieur. Trois secondes après, on étendait Cabana sur un petit carré d'herbe, près du trottoir, à quelques mètres de la voiture. On était devant l'usine de la Celaneese, un coin peu fréquenté par les piétons. N'empêche, quelques curieux commençaient à entourer le trio, malgré les efforts de Boisvert pour les éloigner. Par la fenêtre arrière de la voiture, Lemaire suivait la scène avec intérêt.

Le médecin massa quelques secondes le front du policier inconscient, puis se releva en expliquant :

— Je vais chercher ma trousse, je l'ai laissée dans votre voiture. Continuez de le masser comme je le faisais…

Batince ! il n'allait pas mourir, quand même ! Le sergent s'agenouilla et massa frénétiquement le front de son collègue, tandis que le médecin marchait rapidement vers la voiture de police. Boisvert, sous l'œil intrigué de six ou sept curieux, exhortait son collègue à se réveiller.

Et soudain, Cabana entrouvrit les yeux, les cligna plusieurs fois. Boisvert ne put s'empêcher de pousser un cri de joie. Il redressa la tête pour prévenir le médecin… et vit sa voiture démarrer sur les chapeaux de roue.

Toujours à genoux, ahuri, il regarda le véhicule effectuer une embardée, grimper sur le terre-plein et réintégrer le boulevard de l'autre côté, déclenchant ainsi un concert de coups de klaxon et de hurlements de frein.

— Hé! Le gars est parti avec votre voiture! dit stupidement un curieux.

Boisvert sauta sur ses pieds, sortit son revolver et le pointa vers la voiture. Des cris retentirent et le policier cria des « Stop! Arrêtez! », mais il ne pouvait tout de même pas tirer en pleine rue! Cette seconde d'hésitation fut suffisante pour permettre à la voiture de disparaître.

Boisvert baissa son arme, atterré. Derrière lui, Cabana se redressait et, la voix hagarde, demandait:

— Mais… qu'est-ce qui s'est passé?

◆

Bruno filait sur le boulevard à près de quatre-vingts kilomètres à l'heure. Aux feux rouges, il ralentissait un peu, pour s'assurer qu'il pouvait passer, puis poursuivait à toute allure. C'était l'avantage d'être dans une voiture de police: personne ne l'emmerderait. S'il avait su comment, il aurait actionné la sirène.

Il avait enfilé des gants avant de prendre le volant. Pas question qu'il subisse une surdose de nitroglycérine comme le policier. Coup d'œil rapide à sa montre: onze heures neuf.

— Heille, qu'est-ce que… qu'est-ce que vous faites? demanda le monstre derrière lui.

Bruno ne lui répondit pas, ne lui accorda même pas un regard dans le rétroviseur. Il fixait la route devant lui, le visage imperturbable, et une seule phrase résonnait dans sa tête: *Ça va marcher… Ça va marcher…*

Il repassa devant le Palais de justice, dépassa la rue Saint-Pierre, puis tourna brusquement sur des Châtaigniers, à droite. Le coin était plus résidentiel, mais il ralentit à peine. Deux femmes qui voulaient traverser au coin de la rue des Pins reculèrent avec effroi. Enfin, il arriva au chemin du Golf et fit hurler les pneus en tournant à gauche. Pas de feux de circulation et peu d'arrêts sur cette route : des maisons d'un côté, le terrain de golf de l'autre. Il monta à cent.

Derrière, le monstre lui demandait des explications avec de plus en plus d'impatience, mais Bruno persistait dans son silence.

La voiture traversa le pont de la rivière Saint-Germain, franchit le viaduc qui enjambait l'autoroute vingt, sortit des limites de la ville et se retrouva sur la route encadrée par la forêt. Moins d'une minute plus tard, il ralentit et tourna sur le petit chemin de terre. Pendant une seconde, il fut convaincu que sa Chevrolet verte ne s'y trouverait plus. Mais elle était dans la clairière, docile, et il alla se stationner à ses côtés.

Onze heures quinze. Bruno était sûrement le premier à parcourir ce chemin en si peu de temps ! Les policiers devaient à peine commencer les recherches. Le monstre s'énervait : qu'est-ce qu'ils foutaient là, dans ce bois ? Bruno coupa le moteur et se tourna vers l'autre. Le monstre se calma et, tout à coup plus prudent, demanda :

— T'es qui, au juste ?

En silence, Bruno ouvrit sa trousse, prit une bouteille de chloroforme et en aspergea un chiffon. Puis, il sortit de la voiture et ouvrit la portière arrière, non verrouillée de l'extérieur. Le monstre eut un petit mouvement de recul, leva légèrement ses mains menottées. Bruno, toujours en tenant le chiffon imbibé, se pencha à l'intérieur et fixa l'autre en silence, le visage fermé.

Le monstre risqua un petit ricanement nerveux :

— Envoie, dis quelque chose ! T'es qui ?

Brusquement, le médecin appliqua le chiffon sur le nez et la bouche du monstre, en retenant la chaîne des menottes de l'autre main. Le monstre se débattit quelques secondes, puis s'endormit.

Bruno le prit par le collet, l'attira à lui et le dévisagea un long moment, intensément. Ses traits se durcirent, son regard devint noir comme la nuit. Sa respiration était plus bruyante, plus rauque, et sa mâchoire se serrait avec tant de force que ses dents commencèrent à lui faire mal.

Pas tout de suite… tout à l'heure…

Il entendit alors un grognement éloigné, diffus. Il lâcha le monstre, sortit de la voiture et regarda autour de lui, s'attendant à voir un chien de garde lui sauter à la gorge.

Aucun animal en vue. À moins que le grognement ne provienne de chez un voisin éloigné… Il avait cru remarquer, sur la route, une maison assez près d'ici…

Raison de plus pour ne pas traîner.

Il fouilla dans la boîte à gants et trouva des clés. L'une d'elles ouvrit les menottes du monstre. Bruno reprit sa trousse, sortit une seringue et un flacon, puis prépara une injection. Après avoir retroussé une manche du manteau de cuir du monstre, il lui planta l'aiguille dans le bras : quelques heures de sommeil assuré.

Il alla ouvrir le coffre de sa vieille Chevrolet, puis déposa à l'intérieur le corps endormi. Il enfila ensuite son déguisement, s'installa derrière le volant de la Chevrolet et partit.

Trois minutes plus tard, il roulait sur l'autoroute vingt en direction de la Mauricie.

◆

Mercure entra au Saint-Georges. Le serveur le salua d'un amical « Bonjour, inspecteur ! » et lui apporta une tasse avant même que le policier ait commandé. Au début, Mercure reprenait les gens en leur disant que le mot « inspecteur » était désuet et ne s'appliquait plus, qu'il était en fait un sergent-détective. Mais rien à faire : tous persistaient à l'appeler « inspecteur ». Mercure avait fini par renoncer : les gens avaient décidément trop écouté *Colombo* dans leur vie…

Installé près de la grande fenêtre avant, le policier but son café en observant deux petits vieux qui déambulaient lentement, en face, dans le parc Saint-Frédéric.

En arrivant au poste, tout à l'heure, il allait appeler les parents de la victime pour leur annoncer la date du procès. Jusqu'à maintenant, il n'avait parlé qu'au père, Bruno Hamel. Mercure se rappelait la voix de cet homme qu'il n'avait encore jamais vu. Lors du premier appel, Hamel avait une voix éteinte et triste, tout à fait normale dans de telles circonstances. Mais lors du second appel, le même homme avait une voix tout à fait différente : calme, froide, très dure…

Mercure essaierait de le rencontrer. D'ailleurs, il aurait déjà dû aller le voir. En général, la police s'occupait assez bien des criminels et de leurs victimes, mais oubliait trop souvent une catégorie pourtant importante : les écorchés. L'une de ses missions étant la prévention, la police faisait une grave erreur en négligeant ces gens, car bien souvent, de l'avis de Mercure, la ligne séparant les écorchés des criminels était bien mince. L'un était souvent la genèse de l'autre.

Ce Hamel, par exemple. Sa voix au téléphone… Tellement contrôlée, tellement distante. Ce n'était pas seulement celle d'un écorché, mais celle d'un écorché en train de se refaire une nouvelle peau.

Il termina son café en soupirant. Peut-être qu'il se faisait des idées. Ce ne serait d'ailleurs pas la première fois. Avec un vague sourire, il salua le serveur et sortit.

En entrant au poste de police, à onze heures quarante-cinq, il trouva la grande salle en pleine effervescence. Certains agents couraient, d'autres envoyaient des messages urgents par radio, d'autres donnaient des ordres fébriles… Mercure n'eut même pas le temps d'enlever son manteau que Wagner se précipitait vers lui : une histoire incroyable, Mercure ne croirait jamais ça.

— On a tiré sur la mairesse ? fit calmement le sergent-détective.

— C'est pas des blagues, Hervé ! On vient de voler la voiture qui transportait Lemaire ! Avec Lemaire dedans ! Le gars qui a fait le coup les suivait en auto et...

Il expliqua. Mercure secouait la tête, déconcerté. Mais pourquoi avoir fait ça ? Dans quel but ? Wagner avait son idée là-dessus. La voiture du gars avait été identifiée. Le directeur fit une pause, comme s'il préparait son effet, puis :

— C'est Bruno Hamel. Le père de la victime de Lemaire.

Mercure n'eut aucune réaction pendant quelques secondes, puis il ferma les yeux et baissa la tête en soupirant.

Il savait bien qu'il aurait dû aller visiter ce Hamel plus tôt...

◆

À midi quarante, la Chevrolet s'arrêtait devant le chalet de Josh.

Bruno y entra tout de suite, prit le téléphone et composa un numéro. Utiliser le vieux téléphone du chalet ne comportait aucun risque : pourquoi la police s'intéresserait-elle aux appels effectués par Josh Frears ?

Pas d'excitation cette fois dans la voix de Morin, ni de tentative de discussion : il commençait à comprendre comment cela fonctionnait. Bruno lui décrivit une nouvelle cachette, toujours à Grand-Mère, dans un tronc d'arbre à la sortie de la ville... Après quelques secondes, Morin dit tout simplement :

— Parfait, j'ai noté.

Bruno raccrocha.

Il alla chercher le corps du monstre, toujours assoupi, et le traîna jusqu'à la pièce qui avait été le bureau de Josh. Il le laissa choir sur le sol, à un mètre environ du mur du fond, et, rapidement, le déshabilla complètement. Il détacha même ses cheveux, retenus en queue de cheval par un élastique. Il ouvrit le placard de la chambre et y jeta les vêtements. Il revint au corps nu. Maigre. Pâle. Quelques cicatrices.

D'un crochet fixé au plafond, deux chaînes descendaient jusqu'au sol. Aux extrémités étaient soudés deux anneaux de métal ouverts. Bruno passa les poignets du monstre dans ces anneaux, qu'il referma. Après quoi, il recula de quelques pas et regarda le monstre, étendu sur le sol, nu, les mains enchaînées. Parfait. Il ressemblait à un chien attaché.

Pourquoi cette curieuse comparaison ? Il ne ressemblait pas à un chien du tout…

Du crochet du plafond, les deux autres extrémités des chaînes descendaient en diagonale vers un treuil manuel près de la fenêtre aux rideaux tirés et s'enroulaient autour. Bruno n'avait pas l'intention de l'utiliser pour le moment. Pas tout de suite. Pas plus que cette table très spéciale, à l'écart, confectionnée aussi par Morin… Ce serait aussi pour plus tard.

Maintenant, c'était prêt. Maintenant, tout cela avait un sens.

Il sortit de la pièce. Il marcha jusqu'à la cuisine, prit une bière dans le frigo et se laissa tomber dans un fauteuil du salon.

Il regarda la bière, le salon, la fenêtre, et pour la première fois depuis l'arrivée des ténèbres, il sourit.

◆

— Pis t'as pas pensé que ça pouvait être un piège ! s'énervait Wagner.

Il était treize heures dix. Boisvert, assis devant le bureau de Mercure, les coudes sur les genoux, fixait le plancher en soupirant.

— Non… Pas vraiment, non…

— Un médecin qui vous suit au moment même où Cabana se sent pas bien ! Qui vous fait sortir de la voiture ! Qui y retourne pour chercher sa trousse ! Franchement, Michel !

— Voyons, Greg ! On est ni dans un film ni à New York ! On est à Drummondville, batince ! Vous avez déjà vu ça, vous, une embuscade, depuis que vous travaillez ici ?

— Un coup monté, fit négligemment Mercure, assis derrière son bureau.

— Hein ?

— Embuscade n'est pas le bon terme. Coup monté correspond mieux.

Wagner se mit à faire les cent pas derrière Boisvert. Comme chaque fois qu'il était en situation de tension, il avait le visage congestionné, tout rouge. Grégoire Wagner, cinquante-huit ans, épaisse chevelure noire frisée, moustache de la même couleur, gras et imposant, était responsable du poste de Drummondville depuis huit ans et donnait toujours l'impression qu'il était sur le point de piquer une crise cardiaque. Quand il s'énervait, comme en ce moment, c'était bien pire.

— En plein jour, en plein boulevard Saint-Jospeh ! maugréait-il en frottant son cou gonflé. Devant témoins !

— Comment va Cabana ? demanda Mercure.

Il allait déjà mieux, il était même à peu près rétabli. Il avait eu une sorte de baisse de pression spectaculaire. Mais comment Hamel avait-il pu s'arranger pour que Cabana éprouve un malaise à ce moment précis ?

— Peut-être un hasard, suggéra Boisvert.

Au regard que lui lança son supérieur, Boisvert décida de ne plus rien suggérer.

— Et la femme de Hamel ? demanda Mercure.

On ne l'avait toujours pas jointe. Elle était sûrement complice. Peut-être avait-elle déjà rejoint son mari.

Un agent entra dans le bureau après avoir frappé et annonça à Mercure qu'on avait retrouvé la voiture de police dans les bois du chemin du Golf. Des experts l'avaient examinée et avaient découvert des timbres de nitro sur le volant.

— De la nitro ! lâcha Wagner dans un souffle.

Pas de signes de Hamel, ni de Lemaire, mais des traces de pneus indiquaient qu'une autre voiture attendait. On analysait les lieux pour trouver des indices.

Mercure se souvint que Hamel lui avait demandé, quelques jours plus tôt, de lui expliquer avec précision le déroulement de l'enquête préliminaire. Le sergent-détective était tombé dans le panneau. Mais comment aurait-il pu prévoir un tel geste d'éclat ?

— Greg, fit Mercure, j'aimerais m'occuper de cette affaire…

— Évidemment, que tu t'en occupes ! Tu t'occupais du cas Lemaire, y a pas de raison que ça ne continue pas !

Silence. Mercure parcourait ses notes sur une feuille de papier. Il demanda à Boisvert :

— Il t'a semblé calme, pendant son petit numéro ?

— Extrêmement.

Le sergent-détective soupira, loin d'être rassuré par cette réponse.

L'interphone sur le bureau sonna et on demanda si Wagner était là. On lui expliqua que les experts n'avaient pu découvrir la marque de la voiture ni la couleur. Tout ce qu'ils savaient, c'est qu'elle perdait un peu d'huile et qu'elle avait des pneus quatre saisons Goodyear, vieux de deux ou trois ans. Wagner leva les bras au ciel, découragé : aussi bien arrêter la moitié des voitures de la province ! Il marcha quelques secondes en secouant la tête. Les intentions de ce Hamel étaient claires comme de l'eau de roche…

— On va retrouver le cadavre de Lemaire d'ici une couple d'heures, regardez ben ça ! soupira le directeur.

◆

Assise au salon, Sylvie jeta un œil angoissé vers
l'horloge pour la trentième fois depuis le midi : quatorze heures. Où était-il ? Elle était revenue à la maison,
avec l'intention de discuter sérieusement et calmement
avec Bruno. Constatant son absence, elle avait appelé à
l'hôpital, mais on lui avait dit qu'il n'était pas encore
retourné travailler depuis la tragédie. Il lui avait donc
menti ? Mais qu'avait-il fait ces derniers jours ? Que
faisait-il en ce moment même ? Elle l'imaginait errant
dans les rues, en proie à une confusion totale, incapable
de mettre ses émotions en ordre. Elle l'avait accusé de
ne pas prendre soin d'elle, mais elle s'était peut-être
trompée… Peut-être que c'était lui qui avait le plus
besoin d'aide…

Elle avait réfléchi au cours des deux dernières heures
et pris une décision. Quand il rentrerait, elle ne lui po-
serait pas de questions. Cette fois, elle attendrait qu'il
parle, sans le bousculer. Et s'il s'ouvrait à elle, s'il
communiquait vraiment, elle proposerait qu'ils aillent
chercher de l'aide, qu'ils consultent un spécialiste.
Elle avait cru qu'ils s'en sortiraient seuls, mais elle
avait eu tort. Cette épreuve était trop grande pour leur
couple qui, depuis quelque temps, battait de l'aile. Avec
de l'aide, ils se retrouveraient. Et s'ils réussissaient à
traverser cette tragédie, ils seraient plus forts que
jamais.

Elle s'essuya les yeux du revers de la main. Ils adop-
teraient aussi un enfant. C'était essentiel. Vital. Pour
elle, mais aussi pour Bruno. Pour eux.

On sonna à la porte. Elle se leva en soupirant. Elle
n'avait aucune envie de recevoir aujourd'hui une amie
pleine de sollicitude. Lorsqu'elle ouvrit la porte, elle eut
la surprise de tomber sur un homme d'une cinquantaine
d'années, maigre, au visage long et las, qui la salua
sans sourire mais poliment.

— C'est bien ici qu'habite monsieur Bruno Hamel ?

◆

Ils étaient l'un en face de l'autre à la petite table de la cuisine. Entre eux, deux tasses de café presque pleines achevaient de refroidir. Sylvie avait les coudes appuyés sur la table et les deux mains sur ses tempes faisaient remonter en vagues ses longs cheveux noirs. Elle ressemblait à un boxeur récupérant d'un solide K.-O. ; elle avait les yeux rouges et enflés, mais elle ne pleurait plus depuis cinq minutes. Dehors, un voisin coupait son gazon.

Mercure la considérait depuis un bon moment en silence. Pour lui, une chose était déjà claire : elle n'était pas complice.

— À quoi pensez-vous ? demanda-t-il enfin.

Sans changer de position, les yeux toujours hagards, elle répondit d'une voix molle :

— Ces derniers temps, je le trouvais tellement bizarre... Et toutes ces journées qu'il passait dehors, je ne sais où... Il était bouleversé, mais pas... pas comme il aurait dû... Je veux dire, au début, oui, mais... La quatrième ou la cinquième journée, il s'est passé quelque chose, il a changé... Il y avait plus que du désespoir en lui, il y avait... autre chose... quelque chose de beaucoup plus sombre...

— Est-ce que votre mari...

— Nous ne sommes pas mariés.

C'est vrai, Hamel le lui avait dit.

— Est-ce que votre conjoint était de nature violente, madame Jutras ?

Au contraire, c'était un pacifiste. Sylvie parla des dizaines de pétitions qu'il avait signées contre la violence faite aux femmes, aux enfants, aux prisonniers politiques...

— Vous avez une photo récente de lui, sur laquelle on voit clairement son visage ?

Sylvie disparut quelques minutes et revint avec une photo qu'elle donna au sergent-détective. La photo avait été prise à l'anniversaire de ses trente-huit ans, en mai. Elle montrait un homme à la calvitie très avancée, au visage plutôt long, aux yeux bruns petits mais perçants, intelligents… Il semblait un peu plus vieux que ses trente-huit ans. Il regardait l'appareil en levant un pouce. Il souriait, serein, l'air heureux.

Mercure examina longuement la photo, puis la mit dans sa poche intérieure de veston.

Et tout à coup, le téléphone sonna.

Ils regardèrent tous deux le combiné suspendu au mur de la cuisine, puis Mercure demanda s'il y avait un téléphone sans fil dans la maison. Oui, il devait être au salon. En vitesse, le policier fonça et revint cinq secondes plus tard, le téléphone sans fil à la main. Une quatrième sonnerie retentit.

Sylvie se leva, s'approcha de l'appareil mural. Mercure fit un signe et elle décrocha en même temps que le policier mettait son appareil en marche.

— Oui ? dit-elle d'une voix blanche.

— C'est moi.

Elle ferma les yeux et mit une main sur sa joue. Mercure écoutait avec attention, tout en notant dans son calepin l'heure de l'appel.

— Seigneur, Bruno !… Mais qu'est-ce… qu'est-ce qui t'a pris ? Est-ce que… Tu ne l'as pas tué, n'est-ce pas ?

— Non, il est encore en vie.

Voix calme, en contrôle. Sylvie poussa un soupir de soulagement : son conjoint pouvait encore s'en tirer assez bien. Mercure lui-même, tout en gardant le silence, eut un petit hochement de tête satisfait.

— Et il va rester en vie pendant sept jours.

Sylvie cligna des yeux, déstabilisée, tandis que le policier fronçait les sourcils. Elle demanda ce qu'il voulait dire, elle ne comprenait pas. Toujours calme, Hamel expliqua :

— Je vais le tuer lundi prochain, et après je vais me rendre à la police.

Elle poussa un petit hoquet incrédule. Mercure sentit un grand froid l'envahir. Mais il ne bougea pas, continua d'écouter avec attention.

— Tu comprends, maintenant ? ajouta Hamel. Tu comprends ce que je préparais ?

Sylvie secoua la tête. Ça n'avait pas de sens, il ne pouvait pas être sérieux !

— Je suis très sérieux, Sylvie.

— Mais c'est fou ! Qu'est-ce que… qu'est-ce que tu vas faire avec lui pendant une semaine ?

Hamel ne répondit pas. Mercure n'avait pas besoin d'entendre la réponse ; le froid en lui se transforma en glace mordante. Sylvie sembla enfin comprendre à son tour et blêmit, une main devant la bouche.

— Écoute-moi, Sylvie, je t'appelle pour te dire que je suis désolé. Je te fais souffrir, j'en suis conscient…

Mercure prêtait une attention particulière à la voix. Bien sûr, par certains accents, certains mots, il sentait le médecin vraiment désolé, mais le détachement et la raideur prenaient tellement de place, recouvraient tellement tout… Ça en donnait froid dans le dos. De sa main libre, il sortit la photo de Hamel et, durant toute la conversation, ne la quitta pas des yeux.

— Mais en même temps, je voulais que tu saches ce que j'ai l'intention de faire parce que… s'il y en a une qui peut comprendre, c'est toi. Je n'ai pas besoin de toi pour me légitimer à mes yeux, mais Jasmine était notre fille à nous deux, alors je pense que… que tu peux comprendre…

— Bruno, tu… Ressaisis-toi, c'est trop dément ! Tu ne peux pas faire ça, ce n'est pas toi !… Je t'aime, Bruno ! C'est *ta* vie que tu fous en l'air, pas la mienne ! Je t'aime ! Et si tu m'aimes encore, reviens ! Reviens vite !

Silence.

— M'aimes-tu encore ? demanda Sylvie avec de la panique dans les yeux.

Pour la première fois, la voix de Hamel défaillit légèrement.

— Je… je ne peux aimer personne en ce moment, Sylvie…

Elle se passa une main dans les cheveux, cherchant éperdument de nouveaux arguments. Mercure tentait de percevoir des bruits de fond : sons de voitures, de gens qui parlent, de ville, n'importe quoi qui lui donnerait un indice. Mais il n'y avait rien.

— Si c'était… si quelqu'un d'autre faisait ce que tu es en train de faire, tu ne serais pas d'accord ! reprit Sylvie. Tu trouverais ça insensé !

— Mais ça n'arrive pas à quelqu'un d'autre, justement, ça m'arrive à moi ! rétorqua Hamel avec une colère inattendue. Toute la différence est là ! C'est moi, la victime du chien ! Moi !

— Du chien ? bredouilla Sylvie. Quel chien ?

— Quoi ?

— De quel chien tu parles, Bruno ?

— Qu'est-ce que tu racontes, Sylvie, tu délires ?

Elle secouait la tête, incrédule. Mercure fronça de nouveau les sourcils.

— Voilà, je vais raccrocher. J'espérais…

— Tu ne peux pas faire ça ! cria alors Sylvie. Tu ne peux pas, tu es devenu complètement fou ! Tu ne peux pas !

— Ne dis pas que je suis fou ! répliqua Hamel. Au contraire, je suis très lucide !

Il poussa un soupir, prit une voix presque implorante, vaguement incrédule :

— Tu ne vois donc pas ? Tu ne vois donc pas le sens de ce que je suis en train de faire ?

— Bruno, tu…

— Il n'y a pas une partie de toi qui approuve ce que je fais, Sylvie ? Même si tout ça te bouleverse, te révolte, te déchire, il n'y a pas une petite partie de ton âme, de ton cœur, qui est satisfaite de ce qui va se passer ?

Elle ne répondit rien, prise au dépourvu. Redevenu totalement calme, mais la voix terriblement sombre, Bruno poursuivit :

— Pendant les sept prochaines journées, chaque soir avant de te coucher, tu pourras te dire que le monstre qui a violé et tué notre fille vient de passer une journée de souffrance. Chaque jour, tu pourras te dire qu'il est en train de vivre les tortures qu'il a fait subir à Jasmine. Et chaque journée sera pire que la précédente. Il n'aura plus jamais son petit *criss* de sourire baveux, tu comprends ? Jusqu'à lundi prochain, tu sauras que quelque part l'assassin de notre fille est en train de hurler de douleur. Pense à ça, Sylvie, et ose me dire que tu es complètement contre cette idée !

Sylvie ouvrait et fermait la bouche, désorientée.

— *Ose le dire !* répéta Bruno avec force.

Le téléphone contre l'oreille, Mercure observait Sylvie. Le visage de celle-ci se convulsa, comme si elle était à l'agonie.

— Je…

Elle ne put rien dire d'autre et se mordit la lèvre, effrayée de sa propre incapacité à répondre.

— Je ne te tourmenterai plus, Sylvie. Je ne te rappellerai pas. Plus tard, tu comprendras sûrem…

— Ici le sergent-détective Mercure, intervint alors doucement le policier.

Silence à l'autre bout du fil.

— Vous m'entendez, monsieur Hamel ?

— Au fond, je ne suis pas surpris que vous soyez là, finit par dire le médecin avec sang-froid. Vous êtes maintenant au courant, je n'ai rien à ajouter. Alors, je vous rappelle lundi prochain, après avoir tué le monstre. Là, je vous dirai où je suis.

— Monsieur Hamel, ce que vous faites là ne ramènera pas votre fille…

— Vous me prenez pour un imbécile ? Je le sais parfaitement. Mais ce n'est pas le but recherché…

— Vous croyez que cela va apaiser votre douleur ?

— Non.

— Quoi alors ?

Il y eut une pause à l'autre bout du fil, puis :

— Cela va apaiser mon sentiment d'injustice et d'impuissance.

— Je crois que vous vous trompez, dit-il.

— Je crois que je m'en fous complètement.

— Si vous torturez et tuez cet homme, vous deviendrez un assassin comme lui.

— Je deviendrai un assassin, mais pas comme lui.

Cette réponse prit Mercure au dépourvu. Hamel reprit :

— Dans sept jours, tout sera fini. D'ici là, inutile de me chercher, vous ne me trouverez pas. Ne harcelez pas Sylvie : vous venez de vous rendre compte qu'elle n'est au courant de rien.

— Monsieur Hamel…

Mercure sentant que le médecin allait raccrocher, sa voix se fit un peu plus insistante, un peu plus grave, sans pour autant perdre de son étrange douceur rauque.

— Monsieur Hamel, vous perdrez votre emploi, vous ferez de la prison… Votre vie sera détruite…

— Elle l'est déjà.

La communication fut coupée.

— Il a un cellulaire, n'est-ce pas ? demanda le policier.

— Co… comment ?

— Votre conjoint, il a bien un cellulaire, non ?

Elle répondit que oui et il lui demanda le numéro. Il le composa aussitôt, mais en vain : Hamel avait sûrement fermé son cellulaire. Mercure nota le numéro dans son carnet, puis revint à Sylvie. Celle-ci semblait complètement perdue, confuse.

— Alors, vous croyez que… qu'il va le torturer, c'est ça ? demanda-t-elle. Pendant sept jours ?

Il ne répondit pas, mais son silence était éloquent. C'était clair, non ? Hamel ne gardait certainement pas Lemaire en otage pour discuter philosophie avec lui.

Elle secoua de nouveau la tête, se mit les mains sur les tempes. Ce n'était pas possible, ce n'était pas Bruno, il ne pourrait jamais agir ainsi, jamais! Elle était sur le point de se remettre à pleurer.

Mercure tentait de s'imaginer Hamel, ces dernières journées, et cela le fascinait. Car le médecin ne s'était pas contenté d'attendre Lemaire à la sortie du Palais de justice pour lui tirer une balle dans la tête, pris d'une rage impulsive qui lui avait fait perdre tout jugement. Non. Bruno Hamel avait froidement préparé, pendant plus d'une semaine, un plan minutieux et précis. Depuis plus d'une semaine, il savait très bien qu'il allait enlever Lemaire afin de le torturer froidement dans un endroit isolé. Il avait prévu la durée. Il avait prévu de le tuer à la fin, puis de se rendre à la police. Tout ce qu'il avait fait ces derniers jours était dirigé vers ce but : il avait localisé un endroit sûr sans attirer l'attention de personne, s'était déniché une voiture vraisemblablement à l'extérieur de la ville, s'était informé des formalités de l'enquête préliminaire, avait préparé des timbres de nitro, avait trouvé le moyen de déverrouiller la portière de la voiture de police... Rien d'impulsif, là-dedans. Au contraire : avec intelligence, de manière réfléchie, calculée... Et la démence d'un tel projet ne l'avait pas arrêté.

Mercure passa doucement ses doigts sur sa joue droite. Quelque chose s'était brisé en Bruno Hamel.

L'image de l'écorché lui traversa de nouveau l'esprit.

— Auriez-vous la moindre idée de l'endroit où il pourrait se cacher?

Refoulant ses larmes, Sylvie chercha un moment, haussa les épaules, parla de leur chalet dans les Cantons de l'Est. Il demanda aussi le nom des parents de Bruno, de ses amis proches.

— Vous voulez les interroger?

Mercure était à peu près sûr qu'il se cachait dans un endroit inconnu de tous, mais il fallait tout tenter... Peut-être que l'un d'eux aurait une idée... Elle donna

donc quelques noms et numéros de téléphone que
Mercure nota. Puis, comme si elle ne pouvait plus se
retenir, elle se laissa tomber sur sa chaise et éclata en
sanglots. Mercure l'observa en silence. Il avait rarement vu quelqu'un d'aussi physiquement atteint par le
malheur : Sylvie Jutras était littéralement démolie, elle
ressemblait à une rescapée d'une catastrophe épouvantable, qui n'aurait pas dormi depuis plusieurs jours...
N'était-ce pas justement le cas ? Elle était encore en
plein deuil de la mort de sa fille qu'une deuxième tragédie venait s'ajouter à la première... Respectueusement,
il se tut pendant un bon moment. Il en profita pour jeter
rapidement quelques notes dans son calepin.

— Maudit ! Je suis assez écœurée de brailler ! lança-
t-elle soudain en frappant mollement sur la table.

— Y a-t-il quelqu'un qui pourrait venir passer
quelques jours avec vous ? Je crois vraiment que vous
ne devriez pas rester seule ici.

Elle commença par protester, mais il insistait tant
qu'elle finit par consentir. Autre chose : accepterait-elle
qu'on installe un enregistreur sur son téléphone ? Cela
enregistrerait automatiquement toutes ses conversations,
mais les seules qui seraient écoutées par la police
seraient celles avec Hamel. S'il rappelait, évidemment... Elle accepta et Mercure dit qu'un technicien
passerait plus tard dans la journée. Il fut sur le point
de lui demander de ne parler de cette histoire à personne, mais n'en eut pas le courage : la prier de garder
tout cela pour elle lui semblait tout simplement trop
cruel. De toute façon, elle en serait humainement incapable...

Alors qu'il était sur le point de sortir, elle l'arrêta :

— Le coup de téléphone qu'il vient de me donner...
Vous pouvez le retracer ?

— Comme il a sûrement utilisé son cellulaire, on
peut savoir quelle cellule a été utilisée pour relayer son
appel.

— Une cellule ?

Il se gratta la tête.

— Écoutez, je ne suis pas très calé en électronique, mais en gros les ondes des appels par téléphones cellulaires circulent grâce à des transmetteurs appelés cellules. Le message est envoyé à la cellule le plus près de l'émetteur, c'est-à-dire Hamel, puis cette cellule communique avec celle située le plus près du récepteur, c'est-à-dire vous.

— Et il y a beaucoup de ces cellules, au Québec ?

— Des centaines…

Sylvie eut un air découragé, mais Mercure expliqua que justement cela pouvait donner une bonne idée.

— Plus la région est peuplée, plus il y a de cellules. S'il a appelé de Montréal, par exemple, la cellule utilisée nous indiquera une zone de quelques kilomètres seulement. S'il a appelé d'un village perdu, alors il risque de n'y avoir qu'une seule cellule pour une vingtaine de kilomètres carrés, peut-être plus, et là, ça devient plus imprécis. Mais c'est déjà un indicateur.

Il hésita.

— Si vous appreniez où il se trouve, vous nous le diriez ?

Sylvie s'étonna, répondit que oui.

— Vous en êtes sûre ?

Il repensait à son silence, à son hésitation de tout à l'heure, lorsque Bruno lui avait demandé s'il n'y avait pas une partie d'elle qui approuvait ses agissements. Mais elle donna la même réponse, sans hésiter. Le policier demanda pourquoi.

— Parce que je veux le revoir le plus rapidement possible.

Mercure hocha la tête. Elle eut un sourire amer.

— Ce n'est pas la raison que vous espériez, n'est-ce pas ?

— Je n'espérais aucune raison, répliqua-t-il sans dureté. N'oubliez pas d'appeler quelqu'un pour vous tenir compagnie.

Elle promit. Tandis qu'elle refermait la porte, il vit bien qu'elle se retenait pour ne pas se remettre à pleurer.

Dans sa voiture, avant de démarrer, il observa un moment la maison. Joli cottage, étonnamment sobre quand on savait le propriétaire si riche. Chaleureux, avec fleurs colorées, arbustes de toutes tailles et grand terrain recouvert de feuilles mortes. Il s'imagina Hamel, Sylvie Jutras et la petite Jasmine en train de jouer dans la cour…

Il examina de nouveau la photo du médecin. Plus tôt, lorsque Hamel avait appelé, le sergent-détective avait tenté de rattacher cette voix à ce visage. Il n'y était pas arrivé.

Aucun rapport, aucun lien entre cette figure souriante, sereine, et cette voix si noire, si détachée…

◆

Bruno lâcha le micro de l'ordinateur et poussa un long soupir rassuré.

Cela avait parfaitement fonctionné. Preuve qu'il avait bien compris son cours d'informatique l'année dernière…

Lorsqu'il était arrivé au duplex, il avait essayé le téléphone et avait constaté que Bell avait respecté son engagement : la ligne était fonctionnelle. Il avait installé son ordinateur sur le comptoir de la cuisine, l'avait configuré pour le branchement à Internet…

… et tout s'était bien passé.

Mieux : Mercure se trouvait avec Sylvie au moment de l'appel. Dans moins d'une heure, la police serait lancée sur sa piste.

Sur sa fausse piste.

Seul point sombre au tableau : Sylvie ne comprenait pas, elle pensait qu'il avait perdu la tête. Mais elle était encore sous le choc. D'ici quelques jours, elle changerait d'idée, il en était sûr. En s'imaginant le monstre en train de souffrir, elle aurait une tout autre vision de la chose…

De toute façon, ce qu'elle pensait de lui n'avait plus de conséquence. N'en aurait plus jamais.

Avant de sortir, il remit son déguisement, sauf les lunettes noires qui décidément le rendaient trop louche. Dehors, il ne vit personne dans la rue morne et déserte. Il jeta un coup d'œil vers la fenêtre de son appartement, qui se trouvait au rez-de-chaussée. La lumière était fermée, les rideaux tirés. Il monta dans sa voiture et quitta Charette.

Lorsqu'il arrêta sa voiture devant le chalet, il regarda sa montre : quinze heures dix. Cela lui avait pris une quinzaine de minutes pour revenir à Saint-Mathieu-du-Parc. C'était suffisamment près s'il avait d'autres coups de téléphone à donner, et suffisamment loin en cas de pépin…

Dans le chalet, le silence était total. Avant de partir pour Charette, Bruno avait donné une nouvelle injection au monstre, pour être sûr de ne pas manquer son réveil. Il en avait donc encore pour quelques heures à dormir.

À côté du divan, dans un porte-journaux, il trouva quelques revues médicales. Il s'installa confortablement et commença à lire.

◆

Dans son bureau, Wagner marchait de long en large en desserrant sa cravate. Assis dans un coin, Mercure, les mains croisées sur le ventre, le suivait des yeux avec une certaine lassitude.

— Et tu penses qu'il est sérieux ?

— Je le pense, oui.

Wagner jura, marcha de nouveau, puis s'arrêta en maugréant.

— Il est devenu fou, c'est évident !

Mercure s'abstint de tout commentaire.

Un agent entra. Il expliqua qu'Hamel avait bel et bien utilisé son cellulaire. De plus, on avait localisé la cellule qui avait relayé l'appel jusqu'à Drummondville : elle se trouvait à Longueuil. Cette cellule couvrait un des plus grands quartiers du coin, dont une partie du centre-ville.

— Longueuil, marmonna Mercure avec étonnement.

— Parfait, on sait où il se cache !

— Pas sûr… Il s'est peut-être seulement arrêté là pour appeler sa femme. À l'heure qu'il est, il est peut-être caché quelque part dans les Laurentides.

— Ça coûte quand même rien d'envoyer son signalement aux gars de Longueuil, non ?

Mercure haussa les épaules et Wagner, par téléphone, donna des ordres. Puis, il se remit à marcher de long en large.

— Tu as fait installer un enregistreur sur le téléphone de sa femme ?

— Oui, on m'a dit, il y a dix minutes, que c'était déjà fait…

— Bon. C'est quoi, ton plan ?

Le sergent-détective fit craquer les articulations de son maigre cou. Tout à l'heure, il irait interroger quelques personnes. Demain, avec Pleau et Bolduc, il ferait le point…

— Y a les journalistes qui attendent toujours dehors ! grinça le directeur. Ils veulent quelque chose pour les nouvelles de six heures ! Je leur dis quoi, à ces vautours ?

— Tout. Ils finiront bien par l'apprendre, de toute façon…

— J'aime mieux ne pas leur parler du délai de sept jours. Ni leur dire qu'on a localisé un appel à Longueuil.

Wagner fit encore quelques pas et s'appuya des deux mains au dossier de sa chaise. Mercure ne se rappelait pas l'y avoir déjà vu assis.

— Qu'est-ce que tu penses de tout ça, Hervé ?

Le sergent-détective eut un soupir étrangement triste.

— Je pense que l'écorché s'est fait une nouvelle peau…

◆

Dix-neuf heures dix. Le monstre allait sûrement se réveiller bientôt.

Bruno avait mangé, vers dix-huit heures, un sandwich au thon accompagné d'une bière. Il avait examiné les bibelots de chat, plutôt jolis. Il avait même un peu fouillé dans les armoires de la chambre à coucher de Josh, en face de la pièce du monstre, et avait découvert une bouteille de scotch. Il n'en avait pas pris. Il aimait peu l'alcool fort et n'en prenait que dans les grands événements. Il avait aussi découvert une paire de jumelles, qui devait servir à Josh pour l'observation des oiseaux. Il était même tombé sur quelques revues pornographiques, qu'il avait feuilletées sans grand intérêt.

Maintenant, il était étendu sur le divan et fixait le plafond. Il y avait bien une télé, mais il n'éprouvait aucune envie de l'allumer. Plus le temps avançait, plus Bruno sentait une excitation le gagner : l'excitation du frappeur de baseball qui est au marbre, à la neuvième manche, alors qu'il y a deux retraits et trois hommes sur les buts. Et le frappeur est convaincu qu'il va frapper un circuit.

Convaincu.

Un bruit. Un grommellement.

En vitesse, Bruno alla dans la chambre du monstre. Ce dernier, sur le sol, bougeait légèrement un bras, tournait la tête d'un côté, les yeux toujours fermés. Il poussa un petit gémissement, se tut. Dans quelques minutes, il serait réveillé.

La balle va être lancée dans un instant.

Sentant à peine l'accélération de son cœur, Bruno alla au treuil et commença à tourner la manivelle. Les

chaînes se tendirent, remontèrent. D'abord, ce furent
les bras du monstre qui s'élevèrent lentement, puis le
torse. Bruno tourna la manivelle jusqu'à ce que le corps
soit complètement à la verticale, les pieds touchant à
peine le sol. Alors, il bloqua le treuil. Des marmonne-
ments de plus en plus précis sortaient de la bouche du
monstre, sa tête bougeait davantage…

Rapidement, Bruno alla à la table placée à gauche,
près du treuil. Elle était immense, presque un mètre de
large sur deux et demi de long, tout en bois. Il y avait
quatre anneaux de métal vissés dans la table, deux à
chaque extrémité. Elle était montée sur un seul pilier,
en bois aussi, très large. Mais entre le pilier et la table,
on pouvait voir une mécanique de métal complexe,
d'où émergeaient une manette et une manivelle. Bruno
actionna la manette et put ainsi faire pivoter la table
complètement à la verticale. Après quoi, il la poussa
vers le monstre. La table était lourde, le médecin serrait
les dents sous l'effort ; les énormes roulettes sous le
pilier roulaient lentement, et la table redressée vint enfin
se coller contre le dos du corps suspendu.

Bruno recula près de la porte et observa la scène.
Le monstre, nu comme un ver, soutenu debout par ses
mains enchaînées, n'oscillait plus, bien appuyé contre
la table redressée. Il s'humecta soudain les lèvres, ses
paupières closes se serrèrent avec plus de force, puis
s'ouvrirent. Enfin réveillé, le visage encadré par ses
longs cheveux blond jaune, il regarda autour de lui,
d'abord hagard, puis ahuri. Il vit enfin Bruno. Il bredouilla quelques mots inaudibles, leva la tête vers les
chaînes à ses poignets. Rapidement, la peur apparut
sur son visage. Il comprenait que la position dans
laquelle il se trouvait n'augurait rien de bon pour lui.

— Que… qu'est-ce qui se passe ?

Bruno ne disait rien. Le monstre observa de nouveau
ses chaînes, tourna la tête vers la table dans son dos, jeta
un œil vers son entrejambe nu.

— Qu'est-ce que je fais à poil ? Pis pourquoi je suis attaché ?

Avec ses jambes, il se donna un élan contre la table. Son corps se balança vers l'avant pour revenir aussitôt percuter la table derrière lui.

— *Fuck !* Dis quelque chose ! lança-t-il cette fois avec colère.

Le visage de Bruno était imperturbable, mais en lui un processus terrible s'effectuait.

Le violeur et le tueur de sa petite Jasmine était là, devant lui. À sa merci.

Le monstre eut alors un ricanement sans conviction et ébaucha même son sourire si arrogant.

— *Come on, man !* fit-il d'une voix plus qu'incertaine. Dis-moi ce qui se passe…

À la vue de cet embryon de sourire, Bruno ouvrit enfin les portes de son cœur et de son âme à la haine qu'il contrôlait depuis une semaine. Si d'abord elle s'infiltra en lui par un mince ruisseau, elle se transforma en quelques secondes en rivière, en torrent, en fleuve déchaîné qui déferla dans son être en détruisant tout sur son passage. Et cette inondation dévastatrice se fit dans le plus complet, le plus effroyable des silences.

Le monstre dut voir les reflets de ce raz-de-marée dans les yeux du médecin, car la peur revint rapidement sur ses traits.

Avec une rapidité inattendue, Bruno saisit la masse appuyée contre le mur et se met en marche. Ses deux yeux crachent la furie au milieu d'un visage de cire tandis qu'il élève latéralement son instrument. Et au moment où le monstre comprend ce qui va se produire, la masse s'écrase lourdement sur son genou droit. Le coup est si violent que, derrière, la lourde table recule d'un centimètre.

L'éclatement de la rotule claque sèchement dans la pièce, suivi aussitôt par l'assourdissant hurlement du monstre dont le corps se raidit instantanément. Avant même que le cri se termine, Bruno lâche la masse, retourne au treuil et le débloque. Les deux chaînes perdent leur tension, se déroulent à toute vitesse et le monstre s'effondre sur le sol, au pied de la table. Bruno le regarde un bon moment se tordre sur le plancher, hurlant de douleur, sa jambe meurtrie entre ses mains. Aucune émotion sur le visage du médecin. Mais, dans ses yeux, la furie se calme graduellement, remplacée par une fascination discrète mais morbide.

Après de longues secondes, Bruno sortit de la pièce, laissant le monstre crier derrière lui.

Il alla à la chambre à coucher de Josh et rapporta la bouteille de scotch à la cuisine, où il s'en emplit un verre. Il observa le verre d'un air vaguement amusé, puis le vida d'un trait. Ensuite, il s'assit dans le fauteuil du salon et regarda vers la fenêtre, vers le lac éclairé par la lune. En sourdine, les litanies du monstre parvenaient jusqu'à lui. Il crut même entendre une ou deux fois des mots comme «ostie de salaud», mais l'essentiel des plaintes se résumait à des onomatopées variées. Ces sons!… Bruno les aurait bus, s'en serait soûlé! À leur écoute, il sentit enfin quelque chose se relâcher en lui. La lourdeur qui l'habitait depuis l'arrivée des ténèbres était toujours là, mais il constata tout de même une sorte de détente, comme s'il se tenait sur une jambe depuis une éternité et qu'il pouvait enfin se remettre sur ses deux pieds. Il se sentait fatigué comme jamais il ne l'avait été, d'une fatigue confortable, agréable. Ses épaules s'affaissèrent, ses bras devinrent mous, son visage s'assouplit, puis il ferma les yeux.

Bercé par la symphonie d'imprécations et de lamentations, il s'endormit paisiblement.

JOUR 2

— Alors ?

Assis derrière son bureau, les mains croisées sous la nuque, Mercure observait ses deux acolytes et attendait. Christian Bolduc, vingt-huit ans, véritable armoire à glace en largeur et en hauteur, haussa les épaules :

— On a pas grand-chose pour partir.

À ses côtés, Anne-Marie Pleau ressemblait à une naine, même si elle-même était plutôt costaude. Elle avait trente-six ans, mais son petit visage délicat, par opposition à son corps plutôt masculin, était celui d'une adolescente. Elle regardait un double de la photo de Hamel.

— Il a appelé de Longueuil, hier, c'est ça ? dit-elle.

— Oui, mais ça m'étonnerait qu'on le trouve là. Si je voulais me cacher avec un gars que j'ai kidnappé, il me semble que j'irais pas en pleine ville. Il est passé par Longueuil, oui, mais rien nous dit qu'il y est encore. Bref, il peut être n'importe où.

Il soupira en croisant ses mains sur son ventre inexistant. Une aiguille dans une botte de foin. Hamel avait vraiment très bien préparé son coup. L'esprit de Mercure y revenait sans cesse : cette froide, chirurgicale préparation…

Chirurgicale, oui… On ne pouvait mieux dire… Il eut un ricanement bref, sans joie. Ses deux collègues parurent perplexes.

— Bon. Je veux que vous alliez interroger ces gens, dit-il en leur tendant chacun une liste. Ce sont des amis, des parents de Hamel. Je suis déjà allé voir sa mère, hier, une veuve qui vit dans un centre d'hébergement. Elle est tellement sous le choc qu'elle en délire, elle ne nous sera d'aucune utilité. On a aussi visité son chalet dans les Cantons de l'Est et, évidemment, il n'y est pas. Envoyez aussi des gars interroger les employés des stations-sevices aux alentours de Drummondville, surtout celles sur la 20, en direction de Longueuil… Qu'on leur montre la photo de Hamel.

— Vous espérez que…

— Pas vraiment, non.

Court silence, puis Mercure frappa doucement sur les accoudoirs de son fauteuil en lançant :

— Voilà, au travail !

◆

Bruno ouvrit les yeux à midi moins vingt. Il avait dormi plus de quinze heures d'affilée dans ce fauteuil, sans se réveiller une seule fois ! Cela ne lui était jamais arrivé, même lors de ses fiestas d'adolescents, alors qu'il avait fumé du hasch toute la nuit.

Il avait rêvé de gueules menaçantes et de fourrure luisante. Et un bruit étrange englobait ces images oniriques, comme des coups lointains… Rêve bizarre, sans signification…

Il se leva, courbaturé de partout, toujours pesant de cette accablante lourdeur. Par la fenêtre, il vit le lac qui souriait de ses milliers de vaguelettes. Malgré sa vision filtrée qui ternissait tout, Bruno le trouva tout de même joli.

Dire qu'il était heureux aurait été exagéré, même indécent. D'ailleurs, il savait que le bonheur n'était plus pour lui. Ce n'était pas ce qu'il cherchait, de toute façon ; il cherchait plutôt une forme de satisfaction. Et il sentait que la veille il avait gravi le premier échelon de l'échelle qui y menait.

Il caressa un bref moment le ruban bleu de Jasmine, puis le remit dans sa poche.

Il prit le vieux téléphone et appela Morin. Il lui expliqua l'endroit où se trouvait l'argent. Morin, jouant le jeu, se contenta de répondre par monosyllabes, mais Bruno sentait une vive satisfaction dans sa voix. Le *jobbeux* devait croire qu'un bon génie veillait sur lui.

Il n'eut pas aussitôt raccroché qu'il entendit une voix incertaine s'élever :

— Y a quelqu'un ?

Bruno regarda vers le couloir, le regard soudain allumé. Il se mit en marche et entra dans la pièce. Le monstre était assis sur le sol, le dos appuyé contre la table à la verticale, sa jambe blessée allongée devant lui. Lorsqu'il vit Bruno, sa figure se crispa en un curieux masque de soulagement et de crainte : soulagement de constater qu'il n'avait pas été abandonné, crainte en reconnaissant Bruno. Il toucha doucement la cuisse de sa jambe blessée.

— Mon… mon genou, se lamenta-t-il d'une voix tremblante. Je pense qu'il est cassé…

Son genou droit avait doublé de volume et était maintenant tout bleu, avec même d'étranges plaques jaunâtres. Hémorragie interne, évidemment. Le monstre avait raison : la rotule était sûrement en bouillie. Bruno avait donc parfaitement réussi son coup de circuit. Comme prévu.

— Tu m'as cassé le genou !

Bruno s'appuya le dos contre le mur et se croisa les bras. Le monstre suppliait, demandait des explications, se décourageait, suppliait de nouveau. Et le médecin, les bras toujours croisés, le dévisageait avec un vague intérêt.

Le monstre devint alors grave :

— Je le sais qui t'es.

Bruno ne broncha pas, mais devint attentif.

— T'es Hamel, c'est ça ? Le père de la petite qui s'est fait violer pis tuer ?

Bruno eut une inspiration un peu plus rauque. Le monstre lâcha alors :

— Je suis innocent, *man*. C'est pas moi. Tu te trompes de gars.

Et il tentait d'avoir l'air choqué, de jouer les victimes, mais c'était tellement faux que cela insulta Bruno, le mit hors de lui. Il saisit la masse qui traînait sur le sol et marcha vers son prisonnier en la soulevant. Toute trace d'assurance quitta alors les traits du monstre. Il se recroquevilla contre la table, les bras levés, et se mit à supplier :

— Non ! Non, *man,* frappe-moi pas ! *Come on,* frappe-moi plus !

Bruno arrêta son élan et considéra le monstre avec curiosité. Ce dernier, haletant, continuait d'implorer sa clémence, tremblant littéralement. Le médecin réalisa tout à coup qu'il disposait d'une autre forme de torture à laquelle il n'avait pas songé, différente de la torture physique mais peut-être tout aussi efficace…

Il descendit donc lentement son arme. Le monstre baissa aussi les bras, plein d'espoir mais sur le qui-vive. Comme s'il voulait sortir de la pièce, Bruno tourna les talons, avança même de quelques pas, pour brusquement faire volte-face et courir vers le monstre, la masse brandie, grimaçant avec une exagération toute théâtrale. Le prisonnier poussa un cri de pure terreur et se couvrit tout le visage des deux mains. Bruno baissa la masse et éclata d'un rire tonitruant, incongru, la tête rejetée en arrière.

Mais il y avait quelque chose d'étrange dans son rire, une sonorité différente, une particularité qu'il n'arrivait pas à définir…

Avec un dernier ricanement, Bruno déposa la masse contre le mur et, sous le regard dilaté d'effroi du monstre, sortit de la pièce.

Il se prépara un déjeuner tardif. Oui, la peur, l'attente, l'incertitude, tout cela pouvait s'avérer aussi efficace que la torture physique…

Tandis qu'il mangeait ses œufs et ses rôties, il entendit le monstre crier qu'il sentait la nourriture, qu'il avait faim à en crever, qu'il voulait bouffer. Bruno se leva, son assiette à la main, et retourna dans la chambre. En voyant l'assiette, le monstre se permit un pauvre sourire d'espoir, mais se mit à gémir en voyant Bruno manger doucement devant lui, appuyé contre le mur.

— *Come on, man!* Donne-moi quelque chose à manger! J'ai mal au ventre, pis j'ai soif!

Bruno mâcha sa rôtie en silence, en prit une autre bouchée. L'autre se révolta. Comme son genou cassé l'empêchait de se lever, il se contenta de frapper le sol tel un enfant excédé:

— J'te dis que c'est pas moi, câlice! Pis j'ai pas encore eu mon procès! Tu comprends-tu? C'est pas moi!

Bruno eut une folle envie de lui dire qu'il avait pourtant plaidé coupable, mais il se retint. Le monstre appuya sa tête contre la table et ferma les yeux.

— Donne-moi quelque chose, implora-t-il. N'importe quoi…

Bruno cessa de mâcher, puis cracha l'énorme bouchée qu'il avait dans la bouche. Le gluant et informe mélange d'œufs et de pain tomba à quelques centimètres du monstre. Ce dernier fixa avec dégoût la nourriture mâchée, puis grimaça vers Bruno:

— Ostie de chien sale…

Aussitôt, le médecin lança son assiette vide tel un frisbee. Instinctivement, l'autre se cacha le visage en couinant, mais l'assiette passa un bon cinquante centimètres à sa droite et alla éclater en morceaux sur le mur du fond. Les yeux du monstre s'emplirent de peur, le même genre de peur qu'il devait y avoir dans les yeux de sa petite Jasmine… C'était si bon de voir cette terreur dans ses yeux à lui. Oh, oui! si bon!…

Il sortit de la pièce en refermant la porte derrière lui. Lentement, il rangea la cuisine. À un moment, il entendit des bruits de chaînes. Sûrement le monstre qui tentait douloureusement de ramper, avec son genou cassé, vers la porte. Mais les chaînes n'étaient pas assez longues, Bruno le savait. Au bout d'une minute, le bruit de chaînes cessa et des gémissements étouffés se firent entendre.

Tout en rangeant le beurre dans le frigo, le médecin eut un rictus qui pouvait s'apparenter à un sourire.

Il mit son manteau et sortit. Le temps était parfait pour la saison : ensoleillé, mais juste assez froid pour que ce soit vivifiant. Le médecin marcha vers le lac, les feuilles mortes chuchotant agréablement sous ses pieds, entouré par la joyeuse cacophonie des oiseaux. Sur la rive, il s'arrêta et contempla le lac. Mais le splendide spectacle n'occupa pas longtemps son esprit. Il imaginait le monstre dans le chalet, affolé, se demandant ce qui allait suivre, pleurant de plus belle devant l'inconnu...

Bruno ferma les yeux, leva la tête vers le ciel et laissa le froid automnal lui masser le visage.

◆

En temps normal, Josée Jutras et sa sœur Sylvie devaient se ressembler, mais en ce moment, cette dernière ne ressemblait à rien sauf à une survivante. Il était plus de treize heures, mais elle était encore en robe de chambre et les cernes rouges sous ses yeux firent renoncer le sergent-détective à lui demander quelle nuit elle avait passée. Elle était assise dans un fauteuil, les bras sur les accoudoirs, bien droite, fixant le tapis sans le voir. Mercure se dit qu'elle devait avoir trente-cinq ans, mais elle en paraissait dix de plus ce jour-là.

— Un café, inspecteur ? demanda Josée Jutras, assise sur le divan.

Celle-ci était sûrement plus âgée que sa sœur, même si elle donnait alors l'impression d'être la cadette des deux.

— Non merci, je ne vais rester que quelques minutes.

Il s'était d'ailleurs assis sans enlever son manteau.

— J'ai écouté les nouvelles hier soir à dix heures, poursuivit la sœur de Sylvie. Ils ont parlé du délai de sept jours, du fait que Bruno tuerait le gars lundi et se rendrait ensuite… Ils sont au courant de tout !

Cela la surprenait, mais pas Mercure. La veille, Sylvie, atterrée, avait dû appeler quelques personnes pour en parler, qui elles-mêmes en avaient appelé d'autres, etc. D'ailleurs, ce matin, des journalistes de Montréal étaient venus interroger Wagner qui, à contre-cœur, avait tout confirmé.

— Vous connaissez quelqu'un à Longueuil ?

Sylvie dit que non. Bruno se cachait donc là ? Mercure lui dit que c'était loin d'être certain.

— J'aimerais que vous ne mentionniez à personne cette piste de Longueuil. Si les journalistes en parlaient et que votre conjoint l'apprenait, cela pourrait le faire paniquer et…

Les deux femmes montrèrent qu'elles comprenaient.

— On a essayé de le rappeler plusieurs fois sur son cellulaire, ajouta-t-il. Mais il le tient fermé.

— Moi aussi, j'ai essayé de le rappeler… Toute la soirée…

Elle renifla, mais resta droite, les yeux toujours au sol. Mercure consultait les notes de son calepin.

— Cette allusion qu'il a faite, hier, comme quoi c'était maintenant lui qui était la victime du chien… Vous avez compris ce qu'il voulait dire ?

Nouveau « non » silencieux.

— D'ailleurs, lui-même a semblé ne pas se rendre compte de… de cette image, ajouta Mercure pour remplir ce silence de plus en plus oppressant.

Aucune réaction. Josée intervint enfin :

— Je pense que ma sœur a surtout peur de ce qui va arriver à Bruno lorsque vous allez le retrouver… Peut-être que… vous pourriez nous éclairer, là-dessus…

Mercure se gratta le sommet du crâne. C'était difficile à dire. Si on le trouvait maintenant, il serait accusé d'enlèvement, d'agression contre un policier…

— Agression? fit soudain Sylvie, qui leva enfin les yeux.

— Hé bien, la surdose de nitro…

— Mais une heure après le policier allait mieux !

— Je sais, mais…

Il se gratta de nouveau la tête, vraiment mal à l'aise.

— Mais comme il y aurait des circonstances atténuantes, il ne resterait en prison que quelques mois… Peut-être même qu'il ne ferait pas de prison du tout…

Sylvie n'eut aucune réaction, les yeux rivés sur le sergent-détective, l'incitant à aller jusqu'au bout de son raisonnement. Prenant son courage à deux mains, il poursuivit :

— Mais tout dépendra aussi de… de l'état dans lequel sera Lemaire…

— Et l'état dans lequel était la pauvre Jasmine, ça ne compte pas ? rétorqua sèchement Josée.

Sylvie ferma les yeux un bref moment.

— C'est… Vous mélangez les choses, madame Ju…

— Et si on ne le retrouve pas avant qu'il tue Lemaire ? coupa Sylvie. Que lui arrivera-t-il ?

— Nous le retrouverons.

— Vous ne le retrouverez pas et vous le savez, répliqua-t-elle d'une voix neutre. Votre piste est si mince qu'elle est à peu près inexistante. Ce n'est pas pour rien qu'il a choisi de le garder sept jours. C'est trop court pour que vous ayez le temps de remonter jusqu'à lui.

Mercure accusa mal le coup. Sylvie répéta, insistante :

— Combien, s'il le tue ?

Cette fois, le policier ne put s'empêcher de soupirer.

— Je suppose qu'il aurait la même peine que l'assassin lui-même! fit méchamment Josée.

Mercure regarda la femme droit dans les yeux.

— C'est fort probable...

Josée poussa un hoquet d'effroi. Sylvie ne réagit pas, mais tout le sang se retira de son visage déjà blême et Mercure vit ses narines palpiter.

— Il s'agirait d'un meurtre au premier degré, expliqua piteusement Mercure. À moins qu'on prouve qu'il était irresponsable, ce qui ne semble pas le cas...

Josée secouait la tête, offusquée. Sylvie, songeuse, marmonna:

— Il le sait.

— Pardon?

— Il sait qu'il ira en prison. Et il s'en moque complètement.

Mercure approuva gravement. Mais Josée continuait de s'insurger: faire des années de prison parce qu'on a éliminé l'assassin de sa fille! Belle justice!

— Madame Jutras, vous devez comprendre que...

— Vous avez des enfants, inspecteur?

Cette discussion prenait une tangente désagréable et incongrue. Il n'était pas obligé de répondre à cela, mais, comme il continuait à vouloir être poli, il prononça un «non» un peu sec.

— Voilà! Si, comme ma sœur, vous aviez perdu l'être que vous aimiez le plus au monde, vous...

— Ma femme est morte il y a cinq ans.

Un silence glacial suivit cette affirmation. Josée devint écarlate, ouvrit la bouche, la referma et regarda ses mains.

— Je... je suis... je suis désolée, inspecteur...

Mercure baissa la tête en se frottant les mains et se traita intérieurement d'imbécile. Qu'est-ce qui lui avait pris de sortir ça? Lui qui conservait toujours son sang-froid!...

— Vraiment, s'enfonçait Josée, je m'excuse de...

— Ce n'est pas grave, l'interrompit brutalement Mercure.

Il leva enfin la tête. Sylvie le fixait intensément et dans ses yeux, il lisait un étonnement mêlé de curiosité.

— De toute façon, précisa-t-il rapidement, je suis certain que nous le retrouverons avant qu'il commette l'irréparable.

Et, en disant cela, il évita de regarder Sylvie.

Il se leva enfin. Il avait repris son attitude calme et apaisante. Il demanda si, avant de partir, il pouvait visiter la maison. En particulier la chambre à coucher du couple et le bureau de Hamel, s'il en avait un. Josée parut fort étonnée de cette demande, mais Sylvie accepta sans hésitation.

Seul, Mercure monta à l'étage et alla tout d'abord dans la chambre à coucher. Décoration belle mais simple, rien de tape-à-l'œil, rien d'outrageusement riche. Quelques tableaux sur les murs, des reproductions de toiles classiques. Sur le bureau, des photos de Hamel, de Sylvie. De la petite Jasmine. L'une d'elles représentait le médecin avec sa fille. Mercure la prit, la regarda de longues secondes. La fillette embrassait son père, qui semblait le plus heureux des hommes.

Il sortit et alla dans la pièce qui servait de bureau à Hamel. Un bureau, un classeur, encore quelques photos de famille. Beaucoup de livres, la plupart de médecine mais aussi quelques romans, parfaitement inconnus de Mercure. Et quelques bandes dessinées aussi, entre autres Astérix, Achille Talon ainsi que quelques Mafalda, que Mercure ne connaissait pas. Il prit un de ces derniers, lut quelques gags et sourit. De la bédé sociale et politique, visiblement…

Sur le bureau, un ordinateur récent si on se fiait au design. Une pile de livres sur l'informatique, une étagère avec des dizaines de disquettes et de CD-ROM, d'autres appareils que Mercure ne connaissait pas.

Deux affiches sur les murs. L'une représentait un dessin rigolo d'un certain Mordillo : dans une rue, toutes les maisons étaient identiques, grises et ternes, sauf l'une d'elles peinte de toutes sortes de couleurs vivantes. Devant cette maison, on voyait le propriétaire se faire arrêter par deux policiers. Mercure eut un petit ricanement silencieux. En bas de l'affiche était inscrit : «Amnistie internationale».

L'autre était beaucoup moins drôle. C'était une sorte de dessin étrange, très chargé, vaguement enfantin, uniquement dans des teintes de noir, de blanc et de gris, un peu de bleu aussi. Mercure l'examina un bon moment. Dans cet enchevêtrement de lignes et de formes tordues, on reconnaissait des visages difformes et affolés, une femme hurlante tenant une caricature d'enfant entre les mains, une ampoule électrique incongrue, la gueule hennissante d'un cheval cauchemardesque et, surtout, une singulière et troublante tête de taureau... Mercure ne connaissait rien en peinture ; néanmoins, il sentait parfaitement l'extrême violence qui émanait de cette œuvre déconcertante et faussement puérile.

Au bas de la peinture, dans un encadré blanc qui prenait toute la partie inférieure de l'affiche, était écrit en grosses lettres noires : PICASSO. Et, en caractères plus petits : *Guernica*. Bien sûr, il savait qui était Picasso, mais le titre de l'œuvre ne lui disait rien. Il l'observa de nouveau, fasciné, puis nota le titre dans son calepin.

Avant de sortir, il alla jeter un coup d'œil dans la chambre de la petite. Des murs jaune soleil éclatants, un lit simple avec une douillette représentant des chevaux. Sur un mur, en lettres de bois multicolores, le nom « Jasmine ». Une étagère avec une poupée de chiffon, un Pierrot et des billes. Un coffre à jouets entrouvert. Un énorme koala dans un coin. Un capteur de rêve devant la fenêtre. Deux cadres aux murs : un cheval au galop et le dessin d'une licorne. Une affiche représentant cinq garçons en train de chanter, les New

Kids on the Block ou les Back Street Boys, Mercure
les mélangeait tous…

Une photo de famille sur le bureau…

Mercure sortit de la chambre, la tête enfoncée entre
les épaules, les mains dans les poches de son long
manteau.

— Il ne manque rien dans ses affaires? demanda-t-il
à Sylvie lorsqu'il revint en bas.

— Je ne pense pas. Je crois même qu'il… qu'il n'a
pas emporté de vêtements…

— Et dans son bureau?

— J'ai regardé rapidement… Le bureau de Bruno,
je le connais peu, j'y allais rarement. C'était son antre
à lui, lorsqu'il voulait *triper* tout seul à son ordinateur.
Il a même suivi des cours du soir en informatique,
l'année dernière, tant il aimait ça. Et des cours avan-
cés, en plus. Il était vraiment maniaque… Enfin, il
l'est toujours, c'est juste que…

Elle se tut et se passa une main sur le front en soupirant douloureusement.

Au salon, Mercure fit rapidement des yeux le tour
de la pièce, à la recherche d'autres détails concernant
Hamel. Il vit alors, sous la télé, une série de vidéocassettes. Il demanda de quoi il s'agissait.

— Des vidéos maison. Nous avons une petite caméra et…

— Je peux les emporter?

Sylvie le considéra un moment avant de répondre:

— Si vous voulez, mais il y en a dix-huit…

— Disons celles qui concernent… (Il réfléchit,
haussa les épaules)… les deux dernières années…

Sylvie prit quatre cassettes. En les donnant au sergent-
détective, elle dit:

— Vous avez une curieuse manière d'enquêter…

Il n'y avait pas de moquerie ni de reproche dans son
ton. Au contraire, c'était dit avec douceur, presque amicalement. Mercure lui sourit en prenant les cassettes,
remercia, promit qu'il la tiendrait au courant.

— Et merci à vous, madame Jutras, de tenir compagnie à votre sœur durant ces moments difficiles.

Josée hocha la tête, encore gênée de la scène de tout à l'heure.

Tandis qu'il marchait vers la voiture, il vit un homme accompagné d'un enfant marcher sur le trottoir. L'homme jeta un œil vers la maison de Hamel, puis demanda à Mercure s'il était de la police. Le sergent-détective répondit que oui.

— J'ai entendu l'histoire aux nouvelles, c'est… c'est vraiment épouvantable… Pauvre Bruno… (Il tendit la main.) Denis Bédard. J'habite au coin de la rue, là-bas.

Mercure se présenta, serra la main.

— Et voici mon fils, Frédéric.

L'enfant, d'une dizaine d'années, sourit timidement. Mercure le salua et se dit que, sans ces terribles cicatrices au visage, le gamin aurait été vraiment beau.

— Je l'ai vu l'autre jour dans un parc. Il était si sombre, si bizarre… Si agressif… Plein de haine…

— Ça vous surprend, qu'il se soit rendu jusque-là ?

— On ne peut jamais s'étonner des réactions d'un parent dont l'enfant a été tué ou attaqué…

En disant cela, il jeta un œil triste vers son fils et lui mit discrètement la main sur la nuque. Le garçon se laissa faire, impressionné par ce grand policier. Mercure remarqua la mélancolie sur les traits de Bédard, son geste plein d'amour vers son fils…

— Eh bien, bonne chance, inspecteur. J'espère sincèrement que vous le retrouverez avant la fin des sept jours.

De nouveau, il eut un regard triste vers le gamin, revint au policier et répéta en le regardant dans les yeux :

— Sincèrement.

Et il s'éloigna, en tenant la main de son fils qui continuait de dévisager le policier. Mercure regarda une dernière fois ses cicatrices, visiblement anciennes mais toujours cruelles.

Dans sa voiture, il réfléchit en se lissant les cheveux. Il consulta son agenda et constata qu'il était censé aller à Montréal cette semaine.

Rendre une de ses trois visites annuelles à Demers...

Mais il se demandait s'il n'allait pas la remettre à plus tard, quand toute cette affaire serait terminée. En même temps, il avait besoin de ces visites, il le savait.

Enfin, il le croyait...

Il regarda sa montre : treize heures trente. Un petit dîner au Charlemagne lui ferait du bien...

Il se mit en route.

◆

À quatorze heures, Bruno entra dans la pièce en tenant un grand verre d'eau.

Les yeux du monstre brillèrent. Son corps affalé contre la table se redressa ; il sortait presque la langue d'excitation. Bruno s'approcha et lui tendit le verre. Le monstre l'arracha des mains du médecin et but goulûment. Bruno jeta un coup d'œil au genou éclaté. Il était plus gros et plus violacé que tout à l'heure. Il se pencha vers la jambe meurtrie lorsqu'il sentit deux mains saisir sa gorge et serrer avec force, tandis qu'une voix hystérique hurlait :

— Laisse-moi partir ! T'entends, ostie de malade ? Détache-moi pis laisse-moi partir, sinon je t'étrangle !

Bruno se mit à se débattre, le souffle lui manquant de plus en plus, puis donna un coup de poing sur le genou enflé. Le coup n'était pas très fort mais amplement suffisant pour faire lâcher prise au monstre, qui se mit à crier. Fou de rage, Bruno empoigna le crâne de son prisonnier et le fracassa avec force sur la table derrière lui. Le corps du monstre devint mou et, à moitié assommé, il se mit à gémir en balançant la tête de gauche à droite, au ralenti.

Bruno, après avoir retrouvé une respiration normale, profita de l'état de semi-inconscience du monstre pour examiner sa jambe. Il tâta la cuisse, effleura le genou de ses doigts. Pour l'instant, ça pouvait aller. Mais le monstre était brûlant, il faisait de la fièvre. Bruno se leva et se dirigea vers ses deux trousses médicales, déposées dans un coin. Il en ouvrit une et revint vers son prisonnier avec un comprimé. Il le mit dans la bouche du monstre, toujours à moitié K.-O., puis l'obligea à l'avaler en lui faisant boire le reste de son verre.

L'idée n'était pas d'adoucir les souffrances du monstre, mais d'empêcher son état de trop se détériorer. Car s'il devenait trop faible, il ne pourrait plus rien supporter...

... et, donc, il ne durerait pas une semaine.

L'eau éveilla complètement le monstre et Bruno se releva, sur ses gardes. La peur réapparut à la vue du médecin. De nouveau, Bruno imagina les yeux de sa petite Jasmine, pleins de cette peur impuissante. Il donna un coup de pied fulgurant dans le ventre du monstre, qui se tordit en deux et se mit à tousser douloureusement. Voilà, qu'il essaie de sourire, maintenant! Voyons voir s'il en est encore capable! Un nuage rouge obscurcissait le cerveau du médecin. Il marcha en vitesse vers la masse, la prit et se tourna vers le monstre. Ce dernier, qui grimaçait encore de douleur en se tenant le ventre, regarda l'outil avec terreur et se recroquevilla contre la table. Le nuage rouge se dissipa et Bruno se tint immobile.

Non, pas tout de suite. Savourer l'attente. Et le spectacle qu'offrait le monstre en ce moment, nu, suffoquant, paralysé d'épouvante, était déjà en soi très satisfaisant.

Pour l'instant.

Il sortit de la pièce, referma la porte, alla prendre une bière et la but lentement, assis au salon.

Tout à coup, les hurlements du monstre éclatèrent. Pas des cris de souffrance ni de peur, ni des mots précis; uniquement un trop-plein qui débordait, une soupape qui sautait.

Le monstre hurlait, hurlait, hurlait…
Et Bruno buvait sa bière.

◆

De retour au poste, Mercure demanda, par pure
formalité, si on avait joint Hamel. On lui répondit que
non.

— Quand Bolduc et Pleau seront de retour, envoyez-
les-moi.

Vers quinze heures, Mercure reçut un pénible coup
de téléphone : la mère de Lemaire. Elle demandait s'ils
avaient retrouvé son fils, d'une voix molle et défaillante
qui trahissait son état d'ébriété avancée. Mercure lui
expliqua qu'ils n'avaient aucune piste. Alors, madame
Lemaire devint hargneuse et agressive.

— Vous le faites exprès pour pas le retrouver ! Au
fond, ça fait ben votre affaire qu'on le torture pis qu'on
le tue à votre place ! Avouez-le donc, câlice !

En moins d'un mois, cette femme venait de subir
les deux plus grands chocs de sa vie : le premier de
découvrir que son fils était un violeur et un assassin
d'enfant ; le second, de le savoir entre les mains d'un
père vengeur qui allait le torturer et le tuer au bout de
sept jours. Alors, comment Mercure aurait-il pu lui en
vouloir de tenir de tels propos ?

Elle se mit carrément à pleurer.

— Oubliez pas qu'avant d'être un tueur mon fils
est un être humain, inspecteur ! Un être humain qui est
capable d'aimer… pis qui est aimé aussi ! Qui m'aime,
moi, pis que j'aime aussi ! *Oubliez-le pas !*

Il aurait pu lui dire (s'il se fiait au dossier d'Anthony
Lemaire) qu'elle n'avait pourtant pas été une mère
très aimante, qu'elle avait fermé les yeux pendant des
années et avait, au fond, démissionné de son rôle ma-
ternel… Cela, l'avait-elle oublié ? Mais bien sûr il ne
lui dit rien de tel. Cela aurait été inutile, puéril et surtout
injuste. Car en ce moment, cette femme, peu importe

qu'elle ait été une mauvaise mère ou non, était malheureuse. Et c'est tout ce qui comptait pour l'instant. Il se contenta donc de dire d'une voix compréhensive :

— Je ne l'oublie pas, madame.

Il raccrocha, pris d'un soudain mal de tête.

Les deux agents arrivèrent au poste vers seize heures et, tout penauds, s'avouèrent bredouilles. Les amis et collègues de Hamel étaient atterrés, mais n'avaient aucune idée de l'endroit où il pouvait se cacher. Et aux stations-services, on avait presque ri d'eux. Selon les pompistes, le visage anonyme d'un client laissait autant de souvenir qu'un brin d'herbe sur une pelouse. À moins, avait dit l'un d'eux, qu'il ne ressemble à Brad Pitt. « Ce qui est loin d'être le cas de votre gars ! » avait-il ajouté en regardant la photo.

Mercure ne parut pas vraiment déçu. Pouvait-il s'attendre à autre chose ? Pleau lui tendit un sac de plastique transparent dans lequel se trouvait un petit rectangle de papier mince et sombre.

— Un échantillon des morceaux de nitro collés sur le volant, expliqua-t-elle. Les gars du labo les ont examinés. Ils disent que ce ne sont pas des *patches* conventionnelles, elles ont été fabriquées sur demande, vraisemblablement par un pharmacien. Ils seraient surpris qu'un chirurgien comme Hamel ait pu les faire lui-même.

Mercure prit le sac. Peut-être une piste de ce côté. Il nota dans son petit calepin : *Hôpital pour pharmaciens, rapport aux patches.*

Alors que les deux policiers s'apprêtaient à sortir, le sergent-détective leur demanda si l'un d'eux connaissait Picasso.

— Ben oui, c'est un peintre, répondit candidement Bolduc.

— Oui, je sais, mais connaissez-vous un peu ses peintures, en particulier celle qui… (Il consulta son calepin.) *Guernica,* voilà. Ça vous dit quelque chose ?

Bolduc haussa les épaules. Pleau savait de quelle peinture il s'agissait, mais n'avait aucune idée de ce que ça voulait dire.

Mercure sortit peu après pour faire son rapport à Wagner. Le directeur était dans sa pose classique : debout derrière sa chaise, les deux mains sur le dossier.

Le rapport fit grogner Wagner, mais il ne pouvait s'en prendre à Mercure. Il savait que ce dernier ne possédait à peu près aucune piste.

— Dis donc, Greg, tu connais Picasso ?

— Bien sûr. C'est mon livreur de journaux. Très sympathique.

Mercure n'osa pas réagir, dérouté. Wagner s'énerva :

— Évidemment, je sais c'est qui ! Où tu veux en venir, avec ton Picasso ?

— C'est une toile de lui que j'ai vue chez Hamel.

Wagner ne protesta pas. Il connaissait les méthodes de son inspecteur. Dans certains cas, cela avait été une pure perte de temps, mais il y avait déjà eu quelques résultats étonnants.

— *Guernica*. Ça te dit quelque chose ?

— C'est sa toile la plus imposante. Une de ses plus célèbres. Et des plus violentes, aussi. Ça représente la guerre d'Espagne. Picasso a voulu y montrer l'horreur de la guerre, à quel point les hommes pouvaient créer la douleur et la misère…

Mercure en demeura bouche bée.

— Hé ben ! tu m'impressionnes, mon Greg !

— T'as oublié que ma femme est prof d'histoire de l'art ! soupira le directeur, les mains dans les poches. Si tu savais le nombre de musées que j'ai dû visiter, pendant nos voyages…

— Ah, bon ! Je me disais, aussi…

Wagner le regarda de travers, ne sachant trop comment prendre cette remarque, mais Mercure était déjà sorti.

Aux collègues de la salle centrale, il lança qu'il allait être dans la chambre de projection pour quelques heures.

Si Hamel appelait, il fallait le prévenir tout de suite. Cassettes vidéo en main, il alla s'enfermer dans une petite pièce contenant deux chaises, une table, une télé et un appareil vidéo antédiluvien.

◆

À dix-sept heures quarante-cinq, Bruno prépara des pâtes qu'il avait l'intention de manger en écoutant les nouvelles de dix-huit heures à la télé. Il était évident que son histoire ferait les manchettes, même s'il n'y tenait pas vraiment. S'il avait pu décider, il s'en serait même passé, mais comme c'était inévitable, aussi bien regarder comment le sujet serait traité…

À dix-sept heures cinquante-cinq, il marchait vers la chambre du monstre, un verre d'eau et une assiette pleine de pâtes en main. Le jeûne avait assez duré. Si le monstre perdait trop de force, il deviendrait moins résistant.

Le monstre se jeta sur l'assiette. Il prit la nourriture chaude à pleines mains, son nez touchait aux pâtes, ses longs cheveux blonds traînaient dans la sauce. Bruno le regarda manger un moment puis pensa de nouveau: *C'est lui, le violeur de ta fille, l'assassin, le salaud, c'est lui…* Il fermait son poing, prêt à frapper, lorsque le monstre leva un museau rougi et, les yeux pleins d'espoir, un sourire nerveux aux lèvres, bredouilla:

— C'est gentil, ça… Ben gentil… Tu… t'es plus fin avec moi, là, on dirait… Peut-être que… peut-être que ça achève, hein? Que tu vas me délivrer? T'as enfin compris que c'était pas moi, c'est ça?… Hein?…

Bruno en oublia de frapper, d'abord surpris, puis songeur. Que le monstre ressente de l'espoir n'était pas une mauvaise chose. Plus il espérerait, plus le désespoir serait terrible après. Oui, l'espoir était même une excellente idée. Tellement que Bruno fit un effort surhumain pour le gratifier d'un sourire rassurant. L'autre en parut encore plus excité. Là-dessus, Bruno sortit de la pièce, jeta un dernier regard vers son prisonnier replongé dans son assiette, puis ferma la porte.

De retour au salon, il éclata enfin de rire. De nouveau, il remarqua la tonalité étrange, comme tout à l'heure, et cette fois il mit le doigt dessus : il n'y avait pas de véritable joie dans son rire. Il riait, il avait envie de rire, cela lui faisait du bien, mais son rire sonnait creux.

Troublé, il alla se préparer une assiette de pâtes puis s'installa devant la télé. Il ne mit pas le son trop fort, car il ne voulait pas que le monstre entende. Comme la télé n'était pas câblée, l'image de Radio-Canada était légèrement enneigée, mais suffisamment claire pour tout voir et tout entendre. On parla politique et affaires internationales pendant les cinq premières minutes, puis on annonça son « histoire » :

— Toujours aucun indice précis sur l'endroit où se terre Bruno Hamel, ce médecin de trente-huit ans qui...

Derrière le lecteur de nouvelles, une photo de Bruno était apparue en médaillon. Fasciné malgré lui, Bruno prit une bouchée de son repas, les yeux rivés à la télé. On parla de son ultimatum de sept jours. Puis apparurent des images du monstre, accompagné par deux policiers, entrant au Palais de justice. Bruno les avait déjà vues plusieurs fois. Il sourit en voyant l'air arrogant du monstre. Depuis la veille, ce dernier n'arborait plus du tout cette expression provocatrice. La voix hors champ du reporter se mit à expliquer :

— Tout a commencé le sept octobre dernier lorsque la police de Drummondville arrête un jeune homme accusé du viol et du meurtre de la jeune Jasmine Jutras-Hamel...

Là-dessus, une photo de Jasmine recouvrit tout l'écran. Souriante, magnifique, fragile. La bouchée de pâtes se coinça dans la gorge de Bruno.

— Le jeune homme en question, un certain Anthony Lemaire, a plaidé coupable une semaine plus...

Bruno poussa un cri affolé et, sans se rendre compte que son assiette était éjectée de ses genoux, saisit frénétiquement la télécommande pour couper le son. À la télé, les images du monstre continuèrent de défiler, mais en silence.

Pas d'informations personnelles sur le monstre ! Il ne voulait rien connaître de sa vie, rien ! Et voilà qu'il venait d'apprendre son nom ! C'était déjà trop !

À la télé, on voyait maintenant une photo de Bruno, puis des images de Sylvie fuyant les journalistes… mais le médecin n'osait remonter le son, de peur d'apprendre autre chose sur ce Lem… sur le monstre !

Eh bien tant pis ! Il n'écouterait plus les nouvelles télévisées, voilà ! Après tout, il s'en foutait, non ?

Non, plus maintenant… Plus depuis qu'il avait vu les premières images, entendu les premières phrases… Maintenant, il voulait savoir. Et surtout, c'était le seul moyen de se tenir au courant des développements. Car, évidemment, la police enquêterait, et seule la télé pouvait lui fournir des bribes de renseignements là-dessus.

À moins qu'il n'écoute avec la télécommande en main, prêt à couper le son chaque fois qu'on divulguerait un renseignement sur le monstre ? Ridicule et risqué…

Il eut soudain une idée.

Il enfila son déguisement, puis sortit du chalet.

◆

Sur l'écran de la vieille télé, Jasmine, déguisée en mouton, effectuait une chorégraphie naïve, accompagnée par quatre autres petites filles déguisées de la même manière. Elle était un rien maladroite, mais sa bonne volonté faisait plaisir à voir. Pour Mercure, elle n'était ni la meilleure des cinq petites danseuses, ni même la plus jolie. Mais il était convaincu que pour Bruno Hamel, Jasmine avait été durant ce spectacle la meilleure et la plus belle de toutes les danseuses de la planète.

Mercure terminait son club-sandwich. Il écoutait la première des quatre vidéocassettes depuis près de deux heures et, au bas de l'écran, la date indiquait « 12 avril 2000 », donc six mois plus tôt. Il avait aussi assisté à deux repas de fête, une sortie au zoo, une fin de semaine de camping et diverses petites tranches de vie banales.

Il avait tout écouté attentivement. Comme il écouterait les trois autres cassettes. Il s'intéressait particulièrement aux moments où l'on voyait Hamel à l'écran : presque toujours de bonne humeur, spontané, parfois légèrement ivre mais jamais déplacé. Et fou amoureux de sa fille. Un peu moins démonstratif avec Sylvie, par contre. Pas froid ni indifférent, mais… Ça sentait le vieux couple. Déjà.

Wagner entra en coup de vent, rassuré de voir Mercure.

— Ah ! T'es encore ici ! Parfait !

De son côté, le sergent-détective ne s'étonna pas de la présence de son supérieur au poste, même après dix-huit heures. Il n'était pas rare que Wagner demeure à son bureau tard le soir. Depuis son divorce l'année précédente, il se brûlait littéralement au travail.

— C'est Hamel au téléphone !

Dix secondes plus tard, Mercure était dans la salle centrale, où se trouvaient quatre agents qui l'attendaient avec fébrilité. Le sergent-détective prit le téléphone que lui tendait Wagner et remarqua que les haut-parleurs étaient allumés. Cela l'agaçait un peu que tout le monde entende cette discussion, mais il savait que Wagner ne voulait rien perdre. De sa main libre, il sortit son calepin et son crayon, puis, tout en notant l'heure de l'appel, répondit d'une voix parfaitement naturelle :

— Bonsoir, monsieur Hamel. Ici le sergent-détective Mercure.

— Pourquoi est-ce qu'on m'a transféré à vous ?

Toujours ce sang-froid…

— C'est moi qui m'occupe de votre cas.

— Mon cas…

Wagner et les autres policiers écoutaient avec attention.

— Je viens d'écouter les nouvelles. On en parle pas mal, justement, de mon cas.

— Ça ne vous étonne quand même pas…

— Non, évidemment. Mais on donne beaucoup de renseignements sur le monstre.

— Sur qui ?

— Le monstre.

Silence. Hamel reprit :

— On a dit son nom, à la télé. J'imagine qu'on parle aussi de son passé, qu'on dresse de lui un portrait, et toutes ces conneries…

— Où voulez-vous en venir, monsieur Hamel ?

— Je ne veux plus qu'on révèle le moindre renseignement sur lui.

— Je ne comprends pas.

— Je ne veux plus entendre à la télé la moindre information personnelle sur le monstre. Ni son nom, ni son âge, ni ce qu'il faisait dans la vie, rien.

Mercure leva un œil vers Wagner. Celui-ci fit pivoter sa main près de sa tête, comme pour dire que Hamel était fou.

— On n'a pas le contrôle là-dessus, voyons…

— Arrangez-vous pour l'avoir.

— Écoutez, monsieur Hamel…

— Non, vous, écoutez-moi : si durant un bulletin de nouvelles télévisé…

— Je vous répète que nous n'avons pas le…

— Arrêtez de japper, sale cabot, pis écoutez-moi ! s'énerva soudain Hamel.

Tout le monde parut surpris par cette remarque. D'abord stupéfait, Mercure s'empressa de noter quelques mots dans son calepin, les sourcils froncés. Plus calme, comme s'il n'avait jamais perdu patience, le médecin reprit :

— Si j'entends la moindre information sur la vie de mon prisonnier, je lui fais passer le plus mauvais quart d'heure de sa vie…

— Il est en train de passer la plus mauvaise *semaine* de sa vie, je vous ferai remarquer…

Hamel se tut, sûrement pris au dépourvu. Il dit enfin :

— Je pourrais le tuer avant le septième jour.

— Je ne vous crois pas.

— Vous voulez courir le risque ?

Mercure ne répondit rien. Hamel ajouta :

— Et la torture, c'est vaste. On peut toujours faire pire.

Mercure sentit un courant glacial lui parcourir le dos, du bassin jusqu'à la base de la nuque, ce qui lui donna littéralement la chair de poule. Mon Dieu, qu'était-il donc arrivé à cet homme qu'il venait de voir rire tant de fois sur une bande vidéo ? L'image de l'écorché traversa de nouveau l'esprit du policier… mais ce n'était pas une peau que Hamel s'était refaite, c'était une cuirasse, une armure, tellement sombre et tellement froide…

— Je suis un chirurgien, inspecteur, ne l'oubliez pas. Je peux faire ce que je veux avec un corps humain tout en le maintenant en vie.

Wagner se passa la main dans les cheveux en poussant entre ses lèvres retroussées un sifflement aigu.

— Justement, vous êtes médecin, rétorqua Mercure. Que faites-vous du serment d'Hypocrate que vous avez signé ? Vous êtes censé soigner les gens, pas leur enlever la vie.

— Les médecins soignent les humains, pas les monstres.

Le policier s'humecta les lèvres, cherchant une autre prise, mais il n'y en avait pas. La haine de cet homme était lisse comme une paroi de glace.

— On ne peut quand même pas imposer votre demande à tous les médias…

— La télé seulement. Juste les canaux francophones.

Une pause, puis :

— Voilà. Je vous rappelle lundi…

— Vous vous rendez compte que vous allez tout perdre ?

— J'ai déjà tout perdu, inspecteur, je vous l'ai déjà dit. Vous vous répétez.

— Mais il reste votre conjointe. Sauf si vous étiez déjà en train de la perdre elle aussi…

Wagner pencha la tête sur le côté, l'air de se demander où voulait en venir Mercure.

— C'est vrai que, lorsque vous vous êtes embrassés, pendant votre anniversaire, ça ressemblait plus à un baiser mécanique qu'à une démonstration d'amour…

Mercure était loin d'être convaincu que tout cela allait le mener quelque part. Il se trouvait même vaguement ridicule et, s'il se fiait aux regards de ses collègues, l'impression était partagée. Mais il lançait des sondes, comme ça, au hasard. Il fallait bien essayer quelque chose !

Mais Hamel se contenta de lâcher, sans émotion :

— Agissez vite : j'ai l'intention d'écouter les nouvelles avant de me coucher…

Il raccrocha. Plusieurs soupirs dans la salle. Mercure raccrocha à son tour et lança à un agent :

— Pat, trouve-moi d'où il appelait…

◆

Dans l'appartement de Charette, Bruno ferma l'ordinateur. Au fond, ce coup de téléphone n'était pas une mauvaise chose : il allait enfoncer encore plus la police dans la mauvaise direction. Tout de même, il fallait éviter d'y venir trop souvent : il n'était pas impossible qu'on finisse par découvrir la fausse piste de Longueuil et, par conséquent, qu'on remontât jusqu'ici. C'est d'ailleurs à cause de cette possibilité qu'il appelait de cet appartement et non du chalet de Josh.

Et qu'est-ce que c'était que ces conneries sur Sylvie et lui ? Mercure avait dû écouter leurs vidéocassettes… Drôle d'idée… De toute façon, ça ne rimait à rien. Cela prouvait que Mercure n'avait aucune prise et qu'il essayait n'importe quoi.

Il remit perruque et barbe, puis sortit. Sur le trottoir, il croisa un homme qui se préparait à monter à l'appartement du haut. Ce dernier, surpris de voir un nouveau locataire, lui sourit en marmonnant un amical bonsoir. Il était même sur le point d'ajouter quelque chose, peut-être même d'engager une conversation, mais Bruno se contenta de saluer brièvement, puis poursuivit son chemin.

Il monta dans sa voiture et partit.

◆

Une vive discussion s'était déclenchée au poste de police de Drummondville afin de décider de la marche à suivre. Mercure était d'avis qu'il fallait obéir à Hamel. Wagner en était moins convaincu :

— Alors quoi ? Si on l'écoute pas, il va couper trois doigts à Lemaire au lieu de deux, c'est ça ?

— Si on le contrarie et que cela le met en rage, il peut perdre le contrôle et tuer Lemaire plus tôt que prévu ! rétorquait Mercure. Et même s'il ne le tue pas avant, même s'il ne fait que lui couper un doigt de plus, comme tu dis ! La moindre action de notre part qui peut éviter toute… (il chercha un moment le mot) toute représaille supplémentaire à Lemaire, nous avons le devoir de l'entreprendre.

Wagner se laissa convaincre. Le mot « devoir » avait eu son effet.

Boisvert, présent dans la salle, soupira avec agacement :

— Moi, je trouve que c'est ben des complications pour protéger un assassin d'enfant !

Le directeur lui décocha un regard coup-de-poing et Boisvert n'ajouta rien, se contentant de hausser les épaules. Mercure lisait la phrase qu'il avait notée précédemment, dans son calepin : *Me dit d'arrêter de japper, me traite de cabot.*

Il leva enfin la tête vers son supérieur.

— Alors, Greg ?

Wagner soupira, les mains sur les hanches.

— Bon... On va avoir besoin de la police de Montréal, pour ça...

Soulagé, Mercure dit qu'il s'en occupait. Il marchait vers son bureau mais s'arrêta :

— En passant, on a un autre indice...

— Je sais. Il est caché à un endroit où il a une télé. Donc, il y a de l'électricité.

— Exact.

— Ça nous aide, ça, c'est incroyable, ajouta Wagner avec une sombre ironie.

Pat raccrocha le téléphone et expliqua que Hamel avait encore utilisé son cellulaire.

— Et la cellule qui a retransmis le message est la même qu'hier, à Longueuil...

Wagner et Mercure se jetèrent un regard médusé.

— Il se cache vraiment là-bas ! s'excita tout à coup le directeur. J'appelle tout de suite le poste de Longueuil pour qu'ils montent une équipe serrée ! Ils vont ratisser le quartier desservi par cette cellule, tu peux compter sur moi !

Et il disparut dans son bureau. Mercure eut une moue incrédule. Il n'arrivait pas à comprendre comment un homme qui avait si bien préparé son coup, dans les moindres détails, pouvait commettre la gaffe de se cacher en pleine ville... et d'utiliser négligemment son cellulaire à deux reprises. Il serait retrouvé assez rapidement, en vingt-quatre heures maximum...

Ça ne collait pas du tout avec le portrait qu'il s'était fait de Hamel.

Il haussa les épaules et se dirigea vers son bureau : même si on allait sûrement le retrouver bientôt, il n'y avait pas de risque à prendre. Il appela donc la police de Montréal pour lui faire part des exigences de Hamel.

◆

Bruno était assis devant la télé depuis au moins deux heures, regardant des émissions qui, jusqu'à ce jour, ne l'avaient jamais vraiment intéressé. Il s'efforçait d'oublier le nom du monstre, mais en vain. Anthony Lemaire. Cela ne lui sortait pas de la tête. Mais il devait l'oublier, le rejeter le plus loin possible de sa conscience, effacer toute trace d'humanité associée au monstre…

Il terminait sa troisième bière. Il n'était pas ivre, ni même « réchauffé ». Cela lui en prenait pas mal plus pour s'enivrer. Il se sentait juste plus détendu. Habituellement, il éprouvait aussi une certaine légèreté, mais pas cette fois, à cause de cette maudite lourdeur dont même l'alcool ne pouvait venir à bout. Tout de même, il se sentait bien.

Il porta sa bière à ses lèvres, s'étonna de la terminer en deux gorgées. Il hésitait à aller s'en prendre une autre, une quatrième. Quelle raison donnerait-il à Sylvie si elle était là et lui demandait pourquoi il buvait tant ?

Merde ! Quatre bières, ce n'était rien ! Il en buvait parfois plus ! Et qu'est-ce qui lui prenait de penser à ça ?

Il se leva et marcha vers la chambre du monstre. Tout à l'heure, lorsque Bruno était revenu de Charette, son prisonnier l'appelait à grands cris. Avait-il crié durant toute son absence ? Le médecin n'avait même pas daigné aller le voir. Mais il se taisait maintenant depuis une couple d'heures.

Aussitôt que Bruno entra dans la pièce, le monstre, appuyé contre la table, se redressa, tout excité, faisant cliqueter les chaînes à ses mains.

— Ça y est ? Tu viens me libérer ?

Bruno s'avança de quelques pas, frappé par une odeur nauséabonde. L'assiette de pâtes sur le sol était non seulement vide, mais propre : le monstre avait sûrement léché le fond. Un peu à l'écart, à environ deux mètres de la table, la présence d'un petit tas sombre et gluant expliquait la puanteur. Humilié, le monstre bredouilla qu'il n'avait pu se retenir plus longtemps. Il revint à la charge :

— Je te le dis que c'est pas moi ! Qu'est-ce qu'il faut que je te dise pour que tu me croies ?

Bruno marchait vers lui, sombre, et le prisonnier hésitait entre l'espoir et la peur. Sa voix devint si rapide qu'on comprenait à peine :

— C'est un coup monté par les flics ! Je voulais pas plaider coupable, ils m'ont obligé ! Pis les tests d'ADN, ils les ont truqués ! C'est des trous de cul, tu comprends ? Des osties de chiens sales ! Je suis innocent, moi ! *Come on, man !* Penses-tu que je serais capable de violer pis de tuer une petite fille ?

Les lèvres tremblantes, il osa un pathétique sourire, qui déclencha un choc électrique dans l'âme de Bruno. Ce dernier s'arrêta tout près du monstre. Le genou blessé était dans un état stable. Parfait.

Et le monstre tendait ses poignets enchaînés.

— Vas-y… Libère-moi…

Sans un mot, Bruno ouvrit sa braguette et sortit son pénis. D'abord déboussolé, le monstre crut soudain comprendre.

— Quoi ? Tu veux que… que je te…

Bruno ne répondait rien. Impassible, il tenait son membre de sa main droite, à un demi-mètre du visage du monstre. Ce dernier eut une grimace de révolte, mais n'osait se rebeller ouvertement.

— Je… je peux pas faire ça, *man !*

Pourtant, il se tendait vers le membre offert, le visage de plus en plus crispé. Et lorsqu'il ferma les yeux et commença à ouvrir péniblement la bouche, l'urine gicla et éclaboussa son visage. Sa tête bondit si brusquement vers l'arrière qu'elle percuta violemment la table redressée. Il tenta de se protéger de ses mains, poussa des cris inarticulés, mais le jet d'urine continuait de l'arroser. Aveuglé, il réussit tout de même à saisir Bruno aux hanches, mais le médecin lui décocha un coup de pied dans le ventre et les mains le lâchèrent. Bruno continua de se vider sur son prisonnier, les yeux étincelants… C'est comme ça qu'il a éjaculé dans ma fille, ce salaud d'enculé ? Peut-être même *sur* elle ? Hé bien, c'est à mon tour maintenant de l'éclabousser, de le salir, de le transformer en boue ! Et Bruno, la bouche tordue en un rictus mauvais, pisse toujours, sur le ventre, les jambes, et surtout le visage du monstre, tandis que ce dernier, plié en deux, les mains au ventre, hoquette pour retrouver son souffle tout en crachant l'urine qui lui entre dans la bouche.

Quand, après de très longues secondes, le jet se tarit enfin, Bruno contempla son prisonnier couché sur le sol, étendu dans l'urine, les cheveux humides et collés au visage, toussant et jurant. Puis, il tourna les talons et marcha vers la porte.

— *Fuck you !* cria le monstre derrière lui. *Fuck you,* ostie d'écœurant ! Quand la police va te pogner, je vais te retrouver pis t'arracher la tête, t'entends ? T'es mort, mon câlice !

Malgré la porte refermée, les cris continuèrent quelques instants, mais se turent rapidement.

Au salon, Bruno s'assit de nouveau dans le divan et recommença à écouter la télé. Cela lui avait fait énormément de bien. Dans tous les sens du mot. Il avait l'impression qu'il venait de gravir un échelon supplémentaire dans l'échelle qui menait à la satisfaction recherchée. Oui, un degré de plus, assurément.

Il essaya tout à coup de se rappeler le nom du monstre. Il eut beau réfléchir, il n'y parvenait pas.

Il avait réussi à l'oublier.

Il étira ses jambes d'aise. Il n'avait plus du tout envie de bière. Il se mit donc à écouter avec intérêt le téléroman à la télé.

◆

Mercure raccrocha, soulagé. C'étaient les gars de la CUM qui venaient de rappeler. Ils confirmaient que SRC, TVA et Quatre-Saisons respecteraient les consignes à propos de Lemaire. Ils avaient bien grogné un peu, mais avaient fini par se soumettre, surtout quand le directeur de la CUM avait parlé d'une possibilité d'injonction... si on ne lui en donnait pas le choix, bien sûr.

Mercure se leva, regarda la rue Lindsay un moment, éclairée par divers lampadaires et vitrines de magasin, mais aussi déserte qu'un rang de campagne. Voilà, il n'avait plus qu'à rentrer chez lui, dans sa maison trop grande, manger un morceau, regarder un peu la télé...

Et penser à Madelaine, évidemment.

De nouveau, il songea à cette visite qu'il devait rendre à Demers, cette semaine...

Il mit son manteau. Dans le couloir, il entendit de la salle qu'on signalait une bagarre dans une chambre de motel. Puis, il vit de la lumière qui filtrait sous la porte de Wagner. Il songea un moment à aller le voir, mais marcha finalement vers la sortie du poste.

◆

À vingt-deux heures, Bruno écouta les nouvelles à Radio-Canada. Mêmes images durant le reportage, même voix du journaliste, mais quelques nuances dans le texte :

— ... tient prisonnier depuis maintenant deux jours. Rappelons que le séquestré a violé et tué la fillette de ce même Bruno Hamel il y a...

Bruno hocha la tête. Il écouta une partie du reportage : aucune information précise sur le monstre, sur sa vie, sur sa personnalité. Bruno zappa à Télé-Métropole, où un reportage sur son histoire se terminait. Cette fois, on se contentait d'appeler le monstre « le prisonnier » et, encore une fois, on ne disait rien sur lui.

Il ferma la télé, satisfait et tout de même surpris. Il avait un plus grand pouvoir qu'il ne l'aurait cru…

◆

Il s'étira. Même s'il s'était levé très tard, il tombait de fatigue. Et cette fois il dormirait dans le lit de Josh.

Mais avant, il avait envie de gravir un échelon supplémentaire dans l'échelle de la satisfaction…

Lorsqu'il entra dans la pièce, l'odeur d'excrément et d'urine le fit légèrement grimacer. Couché sur le dos, le monstre dormait. Son genou était toujours enflé, toujours violacé, mais n'avait pas vraiment empiré. Le monstre s'était éloigné un peu de la table, voulant sans doute éviter la flaque d'urine.

Sans hésiter, Bruno s'empara de la masse et, tout en marchant vers le dormeur, siffla bruyamment. Le monstre sursauta, ouvrit des yeux hagards et vit Bruno approcher, l'arme dressée au-dessus de la tête. Son visage commençait à peine à se tordre de peur que la masse s'écrasa contre son genou gauche.

Nouveau craquement sinistre, nouveau hurlement épouvantable. Bruno recula de quelques pas et, les traits détendus, contempla longuement le monstre qui vociférait sur le sol en se tordant de douleur, mais comme ses deux genoux étaient maintenant cassés, seul le haut de son corps bougeait de gauche à droite, ce qui donnait un spectacle plutôt grotesque qui ne déplut pas au médecin.

Alors, trou du cul, c'est comme ça qu'elle se tordait, Jasmine, sous ton corps, pendant que tu la brisais,

que tu l'anéantissais ? La regardais-tu avec le même
plaisir que j'ai à te regarder souffrir en ce moment ?

Bruno sentit son âme monter un échelon de plus.
Mais en même temps qu'il atteignait ce degré supplémentaire, il crut discerner un son plus faible, plus diffus,
qui se confondait presque avec les cris du monstre. Il
pencha légèrement la tête, écouta avec attention. Il
n'arrivait pas à discerner la nature de ce son trop faible.
Peut-être une sorte de distorsion produite par le larynx
qui se brisait à force de hurler…

Il voulut ignorer cette dissonance et continua à jouir
du spectacle. Mais ce son au second degré, cette distorsion l'agaçait vraiment, il n'aurait pu dire pourquoi.

Quand il fut bien rassasié de la scène, il sortit en
refermant la porte derrière lui et alla dans la chambre
à coucher de Josh, en face. La pièce était beaucoup plus
petite que l'autre et ne renfermait qu'un lit double et
une commode. Bruno se déshabilla, se coucha ; dans
le noir, il entendait toujours le monstre se lamenter.
Aucun appel, aucune parole, seulement des gémissements sonores ininterrompus. Bruno les écouta avec
attention. L'espèce de son étrange et diffus avait disparu.
Voilà, c'était sûrement un râle produit par la gorge,
audible seulement quand on était près de lui…

Et comme la veille, il s'endormit au son du même
concert.

JOUR 3

Au Saint-Georges, assis près de la grande fenêtre, Mercure n'arrivait pas à terminer son café, concentré à relire les notes dans son calepin afin de trouver des constantes entre les deux appels de Hamel.

Une première était son calme et sa froideur, une froideur détachée qui vit seule sur sa banquise… Rien à voir avec le père de famille heureux et sociable de la vidéocassette de la veille. Rien à voir avec cet homme qui possédait chez lui des affiches laminées d'Amnistie internationale…

… mais aussi un tableau de Picasso représentant les excès de l'horreur et de la violence des Hommes…

Autre constante : la lucidité de Hamel, très conscient de ce qu'il était en train de faire, très conscient qu'il commettait un crime, très conscient des conséquences. Tellement conscient qu'il avait même l'intention, à la fin, de se rendre aux autorités. Car, comme il l'avait dit deux fois, il avait tout perdu. Sauf la possibilité de se venger.

Mercure laissa son regard errer à l'extérieur un moment. Il se souvenait d'avoir eu lui-même cette impression de vide infini à la mort de Madelaine. Cette impression que plus rien n'aurait jamais de sens… Sauf qu'il avait réagi différemment de Hamel. Et c'est ce qui lui avait permis de s'en sortir.

Mais s'en était-il vraiment sorti ?

Demers, par exemple...

Il secoua la tête. Ce n'était pas le moment de penser à cela. Revenir à Hamel...

Car c'était bien ça le pire, le plus terrible : Hamel ne voulait justement pas s'en sortir. Il n'en avait aucune envie.

— Vous n'aimez pas votre café, inspecteur ?

Le serveur s'était approché. Mercure le rassura en souriant, prit une bonne gorgée et replongea dans les notes anarchiques de son calepin.

Ensuite, malgré son admirable contrôle, Hamel s'était énervé durant un bref moment à chacun des deux appels : lorsqu'il avait dit à sa conjointe que c'était maintenant lui la victime du chien et lorsqu'il avait traité Mercure de cabot, lui ordonnant même d'arrêter de japper. Bien sûr, cette dernière allusion pouvait être tout simplement une insulte : traiter un flic de chien était banal... Mais Mercure voyait mal un homme comme Hamel traiter les policiers de chiens, de bœufs ou de cochons... Et dans les deux cas, le médecin n'avait même pas semblé se rendre compte de ces brefs dérapages...

Pourquoi ces références à des chiens, sans rapport avec la discussion ?

Peut-être s'égarait-il complètement. C'était même un peu ridicule d'insister là-dessus... mais comme il n'avait aucune piste, il ne voulait rien négliger.

Il rangea son calepin dans son veston et termina enfin son café.

◆

Bruno était sur la berge couverte de feuilles mortes et contemplait le lac Souris, les mains dans les poches de son manteau. Le ciel s'était couvert durant la nuit, mais pas au point qu'il y ait menace de pluie.

Il s'était levé encore plutôt tard ce matin, toujours aussi lourd. Pour la seconde nuit consécutive, il avait rêvé de gueules béantes et dentées, avec ces sons qui ressemblaient à des coups sourds. Il avait beau chercher un sens à ce rêve, il ne voyait pas.

Ce matin, il avait enfin réalisé qu'il n'avait aucun vêtement de rechange. Il en chercha dans le chalet, mais en vain. Tant pis, une semaine sans se changer, il n'en mourrait pas. Et si son caleçon devenait vraiment sale, il s'en passerait. Il n'avait pas apporté non plus de rasoir, mais ça aussi, c'était un détail. Par contre, il se promit une bonne douche après le déjeuner.

Il était entré à dix heures quarante dans la chambre du monstre avec un repas à son intention. Le monstre dormait profondément. Sous ses paupières closes, ses pupilles bougeaient beaucoup, dénotant un sommeil tourmenté. Son visage était plus blême qu'à son arrivée, presque blanc, et son front suintait de sueur. Son genou gauche, plus enflé que l'autre, était violacé jusqu'à la hanche. L'hémorragie s'avérait importante. Cela pouvait être grave.

Le médecin avait donc donné une injection au monstre afin qu'il dorme encore deux heures. Il avait ensuite tourné la manivelle du treuil pour relever les chaînes, jusqu'à ce que le corps endormi se retrouve debout, les orteils touchant à peine le sol. Puis, il avait poussé la table, toujours dressée à la verticale, jusqu'à ce qu'elle vienne s'appuyer au dos du monstre. Là, il avait remplacé les chaînes de ses poignets par les anneaux métalliques vissés à une extrémité de la table et attaché ses chevilles à deux autres bracelets à l'autre extrémité. Le monstre s'était donc retrouvé épinglé sur la table verticale, bras étendus au-dessus de sa tête. Bruno avait ensuite remis la table en position horizon-tale et l'avait poussée près du mur du fond de la pièce. En tournant la manivelle qui émergeait du mécanisme, il avait abaissé la table à peu près à la hauteur de ses hanches. Le monstre ressemblait ainsi à un cadavre étendu sur une table, prêt à être disséqué. Puis, le médecin avait préparé un sac de soluté ainsi qu'un tube de transfusion. Après avoir suspendu le sac à un petit crochet au mur, il avait fixé l'extrémité du tube dans le bras gauche du monstre. Voilà. Une douzaine d'heures de cet antibiotique par intraveineuse et l'hémorragie interne devrait être réglée.

Il était sorti de la pièce en laissant le déjeuner derrière lui.

Il avait ensuite appelé Morin et lui avait expliqué que l'argent de ce jour-là se trouvait dans un petit village voisin, tout près de Grand-Mère.

— Ça me fait un peu plus de déplacement, ça, avait grommelé le *jobbeux*.

— Pour sept mille dollars, je pense que ça vaut la peine.

— Quand même, j'aimerais ça que, pour les autres journées, l'argent soit à Grand-Mère...

Bruno avait ressenti une réelle surprise. Morin n'avait donc pas compris que toutes les sommes d'argent étaient déjà cachées ? Pas vite-vite, le gars... Au fond, tant mieux. Moins il était perspicace, plus Bruno était tranquille.

— L'argent sera où il sera, monsieur Morin. Si vous n'êtes pas content, vous pouvez toujours arrêter d'aller le chercher et je le garderai pour moi.

Après ce coup de téléphone, il avait mangé un énorme déjeuner, affamé. Il avait ensuite regardé les nouvelles du midi. Même reportage que la veille. Enfin, il était sorti en oubliant complètement de prendre sa douche.

Il contemplait toujours le lac, sa nouvelle vision ne lui permettant de voir qu'une vaste étendue d'eau grise sans relief. De toute façon, cette manière de voir les choses serait parfaitement adéquate pour son séjour en prison...

La prison. Pour une quinzaine d'années, sans aucun doute. Peut-être plus. Mais cela le laissait indifférent.

Quand on n'a plus de vie, aussi bien croupir dans un coin.

Et puis, ça valait la peine…

Évidemment, il ne se sentait pas encore totalement satisfait et c'était normal. Il était sur la bonne voie, certes, les premiers échelons étaient grimpés, mais l'échelle de la satisfaction était haute. Et il avait encore tout son temps pour la monter complètement. C'est justement pour cela qu'il avait prévu une semaine. Pour prendre son temps.

Le soleil perça un bref moment les nuages et ses rayons éclaboussèrent le crâne dégarni de Bruno. Celui-ci, les yeux toujours perdus vers le lac, les sentit à peine et une minute plus tard, les nuages recouvraient de nouveau la totalité du ciel.

◆

Christian Bolduc et Anne-Marie Pleau ressemblaient à une délégation olympique revenant des Jeux sans aucune médaille. La veille, ils s'étaient joints à l'équipe policière de Longueuil. Le très grand quartier couvert par la cellule téléphonique avait été passé au peigne fin. On avait montré la photo de Hamel à tous les commerçants, à tous les propriétaires et concierges d'hôtels, de motels ou d'immeubles à logements : rien. Wagner était littéralement écarlate, mais Mercure gardait son calme :

— Bon… Retournez là-bas, continuez les recherches. Amenez deux autres gars avec vous. La police de Longueuil collabore bien ?

— Très bien.

— Parfait. Hamel doit être déguisé, c'est pour ça que personne ne le reconnaît. Retournez dans les hôtels, les immeubles à logements, et demandez s'ils ont eu des plaintes au sujet de bruits bizarres au cours des deux dernières journées. Demandez-leur aussi s'ils ont des locataires qui ne sortent jamais de chez eux, qui ont des airs louches.

— On leur a déjà demandé tout ça, Hervé…

— Redemandez-leur. Depuis hier, ils ont peut-être remarqué du nouveau. Et s'ils n'ont toujours rien à dire, vous leur redemanderez demain. Et après-demain.

Bolduc et Pleau hochèrent la tête, peu enthousiastes.

— Et ne revenez pas ici. Contentez-vous de m'appeler. Je veux que vous restiez à Longueuil tant qu'on ne l'aura pas trouvé.

Une fois seuls, Mercure et Wagner gardèrent le silence un court moment.

— S'il laissait son téléphone cellulaire ouvert, fit Mercure, on pourrait organiser une triangulation…

— Qu'est-ce que ça donnerait ? On sait déjà dans quel quartier il se cache.

— Mais la triangulation est plus précise, non ?

— Oui, mais c'est compliqué à organiser. Ça prend des gars avec du matériel, et on peut pas laisser une équipe en *stand-by* si on est même pas sûrs que Hamel va rappeler. *Anyway*, s'il est dans ce quartier, on va le trouver, c'est sûr !

Mercure secoua la tête, dubitatif.

— Ce quartier de Longueuil est très habité, très urbain. Je n'arrive pas à comprendre comment Hamel peut s'y cacher avec un otage sans attirer l'attention de personne… Peut-être qu'il va à Longueuil pour appeler, mais qu'il se cache ailleurs…

— Ça me semble risqué pas mal. Et si c'est le cas, même la triangulation donnerait rien ! soupira le directeur.

Une pause, puis :

— T'es allé à l'hôpital, tout à l'heure ?

Mercure répondit par l'affirmative. Il avait interrogé quelques pharmaciens. L'un d'eux, un dénommé Martin Laplante, avait paru particulièrement nerveux et, après que Mercure l'eut travaillé en douceur, il avait fini par craquer. Il avait confectionné les timbres de nitro pour Hamel et lui avait fourni divers antibiotiques.

— Hamel l'a fait chanter avec une vieille histoire de trafic de médicaments.

— Est-ce que ce Laplante sait autre chose ?

— Non. Il a seulement trouvé Hamel sombre, méconnaissable.

— Rien de nouveau, donc…

Mercure ne dit rien. Il se rappela le désespoir de ce Laplante, convaincu qu'il allait se faire embarquer pour complicité et aussi pour cette histoire de trafic maintenant révélée. Mais le sergent-détective s'était contenté de le remercier et était reparti, sous le regard ahuri du pharmacien.

— Le chef du département de chirurgie m'a aussi dit que plusieurs instruments chirurgicaux avaient disparu. À peu près en même temps que la visite de Hamel à l'hôpital.

Wagner fit quelques pas, prit un trombone sur le bureau et marmonna :

— Tu sais à quoi je pense ?

— Oui.

Le directeur leva la tête, surpris.

— Tu te demandes dans quel état se trouve en ce moment Lemaire, continua Mercure.

Wagner eut un petit hochement de tête et baissa les yeux vers ses mains, pliant et dépliant distraitement le trombone.

— Pis tu sais quoi ? Cette idée arrive pas vraiment à m'horrifier…

Il grimaça, jeta le trombone par terre et, tout en desserrant son col, demanda :

— Toi, à quoi tu penses ?

— J'avais prévu aller à Montréal, cette semaine… Je me demande si je ne devrais pas remettre ça…

— Voir Demers ?

Mercure hocha la tête. Wagner secoua la sienne en faisant une drôle de moue.

— Je comprends pas comment tu peux aller rendre visite à ce gars trois fois par année, Hervé…

Mercure ne répliqua rien et son supérieur n'insista pas. Il savait que c'était un sujet délicat et, de toute façon, il avait renoncé à comprendre…

Mercure se leva et marcha vers la porte. Wagner lui demanda ce qu'il allait faire.

— Regarder des vidéos, répondit-il le plus sérieusement du monde.

◆

Quand Bruno entra dans le chalet, à treize heures quarante, il entendit le monstre qui appelait d'une voix brisée. Il était réveillé. Parfait. Bruno se sentit soudain excité.

Il sortit en vitesse et alla chercher dans sa voiture le sac contenant l'achat qu'il avait effectué la semaine précédente dans la boutique fétichiste de Montréal. Il revint à l'intérieur, enleva son manteau et alla à la chambre du monstre qui l'appelait toujours.

Étendu et attaché sur la table à l'horizontale, le monstre releva la tête en entendant Bruno entrer. Ce dernier, sans lâcher son sac, s'approcha tout près. Dans les yeux du monstre, il y avait de la terreur, bien sûr, mais aussi une étrange fascination mortifiée, comme s'il avait eu une révélation bouleversante.

— Je veux… je veux vous parler…

Sa voix se voulait calme, mais la souffrance et la peur la rendaient chevrotante. Il était encore très blême, mais ne suait plus. Parfois, il grimaçait, sûrement pris d'une soudaine douleur dans les genoux.

— Mais avant, vous… vous pourriez me donner à manger? Pis à boire?

Bruno remarqua le vouvoiement, ce qui l'amusa.

— J'ai vu qu'il y avait une… une assiette pleine, là, par terre… Avec un verre de jus… C'est du jus, c'est ça?

Bruno n'eut aucun geste. Il dévisageait son prisonnier et attendait la suite. Le monstre renonça donc au repas pour le moment. Il hésita, le visage plein de frayeur, puis, après s'être humecté les lèvres, articula :

— Je… je m'excuse, monsieur Hamel…

Un souffle puissant sortit du nez de Bruno tandis que tout son corps se raidissait.

— Je m'excuse pour le… pour l'horrible chose que j'ai faite, je… je m'excuse…

À ces mots, Bruno actionna le levier de la table, avec des gestes brusques, et redressa celle-ci à la verticale. Le monstre poussa un gémissement déchirant.

— Monsieur Hamel, je… j'ai compris ce que vous voulez faire…

Bruno poussa la table à roulettes jusqu'aux deux chaînes qui pendaient du plafond. Le tube dans le bras du prisonnier, suffisamment long, resta fixé au sac de soluté.

— Ce liquide que vous me *shootez* dans les bras, c'est… c'est une sorte de médicament, hein ?… Parce que mes jambes sont maganées, pis que vous voulez pas que je meure…

Bruno stoppa la table. Il sortit la petite clé de sa poche, détacha de la table le poignet droit du monstre et y fixa l'une des deux chaînes du plafond.

— Vous voulez pas que je meure parce que vous voulez…

Nouveau gémissement. Bruno fit la même chose avec le poignet gauche.

— … vous voulez me garder en vie le plus long-temps possible, pour pouvoir me… me…

Sa phrase se termina dans un son étranglé. Le médecin se pencha et ouvrit les anneaux du bas de la table, libérant les pieds du monstre. Il ne craignait aucun coup de ce côté : avec ses deux genoux cassés, le monstre ne pourrait même pas pousser un ballon.

— C'est ben… ben épouvantable, ce que j'ai fait, je le sais… Si vous saviez comment je le regrette…

La respiration de plus en plus rauque, Bruno repoussa la table sur le côté. Le monstre demeura suspendu à deux centimètres du sol, les bras étirés, le corps légèrement oscillant. Tout en grimaçant, il poursuivait, la voix aiguë, presque enfantine :

— J'ai besoin d'aide, vous comprenez ? D'aide psychiatrique !... Je... c'est... C'est pas de ma faute, je me contrôle pas, j'ai été tellement malheureux dans ma vie, tellement... tellement humilié... J'étais même content qu'on m'arrête, il était temps qu'on... qu'on me soigne...

Bruno sortit de son sac une boîte rectangulaire en carton, se rappelant ce que lui avait révélé Mercure dix jours plus tôt : l'absence de remords du monstre, son arrogance pendant l'interrogatoire, le petit ricanement qu'il avait poussé en se voyant coincé... La boîte tremblait entre ses mains, tandis qu'il s'efforçait de l'ouvrir avec une frénésie malsaine.

— Si vous... si vous me torturez, c'est pas... c'est pas ça qui va m'aider ! Ça m'aidera pas pantoute, au contraire, ça va me nuire !

La boîte s'ouvrit enfin et Bruno en sortit un fouet qu'il déroula sur toute sa longueur. D'un pas raide, il alla se placer derrière le monstre.

— C'est... c'est d'amour que j'ai besoin, d'aide pis d'amour ! J'en... j'en ai tellement manqué ! Personne m'aimait quand j'étais petit, personne !... Même pas mes parents !

Et plus il défilait ses clichés psychosociaux, plus Bruno le méprisait et le trouvait abject. Mais pour qui le prenait-il, ce trou du cul ? Un pauvre imbécile qui écoutait religieusement les *reality show* en pleurant à chaudes larmes ? Le croyait-il si idiot ? Et lorsqu'il violait sa fille, est-ce qu'il trouvait qu'il manquait d'amour ? Est-ce qu'il s'apitoyait sur son sort ? Ou bien s'il riait et bavait d'excitation tandis que sous ses coups Jasmine, les dents cassées et le visage tuméfié, appelait de toutes ses minuscules forces son père qui n'était pas là… qui n'était pas là… *QUI N'ÉTAIT PAS LÀ !!!!*

Il porta un premier coup, maladroit, mal contrôlé, donné par un novice en la matière. Le fouet claqua faiblement, toucha à peine le dos du monstre, qui n'en poussa pas moins un cri strident et bref, plus de panique que de douleur. Tout en gigotant vainement au bout de ses chaînes, il répétait qu'il était désolé, qu'il avait besoin d'aide…

— C'est pas de ma faute ! Je suis malade, c'est pas de ma faute !

Le second coup, sans être redoutable, fut plus réussi et une légère marque se dessina sur la peau du monstre, qui cria de nouveau. Un éclair de joie traversa le regard noir de Bruno.

— C'est pas de ma faute !

Le troisième coup fut parfait : un claquement sonore, un impact fulgurant, une longue rayure rouge sur l'omoplate gauche. Le cri exprima cette fois une réelle souffrance et, encouragé par ce succès, Bruno se mit à frapper plus vite, avec plus d'assurance. Les rayures se multiplièrent, le sang commença à couler, le tube de soluté finit par se détacher et le monstre, entre chaque hurlement, continuait de s'égosiller :

— C'est pas de ma faute ! Pas de ma faute !

Et Bruno, la bouche tordue en une grimace affreuse, flagelle le dos et les fesses du supplicié qui ne sont plus que chairs lacérées et saignantes. Il frappe avec l'intention de gravir un échelon de plus dans l'échelle de la satisfaction, il veut monter un barreau plus haut…

Et soudain, derrière les cris déchirants du supplicié, il perçoit de nouveau ce son étrange et diffus, le même qu'hier soir mais plus fort, plus clair, et Bruno croit reconnaître des gémissements d'animal…

Des gémissements de chien…

Il arrêta de frapper un bref instant, dérouté. Les gémissements de chien avaient cessé. Le monstre profita

de cette trêve pour répéter, la voix si pleine de sanglots qu'on discernait à peine les mots :

— Pas... pas ma faute...

Enragé par cette phrase obscène, Bruno donna un
autre coup. Nouveau cri, et soudain, la voix transformée
par une rage inattendue, le monstre débita à toute vitesse :

— C'est pas de ma faute, ciboire ! C'est elles, les
petites criss, qui se promènent avec des robes courtes !
Elles ont même pas dix ans, câlice ! pis elles nous
montrent leur petit cul d'agace-pissettes !

À ces mots, Bruno crut qu'il venait de recevoir lui-
même le fouet en plein visage. D'un seul élan, il contourna le monstre, se planta devant lui et le dévisagea
pendant de longues secondes, le regard si foudroyant
que la fureur du monstre tomba instantanément, remplacée par une lucidité pleine de panique. Il bredouilla
des excuses, mais le médecin n'entendait rien, les
oreilles encore pleines de l'abomination proférée par
son prisonnier.

Alors il recule de quelques pas et, soûl de haine,
recommence à frapper. Cinq flagellations atteignent le
ventre et les cuisses ; deux frappent le visage, lacèrent
le front et le nez près de l'œil, ainsi que la joue jusqu'au
menton... Le monstre se remet à pousser des cris, qui
deviennent de plus en plus faibles...

... et derrière chacun d'eux, Bruno perçoit encore le
gémissement animal, comme si son double invisible
frappait simultanément un chien tout aussi invisible...

Il s'arrêta, le bras fatigué et, légèrement essoufflé,
contempla le monstre qui oscillait légèrement au bout
de ses chaînes, dégoulinant de sang. À moitié évanoui,
il dodelinait de la tête, les yeux perdus dans le vague,
et de sa bouche sortait une lancinante plainte continue.
Bruno alla au treuil et le débloqua. Les chaînes devinrent
lâches, défilèrent à toute vitesse du treuil et le monstre
s'écroula lourdement, les jambes les premières. Quand
ses genoux cassés percutèrent le sol, il trouva la force

de pousser un autre couinement et, recroquevillé sur le plancher rougi de son propre sang, il se mit à pleurer.

Bruno le considéra une dernière fois pendant quelques secondes. Il ouvrit le placard, y jeta le fouet puis sortit de la pièce sans refermer la porte derrière lui.

Cela avait été plutôt satisfaisant. Il avait même monté un échelon supplémentaire dans l'échelle de la satisfaction, il le ressentait. Pourtant, cela avait été difficile, la satisfaction avait été longue à venir. Pourquoi donc ? Peut-être à cause de ces étranges gémissements de chien qu'il avait entendus… D'ailleurs, qu'est-ce que c'était que ces sons absurdes ? Préoccupé, il alla à la cuisine, s'ouvrit une bière et la but debout, appuyé contre le comptoir.

Il entendit alors les pleurs assourdis du monstre et décida de se concentrer sur eux. Les lamentations de son prisonnier lui avaient procuré beaucoup de plaisir jusqu'à maintenant, cela le détendait toujours.

Il les écouta durant de longues minutes, puis finit par oublier les gémissements de chien.

◆

Mercure avait presque fini d'écouter la seconde cassette. Il n'avait pas appris grand-chose de plus que la veille, sinon que Hamel pouvait être très impulsif malgré sa gentillesse et son altruisme. Le policier avait été témoin d'une ou deux scènes où le médecin s'était emporté, une en particulier. Cela se passait manifestement pendant un party, on voyait Hamel et quelques amis discuter de mondialisation. Mercure n'avait pas été surpris de constater que Hamel était plutôt contre. Ça discutait ferme, ça buvait pas mal aussi, et le médecin, d'abord passionné, commença à se choquer, puis piqua une crise de rage disproportionnée, traitant un de ses amis de capitaliste égoïste et inconscient, au point que Sylvie, mal à l'aise, avait dû intervenir pour calmer son conjoint. C'est à ce moment que la caméra avait eu la délicate idée de s'arrêter.

Outre cela, il avait vu moult autres démonstrations d'amour fou entre les parents et leur fille.

Mercure appuya sur «pause» et relut la petite phrase qu'il avait écrite plus tôt dans son calepin: *capable de colère soudaine, peut être très impulsif.*

Il la relut plusieurs fois. Une colère impulsive, ça dure quelques minutes, pas une semaine…

Il tourna la tête avec lassitude vers les deux autres cassettes, pensant un moment à les retourner à Sylvie Jutras sans les écouter. Mais il savait qu'il ne le ferait pas. Malgré l'ennui, il les écouterait jusqu'au bout. Parce que pour Mercure, la satisfaction ne consistait pas seulement à arrêter un criminel. Elle consistait aussi à le comprendre. Pour cette raison, le tiers de ses enquêtes lui laissaient dans la bouche un goût de semi-réussite… Cela avait été le cas, entre autres, pour l'affaire Lemaire. Il ne voulait pas que ce le soit aussi pour l'affaire Hamel. Peu importe le dénouement.

Il appuya sur la touche « play » du vieux magnétoscope.

◆

Dans l'embrasure de la porte de son appartement du rez-de-chaussée, Henri Gamache, le propriétaire de l'immeuble, soupira en jetant un très rapide coup d'œil à la photo de Hamel.

— Vous êtes déjà venus me voir cette semaine, dit-il en la rendant aux deux policiers. Vous m'avez posé les mêmes questions, montré la même photo, et je vais vous répondre la même chose: non.

— On pense qu'il peut être déguisé, précisa Bolduc.

— Comment vous voulez que je le reconnaisse, d'abord?

Bolduc lui demanda s'il avait de nouveaux locataires. Gamache répliqua qu'il louait au mois et à la semaine, le roulement était donc constant. Et au cours des dix ou douze derniers jours, y avait-il eu de nouveaux venus ? À contrecœur, Gamache consulta ses papiers. Il y avait eu trois nouveaux arrivants en deux semaines : un étudiant du cégep Édouard-Montpetit, une femme avec son jeune enfant et un homme seul. Bolduc montra de l'intérêt pour ce dernier : comment était-il ? Gamache fouilla dans sa mémoire : assez grand, barbu, cheveux noirs...

— Ça peut être lui déguisé, fit Bolduc. Vous le voyez souvent entrer ou sortir ?

— Si vous pensez que je fais juste ça, surveiller mes locataires ! Je passe pas mes journées ici !

Le suspect occupait la chambre huit. Tandis que Bolduc et son collègue montaient, ils appelèrent deux voitures de police pour demander qu'on vienne les rejoindre, mais sans entrer tout de suite. Toutefois, Bolduc n'y croyait pas vraiment. Hamel n'était pas assez fou pour venir se cacher avec sa victime dans un immeuble comme ça, entouré de monde. Et puis, les autres locataires auraient remarqué des choses, entendu des bruits... Non, ça ne collait pas...

Ils frappèrent à la porte. Aucune réponse. Bolduc tendit l'oreille : pas un son. Il demanda à son collègue de Longueuil d'aller chercher le double de la clé chez le propriétaire. Le policier revint au bout de deux minutes et ils déverrouillèrent la porte.

— J'espère que vous avez un mandat ! cria Gamache d'en bas.

Ils entrèrent prudemment, arme au poing : tout de même, il ne fallait pas prendre de risque... Mais il n'y avait personne. Dans la chambre, le lit était défait. Il y avait quelques vestiges de nourriture sur le comptoir et la table de la cuisine. Un journal était ouvert sur le divan du salon.

Aucune trace de sang ou de violence. Aucune trace qu'on ait gardé quelqu'un prisonnier ici.

— On fouille en profondeur ? demanda sans conviction le collègue.

Bolduc soupira. À quoi bon ? Hamel et sa victime ne se cachaient pas dans un tiroir, quand même !

Les deux policiers ressortirent en verrouillant la porte derrière eux. Toutes ces recherches étaient absurdes ! Hamel et son prisonnier ne pouvaient pas se cacher dans un immeuble à logements, ça ne tenait pas debout !

— Est-ce que vous allez revenir me voir dans deux jours, ou je peux espérer avoir la paix, maintenant ? ironisa Gamache en reprenant sa clé.

Bolduc se contenta de lui décocher un regard noir, puis les deux policiers sortirent de l'immeuble.

◆

Assis dans le fauteuil, un magazine sur les genoux, une bière à ses pieds, Bruno regardait vers la fenêtre, le regard vacant. L'après-midi avait été long.

Vers quatorze heures trente, il était retourné dans la chambre du monstre. Il avait constaté que l'assiette et le verre étaient vides. Malgré son état de faiblesse et de souffrance, le monstre avait tout de même rampé jusqu'à son repas. Il était maintenant mi-couché, mi-appuyé contre le mur, incapable de trouver une position confortable. Sur son corps, le sang avait séché ; il ressemblait à un Apache dont les peintures de guerre auraient coulé sous la pluie. Les deux zébrures sur son visage étaient vilaines mais avaient épargné les yeux. Il avait l'air vidé. Mais quand il avait vu Bruno entrer, une certaine énergie lui était revenue et, reculant le plus possible contre le mur, les larmes aux yeux, il l'avait supplié de ne plus lui faire de mal.

Bruno avait remonté ses chaînes pour le remettre en position suspendue, puis s'était contenté d'appliquer sur ses plaies une crème antibiotique. Non pas pour calmer la douleur, mais pour empêcher une infection trop dangereuse. Le monstre s'était laissé faire sans bouger. Soulagé, il s'était tu un moment, puis avait recommencé son soliloque, la voix éraillée mais étonnamment énergique : combien de temps il comptait le torturer comme ça, ça n'avait pas de sens, il fallait que ça cesse, il regrettait tout... et il s'était remis à pleurer.

Impassible, Bruno avait remis la table en position horizontale, avait couché le monstre dessus, l'avait attaché aux anneaux et lui avait remis le tube de soluté dans le bras.

Il avait envie d'une bière, mais pour changer il prit un verre de scotch. Rien à faire, il n'aimait vraiment pas ce goût. Il avait donc vidé la bouteille dans le lavabo et s'était ouvert une bière. Il avait essayé de lire dehors, sur la galerie, mais il faisait un peu trop froid. Il s'était installé au salon pour écouter un disque de musique classique appartenant à Josh.

Il détacha son regard des bois et consulta sa montre : dix-sept heures vingt. En deux heures et demie, il n'avait lu que cinq pages.

Il n'arrivait pas à chasser de son esprit ces gémissements de chien. Mais il devait oublier ça et relaxer. La télé, peut-être ? Il se rappela alors qu'à TVA le téléjournal commençait à dix-sept heures trente. Il arrêta la musique et alluma la télé, juste à temps pour le début de l'émission.

À sa grande surprise, on parla de son histoire dès la troisième manchette :

— Piétinement dans l'affaire Bruno Hamel, ce médecin de trente-huit ans qui a séquestré l'assassin de sa fille et qui...

Sans divulguer le nom du monstre, on expliqua que la police n'avait toujours aucune piste et qu'il ne restait que quatre jours avant le délai fixé par le médecin, délai qui se terminerait par la mise à mort du prisonnier.

Bruno parut satisfait. La police pataugeait toujours, c'était parfait. Mais il se traita immédiatement d'idiot :

la police, si elle avait des indices, ne les communiquerait pas aux journalistes, maintenant qu'elle savait Bruno à l'écoute !

Alors, pourquoi continuer d'écouter les nouvelles ? Par curiosité ?

De nouveau défila à l'écran le topo sur l'arrestation de Lemaire, que Bruno avait déjà vu tant de fois. Le reportage était par contre plus condensé et on ne disait toujours rien de précis sur Lemaire : on se contentait de l'appeler « l'assassin ».

Mais à un moment la voix du journaliste expliqua :

— L'assassin avait déjà été arrêté pour une affaire du même genre à Saint-Hyacinthe où il était…

En poussant un cri de rage, Bruno lança vers la télé sa bouteille de bière qui percuta le côté droit du meuble et éclata en morceaux, épargnant de justesse l'écran cathodique. Le médecin bondit et éteignit l'appareil d'un coup de pied violent.

Ils ne l'avaient pas pris au sérieux ! Ils avaient ignoré ses consignes ! Il ne pourrait donc plus écouter les nouvelles sans risquer de tomber sur une information à propos du tueur ? Il donna un nouveau coup de pied, cette fois sur la petite table au milieu de la pièce. Il était tellement en colère qu'il trébucha deux fois sur la table renversée. Chaque fois, il lui asséna un nouveau coup de pied.

Pourtant, il voulait écouter les nouvelles, il en avait besoin, beaucoup plus qu'il ne l'aurait cru ! Il voulait savoir comment on traitait l'affaire, comment les gens réagissaient, comment… Il en avait besoin, tout simplement, aussi absurde que cela puisse sembler !

Il devait donc leur montrer qu'il était sérieux… que ses consignes n'étaient pas des paroles en l'air…

Des images sanglantes lui traversèrent l'esprit : il se voyait couper les deux bras du monstre, le scalper à vif, lui coudre les testicules sur les yeux, et chacune de ces images l'excitait autant qu'elle l'agaçait.

Il alla se chercher une autre bière et en but plusieurs gorgées. Il réfléchissait toujours, ne trouvait rien, frappait sur le réfrigérateur en grognant de frustration…

Et tout à coup il trouva.

Dix secondes après, il entrait dans la chambre du monstre. Toujours attaché sur la table à l'horizontale, ce dernier releva faiblement la tête. Il semblait aller un peu mieux que tout à l'heure, même si son visage balafré était toujours aussi enflé.

— Vous… vous allez pas me refaire mal, hein?

Voix marquée par la peur, désormais omniprésente. Voix plus forte que l'après-midi, mais moins claire, à cause des lèvres meurtries.

Bruno fouilla dans une de ses trousses et en sortit une petite ampoule à injection contenant un liquide transparent. Il prépara une seringue, puis retourna près du monstre. Sur ce dernier, le sang séché avait en grande partie disparu: il s'était transformé en croûtes qui, pour la plupart, étaient tombées sur le sol. On voyait donc nettement les grandes zébrures rouges sur son ventre, son torse et ses jambes, qui ne saignaient plus mais semblaient toujours à vif.

Le monstre s'inquiéta en voyant la seringue, demanda ce que c'était. Bruno planta l'aiguille dans le bras gauche et injecta la substance. Un peu haletant, le monstre se mit à ouvrir et fermer les mains frénétiquement et gémit:

— Vous allez… vous allez pas encore me faire du mal, monsieur Hamel! Vous allez pas me…

Il s'arrêta et cligna des yeux, ahuri.

— Mais… qu'est-ce qui se passe? Criss! qu'est-ce qui m'arrive?…

Sa voix devint molle, ses mains s'ouvrirent et se fermèrent avec de plus en plus de difficulté, comme au ralenti. Sa bouche maintenant bougeait à peine, les mots devenaient inaudibles:

— 'ais… os'i, 'est-ce 'i s'asse?…

Il se tut, incapable de parler davantage et ses yeux demeurèrent tout à coup grands ouverts.

Parfait. Le curare faisait son effet.

Muni de ses deux trousses, Bruno se rendit à la cuisine. Il sortit une série d'instruments chirurgicaux et, avec de l'eau et du savon, les stérilisa le mieux qu'il pouvait. Il prit une assiette, déposa au fond une serviette de table propre et rangea sur celle-ci, bien alignés côte à côte, ses instruments chirurgicaux.

Il mit un masque de chirurgien sur sa bouche et son nez, déposa un bonnet sur sa tête et enfila des gants de caoutchouc. Il se regarda dans le petit miroir près de la porte. Cette opération ferait d'une pierre deux coups. Elle servirait autant à le satisfaire qu'à obtenir ce qu'il voulait des journalistes. Joindre l'utile à l'agréable.

Il retourna dans la chambre et s'approcha de la table. Le monstre était littéralement pétrifié : aucun de ses membres ne bougeait, sa bouche entrouverte n'avait pas le moindre frémissement et ses yeux grands ouverts fixaient le vide. Seule une légère respiration prouvait qu'il vivait. On aurait pu croire qu'il s'était évanoui les yeux ouverts.

Mais Bruno savait qu'il était totalement conscient, qu'il voyait très bien ce qui se passait. Le curare paralysait le corps, mais il ne faisait pas disparaître la conscience et la vue…

… ni les sensations…

Il déposa l'assiette pleine d'instruments sur le bord de la table, choisit un scalpel et le leva lentement, jusqu'au visage du monstre, pour que celui-ci le voie bien.

Aucun trait du prisonnier ne broncha, mais, dans son regard figé, une sorte de lueur panique passa rapidement.

Lentement, le scalpel se dirigea vers la partie gauche du ventre, appuya contre la chair, puis la traversa. Le médecin exerça une pression et la lame remonta vers le haut, produisant une incision d'environ douze centimètres. De minces filets de sang s'écoulèrent le long des côtes jusqu'à la table.

Toujours aucune émotion sur les traits du monstre, mais la lueur dans ses yeux réapparut d'un seul coup… et ne disparut plus.

Du visage masqué du médecin, on ne voyait que le regard, pointu et froid comme le scalpel. À l'aide d'écarteurs, il élargit l'incision, jusqu'à ce qu'elle devienne une ouverture ovale, large d'une quinzaine de centimètres, mettant ainsi l'intérieur à nu.

Bruno pencha son visage tout près de celui du monstre et le fixa intensément. Dans les pupilles du prisonnier, la lueur dansait toujours. Alors, sans quitter sa victime des yeux, sa bouche masquée touchant presque le nez de l'autre, Bruno introduisit lentement sa main dans l'ouverture rouge du ventre. Un bruit mou et flasque mouilla l'insoutenable silence de la pièce et dans les yeux du monstre, la lueur explosa, tandis que sa respiration devenait un peu plus sifflante.

Souris, maintenant, songea le médecin. *Allons, juste un petit sourire…*

Il demeura ainsi de longues secondes, bougeant lentement sa main dans l'ouverture, le visage toujours penché… et lorsqu'il vit deux grosses larmes couler le long du visage inerte de son prisonnier, ses yeux se rétrécirent jusqu'à n'être plus que deux fentes flamboyantes, lave brûlante couvant sous de noires cendres…

Enfin, il sortit sa main de la large incision. Ses doigts dégoulinants choisirent un nouvel instrument et silencieusement, sous l'éclairage cru du néon, le médecin commença son opération.

JOUR 4

À huit heures, Wagner, les bras croisés, observa gravement Mercure entrer dans la grande salle. En le voyant, le sergent-détective se demanda si son supérieur n'avait pas carrément couché dans son bureau.

— TVA a donné des renseignements sur Lemaire, hier…

Les épaules de Mercure s'affaissèrent.

— Tu les as entendus ?

— Oui. J'étais ici, mais j'ai jeté un œil à la télé…

On avait seulement dit que Lemaire avait déjà été accusé de viol et de meurtre à Saint-Hyacinthe deux ans auparavant, rien de plus. Mercure se laissa tomber sur une chaise avec un grand soupir.

— Bande d'imbéciles !

— C'est pas grand-chose, quand même… Et peut-être que Hamel n'a pas écouté TVA…

— Faut espérer… On pourrait essayer d'appeler Hamel. S'il a entendu les nouvelles, il attend peut-être notre appel, cette fois…

— On a essayé, tu penses bien…

Il y eut un long silence, puis Mercure haussa les épaules, fataliste : il fallait croiser les doigts. Il se rendit à son bureau et resta un bon moment assis, les mains croisées sous son menton, à réfléchir.

Vingt minutes plus tard, Wagner passait la tête par la porte, énervé. On venait d'appeler du restaurant Monsieur Poutine, sur l'autoroute vingt en direction de Montréal, tout près de là. Devant le conteneur à déchets, l'un des employés avait trouvé un paquet sur lequel était écrit : *Pour la police de Drummondville, de Bruno Hamel.* Mercure envoya aussitôt un de ses hommes au restaurant.

— Il a écouté les nouvelles, soupira ensuite Mercure en s'asseyant sur son bureau.

— Il est venu porter le paquet cette nuit, pendant que le restaurant était fermé, en sachant qu'on le découvrirait ce matin…

Étonné, il ajouta :

— Il est venu jusqu'à Drummondville pour ça ! Il est pas nerveux !

— Rouler de nuit sur l'autoroute vingt, ce n'est pas vraiment risqué pour lui…

— Quand même, toute la police de Longueuil le cherche et il a pris le risque d'en sortir…

Court silence, puis le directeur demanda :

— Qu'est-ce que tu penses qu'il y a dans le paquet ? Mercure préféra ne pas répondre.

◆

Le monstre se réveillait. Bruno alla à la cuisine, prit une assiette déjà pleine de nourriture ainsi qu'un verre de jus et marcha vers le couloir.

Quand il entra dans la chambre, le monstre, toujours couché sur la table, était réveillé. Bruno déposa l'assiette et le verre sur le sol et s'approcha. Le monstre ressemblait à un zombie. Ce n'était plus dû seulement à ses cheveux sales et plaqués sur son visage, ni à sa peau de plus en plus blanche malgré les zébrures rouges, mais aussi à une sorte de mollesse, d'inertie qui se dégageait de lui, même s'il était attaché. Il tourna les yeux vers Bruno. Dans son regard, même la peur était lasse, épuisée. Il serra les dents un moment, puis, la voix rocailleuse, marmonna :

— T'es fou, Hamel…

Fini, le vouvoiement. Le monstre avait-il enfin compris qu'il n'avait plus rien à gagner ? Bruno ne réagit pas. D'une voix à peine plus forte, l'autre ajouta péniblement :

— Qu'est-ce que tu m'as fait hier soir ?

Silence. Le monstre releva légèrement la tête.

— Réponds-moi, câlice ! Qu'est-ce que tu m'as fait, hier soir ? Tu vas au moins me dire un mot avant que je crève !

Et comme s'il réalisait ce qu'il venait de dire, la panique crispa son visage et, au bord des larmes, il gémit :

— Ostie, j'en peux plus ! Tu comprends-tu ça ? J'en peux plus, Hamel !

Il eut un sanglot.

— Mais je veux pas… je veux pas mourir, *man* ! Mettez-moi en prison pour le restant de mes jours, mais je veux pas mourir ! Qu'est-ce que… qu'est-ce que je peux faire pour que t'arrêtes ? J'en peux plus !

Tandis que le monstre se lamentait, Bruno actionna la manette de la table, puis redressa celle-ci à la verticale. Une minute après, le prisonnier était sur le sol, moitié assis contre le mur, moitié couché, les bras flasques sur le plancher, les mains attachées aux chaînes maintenant lâches. Le repas était tout près de lui, mais il n'y portait aucune attention. Il ressemblait à une marionnette dont on aurait coupé les fils. Il dévisageait toujours Bruno, le regard oscillant entre la terreur et le découragement.

— Tu m'as opéré, hier… Pis j'ai tout… j'ai tout senti…

Là-dessus, il désigna du doigt une petite fente entrouverte sur son abdomen, longue de quelques centimètres.

— Pis tu m'as même pas refermé au complet !

D'une main tremblante, il osa toucher la fente. Curieusement, elle ne saignait pas, n'était pas béante. On aurait presque dit une bouche fermée sans lèvres. Il avait une ouverture dans le ventre, et pourtant il ne ressentait rien !

— C'est… c'est quoi, ça ? Ostie, qu'est-ce que tu m'as fait ! Réponds-moi ! C'est quoi, cette fente-là ?

Bruno, qui s'était contenté de le regarder sans bouger, tourna les talons et sortit.

Il alla s'asseoir au salon. De la chambre, aucun cri, aucun son. Le monstre devait être fasciné et terrorisé par cette ouverture sur son ventre.

D'ici une ou deux heures maximum, il aurait une réponse.

◆

Boisvert déposa le paquet sur un bureau : à peu près de la grosseur d'une boîte à chaussures, enveloppé de pages blanches, avec écrit dessus : *Pour la police de Drummondville, de Bruno Hamel,* et aussi : *Danger.* Les cinq personnes dans la salle observaient le paquet en silence, indécis. Non pas que le mot « danger » les impressionnât : ils savaient tous que ce mot n'était là que pour enlever toute envie à celui qui découvrirait le paquet de l'ouvrir avant d'appeler la police. Mais ils savaient que ce qu'il contenait risquait tout de même de causer un choc.

— Faudrait peut-être l'ouvrir, suggéra timidement Ruel, un agent dans la trentaine qui avait la moitié du visage marquée par une ancienne acné.

Mercure marcha vers la table et commença à arracher les pages blanches, sans se presser : franchement, il n'avait pas hâte de découvrir le contenu de cette boîte…

C'était effectivement une boîte à chaussures. Elle était quelconque, avec le nom de la marque en gros caractères gras. En fait, seules les traces de sang séché la rendaient moins banale.

Wagner desserrait son col d'un doigt nerveux. Mercure se préparait mentalement. Il avait beau être flic depuis vingt-six ans, la vue du sang l'indisposait toujours. Prenant son courage à deux mains, il souleva le couvercle en retenant son souffle.

À l'intérieur, ça ressemblait à un très long saucisson luisant enroulé sur lui-même. Mercure comprit presque aussitôt. Il étouffa un juron et détourna les yeux, en inspirant profondément.

— Quoi ? s'énervait Wagner. C'est quoi, cibole ?

Il s'approcha de la boîte et, à son tour, reconnut un bout d'intestin.

Malgré leur répulsion, les autres policiers ne purent s'empêcher de jeter un œil effaré dans la boîte. Ruel s'écria même : « *Fuck !* Il lui en a enlevé trois pieds certain ! », à quoi Wagner lui rétorqua de fermer sa gueule. Mercure, qui tournait le dos à la table, se lissait les cheveux des deux mains et, malgré son dégoût, essayait de comprendre : pourquoi enlever trois pieds d'intestin à un homme ? Qu'est-ce que ça créait comme effet, au juste ?

Au même moment, Ruel, toujours penché sur la boîte, s'écria de nouveau :

— Il y a un papier aussi !

Wagner ordonna à Ruel de prendre le papier. Hésitant, l'agent finit tout de même par tendre la main vers la boîte avec précaution et, grimaçant de dégoût, en sortit un petit feuillet blanc taché de rouge. Il fronça les sourcils et articula, comme un enfant qui apprend à lire :

— Colostomie.

— Hein ?

— Y a juste un mot d'écrit : colostomie.

— Qu'est-ce que ça veut dire ?

Ruel haussa les épaules. Personne ne semblait savoir. Mercure cherchait dans sa mémoire : ce mot lui rappelait quelque chose, mais il n'arrivait pas à mettre le doigt dessus. En tout cas, il était convaincu que ce n'était pas réjouissant.

— Calvaire! On est cinq, ici-d'dans, pis y en a pas un qui sait ce que veut dire colostomie! s'exaspéra Wagner en levant des bras excédés.

— On est des policiers, pas des docteurs! s'offusqua Boisvert.

Pat, qui réfléchissait depuis un instant, ouvrit soudain la bouche et redressa la tête:

— Ho, merde! Ça me revient! J'ai un oncle qui a ça et…

Il se tut et tous le regardèrent avec intérêt. En voyant l'écœurement apparaître sur le visage de Pat, Mercure sut que c'était pire que ce qu'il s'était imaginé…

◆

Bruno, toujours dans le fauteuil, somnolait depuis un moment (l'opération de la veille avait été longue et sa nuit de sommeil plutôt courte) lorsque les cris du monstre retentirent. Non pas des cris de peur, cette fois, ni de panique, mais d'horreur totale. Bruno se leva et marcha vers la pièce.

Sur le sol, l'assiette et le verre étaient vides. Redressé sur ses mains, le monstre ne regardait même pas le médecin, trop occupé à fixer la fente sur son ventre qui s'entrouvrait pour laisser paraître une masse brunâtre et gluante. Il avait manifestement repris une certaine énergie, car il répétait avec force:

— Criss! qu'est-ce qui m'arrive? Qu'est-ce qui m'arrive!

La masse molle continuait à sortir lentement tandis qu'une odeur nauséabonde envahissait la pièce. Le monstre dut enfin comprendre, car ses yeux, toujours rivés sur son ventre, s'écarquillèrent de répulsion.

— Ostie, ça se peut pas! *Ça se peut pas!*

Bruno vit alors son visage se tordre sous l'effort, comme si l'autre voulait retenir la substance, l'empêcher de sortir de lui, et cela amusa beaucoup le médecin. Il savait que toute forme de rétention était inutile. La masse gluante sortit enfin complètement et glissa au ralenti sur l'estomac du monstre, qui meugla de dégoût. Les yeux de Bruno brillèrent.

La boue appelle la boue. Tu as sali ma fille, tu as souillé son corps et son âme... Alors à ton tour d'être souillé, sale ordure, à ton tour de te souiller toi-même! Tu n'es qu'une merde infâme, alors POURRIS DANS TA MERDE!

L'ouverture s'écartait de nouveau. Le monstre leva la tête et poussa un long cri. Il vit enfin Bruno et quelque chose d'inhumain, de fou, passa dans son regard.

— T'es malade! couina-t-il d'une voix si aiguë qu'on aurait dit celle d'un personnage de dessin animé. T'es malade, Hamel, malade, malade, *malade!*

Sans cesser de vociférer tel un hystérique, il voulut repousser la nouvelle fiente qui émergeait, mais ne réussit qu'à l'étaler sur son ventre, ses cuisses, ses mains...

Bruno, sans attendre que l'immonde déjection se termine, sortit de la pièce.

◆

— ... l'anus ne sert plus à rien, alors toute la... les besoins sortent par une petite ouverture, sur le ventre...

Ils écoutaient tous Pat avec incrédulité. Ruel lâcha, abasourdi:

— Il chie par le ventre?

Mercure le regarda de travers. Wagner fit quelques pas en maugréant, puis:

— Bon! Pas un mot de ça aux journalistes!

Tandis qu'il donnait ses instructions, Mercure, surmontant sa répulsion, prit la boîte de chaussures et l'examina sur toutes ses faces. Pas de nom de magasin, seulement la marque, connue, que l'on vendait partout.

Il déposa la boîte et regarda l'heure: dix heures du matin. Il alla dans son bureau, prit son manteau et l'enfila en traversant la salle.

— Je m'en vais à Montréal. Je reviens en fin d'après-midi. Essaie donc de nous avoir une injonction pour les journalistes…

Wagner hocha la tête. Il avait parfaitement compris.

La voix de Mercure était anormalement dure, froide. Il aurait toujours pu appeler TVA, mais il voulait leur dire sa façon de penser en personne. Et puis, cela lui donnerait l'occasion de rendre visite à Demers, comme il était censé le faire depuis le début de la semaine…

Alors qu'il était sur le point de sortir, Wagner lui dit :

— Je vais demander à Longueuil de mettre en place une triangulation.

Mercure approuva, puis sortit.

◆

— Vous avez noté ? demanda Bruno, qui venait de décrire la cachette de la somme du jour.

— C'est noté, fit Morin.

Alors que Bruno allait raccrocher, le *jobbeux* demanda à brûle-pourpoint :

— Vous pourriez pas… heu… me donner le double, aujourd'hui, pis je sauterais la journée de demain ?

Bruno eut une moue étonnée. Morin avait reçu jusque-là soixante mille dollars et il avait déjà besoin de plus ? Peut-être avait-il des dettes faramineuses…

— L'entente, c'est sept mille par jour, et ça va continuer ainsi.

Bruno raccrocha. Puis, il enfila son manteau et hésita un instant devant le réfrigérateur. N'était-il pas un peu tôt pour une bière ? Il haussa les épaules, s'en ouvrit une et sortit.

Le ciel était encore plus couvert que la veille. Il pleuvrait sûrement d'ici la fin de l'après-midi. Bruno marchait sur la rive du lac en regardant distraitement deux canards qui glissaient sur l'eau, au loin.

Pour la première fois, la veille au soir, il n'avait pas ressenti de réelle satisfaction.

Il est vrai que l'opération était très délicate, très technique, assez loin de toute forme de défoulement... N'empêche, il avait utilisé le curare justement pour que le monstre ressente tout. Par conséquent, Bruno aurait dû éprouver quand même une certaine forme de satisfaction...

Du moins, c'est ce qu'il croyait...

Il secoua la tête en donnant un petit coup de pied à un caillou. Mais le coup de pied était mou, mal porté. Toujours cette maudite lourdeur... Le caillou fit un bond dérisoire, ne se rendit même pas jusqu'au lac.

Un gémissement animal, venant des bois, se fit entendre. Bruno tourna la tête vers la forêt, l'oreille tendue. On aurait dit un chien, ou quelque chose du genre... Mais il ne vit aucun animal et le son ne retentit plus.

Encore son imagination !

En une gorgée, il but la moitié de sa bouteille. Il sortit le ruban bleu de sa poche et l'examina un moment.

Il était temps de frapper le grand coup, celui qu'il prévoyait depuis le début, qu'il avait conçu la journée même où on lui avait appris l'arrestation du monstre.

Il lui laisserait quelques heures pour récupérer de son opération d'hier... puis ce soir...

◆

Derrière le grand bureau, un homme barbu dans la quarantaine se leva en souriant et tendit la main vers le visiteur qui entrait. Derrière lui, une vaste fenêtre laissait voir les gratte-ciel de Montréal.

— Bonjour, inspecteur Mercure ! De la grande visite de Drummondville !

Malgré son air avenant, on sentait Monette un rien nerveux. Il connaissait la raison de cette visite. Mercure garda les mains dans ses poches, sans s'asseoir, et attaqua doucement :

— Qu'est-ce qui vous a pris ? On s'était pourtant entendus. C'est de la provocation ou quoi ?

La main tendue se demanda un moment si elle devait persister dans sa tentative de conciliation, décida que non et retraita. Le sourire, par contre, s'entêtait.

— Assoyez-vous donc, inspecteur, proposa Monette en donnant l'exemple.

— Avez-vous la moindre idée des conséquences de votre geste ?

Mercure demeurait debout. Le sourire de Monette disparut enfin.

— Voyons, inspecteur, il ne faut pas exagérer ! On a juste dit que Lemaire avait déjà été accusé du même genre de délit à Saint-Hyacinthe il y a quelques années. Rien de plus. On n'a même pas dit son nom.

— C'était déjà trop.

— Écoutez, ce n'est pas moi qui ai fait le reportage…

— Voyons ! vous êtes le directeur de la salle des nouvelles !… Depuis combien de temps d'ailleurs ?

— Un peu plus d'un an…

— On ne vous a pas expliqué que quand la police demande votre collaboration, vous avez intérêt à écouter ?

Monette soupira, ennuyé.

— Bon, on a fait une erreur, on s'excuse, on va revenir à la loi du silence. Mais je peux vous dire que je ne suis pas d'accord. Le public a le droit de savoir et…

— Faites-moi pas suer avec votre droit du public ! le coupa Mercure, la voix toujours calme mais méprisante.

— Et vous, arrêtez de jouer les vierges offensées ! rétorqua le directeur des nouvelles, qui avait repris une certaine assurance. Votre Hamel n'a sûrement pas vu le reportage que…

— Il l'a vu et il a mis sa menace à exécution.

Court silence.

— C'est-à-dire ?

— Si vous pensez que je vais vous le révéler ! Sachez seulement que ce qu'il a fait à Lemaire est vraiment atroce, et c'est à vous qu'on le doit !

— C'est vraiment épouvantable ? À ce point ?

Mais ce n'était pas le remords qui poussait Monette à poser des questions. Mercure discerna même une sombre satisfaction sur son visage et soudain, le policier comprit.

— C'est ce que vous vouliez, marmonna-t-il, incrédule.

— Comment ?

— Vous souhaitiez que Hamel entende le reportage et mette sa menace à exécution !

— Voyons, inspecteur, vous délirez…

Mais sa nervosité était revenue. Le policier sortit les mains de ses poches et avança vers le bureau. Malgré sa maigreur, il parut tout à coup menaçant.

— Mais vous vous prenez pour qui, Monette ? Un tribunal ? Un juge qui peut décider du sort des autres ?

Le directeur des nouvelles eut un mouvement de recul, mais ne se démonta pas :

— Et vous, vous vous prenez pour Dieu qui sauve les salauds autant que les justes ? Vous ne faites peut-être pas de distinction entre Hamel et Lemaire, mais moi, oui ! Vous avez décidé d'être du côté de l'assassin ; moi, je suis du côté de la victime !

— Et la victime, c'est qui ? En ce moment, qui est victime de qui ?

— Arrêtez, vous savez très bien que ça ne tient pas ! Moi, j'ai une fille de neuf ans, et si on la tuait, je ferais partie des victimes ! Et même si je tenais l'assassin en otage, même si je le torturais, je serais *toujours* une victime !

Monette, laissant toute diplomatie de côté, se pencha au-dessus du bureau :

— Je vais vous dire, inspecteur. Hamel peut bien faire boire de l'acide à batterie à Lemaire, j'en ai rien à crisser. Et si lundi il réussit à tuer ce trou du cul avant que vous le retrouviez, notre station va jouer le jeu et annoncer ça comme une tragédie. Mais moi, ici, dans mon bureau, je vais applaudir à tout rompre... Pis je pense que je serai pas le seul...

Mercure l'empoigna par le col de sa chemise, ce qui aurait étonné ses collègues au plus haut point.

— Vous n'avez rien compris ! grommela-t-il, les dents serrées. Rien de rien !

— Vous croyez vraiment ? rétorqua Monette avec provocation, sans même tenter de se dégager.

Mercure le considéra un moment, puis le lâcha enfin. Il marcha rapidement vers la porte et, avant de sortir, se retourna pour lancer en pointant un doigt :

— On a une injonction, maintenant, vous allez la recevoir d'ici la fin de l'après-midi. Dites un autre mot sur la vie de Lemaire à la télé et je vous colle un procès sur le dos.

Sans attendre la réaction du directeur des nouvelles, il partit.

◆

Sylvie se trouvait au centre d'un nuage noir qui ne se dissipait pas. Au cours des derniers jours, elle en était bien sortie une fois ou deux... En fait, non : on l'avait fait sortir du nuage, on l'en avait extirpée momentanément. Pour parler, régler des détails, répondre à des questions... Mais ces sorties étaient courtes et le nuage finissait toujours par se reformer autour d'elle.

Elle savait qu'elle ne pourrait vivre normalement le deuil de Jasmine tant que le nuage ne disparaîtrait pas... Mais comment l'éviter alors qu'un deuxième cataclysme venait de lui exploser au visage ? Comment affronter deux tempêtes en même temps ?

La voix de sa sœur ariva jusqu'à sa conscience :

— Sylvie... Sylvie, viens ici...

On ne la laisserait donc jamais en paix ?... Mais Josée insistait, disait qu'elle devait venir voir ça. Sylvie fit un effort surhumain pour sortir du nuage. Elle se leva de son fauteuil et marcha vers la cuisine. Josée était devant la fenêtre, l'air sidéré. À pas lents et traînants, Sylvie s'approcha et regarda à son tour à l'extérieur.

Dans la rue, une vingtaine de personnes étaient rassemblées et défilaient en scandant des mots inaudibles. Ils brandissaient aussi des pancartes et Sylvie s'efforça de lire ce qui était écrit. Ce fut d'abord la surprise, puis l'anéantissement.

Elle aurait dû rester dans son nuage…

◆

— Comment ça va, Marc ?

Les deux hommes se faisaient face, de chaque côté de la grande vitre, chacun un téléphone collé à l'oreille. Marc Demers, dans la vingtaine avancée, cheveux rasés, petites lunettes rondes, haussa les épaules.

— Ça va. Il me reste quinze ans à tirer, mais ça va…

Voix douce, chantante, intelligente. D'ailleurs, il n'avait pas que la voix d'intelligente. En presque quatre ans, Mercure l'avait constaté plus d'une fois.

Le sergent-détective garda le silence. Comme d'habitude, il attendait que Demers orientât la discussion. Le prisonnier observa un moment les doigts de sa main libre, puis dit :

— J'ai pas grand-chose à dire, vous savez. D'ailleurs, les deux dernières fois que je vous ai vu, j'avais pas beaucoup de conversation non plus, je sais pas si vous avez remarqué…

— C'est vrai.

Après une dizaine de rencontres, ce vouvoiement poli semblait un peu incongru à Mercure. Une fois, il s'était mis à tutoyer Demers, mais ce dernier, imperturbable, avait continué à vouvoyer le sergent-détective. Mal à l'aise, Mercure avait renoncé au tutoiement.

— Ah, oui, tiens, il y a une chose, fit soudain le prisonnier. J'ai rêvé à votre femme il y a deux semaines.

Aucune réaction sur le visage de Mercure.

— Ce n'est pas la première fois.

— Non, mais c'était différent. Elle était habillée d'une robe blanche, elle resplendissait de lumière intérieure. C'était ben paisible. Elle me regardait en silence. Pis c'est tout.

Il leva enfin les yeux vers le policier, eut un léger sourire.

— Un peu quétaine, non?

Il y avait de la provocation dans cette remarque, Mercure le savait.

— Comment vous interprétez ça? demanda le policier.

— Je sais pas. J'espère que vous pensez pas que c'est votre femme qui vient me dire qu'elle me pardonne…

— Bien sûr que non.

Les provocations de Demers ne choquaient plus Mercure. C'étaient comme de petits tests que lui faisait passer le prisonnier, comme pour le mettre à l'épreuve. Mais Mercure ne sentait pas de méchanceté dans ces provocations. Au début, il y en avait, mais plus maintenant.

— Il y a une théorie, proposa le sergent-détective, qui dit que les personnages dans les rêves ne sont que différentes représentations du rêveur lui-même.

— Je connais, oui. Pis je vois où vous voulez en venir. Mon rêve serait un signe que je commence à me pardonner moi-même, c'est ça? Après le mal, l'indifférence, pis le remords, voici enfin le début de la paix intérieure… Je suis sur le chemin de la rédemption, quoi.

Impossible de savoir s'il se moquait ou non. Ou, plutôt, *jusqu'à quel point* il se moquait.

— C'est vrai, ça, ajouta-t-il. Vous avez jamais eu envie de devenir prêtre?

Mercure eut une moue dubitative.

— Je ne suis vraiment pas sûr d'être croyant.

— Évidemment. Vous vous intéressez ben trop aux hommes pour croire en Dieu.

Il lança un coup d'œil aux deux gardiens, immobiles plus loin.

— Vous avez l'intention de venir me rendre visite comme ça pendant encore quinze ans ?

— Vous n'êtes pas obligé d'accepter mes visites, vous le savez. D'ailleurs, les six premiers mois, vous ne vouliez rien savoir… J'arrêterai de venir quand vous me direz d'arrêter.

— Ou quand vous aurez des réponses à vos questions, ajouta le prisonnier, le regard perçant derrière ses petites lunettes.

Mercure soutint son regard. Demers ajouta :

— D'ailleurs, c'est peut-être vous qui devriez parler, aujourd'hui… Vous avez l'air *fucké*…

Mercure hésita, fit un geste vague de sa main libre.

— Je suis sur une affaire très particulière, en ce moment. Peut-être la plus déroutante, la plus complexe de ma carrière…

Il résuma l'affaire Hamel, étonné lui-même de raconter tout cela à quelqu'un comme Demers. Ce dernier écoutait en silence, inexpressif, le téléphone contre l'oreille.

— Qu'est-ce qui vous achale dans cette histoire ? demanda-t-il lorsque Mercure se tut.

— Je ne sais pas, je…

Pourquoi lui racontait-il tout cela ?

— C'est le comportement de ce Hamel qui me fascine et me… me dérange… Avec vous, par exemple, j'aurais très bien pu faire quelque chose de semblable à ce que fait Hamel… Pourtant, j'ai opté pour une solution différente… Mais suis-je un homme meilleur pour autant ? Suis-je plus humain que Hamel pour cette raison ? C'est…

Il soupira et se passa la main sur le front. Demers, vaguement amusé, murmura :

— Plus humain…

— Je lui ai dit que s'il torturait et tuait Lemaire, cela ferait de lui un assassin, comme Lemaire lui-même. Il m'a répondu que cela ferait de lui un assassin, mais pas comme Lemaire…

— Il se trompe, rétorqua doucement Demers. Il n'y a pas des assassins différents. Il y a juste des fêlures différentes.

— Et vous, Marc, votre fêlure, c'était quoi?

Demers eut un drôle de rictus.

— C'est ça, votre obsession, hein? C'est l'espoir d'une réponse à cette question qui vous fait venir ici trois fois par année depuis maintenant presque quatre ans, n'est-ce pas?

Il changea son téléphone de main, avança légèrement la tête, soudain très sérieux.

— Malheureusement, pis je vais vous le répéter pour la centième fois, je sais pas pourquoi j'ai tué votre femme, inspecteur. J'ai fini par avoir des remords, par regretter ce que j'ai fait, mais j'ai toujours pas compris pourquoi j'ai commis ce meurtre parfaitement gratuit, dénué de toute motivation. Je suis entré dans ce dépanneur avec l'intention de prendre la caisse, j'ai vu votre femme paralysée de terreur pis j'ai tiré, alors qu'elle se tenait parfaitement tranquille. J'étais cokée jusqu'à l'os, mais c'est pas une raison. Ma fêlure, je la connais pas, pis c'est pour ça qu'on saura sans doute jamais, ni moi ni personne, pourquoi pendant un très court moment de ma vie j'ai été un monstre.

Il recula légèrement sur sa chaise. Mercure ne disait rien, le visage fermé.

— Votre Hamel, ajouta Demers en remontant ses lunettes sur son nez, on la connaît, sa fêlure: le désespoir, l'anéantissement, la perte…

— C'est suffisant pour l'excuser?

— C'est pas ça que j'ai dit. Vous-même, vous venez pas me voir avec l'intention de me pardonner…

— Absolument pas.

— Évidemment. Vous êtes pas cave…

Demers prononça ces mots avec un étrange sourire.

Mais pourquoi je parle de tout cela avec lui ? se demandait le policier.

— Vous venez pour essayer de comprendre, poursuivit Demers. Ça, c'est la raison consciente. Mais je pense qu'en plus il y a une raison plutôt inconsciente, une raison qui vous rapproche un peu de ce Hamel. Toutes proportions gardées, ben sûr…

Mercure fronça les sourcils. Avec un rictus mi-amusé, mi-amer, le prisonnier expliqua :

— Vous croyez pas que c'est une forme de torture, pour moi, que de vous voir trois fois par année ? Vous êtes ma mauvaise conscience, inspecteur. Votre présence, chaque fois, me ramène cinq ans en arrière, me jette en pleine face le meurtre que j'ai commis ainsi que le terrible résultat qui en a découlé : votre inconsolable tristesse, que je devine toujours en vous malgré vos grands efforts pour la garder privée.

Après une courte pause, il ajouta avec détachement :

— Sous vos airs d'humaniste sincère, il y a le pire des bourreaux.

Mercure ne bronchait pas, mais il se sentait si ébranlé que sa vision se troubla un court moment. Il s'humecta les lèvres. Sa voix se voulut ironique, mais elle tremblait légèrement :

— Si je vous torture, Marc, pourquoi acceptez-vous de me voir ?

Demers eut encore cette expression indéchiffrable, un sérieux si souligné qu'il frôlait la caricature :

— Mais pour ma rédemption, voyons, vous le savez ben ! La rédemption doit obligatoirement passer par une bonne dose de masochisme, c'est connu…

Mercure aurait voulu sourire, mais il en était incapable. Comment pourrait-il jamais sourire à l'homme qui avait tué sa femme ?

Demers haussa les épaules.

— Il y a toutes sortes de monstres, inspecteur : certains le sont toute leur vie, certains le sont juste pendant un court moment, pis certains le sont sans même le savoir…

Et il jeta un regard moqueur vers Mercure. Ce dernier se frotta les yeux. Cette visite avait pris une tournure parfaitement inattendue. Mais, inconsciemment, n'était-il pas venu pour cela ? Ne savait-il pas, au fond, que Demers lui apporterait un point de vue complètement différent sur cette affaire ? Et n'était-ce pas justement ce qu'il recherchait ?

Il devait partir, mais malgré son trouble il posa une dernière question à cet homme avec qui il entretenait la plus étrange, la plus ambiguë, la plus incompréhensible des relations :

— Hamel est donc devenu un monstre ?

Demers observa le sergent-détective un moment, et, malgré son expression soudain grave, sa voix demeura chantante, légère :

— Il est devenu trop humain. Il n'y a pas plus monstrueux.

◆

Bruno s'était promis une douche pour la fin de la matinée, mais il oublia de nouveau.

Après avoir marché dehors un bon moment, il tenta de lire un roman trouvé dans la chambre de Josh, mais sans grand succès. Il était toujours incapable de se concentrer. Plusieurs fois, il eut envie de se rendre dans la chambre du monstre, mais il se retint : il devait le laisser récupérer. Patience.

Il but six bières durant l'après-midi. Il n'avait pas l'intention, au départ, d'en boire autant, mais après sa troisième, assis au salon et essayant de lire, il entendit de nouveau des gémissements de chien, en provenance du couloir. Il alla ouvrir rapidement la porte du monstre.

Ce dernier, perdu dans de sombres pensées, sursauta puis souffla :

— Je voud… je voudrais au moins me… essuyer cette…

Et il désigna mollement les excréments collés sur son ventre.

Bruno referma la porte et retourna au salon. Les gémissements de chien persistèrent, cette fois venant de l'extérieur. Furibond, il sortit sur la galerie en hurlant :

— T'es où, sale cabot ? Où tu te caches ?

Seul l'écho de sa voix lui répondit et cela lui donna la chair de poule. Il n'en pouvait plus de ces pleurs canins ! Qu'est-ce que ça voulait dire ? Pourquoi les entendait-il ? Étrangement, il sentit qu'il connaissait la réponse au plus profond de lui-même, mais qu'elle refusait d'émerger jusqu'à sa conscience…

Troublé, il retourna dans la maison et, au cours des deux heures suivantes, but trois autres bières.

Les gémissements de chien se turent. Bruno réussit même à lire six pages, malgré sa légère griserie… ou, peut-être, *grâce* à elle…

Il jeta un œil à sa montre : dix-sept heures. Dans deux heures environ, il pourrait aller rendre visite au monstre…

◆

La pluie était si fine que Mercure n'actionnait ses essuie-glaces qu'à intervalles de deux ou trois minutes. Alors qu'il roulait vers Drummondville, il ne cessait de repenser à sa rencontre avec Demers. Et pour la première fois en quatre ans, il se posa lui-même la question que lui avait posée le prisonnier : pendant combien d'années encore irait-il le voir ?

Espérait-il vraiment avoir une réponse un jour, une illumination qui lui ferait enfin accepter la mort de Madelaine ? Durant la première année qui avait suivi le décès de sa femme, il avait vécu dans la révolte et

la colère. Puis, tout à coup, il en avait eu marre de la
rage et il avait eu l'idée d'aller visiter ce Demers. Et,
depuis, il allait le voir trois fois par an.

La colère et la révolte avaient effectivement disparu. Mais était-il satisfait pour autant ?

Durant les trois premières années, peut-être que ces
visites avaient eu un sens… mais maintenant ? Depuis
quelques mois, il songeait à les interrompre, mais chaque
fois il revoyait le cadavre de sa femme, avec ce trou
dans la tête, et tout à coup, l'éventualité d'arrêter ses
rencontres avec Demers lui semblait impossible. Alors
il continuait.

Et le deuil de Madelaine se poursuivait…

Cette idée lui fit froncer les sourcils.

Son cellulaire sonna. C'était Wagner qui voulait
savoir quand il rentrerait. Mercure lui dit qu'il serait là
dans les vingt minutes et demanda s'il y avait du neuf.
Découragé, le directeur lui répondit que les gars de
Longueuil n'avaient encore rien trouvé. Cela relevait
presque de la sorcellerie.

— De toute façon, la triangulation est en train de
se mettre en place, mais c'est plus long que prévu. La
police de Longueuil n'avait pas le matériel nécessaire,
il a fallu aller le chercher à Montréal. Mais d'ici une
couple d'heures, ça devrait être prêt.

Mercure coupa le contact. Il fallait tout de même
que Hamel rappelle pour que cette triangulation fonc-
tionne… et ça, c'était loin d'être sûr.

Durant le reste du trajet, il ne songea plus à Demers.

◆

Bruno, qui venait de terminer sa septième bière,
commençait à se sentir l'esprit brumeux tandis qu'il
écoutait les nouvelles à TVA. Cette fois, on ne fournit
aucun renseignement sur le monstre. Il soupira de contentement : sa petite démonstration avait porté fruit.
Le reporteur, tout d'abord, se contenta de répéter que

la police n'avait toujours aucune piste… et, tout à coup, il annonça qu'une manifestation avait eu lieu, ce jour-là, dans les rues de Drummondville, relativement à cette affaire. On vit alors apparaître sur l'écran un groupe d'une vingtaine de personnes qui déambulaient dans la rue des Érables, dans le quartier tranquille où habitait le médecin, en scandant une phrase incompréhensible. Certains tenaient des pancartes sur lesquelles on pouvait lire : *Pour la vraie justice !* et *À mort les assassins d'enfants !* Bruno observait la scène avec ahurissement tandis qu'une voix expliquait :

— Un petit regroupement de sympathisants à la cause de Bruno Hamel a marché dans les rues de Drummondville. Nous avons recueilli les témoignages de certains d'entre eux…

Un homme dans la cinquantaine apparut, l'air sûr de lui :

— On approuve à cent pour cent l'acte de Bruno Hamel… Je suis sûr qu'il y a des dizaines de parents qui ont eu un enfant tué par un maniaque qui sont d'accord avec lui en ce moment ! Eux, ils se sont sentis impuissants ! Hamel, lui, a refusé l'impuissance !

Une femme prit la place de l'homme à l'écran et Bruno reconnut Marielle Beaulieu, une de ses voisines.

— Quand on a tué pis torturé un enfant, monsieur, c'est pas la prison qu'on mérite ! On mérite de subir la même chose ! Si les assassins étaient toujours livrés aux mains des parents de leurs victimes, je vous jure que ça ferait réfléchir les autres salauds en liberté ! Bruno Hamel fait pas juste se venger : il envoie un message !

Jamais le médecin n'avait prévu ce genre de choses : une manifestation pour l'appuyer ! En fait, il ne s'était jamais demandé quel impact aurait son action sur l'opinion publique. Ces images le fascinaient donc autant qu'elles le déboussolaient. D'un côté, cela l'arrangeait plutôt de voir que certaines personnes l'appuyaient dans ce qu'il faisait. Cependant, quelque chose l'indisposait dans cette manifestation, le rendait mal à l'aise… Et il finit par comprendre ce que c'était.

Quelques semaines plus tôt, Bruno aurait trouvé ce genre de manifestation épouvantable et incompréhensible.

Il serra les poings, contrarié, puis eut un ricanement mauvais. Évidemment, qu'il n'aurait rien compris ! Parce qu'il y a quelques semaines, rien ne lui était encore arrivé ! Jasmine était encore vivante et il se pensait à l'abri de tout ! C'est facile d'être un bien-pensant quand tout va bien dans sa vie ! C'est facile d'être humaniste quand on n'a pas connu la souffrance et le malheur ! Mais aujourd'hui, tout était différent et il pouvait maintenant comprendre ! Et ces manifestants comprenaient aussi, à travers ce qu'il faisait !

— Mais ce groupe de personnes ne représente pas tout le monde, poursuivait le reporter. À preuve, ces commentaires de certains témoins de la manifestation…

Un jeune homme d'une vingtaine d'années apparut à l'écran :

— Encourager la violence, qu'elle soit motivée par la vengeance ou non, je ne pourrai jamais être d'accord avec ça…

— Ce Hamel pense que ce qu'il est en train de faire est une solution, mais il se trompe, ajouta une femme dans la quarantaine. Moi, jamais je ferais une affaire comme ça…

— Qu'est-ce que t'en sais ? cria Bruno en avançant le torse vers la télé. Qu'est-ce que t'en sais, pauvre ignorante !

— Bruno Hamel devrait faire un grand geste, proposa un homme plus âgé. Il devrait libérer son prisonnier, le prendre dans ses bras et lui dire qu'il lui pardonne tout ce qu'il a fait. Ensuite, ils prieraient ensemble.

Le médecin éclata d'un rire méprisant.

Un chien jappa.

Bruno se leva d'un bond. Malgré le son de la télé, il entendait nettement le grognement dehors, près du chalet… Il se rua sur la porte, en même temps qu'un second aboiement retentissait.

Dehors, il resta sur la galerie et jeta des regards excédés autour de lui, s'efforçant de ne pas crier comme tout à l'heure. Cette fois, il n'avait pas rêvé : un chien avait *vraiment* jappé, ce n'était pas dans sa tête !

En haut, à plus de cent cinquante mètres, une voiture passait sur la route invisible. Quelques gouttelettes éparpillées tombaient du ciel couvert. Un coup de vent fit danser les feuilles mortes un bref moment.

Bruno rentra en se frottant nerveusement les mains. Il alla au réfrigérateur pour se prendre une autre bière. Il n'en restait qu'une. Il ouvrit la caisse de bière pour en transférer d'autres dans le frigo. Mais la caisse était vide.

Il avait bu vingt-quatre bières en quatre jours ?

Il en avait bu aussi quelques-unes pendant que Morin préparait la chambre. Et Morin lui-même en avait bu trois ou quatre. Tout de même…

Il retourna au salon, dérouté, en prenant une bonne gorgée de sa dernière bouteille… puis se figea net au milieu de la pièce. Sylvie, dans l'embrasure de la porte de leur maison, remplissait l'écran de la télé. Quelques micros étaient tendus vers elle. Elle semblait épuisée et parlait à contrecœur, d'une voix éteinte :

— Non, pas du tout, je ne m'associe pas à cette manifestation… J'aime mon conjoint, mais je… (soupir) je ne peux pas approuver ce qu'il est en train de faire…

Bruno regardait, la bouche ouverte, les yeux exorbités. Dieu ! qu'elle avait maigri ! qu'elle était cernée ! qu'elle était *brisée* !

— Bruno a toujours été contre toute forme de violence, même si ça le… le questionnait beaucoup… Il militait pour la paix, il signait des pétitions, il… (elle s'humecta les lèvres, ébranlée) Ce n'est pas lui, ça…

— Oui, c'est moi ! cria Bruno. Arrête de le nier et accepte-le ! C'est moi, que ça te plaise ou non !

— J'espère que… que la justice ne sera pas trop sévère, continuait péniblement Sylvie. Qu'elle tiendra compte que Bruno, en agissant ainsi, était en état de choc… que c'est la douleur qui lui a fait perdre la tête…

— Perdre la tête ! s'esclaffa méchamment le médecin. Perdre la tête !

Sylvie ne put continuer, se cacha les yeux d'une main, sur le point de pleurer, tandis que sa sœur, apparaissant derrière elle, lui prenait les épaules pour la ramener dans la maison.

— J'ai pas perdu la tête ! continuait de s'époumoner Bruno. T'as pas le droit de dire ça ! Pas le droit !

Il réalisa enfin que Sylvie avait été remplacée par l'imperturbable lecteur de nouvelles qui résumait le dernier débat à la Chambre des communes. Bruno cligna des yeux, pris au dépourvu, puis se mit à frapper le mur plusieurs fois.

Il s'arrêta soudain. Les coups qu'il venait de donner avaient résonné d'une drôle de façon. Comme ces coups indistincts et confus dans son étrange rêve récurrent…

Il se rassit enfin et termina sa bière en broyant du noir. Se mêlant aux vapeurs de l'alcool, les paroles de Sylvie lui martelaient la tête. Qu'elle ne comprenne pas ce qu'il faisait était décevant… mais qu'elle le condamne, c'était inadmissible ! Intolérable ! Comment pouvait-elle ? Elle était la mère de Jasmine ! Elle avait vu elle aussi l'assassin ! Elle l'avait vu *sourire !*

Au bout d'une vingtaine de minutes, n'en pouvant plus, il se leva brusquement, mit sa perruque et sa fausse barbe, enfila son manteau et sortit.

Il roula rapidement vers Charette, se retenant pour ne pas excéder la vitesse permise. Au bout d'une quinzaine de minutes, il stationna sa voiture devant le duplex et courut littéralement vers son appartement. Sans même enlever son déguisement, il se rendit à son ordinateur, allumé en permanence, tapa une série de commandes, puis attendit, le souffle court, le visage crispé de colère. Des haut-parleurs de l'ordinateur, une sonnerie retentit. Deux fois, trois fois… Quand la voix éteinte de Sylvie répondit, Bruno se pencha vers le micro et lança avec hargne :

— Qu'est-ce qui t'a pris de raconter ça à la télé ?

— Bruno ! Oh, mon Dieu ! Bruno, c'est… ça fait cent fois que j'essaie de te joindre, pourquoi tu…

— Pourquoi t'as raconté ça aux journalistes ?

— Je… il y avait cette manifestation dans la rue, devant la maison, je trouvais ça tellement… tellement indécent, il fallait que je réagisse, que…

— Et me traiter de fou en ondes, c'est pas indécent, ça ?

— C'est pas ce que j'ai dit !

— Oui, c'est ça que t'as dit, criss ! je suis pas sourd !

La voix chevrotante, elle le supplia d'arrêter tout ça, de rentrer à la maison, lui dit qu'il n'était pas trop tard. Bruno secouait la tête, excédé. Il revit le ruban bleu de sa fille danser devant ses yeux. Il serra le micro de toutes ses forces et le colla contre sa bouche

— Tu comprends rien, Sylvie ! Tu comprends rien à rien ! Comment est-ce que… comment est-ce que j'ai pu aimer quelqu'un d'aussi bouché que toi ?

Elle émit un hoquet brisé, mais Bruno continuait, de plus en plus enragé :

— C'est pas moi qui ai perdu la tête, c'est toi qui as perdu toute émotion, tout sentiment pour Jasmine !

— C'est faux ! Je veux vivre le deuil de notre fille ! Je veux le vivre avec toi, pour qu'on le traverse ensemble ! Mais toi, tu… tu… tu le repousses ! Tu le nies !

— Et toi, tu serais satisfaite que le monstre aille en prison et qu'il sorte après seulement vingt-cinq ans, peut-être quinze ! Il sortirait, tout souriant, alors que notre fille ne serait plus que poussière dans sa tombe !

— Bruno…

— Tu es complètement insensible ! Je me demande même si tu aimais vraiment Jasmine !

— Seigneur, c'est… Tu délires, c'est pas possible, tu perds complètement la tête !

— *Arrête de dire ça, connasse!* hurla-t-il. *Arrête de dire ça tout de suite!*

Elle éclata en sanglots. Bruno voulut lui dire de cesser de chialer, mais il s'immobilisa tout à coup: le chien s'était remis à gémir.

— Criss! pas encore!

Sanglotante, Sylvie lui demanda de quoi il parlait. Bruno tourna sur lui-même.

— Encore ce chien! Ce maudit chien!

— Mais… mais quel chien?

— Ce chien qui me lâche pas, qui arrête pas de grogner, de gémir, je peux plus l'entendre, je peux plus!

Sans lâcher le micro, il fit quelques pas dans la cuisine, jetant des yeux fous autour de lui. Sylvie, la voix éperdue, continuait de lui demander des explications, mais Bruno ne l'écoutait plus, car il réalisa soudain que les gémissements venaient des haut-parleurs, se mêlaient aux pleurs de sa conjointe. Il pointa un doigt en s'écriant:

— Il est là! Il est là-d'dans!

— Où ça? Quoi? Pour l'amour du ciel, Bruno, de…

Bruno lâcha alors le micro et du plat de la main se mit à frapper son ordinateur en répétant:

— Il est là-d'dans! Là-d'dans!

Il arrêta de frapper et écouta. Il entendait les pleurs de Sylvie… et les gémissements du chien, toujours là.

Alors, poings fermés, il martela le clavier de l'ordinateur, enfonçant toutes les touches en même temps, en vociférant: *Ta gueule, ta gueule, ta gueule!* jusqu'à éteindre l'appareil malgré lui.

Il se calma soudain et fixa, hébété, son ordinateur éteint.

Le chien s'était tu.

Le médecin se passa les mains sur le visage. Mais qu'est-ce qui lui arrivait, bon sang? Il devait reprendre le contrôle de lui-même, ça n'avait pas de sens!

Avait-il brisé son ordinateur? Il le ralluma. Non, tout semblait en ordre. Il s'assura que tout fonctionnait bien, que chaque étape s'effectuait comme d'habitude, qu'il n'oubliait rien…

Il s'appuya contre le mur, mit les deux mains sur sa tête et prit de grandes respirations.

S'énerver ainsi n'avait aucun sens. Et en plus, c'était imprudent. Il en était au quatrième jour, c'était donc possible (improbable, mais possible) que la police découvre le stratagème de Longueuil et remonte la piste jusqu'à Charette. Pourtant, tout à l'heure, Bruno était entré dans l'appartement en coup de vent, sans prendre aucune précaution. Si la police avait été là, à l'attendre ?

Il devait être plus prudent. Par exemple, éviter de revenir dans cet appartement. Et s'il devait revenir, s'assurer que le champ était libre !

Il ouvrit donc bien grand les rideaux de la fenêtre et laissa la lumière allumée. Lorsqu'il sortit et monta dans sa voiture, il regarda vers la fenêtre. On voyait parfaitement l'intérieur de l'appartement. Parfait.

Il roulait depuis presque dix minutes et se sentait de plus en plus calme. Mais, en même temps, la sécheresse de sa gorge devenait intolérable. Dieu ! qu'il avait besoin d'une bière ! Mais il n'y en avait plus au chalet… Alors tant pis, il ne boirait plus, c'est tout ! D'ailleurs, ce serait sûrement mieux. S'il avait perdu le contrôle, tout à l'heure, n'était-ce pas à cause des sept ou huit bières de la journée ?

Durant quelques minutes, son visage demeura imperturbable, fixé sur la route éclairée par ses deux phares, puis il poussa un juron. Bon Dieu ! il avait *besoin* d'une bière !

Se rendre dans un dépanneur, affronter des clients, un commis, peut-être même lui parler ? C'était vraiment risqué, non ?

Il vit alors, à trois cents mètres devant, éclairée par une série de lampadaires, la petite route qui menait au cœur du village de Saint-Mathieu-du-Parc. Normalement, il aurait dû continuer tout droit pour se rendre au chalet…

Il serra les dents. Merde ! Il n'avait pas besoin
d'alcool ! C'était un caprice, un caprice ridicule ! Et
l'alcool le rendait trop impulsif !

Mais le manque d'alcool ne risquait-il pas de le
rendre plus excédé encore ? Donc plus imprudent ?

À la dernière seconde, il donna deux furieux coups
de poing sur son volant puis s'engagea sur le petit
chemin menant à Saint-Mathieu.

Quand il arriva au village, sa nervosité grimpa d'un
cran. Ainsi plongé dans le noir, Saint-Mathieu-du-Parc
semblait tout à coup menaçant et bourré de pièges. Il
ne pleuvait plus, mais les routes humides brillaient de
manière sinistre sous les lampadaires. Il roula une ou
deux minutes dans les rues calmes, où la circulation
était presque inexistante. Il vit bien quelques passants,
mais personne ne fit attention à sa voiture.

Là, l'affiche illuminée d'un dépanneur…

Il arrêta sa voiture, regarda autour de lui, attendant
qu'il n'y ait plus de passants tout près. Au fond, il
n'avait pas à s'inquiéter : tout le monde le croyait à
Longueuil, donc personne ne s'attendait à le voir ici,
dans ce bled perdu. Et il était déguisé, alors du calme. Il
réajusta sa fausse barbe et sortit enfin. D'un pas normal
et assuré, il marcha vers l'entrée du dépanneur.

Quatre clients à l'intérieur. Et tous se tournèrent vers
lui, ce qui le figea sur place. Une vraie conspiration !
Deux d'entre eux, un homme âgé et une femme obèse,
semblèrent même un rien intrigués, mais Bruno se rai-
sonna : c'était là la réaction normale de tout habitant
de village face à un inconnu… Rien de plus.

La démarche plus raide, il alla directement vers les
frigidaires du fond et choisit sa bière. Quand les clients
furent tous partis, Bruno se rendit au comptoir avec
une caisse de vingt-quatre et l'y déposa lourdement.
Un nouveau client entra, salua la caissière et, sans un
regard pour Bruno, marcha vers le stand des revues,
plus loin.

La caissière, une femme d'une cinquantaine d'années aux cheveux teints en roux orangé, regarda un moment Bruno, peut-être avec un peu trop d'insistance, puis, après avoir pianoté sur sa caisse, annonça le prix d'une voix fade. Bruno lui tendit un billet de cent dollars, ce qui impressionna la femme.

Trop de détails qui attiraient l'attention sur lui, beaucoup trop !

Il détourna nerveusement la tête vers le sol et ses yeux tombèrent sur les exemplaires du *Journal de Montréal*. Le gros titre annonçait un meurtre passionnel, mais en plus petit, dans le haut, il crut voir son nom. Il se pencha un peu plus et lut : *LE DOCTEUR HAMEL TOUJOURS INTROUVABLE !* Il se pencha encore davantage pour distinguer les mots écrits plus petits…

Et c'est alors que se produisit la catastrophe.

Il perdit l'équilibre, un peu instable après les huit bières ingurgitées. Il se sentit donc tomber et dut s'accrocher au comptoir pour ne pas s'affaler, effectuant ainsi un mouvement brusque. Trop brusque. Était-ce parce que son crâne dégarni suait trop ? Ou tout simplement parce qu'il avait mal ajusté sa perruque ? Toujours est-il que celle-ci glissa vers l'avant, puis tomba. Juste avant qu'elle atteigne le sol, il la rattrapa et, avec une fébrilité comique, la remit maladroitement sur sa tête. Il sentit alors un regard posé sur lui et se tourna vivement vers le comptoir.

La caissière, qui tenait la monnaie des cent dollars, dévisageait le médecin.

Malgré la glace qui déferlait tout à coup dans ses veines, Bruno tendit la main vers sa monnaie, d'un geste qu'il voulait naturel, mais ses doigts tremblaient littéralement. La caissière ne lui donnait toujours pas l'argent. La voix égale, légèrement traînante, elle prononça :

— Je vous ai reconnu.

Dans son ventre, Bruno sentit la bière devenir acide et une forte nausée le fit grimacer. Il jeta un coup d'oeil

vers le stand à revues. Le client feuilletait des maga-
zines pornos, perdu dans ses fantasmes. Le médecin
revint à la femme, n'ayant aucune idée de ce qu'il
devait faire. Il pouvait toujours foncer vers la porte,
mais c'était retarder l'inévitable. La police passerait
au peigne fin Saint-Mathieu-du-Parc et ce serait fini
d'ici quelques heures.

Cela lui donnerait tout de même le temps d'achever
le monstre…

Bruno était donc sur le point de piquer un sprint, il
tendait même ses muscles pour le faire lorsqu'il vit la
femme se pencher au-dessus du comptoir, affecter un air
de confidence et, en le regardant dans les yeux, mur-
murer :

— Je suis avec vous…

Et elle eut un léger sourire complice.

Bruno en oublia de respirer. Il aurait dû se sentir
soulagé, et, effectivement, c'était vaguement le cas,
mais surtout, surtout, il eut l'impression de recevoir un
véritable choc électrique. Sa main tendue ne tremblait
plus. Il était devenu une statue qui, la bouche entrouverte, dévisageait la caissière.

Celle-ci reprit son air naturel, déposa l'argent dans
la main toujours tendue et dit :

— Merci, bonne soirée…

Puis elle retourna à des papiers qu'elle remplissait
sur le comptoir, sans un regard de plus vers le médecin.
Mais on sentait une sourde satisfaction émaner d'elle.

Bruno bougea enfin : il empocha l'argent, prit la
caisse de bière et marcha vers la sortie. Ses mouvements
manquaient de coordination, comme si tout son corps
était déréglé. Avant de pousser la porte, il jeta un dernier
coup d'œil vers la caissière. Elle s'occupait du client
qui achetait maintenant une revue.

Sur le chemin du retour, une fois sorti du village, il
comprit tout à coup ce qui venait de se passer et, surtout,
ce qui se passerait. La caissière ne parlerait à personne
de cet incident, ce serait son secret, du moins jusqu'au

lundi, et lorsque tout serait fini, elle annoncerait à ses amies, toute fière, la conscience tranquille, son incroyable scoop : discrètement, modestement, elle avait aidé le *vengeur*.

Bruno freina brusquement. Il sortit de la voiture, ouvrit le coffre, se prit une bière et en but la moitié d'un trait. Il s'appuya contre le capot et ferma les yeux en soupirant.

La route obscure était déserte. Le ciel avait recommencé à dégouliner. De chaque côté, la forêt était noire et calme.

La caissière du dépanneur réapparut dans son esprit… Son regard entendu, son sourire complice…

Je suis avec vous…

Il termina en une gorgée le reste de la bouteille.

◆

Du magnétophone déposé sur la petite table du salon sortaient les pleurs de Sylvie, métalliques et légèrement parasités.

— *Seigneur, c'est… Tu délires, Bruno, c'est pas possible, tu perds complètement la tête !*

— *Arrête de dire ça, connasse ! Arrête de dire ça tout de suite !*

Mercure, assis dans un fauteuil près de la table, les mains croisées, écoutait avec un certain malaise cette terrible conversation. Debout près de la bibliothèque, Sylvie s'efforçait de conserver un air digne, même si son désespoir était palpable. Sa sœur Josée avait eu la délicatesse de retourner à la cuisine.

Moins d'une heure auparavant, Mercure était au poste en train de visionner la dernière des quatre cassettes de la famille Hamel-Jutras. Il devait lui rester environ quarante-cinq minutes d'écoute quand on était venu lui dire que le « mouchard » installé sur le téléphone de Sylvie s'était mis en marche : Hamel était en train de parler à sa conjointe. Mercure avait bondi dans

le bureau de Wagner pour lui demander si la triangulation était opérationnelle.

— Non, dans une heure seulement. Les gars de
Longueuil viennent d'avoir le matériel et…

Mercure avait failli se fâcher, s'était retenu puis
avait filé chez Sylvie.

— *Encore ce chien! Ce maudit chien!*

— *Mais… mais quel chien?*

Mercure avança la tête, les sourcils froncés.

— *Ce chien qui me lâche pas, qui arrête pas de
grogner, de gémir, je peux plus l'entendre, je peux plus!*

Puis, des bruits de coups agressants, tandis que
Hamel répétait plusieurs fois: *Ta gueule!* Tout à coup
un déclic, puis la tonalité indiquant la fin de la communication.

Mercure recula dans son fauteuil, caressant sa joie
du bout des doigts.

— Il frappait sur quelque chose, comme un clavier…
Un clavier d'ordinateur…

Il sortit son calepin pour y jeter quelques notes.

— Il ne manque rien dans son bureau?

— Comme je vous l'ai dit l'autre jour, je n'ai rien
remarqué, mais c'est une pièce dans laquelle je n'entre
jamais, alors…

Il relut une ou deux pages précédentes et demanda:

— Vous ne voyez vraiment pas ce que peut signifier
cette histoire de chien?

Sylvie s'assit enfin en soupirant. Mercure s'en voulait de la harceler ainsi. Manifestement, elle avait envie
de se coucher… et de se réveiller dans un mois, peut-être
plus.

— Désolée, mais je ne comprends vraiment pas plus
que vous.

— Ces sons de chien l'obsèdent de plus en plus, on
dirait… Ça lui a même fait perdre complètement le
contrôle…

N'y avait-il pas quelque chose à tirer de cette obsession? Mercure sentait là une prise, mais il n'arrivait

pas encore à l'agripper. Il feuilletait son calepin, songeur, puis :

— C'est vrai, ça fait deux jours que je veux vous demander ça... Le tableau de Picasso, en haut, heu...

— *Guernica ?* C'est un tableau tellement violent...

— Justement, vous m'avez dit que votre conjoint était pacifiste, anti-violent...

— On peut être anti-violent et être fasciné par la violence, vous ne pensez pas ?

— C'est vrai.

Et il songea tout à coup à sa femme, à Demers, aux visites qu'il lui rendait...

— C'est exactement le cas de Bruno, poursuivit Sylvie. La toile représente bien ça, d'ailleurs : on montre que l'Homme est victime de la guerre, mais aussi que la guerre est faite par l'Homme. C'est ce que représente cette terrible tête de taureau, dans le tableau : l'être civilisé peut devenir un monstre.

— C'est ce que voulait montrer Picasso avec ce taureau ?

— Je ne sais pas, mais c'est comme ça que Bruno le voyait. Ça le fascinait et le terrifiait en même temps.

Mercure hocha la tête. Il lui semblait qu'un portrait plus clair se dessinait dans sa tête, même si d'insondables ténèbres en émergeaient.

Quand il fut sur le point de sortir, un pied déjà dehors, il lui dit :

— Et s'il rappelle, vous téléphonez au poste, même de nuit.

— Il ne me rappellera plus.

Elle avait dit cela avec une telle froideur. D'ailleurs, en ce moment même, tenant la porte ouverte, elle avait le visage si dur que toute trace de désespoir en était presque disparue.

— Que voulez-vous dire ? demanda Mercure.

— Vous l'avez entendu, sur le magnétophone... Il n'y a plus rien de possible entre nous... Peu importe comment cette histoire se terminera, il ne peut plus rien y avoir entre nous après *ça*…

— Vous croyez vraiment ? Vous ne l'aimez plus ?

Une pointe de désespoir perça enfin son masque de glace :

— J'ai aimé Bruno Hamel. Je ne peux pas aimer un taureau…

◆

Il fut de retour au chalet à dix-huit heures cinquante-cinq. Il rangea plusieurs bouteilles dans le frigo, s'en garda une et, la démarche légèrement vacillante, alla s'asseoir au salon, où il prit une bonne gorgée. Il était ivre, maintenant, il le savait. Il devait arrêter de boire, sinon, tout à l'heure, il ne serait pas capable de s'amuser avec le monstre. Une heure ou deux de télé le dégriserait. Il déposa sa bière sur le sol, décidé à ne pas la terminer, et, le regard éteint, écouta un jeu télévisé.

Mais il n'arrêtait pas de penser à Sylvie, à ce qu'elle avait dit. Si bien qu'au bout de trente minutes à peine, il ferma la télé brusquement, plongeant du coup le salon dans la noirceur. Il avait entendu assez de conneries pour ce soir ! Il marcha vers la pièce de son prisonnier. Le monstre, affaissé sur le sol, se redressa un peu. En constatant que son bourreau avait bu, la peur apparut sur son visage… cette peur constante, récurrente…

Avec des gestes rapides mais quelque peu maladroits, Bruno tourna la manivelle du treuil, approcha la table, ouvrit les anneaux. Le monstre se remit à supplier, à pleurer, à dire qu'il ne pourrait en supporter davantage. Bruno ne le regardait même pas. Ça devenait lassant, ces jérémiades ! Une étrange colère grondait en lui, alimentée par l'ivresse. Pourquoi cette colère ? N'aurait-il pas dû, au contraire, être excité ?

Trois minutes plus tard, le lamentable corps était couché à l'horizontale sur la table, à la hauteur des hanches du médecin. Les bras étendus et attachés au-dessus de lui, le monstre pleurait maintenant sans retenue, n'ayant même plus le courage d'implorer. Bruno alla à sa trousse et revint au monstre en tenant un scalpel à la lame longue et très étroite. Il considéra sa victime un moment…

… et tout à coup, la colère enfle, emporte tout. Rage et alcool le rendent si brutal, si désordonné que tout lui apparaît en une série de flashs anarchiques. Le pénis du monstre dans sa main gauche… la lame qui entre dans l'urètre, qui coupe, qui s'enfonce, qui charcute… le sang qui gicle, les hurlements apocalyptiques… Et cette vision soudaine, atroce, du petit sexe de Jasmine défoncé par cette queue ignoble… Comme elle a dû souffrir, tellement, tellement souffrir !… Et les flashs s'accélèrent, le scalpel ressort et s'enfonce, ressort et s'enfonce, finit par fendre le gland en deux… Les cris du monstre n'ont plus rien d'humain, et Bruno s'énerve de plus en plus, incapable d'atteindre cet autre échelon dans l'échelle de la satisfaction, incapable de jouir de sa torture, emporté par un raz-de-marée de furie qu'il n'arrive pas à contenir malgré son scalpel de plus en plus dévastateur…

Tout à coup, le hurlement du monstre devient continu, aigu… ce n'est plus un cri humain, c'est maintenant animal, ça devient… ça devient un long…

… hurlement de chien…

Bruno cesse de frapper et bondit vers l'arrière. Couvert de sang, il regarde le supplicié avec épouvante. Le monstre tire sur ses chaînes, le visage convulsé par la souffrance, et pousse ce long, cet interminable hurlement de chien à l'agonie, qui envahit la pièce, envahit le cerveau ivre du médecin…

Défiguré par la rage, Bruno s'élance et plante son scalpel dans le scrotum du monstre. La lame traverse un testicule et se fige dans la table de bois. Le hurlement de chien cesse aussitôt. Le monstre a perdu conscience.

Le silence.

Bruno, le souffle court, ne bougea pas pendant un bon moment. La colère s'estompait pour faire place à un sentiment plus déconcertant.

La frustration.

Mais la frustration de quoi ?

Il aurait voulu s'acharner de nouveau sur le monstre, jusqu'à faire disparaître cette frustration grotesque… mais à quoi bon, puisqu'il était évanoui ?

Et Bruno se sentait trop engourdi tout à coup. La furie passée, ne restait que l'ivresse, soudainement plus tangible.

Il arracha le scalpel du scrotum du monstre et le lança mollement vers sa trousse. Il marcha vers la porte, titubant, et entra directement dans la salle de bain. Il y avait du sang sur ses mains et son visage. Il les lava avec de l'eau. Du même pas traînant, il alla dans la chambre à coucher de Josh et, l'équilibre précaire, enleva ses vêtements souillés.

La tête lui tournait. Néanmoins, il s'efforça de reconstruire mentalement les dernières minutes. Depuis l'arrivée des ténèbres qu'il attendait ce moment, qu'il salivait à l'idée de détruire ce sexe infâme. Il venait enfin de le faire, avec une violence qui aurait dû s'avérer le plus jouissif des exutoires… mais plus il repensait à la scène, plus la frustration grandissait…

Il retourna dans la salle de bain et urina longuement, les deux mains appuyées contre le mur. Lorsqu'il sortit dans le petit couloir, sa vision périphérique accrocha une présence sur sa droite et il tourna vivement la tête.

Au milieu du salon obscur se dessine une petite silhouette, manifestement celle d'un enfant. Une fillette, si on se fie aux cheveux longs.

Bruno s'immobilise, la respiration coupée.

Il ne peut distinguer le visage dans cette obscurité. Des lambeaux de vêtements semblent pendre du corps et on entrevoit des détails flous mais morbides, malsains. Tournée vers le médecin, la fillette demeure immobile et silencieuse.

Bruno cherche fébrilement le commutateur du couloir, l'actionne enfin et tourne la tête vers le salon. La silhouette a disparu.

Il marcha jusqu'au milieu de la pièce et alluma une lampe. Personne. Bon Dieu ! il n'avait tout de même pas bu à ce point !

En maugréant, il se laissa tomber lourdement dans le fauteuil, les bras ballants de chaque côté. Il fixait le vide, les yeux brumeux, poussant de temps à autre des jurons étouffés. Car la frustration s'enracinait profondément, indélogeable, incompréhensible.

Dans le silence, il crut entendre les échos de cet impossible hurlement de chien.

JOUR 5

— Deux jours !

Mots sentencieux, que Wagner, dans la grande salle, lâcha avec une sorte de frustration panique, mais Mercure, Ruel et Cabana savaient qu'ils ne devaient pas prendre cela personnel. Il fallait que leur directeur se défoule, sinon ce serait l'explosion atomique et là, tout le monde écoperait. Un peu à l'écart, Boisvert faisait semblant de travailler sur un rapport concernant un vol qui avait eu lieu durant la nuit dans un magasin du centre-ville, mais il ne perdait pas un mot de la discussion.

— Mais si on compte aujourd'hui et que Hamel a l'intention de tuer Lemaire juste à la fin de la journée de lundi, il reste en fait trois jours, précisa Ruel.

Il avait dit cela pour remonter le moral des troupes, mais l'expression du directeur lui démontra qu'il avait manqué son coup. Il haussa les épaules, trouvant néanmoins son raisonnement très pertinent.

On avait fait examiner la boîte à chaussures par des experts, mais rien d'intéressant n'avait été trouvé. Bolduc et Pleau avaient appelé de Longueuil, un peu plus tôt, demandant s'ils pouvaient revenir à Drummondville. Mais maintenant que la triangulation était en place, Mercure leur avait dit de rester là-bas et de se tenir prêts.

Tout en se massant le cou, Wagner marmonna comme pour lui-même :

— Il faudrait obliger Hamel à nous rappeler…

Mercure approuva :

— Créer un événement, une situation qui déclenche en lui le besoin de nous appeler…

— Pis comment on ferait ça ? demanda Ruel, sceptique.

Mercure soupira, eut un léger sourire de dépit : il n'en savait rien.

— O.K. Un moyen pour l'obliger à nous rappeler ! lança le directeur en s'appuyant des deux mains sur un bureau. Des suggestions ?

Un flottement de quelques instants, puis Cabana proposa qu'une fausse nouvelle soit diffusée à la télé. Par exemple, qu'on avait arrêté sa conjointe pour complicité. Hamel rappellerait sûrement pour démentir ça. Wagner grimaça. C'était trop gros. Le médecin ne mordrait pas à cet hameçon.

— Et je ne suis pas sûr qu'il se sentirait obligé de l'aider, fit Mercure en se rappelant la discussion enregistrée la veille.

On se remit à réfléchir. Ruel suggéra à son tour, l'air d'avoir trouvé l'idée du siècle : on annonce aux nouvelles que quelqu'un est venu avouer le meurtre de la fillette. On fait donc croire que Lemaire n'est pas le coupable.

— Voyons donc, on a dit à Hamel que les tests d'ADN étaient positifs ! protesta le directeur. Lemaire a plaidé coupable, tout ça a été dit aux informations !

— Et en quatre jours de torture, Hamel lui a sûrement fait avouer tout ce qu'il voulait entendre, ajouta Mercure d'une voix grave.

Ces paroles jetèrent un froid. Wagner soupira :

— Il faut trouver quelque chose, il y a sûrement un moyen…

Boisvert, qui s'était tu jusque-là, fit pivoter son fauteuil vers le petit groupe et lâcha :

— Après tout, qu'on le laisse crever, cet ostie d'assassin d'enfant! Pourquoi on se casse le cul pour le retrouver?

— Toi, continue à remplir tes papiers pis laisse le monde intelligent réfléchir! répliqua Wagner, qui devint instantanément écarlate.

— Vous avez beau être mon boss, Greg, je me laisserai pas parler de même! relança Boisvert en se levant.

— C'est quoi que tu veux, Michel? Un petit congé de deux semaines?

— Je veux qu'on arrête les vrais salauds au lieu d'essayer de sauver un trou de cul!

— On essaie pas de sauver un trou de cul, on essaie d'empêcher un homme d'en tuer un autre!

— De quel bord vous êtes, coudon?

— De quel bord! s'écria Wagner, suffoqué. C'est pas un match de hockey, criss de cave, c'est une enquête policière!

— Heille! je vous ai dit de pas me parler de même! fulmina Boisvert en marchant vers son supérieur.

Cabana s'interposa alors entre eux. Boisvert et Wagner se défiaient du regard, tandis que les deux autres agents les rappelaient à l'ordre. Mercure, à l'écart, se frottait les yeux en soupirant.

— Déjà que dans les rues la population commence à déconner, on est pas pour faire pareil! disait Cabana.

Il parlait bien sûr de la manifestation de la veille, dans le quartier de Hamel. Cela avait d'ailleurs profondément déprimé Mercure.

Les deux policiers finirent par s'éloigner l'un de l'autre, en se lançant quelques coups d'œil en coin. Wagner s'obligea au calme:

— Je dis juste qu'on doit tout faire pour le retrouver parce que c'est notre job, c'est tout!

— Pas juste pour ça, ajouta Mercure dans un murmure.

Tous se tournèrent vers lui. Tout en examinant ses doigts, il ajouta lentement, comme s'il réfléchissait à ses paroles en même temps qu'il les prononçait:

— C'est pas un assassin d'enfant qu'on veut sauver, c'est…

Hésitation, puis :

— … un sens.

— Un sens ? Un sens à quoi ?

Mercure faillit répondre, resta songeur un instant, puis renonça. Il haussa les épaules, affichant une moue insatisfaite. Boisvert émit un ricanement dédaigneux, tandis que Cabana et Ruel échangeaient un regard las et entendu, habitués aux envolées mystiques du sergent-détective. Wagner se gratta l'oreille, morose, puis donna un petit coup sur le bureau devant lui :

— Bon, ben en attendant qu'on trouve un sens à l'univers complet, on pourrait commencer par trouver un moyen d'obliger Hamel à nous rappeler. C'est moins ambitieux comme projet, mais plus urgent !

◆

Bruno se réveilla à dix heures. Dieu ! qu'il dormait depuis son arrivée dans ce chalet ! Il massa son front douloureux. Il avait une légère gueule de bois, mais rien de grave. Il demeura tout de même étendu dans le lit un bon moment à observer les arbres à travers la fenêtre. Le ciel était encore nuageux.

La lourdeur qui l'accablait depuis la venue des ténèbres semblait avoir empiré, mais peut-être n'était-ce qu'un effet de son mal de tête… Cette nuit encore, il avait rêvé de gueules béantes, de fourrure noire, et les coups étaient plus proches que jamais, plus forts…

Il enfila ses vêtements. Maintenant, ils étaient non seulement fripés, mais couverts de taches de sang. Il fallait laver ça. Dans le miroir de la salle de bain, son reflet l'épouvanta : outre sa barbe de plusieurs jours, ses rares cheveux étaient sales et en bataille, ses yeux creux et veineux… Mais qu'est-ce qu'il attendait donc pour prendre une douche ? Il commença par frotter le sang sur ses vêtements avec une serviette mouillée.

Des taches sombres demeurèrent sur sa chemise et son pantalon, mais ça ressemblait un peu moins à du sang. Quant à la douche, il décida de manger avant.

Il se fit à déjeuner, mais mangea peu. En buvant son café, il réfléchit à la soirée de la veille, particulièrement à cette frustration qu'il avait ressentie. Il croyait en comprendre la cause : il avait trop bu. Il ne pourrait tirer aucune satisfaction des tortures qu'il infligeait au monstre s'il les accomplissait en état d'ébriété.

Tout de même, il avait été ivre, mais pas tant que ça...

N'empêche, sa décision était prise : pas une goutte d'alcool aujourd'hui. Il se le jura. Reprendre le contrôle.

Il se frotta les yeux. Il était finalement plus barbouillé qu'il ne l'aurait cru. Il décida de se relaxer quelques heures. En marchant dehors, par exemple. Il enfila son manteau et, avant de sortir, alla voir son prisonnier.

Le monstre était devenu une loque. Plusieurs traces de flagellations s'étaient infectées malgré les onguents et suintaient de pus, dont celle qui balafrait la joue. Le sexe était en charpie, le corps étendu dans un mélange d'urine, de merde et de sang. Les yeux creux et vides fixaient le plafond. La peur avait disparu, laissant place à une vacuité troublante. Quand Bruno s'approcha de lui, il ne tourna même pas la tête.

Le médecin lui toucha le front : il était brûlant de fièvre. De nouveau, il le brancha sur du soluté, mais renonça à la crème antibiotique : même si l'infection se poursuivait, il survivrait jusqu'à lundi. Le monstre se laissa faire sans aucune réaction, le visage totalement déconnecté.

Bruno songea au hurlement de chien qu'il avait entendu surgir de la bouche de son prisonnier.

Lentement, il sortit de la pièce. Il avait vraiment besoin de prendre l'air.

◆

La cassette achevait et, franchement, il était temps, car Mercure se sentait tout près de l'indigestion visuelle. Il en avait plus qu'assez de ces scènes familiales, de ces partys, de ces anniversaires, de ces balades en forêt; surtout que, depuis la deuxième cassette, il n'avait rien appris de neuf sur Hamel.

Peut-être avait-il perdu son temps...

Sur l'écran, on voyait la petite Jasmine, plus jeune de deux ans. Elle se balançait dans un parc en lançant, tout heureuse, vers la caméra: *Regarde, papa, comme je vais haut!* et on entendait la voix amusée et pleine d'amour de Hamel: *Si tu continues, tu vas t'envoler, trésor!* Une seconde voix d'enfant se fit entendre et la caméra pivota vers un gamin qui se balançait aussi. Bruno le reconnut: c'était le petit garçon à moitié défiguré qu'il avait vu l'autre jour en sortant de chez Hamel. Sur la vidéo, ses cicatrices semblaient pires, plus récentes, mais l'enfant riait et criait: *Regarde, Jasmine, moi aussi, je vais m'envoler!*

Mercure jeta un œil à sa montre: près de midi. Aussitôt que la cassette se terminerait, il irait dîner.

Trouver un moyen pour obliger Hamel à rappeler...

À l'écran, le petit garçon s'en allait en lançant des au revoir à Jasmine. Aussitôt, la petite se tourna vers la caméra et, la voix comiquement basse même si le garçon était maintenant loin, dit:

— *La face de Frédéric, elle est encore beaucoup pas belle, hein, papa?*

Le menton appuyé au creux de sa main, Mercure eut un sourire indulgent. La voix de Hamel, tout aussi compréhensive, expliqua:

— *Le chien l'a mordu très très fort, Jasmine, il va avoir des marques toute sa vie...*

Sur le visage du policier, la lassitude s'estompa lentement, repoussée par les sourcils qui se fronçaient.

— *Mais le chien, papa, il est où?*

— *Je te l'ai déjà expliqué : comme il était méchant,
on l'a fait mourir…*

Mercure avança la tête. À l'écran, la petite Jasmine
fixait la caméra en jouant avec les bords de sa robe,
plus ou moins satisfaite de ces réponses.

— *Mais comment on l'a fait mourir ?*

— *On l'a tué, ma chérie… Viens, on va aller dans la
glissoire.*

— *On l'a tué comment ?*

— *Écoute, Jasmine, tu ne veux pas qu'on… Attends
une minute…*

La caméra était devenue oblique, puis s'était arrêtée.
Le père embêté n'avait pas cru nécessaire de filmer
cette délicate discussion.

D'un geste vif, Mercure fit sortir la vidéo du magnétoscope, prit les trois autres cassettes et sortit rapidement
de la pièce.

◆

Quand la pluie commença à tomber, Bruno rentra.
Son mal de tête était passé, et pourtant il se sentait
encore morose. Des relents de la frustration de la veille
flottaient toujours en lui.

Il se prépara à dîner mais mangea encore très peu,
manquant totalement d'appétit. Y avait-il des nouvelles
télévisées le samedi midi ? Il en trouva à Radio-Canada.
Mais constatant qu'on repassait sensiblement les mêmes
informations, il ferma l'appareil. Muni d'une assiette de
poulet et d'un verre d'eau, il alla dans la chambre du
monstre.

L'odeur qui s'en dégageait était infecte. Bruno lui
détacha le poignet droit, mais le monstre laissa son bras
dans la même position, allongé au-dessus de sa tête.
Bruno déposa l'assiette et le verre sur la table, près du
visage du prisonnier. Ce dernier ne bougeait toujours
pas. Il devait pourtant manger, conserver un minimum
de forces… Et tout à coup, il tourna la tête vers Bruno.

Lorsqu'il le vit enfin, la peur revint dans ses yeux, mais si creuse, si lointaine qu'elle émergeait à peine à la surface des pupilles. Il ouvrit la bouche et articula :

— J'ai compris… J'ai compris où je suis…

Voix tellement faible… Et morne, lente, comme un vieux trente-trois tours au ralenti…

— Je suis en enfer…

Bruno le considéra un moment, puis, avec la fourchette, le fit manger. Le monstre, passif, mâchait un peu, avalait difficilement.

— Je suis en enfer pis… pis toi, t'es le diable…

Bruno porta le verre d'eau à la bouche du prisonnier. Une gorgée, deux, puis le reste s'écoula sur le menton.

— C'est ça, hein ?

Cette maudite frustration qui refusait de s'en aller ! Exaspéré, Bruno donna un coup de poing sur le nez du monstre. Un petit craquement se fit entendre, mais le monstre réagit à peine, tandis que le sang coulait de sa narine droite. Le médecin frotta son poing en hochant la tête. Cela lui avait fait du bien.

Pendant dix secondes.

Avec des gestes brusques, il lui rattacha la main droite et marcha vers ses trousses : il allait lui crever un œil, cela devrait le satisfaire plus que dix secondes ! Il s'arrêta soudain. Du calme, voyons ! Le monstre était encore trop faible, trop sous le choc de sa mutilation de la veille. Bruno voulait donc l'achever ?

Mécontent, il sortit de la pièce.

Au salon, il prit le téléphone et appela Morin. Il lui expliqua l'endroit où se trouvait la somme d'argent.

— Voilà, je vous rappelle demain.

— Je sais qui vous êtes.

Bruno resta silencieux trois longues secondes, puis répliqua d'une voix calme :

— Vraiment ?

— Vraiment.

La voix du *jobbeux* était un rien chantante, vaguement amusée. Il devait être bien fier de lui.

— Hé bien, tant mieux pour vous. À dem…

— Pas si vite, monsieur Hamel, j'aimerais qu'on jase un peu…

Bruno se tut de nouveau. Il n'était pas vraiment surpris. Ce qui l'étonnait, en fait, c'était que Morin n'ait pas compris plus tôt. Mais il avait beau s'être mentalement préparé à cette situation, il n'en éprouvait pas moins une sourde nervosité. Dans tout son plan, c'était le maillon faible.

— Je ne vois pas de quoi on jaserait, monsieur Morin…

— Moi, je trouve qu'on a ben des choses à se dire…

— Envoyez la police et vous perdez quatorze mille dollars.

Lourd silence, que Bruno laissa durer à dessein.

— Vous avez compris ce que j'ai dit ? demanda-t-il enfin.

— Oui, répondit l'autre d'une voix étrange.

— Parfait.

Bruno raccrocha. Morin avait compris. Le maillon tiendrait le coup. Il finit par se lever et marcha lentement vers la cuisine. Après tout, une bière, juste une, ne pourrait pas lui causer tant de mal…

Et tout à coup, une sonnerie retentit.

Bruno tourna vers l'appareil deux yeux écarquillés, comme si le téléphone s'était mis à parler. À la seconde sonnerie, il répondit rapidement et cracha dans le récepteur :

— Êtes-vous devenu fou, Morin ?

— Écoutez-moi…

— Je vous avais pourtant bien dit de ne pas m'appeler, jamais !

— Je sais, mais j'ai pensé à quelque chose…

— Vous devriez penser moins ! Rappelez une autre fois, juste une, et dès demain vous n'avez plus un sou !

Il raccrocha bruyamment.

Les secondes passèrent, puis les minutes… Mais Bruno n'était pas du tout rassuré.

Sans mettre son manteau, il sortit en vitesse. La
pluie, plus intense que la veille, produisait un bruissement continu dans la forêt. Le médecin ouvrit le coffre
de la Chevrolet, en sortit le revolver et les balles. Il retourna dans le chalet, puis, au salon, chargea maladroitement le pistolet. Il leva ensuite l'arme et l'examina
avec inquiétude. Il finit par la déposer sur la petite table
du salon et attendit, faisant un effort surhumain pour
ne pas aller se chercher une bière. Mais ce n'était pas le
moment d'endormir ses réflexes, ne serait-ce que par
quelques gorgées d'alcool. Il prit de longues et profondes respirations.

Il s'était procuré cette arme pour achever le monstre
lundi. Mais peut-être aurait-il à l'éliminer plus vite que
prévu…

◆

— Vous les avez toutes regardées ?
— Toutes.
— Et vous avez découvert quelque chose d'intéres-
sant ?

Elle demandait cela sans espoir, pour être polie. Ils
se trouvaient tous les deux à la porte de la maison, elle
à l'intérieur, lui sur la petite galerie, à peine protégé de
la pluie par l'avancée du toit. Elle tenait le sac renfermant les cassettes vidéo et, malgré le mauvais temps,
n'avait pas invité Mercure à entrer. Le message était
clair : elle commençait à en avoir assez de recevoir la
police…

— Peut-être, je ne sais pas… Je voulais vous en
parler, dit-il en s'en voulant intérieurement de la harceler ainsi. Heu… votre sœur n'est pas là ?

— Elle est partie faire des courses. Moi, je n'en ai
pas le courage…

Puis, visiblement à contrecœur :
— Entrez, vous allez être trempé…
— Juste dans le vestibule, alors…

Il fit trois pas dans le hall. Tout en lissant ses cheveux humides, il examina discrètement Sylvie : son visage vieilli, sa peau grise, ses yeux tellement las…

— Vous tenez le coup ?

— Qu'est-ce que vous croyez avoir découvert ?

Il expliqua la scène dans le parc entre Jasmine et le petit garçon défiguré par un chien.

— Vous connaissez cette histoire de chien ?

— Bien sûr. Ç'a été le plus grand drame du quartier des dix dernières années… C'est si tranquille, ici, que…

Elle fronça les sourcils, montrant enfin un début d'intérêt :

— Vous pensez que c'est lié au chien que Bruno semble entendre tout le temps ?

— Si vous me racontiez ce drame, avant ?

— C'est aussi simple que terrible. Ça s'est passé il y a trois ans, au début de l'été. Les Cusson, qui vivent à cinq maisons d'ici, avaient un grand danois noir, Luky, très gentil avec tout le monde. Le petit Frédéric Bédard, un autre de nos voisins, avait cinq ou six ans à l'époque et il a voulu aller caresser Luky, comme beaucoup d'enfants le faisaient d'ailleurs. Et cette fois, pour une raison inconnue, le chien lui a sauté dessus et l'a mordu au visage, deux ou trois fois.

Elle eut une grimace, secoua la tête, poursuivit :

— On ne sait trop comment, le petit Frédéric a réussi à se sortir de là. Moi, j'étais au Centre. Quelques voisins sont sortis, dont Bruno, justement.

Mercure redoubla alors d'attention.

— Le reste, c'est lui qui me l'a raconté… Denis, le père de Frédéric, n'est pas allé à l'hôpital avec sa femme et son fils blessé. Il est allé tuer le chien.

— Votre conjoint a vu la scène ?

— Comme les deux ou trois autres voisins présents, oui. Évidemment, personne n'a empêché Denis d'agir.

Mercure hocha la tête d'un air entendu.

— Sauf que… Bruno m'a dit que cela avait été particulièrement atroce… D'une rare violence…

— Au point d'affecter votre conjoint ?

— Pendant quelques jours, il a vraiment été ébranlé…

Mercure lui demanda de préciser. Sylvie réfléchit un moment. Malgré sa lassitude, elle s'efforçait réellement de se rappeler, sentant sûrement elle aussi qu'il y avait peut-être un élément important dans cette histoire.

— Le soir, lorsqu'il m'a raconté ça, il avait l'air bouleversé mais aussi… tourmenté. Il était assis au salon, me racontait la scène pour la dixième fois, et tombait dans la lune de longues secondes, comme s'il revoyait tout le drame dans sa tête…

Elle réfléchit encore un moment, les doigts sur le menton.

— Je me souviens même de lui avoir demandé ce qui le tourmentait à ce point. Il m'a dit : *Même si ce n'était qu'un chien, c'était épouvantable, Sylvie… Insoutenable… Mais le pire, c'est qu'à la place de Denis j'aurais sûrement réagi de la même façon…* Je lui ai dit que cela aurait été tout à fait normal, tout à fait humain. Il m'a alors répondu très gravement : *Je sais… C'est bien ça qui me terrifie le plus…*

Mercure hocha doucement la tête, tandis qu'une lueur traversait son regard. Des fragments d'images et de sons rebondissaient dans son crâne, tentant péniblement de former une idée claire. Sylvie garda le silence, happée par ces souvenirs qu'elle avait sûrement rangés dans un coin de son cerveau depuis longtemps. Elle dit enfin d'un ton d'excuse :

— Je suis désolée de ne pas avoir songé à cette histoire plus tôt, mais franchement elle était sortie de ma mémoire depuis longtemps et je ne vois pas le rapport avec… Vous pensez que cela a un lien ?

— Je ne vous importunerai plus, madame Jutras, la coupa doucement Mercure. Du moins, je l'espère.

— Vous tenez quelque chose, n'est-ce pas ?

— Je n'en sais rien.

Il la remercia de nouveau, puis marcha rapidement vers sa voiture en se protégeant la tête de son manteau relevé. À l'intérieur, il sortit son calepin et se mit à écrire. Il relut ses notes, le crayon sur les lèvres, songeur. Il composa ensuite un numéro sur son cellulaire. Wagner répondit.

— J'arrive dans cinq minutes, fit le sergent-détective.

— T'as trouvé un moyen pour obliger Hamel à nous rappeler ?

— Peut-être…

◆

Un peu après quinze heures, Bruno entendit un bruit de moteur.

Depuis le coup de téléphone de Morin, il n'avait pratiquement pas bougé, se contentant d'attendre. Il était même en train de se dire que, finalement, le *jobbeux* n'avait pas prévenu la police et que tout continuerait comme avant… puis il entendit la voiture.

Le pas raide, il se leva et alla regarder par la fenêtre de la cuisine, prêt à courir vers la chambre pour loger une balle dans la tête du monstre… mais il eut la surprise d'apercevoir un *pick-up* familier descendre le petit chemin de terre.

Pendant un moment, Bruno se sentit complètement déstabilisé. Jamais il n'avait envisagé la visite de Morin lui-même. Après une hésitation, il coinça le revolver sous sa ceinture et enfila son manteau. Il était évidemment hors de question de lui tirer dessus. Mais ça pourrait servir, s'il le fallait, d'argument dissuasif… Après s'être assuré que l'arme était invisible sous le manteau, il marcha vers la porte, puis eut une autre idée. En vitesse, il alla chercher la petite valise renfermant tout l'argent qu'il lui restait. Il garda cent dollars qu'il glissa dans son portefeuille, puis sortit avec la valise.

La température avait chuté et il pleuvait toujours. Bruno demeura sur la galerie, protégé par le petit toit en bois, la valise à ses pieds, tandis que le camion s'arrêtait à une trentaine de mètres du chalet, près de la Chevrolet. Morin en sortit. Très détendu, il demeura près de son véhicule et salua Bruno, un cure-dent planté dans son sourire.

— Ah! Ça fait du bien de vous voir sans votre déguisement… Mais vous avez pas l'air en forme…

— J'avais pourtant été clair, monsieur Morin, fit Bruno d'une voix assez calme. Si vous veniez ici une seule fois, tout était fini. Nous avions une entente.

— Ouais, ben, je pense qu'il faudrait la réviser…

Le *jobbeux* dégageait une confiance, une assurance qui rendait le médecin de plus en plus nerveux. Morin se mit même à marcher vers le chalet en disant:

— On pourrait pas en parler en d'dans? Il mouille, au cas où vous l'auriez pas remarqué…

— On reste dehors.

Morin s'arrêta, eut un sourire entendu.

— C'est vrai: vous avez un invité…

Bruno ne répondit pas, les mains dans les poches, mais il sentait son cœur battre à toute vitesse. Le *jobbeux* gratta sa tête trempée.

— C'est hier que j'ai tout compris… Depuis le temps qu'on en parle à la télé, il était temps, hein? Comme j'ai aussi fini par comprendre que vous aviez sûrement caché tout l'argent d'avance… Pis ça m'a donné des idées…

— Vous trouvez que votre venue ici est une bonne idée?

— Ça, c'est ce qu'on va voir ensemble, monsieur Hamel…

Un coup de vent envoya quelques gouttes de pluie au visage de Bruno. Morin joua un moment avec le cure-dent entre ses lèvres, puis il proposa:

— Aussi ben que vous me disiez tout de suite où les autres sommes sont cachées, vous pensez pas?

— Il n'en est pas question.

— Écoutez…

Morin regarda autour de lui, revint à Bruno. Il prit un air presque complice.

— Moi, le gars que vous retenez prisonnier, je l'haïs autant que vous…

— Ça, ça m'étonnerait.

— Je veux dire : les violeurs d'enfants, tant qu'à moi, on devrait tous les pendre par les couilles… Que vous le tuiez lundi, ça m'empêchera pas de dormir. Ça fait qu'on règle ça tout de suite, vous me dites où sont les deux autres sept mille piastres, pis on s'achale plus.

— Je suis tenté de vous croire, mais je ne peux courir aucun risque. Ces sommes que j'ai cachées, c'est ma garantie que vous allez me foutre la paix d'ici lundi.

— J'ai pas envie de me casser le cul encore deux autres fois pour aller chercher cet argent…

— Faire quelques kilomètres pour aller chercher sept mille dollars, vous appelez ça vous casser le cul ? La plupart des gens feraient cette distance en rampant sur le ventre pour les avoir.

Le cure-dent cessa de bouger entre les lèvres de Morin, puis l'assurance sur son visage disparut pour céder la place à la fébrilité :

— Écoutez, Hamel, j'ai besoin de cet argent, pis vite !

— Je peux vous donner ce qui me reste…

Il prit la petite valise et la lança. Elle atterrit sur le sol boueux, à un mètre de Morin.

— Ça monte à environ mille dollars.

— Non, non, c'est pas assez ! s'énervait maintenant le *jobbeux*.

Bruno secoua la tête. En fait, peut-être que Morin n'avait pas de dettes. Peut-être avait-il perdu tout son argent au jeu et qu'il en voulait d'autre pour jouer encore, et encore…

— Où perdez-vous votre argent, Morin ? Au casino ? Aux courses ? Il y a un hippodrome à Trois-Rivières, si je ne m'abuse…

— Je comprends pas de quoi vous parlez !

Il s'offusqua avec une telle fausseté que Bruno sut qu'il avait vu juste. Mais peu importe : il ne pouvait courir le risque de lui divulguer les cachettes d'avance, c'était aussi simple que ça.

— Désolé, dit-il tout simplement. On continue comme avant.

Un éclair passa dans le regard de Morin.

— Pis si je vous donnais pas le choix ?

— Comment ? En allant prévenir la police ? Allez-y. Mais aussitôt que j'aperçois l'ombre d'un policier dans le coin, j'abats mon prisonnier. La police ne retrouvera qu'un cadavre, comme je l'ai prévu depuis le début. Moi, je me ferai arrêter, mais comme j'avais l'intention de me rendre lundi, ça ne changera rien non plus. Non seulement votre dénonciation n'aura servi à rien, mais en plus vous aurez perdu quatorze mille dollars.

Mais cela ne démonta pas le *jobbeux* le moins du monde. En fait, son assurance semblait revenir peu à peu.

— Ce qui serait encore mieux, c'est que j'aille chercher votre prisonnier pis que je l'amène, *lui,* chez les flics.

En disant cela, il gonflait le torse, écartait légèrement les bras, pour bien souligner à quel point le physique sans envergure de Bruno ne faisait pas le poids face à sa forte musculature. Le médecin réfléchissait à toute vitesse

— Si les flics m'arrêtent, vous êtes dans la merde autant que moi !

— Voyons donc ! J'ai été payé pour construire quelque chose de bizarre, c'est tout ! Pis quand j'ai enfin compris ce qui se passait, j'ai été tellement choqué que mon âme de bon citoyen m'a ordonné de venir arrêter cette boucherie.

Son sourire était revenu. Il se trouvait maintenant très drôle.

— Vous n'entrerez pas, affirma le médecin d'une voix qu'il voulait menaçante.

— Jouez pas les *toughs*, Hamel, ça vous va pas pantoute.

— Et mon prisonnier, qu'est-ce que vous croyez que je lui fais, depuis cinq jours ?

Morin eut un petit ricanement.

— Ça compte pas, ça. Il a tué votre fille… Alors, ou vous me dites tout de suite où se trouvent les deux autres sommes d'argent, ou j'entre chercher votre ami.

Même si elle n'était pas exposée à la pluie, la peau de Bruno devint moite. Ce dernier sentait le revolver contre son ventre… hésitait à le sortir…

Pour menacer… Juste pour le menacer…

Il prit une grande respiration et dit d'une voix mal assurée :

— Pas question.

Morin hocha la tête. Il cracha son cure-dent et se mit à avancer d'un pas lourd. Bruno descendit rapidement les quelques marches de la galerie, leva les bras maladroitement et ordonna à Morin de ne pas entrer. Mais le *jobbeux* lui envoya son poing directement au menton, un coup puissant qui envoya le médecin s'écraser deux mètres plus loin sur le gazon détrempé. Malgré son étourdissement, Bruno s'empressa de sortir son revolver et, toujours sur le dos, le brandit en criant à Morin de s'arrêter. Ce dernier, le pied sur la première marche, se retourna. En voyant le revolver, il y eut un éclair dubitatif dans son regard. Puis sa bouche se tordit en un sourire de défi dédaigneux et il monta la seconde marche.

Le revolver se mit à trembler ; un manège fou tournait dans la tête du médecin, empêchant toute pensée cohérente. Et tout à coup, l'évidence lui sauta au visage : c'était fini ! Si Morin repartait avec le prisonnier, tout serait fini, et tout aurait été inutile, car non seulement le monstre ne serait pas mort, mais Bruno n'aurait pas atteint le stade de la satisfaction, il ne serait pas monté jusqu'en haut de l'échelle ! Il ne s'en serait même pas vraiment approché ! Tout aurait été un échec, de A à Z ! Un gâchis inutile !

Pas question ! Le monstre était à lui et il n'avait pas fini ! *Le monstre lui appartenait !*

Il tira.

La balle passa si loin de Morin qu'elle ne toucha même pas le chalet. Néanmoins, la détonation fit littéralement bondir le *jobbeux* au bas des marches. Il eut juste le temps de tourner un visage ahuri vers le médecin que celui-ci, en poussant un cri de rage, tirait un second coup de feu. Cette fois, la balle percuta la façade de la maison, tout près de la tête de Morin qui, affolé, se jeta à plat ventre dans une mare de boue, les mains sur le crâne.

Bruno se leva et marcha d'un pas terrible vers l'autre, le pistolet tendu. Incrédule, Morin s'était retourné sur le dos et levait ses mains sales pour se protéger. Mais Bruno, la mâchoire serrée, ne voyait plus en Morin qu'un obstacle dénué de réelle personnalité, qui risquait de tout compromettre et qu'il fallait absolument *éliminer*... Son doigt était sur le point d'appuyer sur la détente une troisième fois...

... lorsque soudain, un grondement passa dans l'air. Bruno crut que c'était le tonnerre, mais lorsque le son se fit réentendre, il perçut sans l'ombre d'un doute le grognement d'un chien sur le point d'attaquer. Il lança des regards fiévreux autour de lui. Encore ce chien, encore, encore et toujours !

Sans réfléchir, il poussa un cri et tira un coup de feu vers le bois.

Le grognement se tut.

Bruno se tourna de nouveau vers Morin, l'arme brandie, mais parut soudain hébété, comme s'il le voyait pour la première fois. Toujours dans la boue, le *jobbeux* écarquillait les yeux d'épouvante. Bruno examina alors son revolver d'un œil effaré et, après un moment, l'abaissa vers le sol. Il recula de quelques

pas, regarda autour de lui comme s'il ne reconnaissait
plus les alentours, puis, tout en essuyant du revers de
sa manche son visage dégoulinant de pluie, articula
d'une voix molle :

— À vous de choisir, Morin…

Il marcha vers la galerie d'un pas cassé et monta
péniblement les marches, plus lourd que jamais. Derrière
lui, Morin se relevait, abasourdi et, après une hésitation,
il prit la valise. Bruno, qui ne lui jeta aucun regard,
ouvrit la porte du chalet et entra.

Il enleva son manteau comme si celui-ci pesait une
tonne. Au salon, il déposa le revolver sur la petite table.
Puis, avec une lenteur effrayante, il s'assit dans le fauteuil, déposa ses deux bras sur les accoudoirs et regarda
le mur devant lui.

Il entendit vaguement un bruit de moteur qui démarrait, puis s'éloignait graduellement.

Il se couvrit le visage des deux mains et poussa un
long soupir.

◆

— Tu es prête ? demanda Josée.

Debout au milieu du salon, sa valise à ses pieds,
Sylvie fit des yeux le tour de la pièce, puis répondit que
oui.

— Et tu es sûre de ta décision ? demanda sa sœur.

Ce matin-là, après le départ de Mercure, Sylvie avait
demandé à Josée si elles ne pouvaient pas aller chez
elle, à Sherbrooke, jusqu'à ce que tout soit terminé.

Elle n'en pouvait plus. Elle ne se sentait plus capable
d'attendre la fin de cette tragédie, de *sa* tragédie, dans
cette maison qui lui renvoyait sans cesse ce qu'avait
été leur vie et, donc, ce qu'elle ne serait plus. Elle ne se
sentait plus capable de parler à la police, de repousser
les journalistes qui la harcelaient. Et elle n'aurait pas
la force, lundi, d'assister au dénouement. C'était fini

entre elle et Bruno, elle le savait, alors pourquoi attendre ? Pourquoi rester ?

— Oui, je suis sûre, fit-elle.

Mais elle pensa alors à quelque chose et monta dans la chambre de sa fille. Là, elle prit une photo encadrée de Jasmine sur la commode. Elle la contempla longuement, puis sortit de la pièce, photo en main.

Dehors, la pluie était froide. Les deux sœurs montèrent dans la voiture de Josée ; tandis que le véhicule s'éloignait, Sylvie jeta un ultime regard vers sa maison.

Elle plaqua la photo de sa fille contre son cœur et ferma les yeux.

◆

À TVA, on montrait quelques dizaines de gens manifestant dans une rue achalandée en défiant la pluie, tandis que la voix du journaliste expliquait :

— … les groupes appuyant la cause de Bruno Hamel ont dépassé les limites de Drummondville cet après-midi. On a signalé des manifestations à Victoriaville et à Trois-Rivières, dont chacune comptait pas loin de cent personnes, et même quelques groupes éparpillés à Montréal…

Suivait le témoignage de deux ou trois personnes se disant d'accord avec ce que faisait Bruno… Ce dernier, en écoutant le reportage, prit une gorgée de bière. Il s'était juré de ne pas boire de la journée mais, après le départ de Morin, il en avait trop éprouvé le besoin. De toute façon, il n'en avait pris que deux au cours des dernières heures…

Pas plus que la veille, Bruno n'arrivait à se sentir vraiment content d'être ainsi appuyé par la population, trop troublé par ces images. Comment ces gens pouvaient-ils ainsi parler de quelque chose qu'ils ne connaissaient pas ? Quel était, au fond, le sens de ces manifestations ?

Quel était le sens de tout cela ?

Il se frotta les yeux, soudain las. Pour la première fois, il songea à achever le monstre à l'instant.

Aussitôt qu'il eut cette idée, il la rejeta en tiquant. Mais qu'est-ce qui lui prenait ? Il lui restait deux jours ! Plus la soirée qui commençait à peine ! Deux jours pour se défouler, pour se satisfaire, pour… pour…

Le nom de Mercure, prononcé à la télévision, ramena tout à coup son attention vers l'écran :

— … Hervé Mercure, de Drummondville, qui s'occupe de l'enquête et qui est au bout du fil. Bonjour, sergent-détective Mercure.

— Bonjour.

Bruno reconnut le ton à la fois rauque et doux. Il aurait aimé mettre un visage sur cette voix.

— Alors, toujours pas d'indices sur l'endroit où se trouve Bruno Hamel ?

— Aucun indice…

Bruno eut un vague sourire. Mercure mentait bien. Car, évidemment, en ce moment, la police le cherchait à Longueuil.

— … et c'est pour cette raison que je tenais à profiter de votre bulletin de nouvelles pour implorer une dernière fois monsieur Hamel de se rendre tout de suite, d'arrêter ce projet insensé.

— Vous croyez qu'il nous écoute ?

— Nous avons des raisons de croire qu'il écoute les nouvelles, oui. Alors, monsieur Hamel, si vous m'entendez, je vous en conjure, arrêtez tout.

Bruno émit un ricanement dédaigneux. Est-ce que ce flic espérait vraiment l'ébranler avec cette pathétique supplique ?

— C'est le message que vous vouliez transmettre, inspecteur ?

— Je voulais aussi lui parler du chien.

Le corps entier du médecin se pétrifia.

— Le chien ?

— Oui… Je crois que lui comprendra ce que je veux dire.

Le lecteur de nouvelles lui céda la parole. La voix de Mercure devint alors plus basse, plus grave, mais aussi plus douce :

— Monsieur Hamel, je sais que vous êtes hanté par des grognements de chien, que vous les entendez sans cesse autour de vous, en vous… Je sais que ça commence à vous rendre… disons… très nerveux. Parce que vous ne comprenez pas quel est ce chien qui vous obsède…

Un léger vertige se saisit de Bruno. Mais comment Mercure savait-il cela ? Est-ce que le médecin avait dérapé à ce point lors de ses appels précédents ?

— Mais moi, j'ai compris, monsieur Hamel.

Bruno cessa de respirer.

— Je sais qui est ce chien.

— Maudit menteur ! hurla le médecin en s'avançant brusquement sur le divan.

— Vous pensez peut-être que c'est du bluff, mais je vous jure que c'est vrai. Votre conjointe Sylvie aussi le sait, c'est elle qui nous a mis sur la piste.

Bruno haletait, le visage crispé d'angoisse. À la télévision, le lecteur de nouvelles, malgré son impassibilité professionnelle, semblait un rien déconcerté par le discours étrange du policier.

— Ce chien vous obsède, monsieur Hamel, vous fait perdre le contrôle. Et tant que vous ne saurez pas de quel chien il s'agit, il ne vous lâchera pas.

— Menteur ! Menteur ! T'es rien qu'un criss de menteur, Mercure ! se remit à crier Bruno qui, cette fois, se leva en tendant un doigt rageur vers la télévision.

— Hé bien, voilà, sergent-détective Mercure, j'espère que votre… heu… message est passé.

— Merci de m'avoir accordé ce temps d'antenne.

Bruno éteignit brutalement le téléviseur et se mit à maugréer des phrases inintelligibles. Du bluff ! Tout ce que ce flic voulait, c'était que Bruno le rappelle, pour essayer encore de l'amadouer ! Mercure ne savait rien de ce chien, rien du tout !

Mais Bruno ne se calmait toujours pas...

Il marcha alors vers sa chambre, dans l'intention d'aller enfiler son déguisement, puis s'arrêta brusquement. Bon Dieu ! Il n'allait quand même pas sortir appeler ! Pas encore ! Il poussa un juron en donnant un coup de pied dans la porte de la salle de bain. En écho au fracas produit, il entendit un chien grogner à l'extérieur. Il se jeta sur la porte, l'ouvrit et hurla vers la forêt :

— Ta gueule ! T'entends, saleté de chien ? Ferme ta gueule !

Seul lui répondit le son de la pluie dans la noire forêt. Il rentra et marcha de long en large, tourmenté.

Tant que vous ne saurez pas de quel chien il s'agit, il ne vous lâchera pas.

Finalement, il enfila son déguisement et son manteau. Sur le point de sortir, il eut une idée et alla chercher les jumelles de Josh, qu'il avait découvertes peu de temps avant. Il sortit enfin et monta dans sa voiture, sans cesser de se traiter d'imbécile. Mais il voulait savoir d'où venaient ces grognements de chien, il voulait le savoir *absolument*...

Il roula plus vite que d'habitude et arriva à Charette au bout de douze minutes. Il arrêta sa voiture à l'extrémité de la rue dans laquelle se trouvait le duplex. Au loin, il apercevait la fenêtre de son appartement, illuminée dans la nuit pluvieuse. Il mit les jumelles devant ses yeux et tout l'intérieur de la cuisine lui apparut. Il voyait clairement la porte fermée, le four, le début du salon. Il voyait non seulement son ordinateur, mais son écran sur lequel se poursuivaient deux souris : son écran de veille.

Il semblait n'y avoir personne dans l'appartement. Mais Bruno savait que cela ne voulait rien dire : si la police était là, elle ne se planterait pas devant la fenêtre. Il scruta la cuisine encore un moment, les jumelles plaquées sur les yeux. Aucun mouvement, aucune ombre, rien ne paraissait avoir bougé.

Mercure et son histoire de chien l'obsédaient de plus en plus…

Dix secondes plus tard, il arrêtait sa voiture devant le duplex et, tandis qu'il marchait vers la maison, un homme descendit l'escalier qui menait à l'appartement au-dessus. C'était le même gars que Bruno avait croisé l'autre jour. Le médecin remonta les épaules et enfouit les mains dans ses poches. Mais tandis qu'il passait rapidement devant lui, le locataire lui parla carrément :

— Vous êtes nouveau ici, n'est-ce pas ?

Ne pas lui répondre aurait été trop louche. Bruno s'arrêta donc et, évitant de lui faire complètement face, grommela un « oui » pas très engageant. Le voisin sourit, heureux de jaser un peu : comment trouvait-il la maison ? Agréable, n'est-ce pas ? Le village était pas mal aussi. Tout petit, tranquille, avec la rivière pas loin… Bruno souffrait, répondait par monosyllabes en cherchant un moyen de couper court à cette pénible conversation. Au bout de vingt secondes, il finit par dire d'une voix faible qu'il était pressé, puis monta enfin les marches du balcon sous le regard étonné de l'autre.

Bruno appuya l'oreille contre la porte de son appartement : silence. En retenant son souffle, il pénétra enfin chez lui. Vide. Personne n'était venu.

Rassuré, il alla directement à l'ordinateur, chercha un numéro dans ses poches et, lorsqu'il le trouva, pianota sur son clavier, tout en continuant à se traiter d'idiot.

◆

Assis derrière son bureau, Mercure attendait. Comme le téléjournal passait le samedi à la même heure aux deux chaînes, Radio-Canada devait l'appeler afin qu'il puisse livrer le même petit message qu'à TVA. Hamel écoutait les nouvelles depuis quatre jours, il n'y avait pas de raison que ça change ce soir…

Wagner entra, l'air dubitatif.

— J'ai écouté ton message tout à l'heure, à TVA. J'avoue que j'ai pas très bien saisi cette histoire de chien.

— C'est pas grave. Hamel, s'il a écouté, l'a comprise, lui.

— Et tu penses que c'est ça qui va lui donner envie d'appeler ?

Mercure haussa les épaules, dit qu'il l'espérait. Il demanda si la triangulation était toujours en place et Wagner confirma que oui. Mercure regarda sa montre : dix-huit heures dix-sept. Encore cinq minutes avant que Radio-Canada appelle.

— Quelque chose me chicote, marmonna-t-il. Le dernier appel de Hamel me laisse croire qu'il a un ordinateur avec lui… Qu'est-ce qu'il peut bien faire avec ça ?

Silence, puis :

— Peut-être qu'il nous appelle avec son ordinateur…

— Mais non : il utilise son cellulaire, on en a la preuve ! rétorqua le directeur.

Mercure réfléchissait tellement qu'il en grimaçait inconsciemment. Une idée le frappa soudain :

— À moins que…

Le téléphone de Mercure sonna. Le sergent-détective répondit, mais on ne lui annonça pas Radio-Canada : c'était Hamel sur la trois.

Un long frisson, plutôt agréable, parcourut le corps de Mercure. Bon sang ! cela avait marché ! Et encore plus vite qu'il ne l'aurait cru ! Très excité, il dit qu'il le prenait, puis mit le téléphone sur haut-parleurs. Wagner comprit et commença à desserrer sa cravate.

Mercure regarda sa montre et nota l'heure dans son calepin. Puis, retrouvant son calme habituel, il appuya ensuite sur la ligne trois :

— Bonsoir, monsieur Hamel.

— Dites-moi ce que vous savez sur ce chien !

La voix du médecin ne dénotait plus le contrôle des premiers appels.

— Il y a donc bien un chien qui vous hante, on dirait…

— Répondez-moi, espèce de bluffeur !

— Ce n'était pas du bluff, monsieur Hamel. Je crois vraiment savoir quel est cet animal.

— Allez-y, Mercure, impressionnez-moi !

Hamel jouait les crâneurs, mais le policier sentait sa nervosité. Comme si le médecin, malgré tout, espérait vraiment apprendre quelque chose…

— Vous vous souvenez de Luky, le chien des Cusson ?

Aucune réaction de Hamel. Posément, Mercure poursuivit :

— J'imagine que vous vous souvenez surtout de Denis Bédard en train de tuer le chien. Car vous étiez là, non ?

Toujours le silence. Dans la tête du médecin, le souvenir devait refaire surface peu à peu. Enfin, il s'exclama, avec un mélange de colère et de déception :

— C'est ridicule ! Quel est le rapport ?

— C'est à vous de me le dire.

Hamel se tut de nouveau. Mercure s'humecta les lèvres. Faisait-il fausse route ? Peu importe, au fond… L'important, c'était de localiser l'appel. Il pourrait même raccrocher maintenant, la triangulation était sûrement terminée. Mais tant qu'à avoir Hamel au bout du fil, pourquoi ne pas aller jusqu'au fond de cette histoire ?

— Je vais vous aider un peu, reprit Mercure, de sa voix suave et bienveillante. Vous aviez trouvé cette mise à mort particulièrement horrible, paraît-il. Vous aviez même dit à votre conjointe que vous auriez sûrement fait la même chose, que c'était humain et que c'était justement cela qui vous terrifiait le plus…

La respiration du médecin était-elle un peu plus forte ?

— La violence qui dort dans chaque être humain vous fascine, mais elle vous révulse aussi, n'est-ce pas ? Comme ce taureau, sur le tableau de Picasso…

— Arrêtez de jouer au psychanalyste, Mercure, vous divaguez complètement. Le chien des Cusson est une vieille histoire qui n'a rien à voir avec ce qui m'arrive.

— Alors, quel est ce chien qui vous hante ?

— Je savais que je n'aurais pas dû vous appeler ! Dites-vous bien que c'est la dernière fois que je tombe dans un de vos pièges stupides !

— Vous ne croyez pas que c'est vous qui vous êtes piégé vous-même, depuis le début ?

Déclic : Hamel avait coupé.

— Parfait ! s'écria Wagner en se frappant dans les mains. Les gars de Longueuil vont localiser l'endroit, ils devraient nous appeler dans moins de dix minutes !

Il lança un sourire complice à Mercure :

— Beau travail, Hervé…

Mercure eut un petit sourire, mais moins enthousiaste que celui de son supérieur. Le téléphone sonna : c'était Radio-Canada, mais Mercure expliqua que ce n'était plus nécessaire.

Devant l'air songeur de Mercure, Wagner lui demanda à quoi il pensait.

— Je me demande si j'ai visé juste, avec cette histoire de chien…

Wagner dit que cela n'avait aucune importance, puisqu'ils allaient lui mettre la main dessus d'ici une demi-heure, au maximum ! Il parcourait le bureau en ricanant de contentement.

— J'ai vraiment cru, à un moment, qu'on ne le trouverait jamais !

Mercure ne disait rien, fixant toujours le téléphone. Il n'arrêtait pas de penser à cet ordinateur… mais, surtout, au pressentiment qu'il avait eu, quelques secondes avant l'appel de Hamel, et qu'il n'osait partager avec Wagner…

◆

Sur le chemin du retour, Bruno croisa quelques voitures, mais les vit à peine. Car malgré lui, malgré sa colère consécutive à ce stupide coup de téléphone, sa pensée se tournait vers le passé… Trois ans plus tôt, pour être précis…

Il était en train de repeindre la galerie, en plein mois de juin, lorsqu'il avait entendu les hurlements et les pleurs. Il s'était retourné juste à temps pour voir le petit Frédéric Bédard passer en courant dans la rue… juste à temps aussi pour voir que son visage n'était plus qu'une bouillie sanglante.

En tant que médecin, il n'avait pas hésité : moins d'une minute plus tard, il entrait chez les Bédard et se retrouvait en pleine tourmente. Louise était au téléphone et implorait le 9-1-1 d'envoyer une ambulance, tandis que Denis tenait son fils en larmes dans ses bras et n'arrêtait pas de lui répéter : « Qui t'a fait ça, Fred, qui t'a fait ça ? » On avait étendu l'enfant hurlant de souffrance sur le divan, Bruno avait nettoyé le sang sur le visage, examiné les blessures et, le cœur brisé, avait marmonné :

— C'est un chien, Denis…

Le père avait écarquillé les yeux, incrédule. Presque aussitôt après, les ambulanciers faisaient irruption dans la maison et transportaient le petit. La mère les avait suivis.

Mais pas Denis.

Silencieux, il avait ouvert un placard et en avait sorti une batte de baseball. Il n'y avait qu'un seul chien assez gros dans cette rue pour infliger de telles blessures, les deux hommes le savaient. Sans un regard pour son voisin, Denis avait marché vers la porte et était sorti. Bruno s'était retrouvé dehors à son tour et l'avait rattrapé dans la rue. Il lui avait mis une main sur l'épaule, en lui demandant ce qu'il avait l'intention de faire. Denis s'était retourné brusquement et le médecin n'avait

tout simplement pas reconnu son voisin. Le visage de
ce dernier était écarlate, ses traits tellement durs et
tendus qu'ils se fissuraient presque… mais c'était surtout ses yeux. Bruno avait l'impression qu'ils avaient
changé de couleur. Comme s'il y avait un filtre devant
ses prunelles…

Un filtre…

Et ce qu'avait vu Bruno dans ce regard était si
effrayant qu'il avait lâché le bras de Bédard et avait
reculé de quelques pas.

Denis s'était remis en marche. D'autres voisins
étaient sortis et le regardaient, indécis. Un homme était
alors venu à sa rencontre en courant : Gilles Cusson,
le propriétaire de Luky. Il était désemparé.

— Denis, je… Mon Dieu, c'est effroyable ! Je viens
de… d'apprendre ce qui… Et ton fils, est-ce qu'il est…

Denis l'avait violemment repoussé pour poursuivre
son chemin, le pas rapide mais tellement lourd. Gilles
avait voulu le rattraper, mais Bruno l'avait retenu en lui
disant :

— Laisse-le, Gilles, sinon c'est toi qu'il va frapper !

— Mais… mais mon chien, il…

— Oublie ton chien.

Bruno s'était remis à suivre Denis. Il ne voulait pas
l'empêcher de tuer le chien, mais il voulait s'assurer
que Denis ne ferait rien de compromettant…

… et peut-être, aussi, voulait-il voir…

Il n'était pas le seul : quatre autres voisins s'étaient
joints à eux, mal à l'aise et pourtant curieux. Certains
avaient interpellé Denis timidement, mais celui-ci ne
s'était pas retourné une seule fois.

Puis, Luky était apparu. Sur la pelouse, il regardait le
père de sa victime approcher et il grognait, vraiment
menaçant. Bruno ne l'avait jamais vu ainsi. Luky était
vraiment un gros danois, mais c'était aussi un si gentil
toutou… À ce moment-là, il ressemblait pourtant à un
véritable tueur. Ses yeux étaient des boulets de canon
et la bave coulant de sa gueule révélait qu'il avait

contracté la rage. Tendu, il était sur le point de bondir et son grognement évoquait plus le loup-garou que le chien. Bruno ne s'en serait pas approché pour tout l'or du monde. Lui et les autres voisins s'étaient arrêtés au milieu de la rue, impressionnés.

Mais Denis n'avait même pas ralenti le pas. En mettant le pied sur la pelouse, il avait brandi la batte et Luky avait sauté au même moment, en poussant un épouvantable rugissement. Mais sa course avait été stoppée net par la batte qui avait fracassé sa mâchoire avec un bruit sec. Bruno se rappelait s'être dit à ce moment-là : « Excellent coup, mon Denis ! » et franchement, la vue du chien étendu sur le côté avec sa mâchoire brisée ne lui avait inspiré aucune pitié. Luky avait poussé des petits grognements qui ne semblaient pas synchronisés avec les mouvements incongrus de sa gueule disloquée. Il était même sur le point de se relever lorsque Denis lui avait donné un second coup sur les pattes de devant. Le grognement était devenu hurlement et la bête était retombée sur le flanc.

— Allez, Denis, tue-la, cette sale bête enragée ! avait crié Pierrette, qui se trouvait parmi les témoins.

Denis avait continué à s'acharner sur les pattes, postérieures et antérieures, faisant hurler Luky à chaque coup, et Bruno avait alors compris : il ne voulait pas achever le chien tout de suite. Il voulait le faire durer.

Le faire souffrir.

Mais Bruno n'avait pas senti l'horreur tout de suite, plutôt un vague malaise qu'il ne définissait pas claire-ment. Puis, Gilles s'était élancé vers Denis en lui criant d'arrêter ça, mais ce dernier avait alors donné un coup de batte latéral, à l'aveuglette, qui avait atteint Gilles à l'estomac. Ce dernier s'était écroulé sur le sol, le souffle coupé. Claude, un autre voisin présent, avait bredouillé :

— Voyons, Denis…

Mais il n'avait pas insisté. En fait, plus personne n'avait parlé.

Dans sa voiture, le médecin se mit à serrer son volant avec plus de force, sans s'en rendre compte, ses yeux dilatés fixés sur la route devant lui. La vitesse de la voiture baissait graduellement.

Sans un regard pour Gilles qui reprenait péniblement son souffle, Denis s'était remis à frapper, cette fois les flancs de l'animal. Les bruits étaient devenus moins cassants, plus flasques, et les cris de Luky s'étaient mués en gémissements plaintifs. Plus de rage dans les yeux du chien, maintenant; seulement une immense détresse, tandis que ses mâchoires continuaient de s'ouvrir et de se refermer tout de travers. À un moment, un flot de sang était sorti de sa gueule, puis un autre. On entendait des os casser, des organes internes s'écrabouiller; les premières ouvertures étaient apparues dans le flanc. Gilles s'était relevé et, en sanglotant, était rentré se réfugier dans sa maison.

Et ni Bruno ni aucun autre voisin ne bougeaient, tétanisés. Si Bruno était sidéré par la vue du chien se faisant ainsi massacrer, il l'était tout autant par le visage de Denis: un bloc de ciment terrible, qu'aucun outil n'aurait pu entamer, avec des yeux transformés en gouffres qui regardaient leur proie avec un glacial détachement.

Les gémissements de Luky étaient alors devenus intolérables et Bruno avait dû faire un effort pour ne pas se boucher les oreilles. La bête torturée, gisant maintenant dans ses tripes éparpillées, avait réussi à tourner une gueule agonisante vers son tortionnaire, et aussitôt Denis s'en était pris à cette tête. Les bruits étaient devenus fracassants, comme si on faisait éclater des poteries en terre cuite, et les gémissements s'étaient transformés en gargouillements encore vaguement canins. Alors l'horreur était enfin apparue. Tous les témoins l'avaient ressentie, y compris Pierrette qui s'était mis les deux mains devant la bouche, les yeux écarquillés d'effroi. Un autre voisin présent, Jacques, avait tourné les talons pour fuir et, en pleine course, s'était mis à vomir.

Quant à Bruno, tout avait graduellement disparu autour de lui : les témoins, les maisons, la rue… Il n'y avait que noirceur, et au centre de cet abîme, surexposé sous un éclairage rouge, se tenait Denis qui frappait Luky. Ce qui restait de Luky. Car le chien était mort, c'était clair. Et pourtant, Denis avait continué à frapper durant deux, trois minutes, peut-être plus. Silence des témoins, silence du chien mort, silence complet dans la rue, à l'exception des coups de la batte qui s'acharnait sur la carcasse difforme et sanglante… coups devenus mats, vides, sans résonance…

… et le son de ces coups avait martelé cruellement l'âme de Bruno…

Le médecin arrêta sa voiture sur le bord du chemin. Lui qui n'avait pas repensé à cette histoire depuis longtemps, voilà que tout à coup elle l'habitait tellement qu'il ne pouvait plus rattraper le présent.

Il se passa les mains sur le visage. Attendre… Attendre que ces images passent, puis s'évaporent… Mais elles ne s'estompaient pas, elles continuaient, défilaient jusqu'au bout…

Denis avait fini par s'arrêter. Au dernier coup, il était demeuré courbé par en avant, le souffle court, la batte toujours contre le cadavre disloqué, puis il s'était redressé très lentement. Bruno se rappelait très bien avoir remercié Dieu que le carnage ait pris fin. Toujours la batte dans sa main droite, Denis recula, sans quitter Luky des yeux. Puis, il s'était retourné et avait dévisagé un à un les quatre témoins restants. Quand son regard s'était posé sur Bruno, celui-ci avait littéralement frissonné. Dans les yeux de Denis, le médecin ne discernait plus ni haine ni fureur, mais plutôt une sorte d'égarement total, comme chez un homme qui aurait dormi des siècles pour se réveiller dans un décor qu'il n'arrivait pas à comprendre.

Et de toute la scène, ce regard égaré fut pour Bruno le moment le plus terrifiant.

Toujours dans le plus grand silence, Denis s'était mis en marche et tous s'étaient écartés de lui, comme s'il avait la lèpre. Il avait atteint la rue et s'était dirigé vers sa maison, la démarche mécanique et pourtant zigzagante, comme un automate ivre. Au bout d'une dizaine de pas, la batte avait glissé de ses doigts et était tombée sur l'asphalte avec un bruit incongru. Un peu plus loin encore, Denis avait trébuché, son genou gauche avait même touché le sol, mais il avait réussi à se redresser pour poursuivre son chemin, sans se retourner une seule fois.

Ce n'est que lorsqu'ils l'avaient vu, au loin, entrer chez lui que Bruno et les autres témoins s'étaient enfin regardés, atterrés, bouleversés. Pierrette pleurait doucement, en se frottant les paumes nerveusement.

Bruno n'avait plus jeté un seul coup d'œil vers le chien. Et il aurait donné sa main à couper que les trois autres avaient sciemment évité de le regarder aussi. Ils étaient tous retournés dans leur maison sans échanger la moindre parole.

En suivant Denis, tous s'étaient attendus à voir un chien se faire tuer. Personne ne s'était attendu à *ça*.

Bruno n'avait presque pas dormi de la nuit. Et ses courts moments de sommeil avaient été hantés de grognements de chien, de gémissements canins et de bruits de coups mats et vides...

Derrière le volant, Bruno soupira en fermant les yeux.

Durant les jours qui avaient suivi, on n'avait pas vu Denis sortir de chez lui une seule fois. Quand Bruno croisait un des voisins qui avaient assisté à la boucherie, ils se saluaient, bavardaient un peu, mais se gardaient toujours de parler de *ça*.

Bruno avait fini, au bout de quelques jours, par prendre son courage à deux mains et était allé rendre visite à Denis chez lui. Ce dernier était seul à la maison

et il montait une bibliothèque au salon. La chaîne
stéréo jouait un disque compact de Beau Dommage, le
volume était très élevé. Mal à l'aise, Bruno lui avait
demandé comment s'en tirait son fils. Sans cesser de
travailler, Denis avait répondu qu'il était hors de danger,
mais qu'il garderait de profondes cicatrices sur son
visage. Il parlait calmement, poliment, mais Bruno le
sentait absent. Et cette musique trop forte rendait la
scène tellement bizarre…

— Et Louise ? avait demandé le médecin.

— Pas trop mal. Elle a encore des moments de
grande détresse, mais elle est si contente que Frédéric
soit vivant… Elle s'en remet assez bien…

Denis avait fait glisser une étagère sur les deux
supports, avait soudain arrêté son geste puis, les yeux
baissés, avait ajouté :

— Mieux que moi, en tout cas…

Michel Rivard s'époumonait sur *Ginette,* ce qui avait
semblé le comble du grotesque à Bruno. Toujours mal
à l'aise, il avait demandé à Denis ce qu'il voulait dire.

— Tu sais ce que j'entends toute la journée, Bruno ?

Le médecin avait secoué la tête.

— L'écho des coups.

— Quels coups ?

— Les coups que je donnais à la fin sur le chien,
répondit Denis d'une voix un peu plus animée. Ces
coups que je continuais à asséner même si je savais
que Luky était mort, ces coups que je répétais sans cesse
parce que j'aurais voulu qu'ils fassent gicler plus de
sang, qu'ils provoquent d'autres cris, d'autres hurlements encore plus effrayants, plus douloureux ! Parce
que j'aurais voulu le tuer encore cinq, dix, cent fois ! Et
plus je frappais, plus le son de ces coups retentissait
dans ma tête ! Surtout l'écho…

Bruno aussi se rappelait très bien ces sons : mats et
vides. Il avait bredouillé bêtement :

— Il n'y avait pas d'écho, Denis…

— Ho oui, il y en avait ! J'étais peut-être le seul à l'entendre, mais il y en avait ! Un écho effroyable parce que, justement, c'est tout ce que produisaient mes coups. Et c'est pour ça que j'ai fini par arrêter de frapper : pas parce que je le voulais, mais parce que l'écho dans ma tête était devenu insupportable ! Et il l'est encore ! J'ai beau mettre de la musique toute la journée dans la maison, je l'entends toujours ! Il est dans mon crâne et j'ai l'impression…

Il s'était mordu les lèvres et, la voix cassée, avait ajouté :

— … j'ai l'impression que c'est tout ce qu'il me reste de *ça,* de ce que j'ai fait : l'écho des coups. Un écho vide et sans fin.

Derrière son volant, Bruno ouvrit les yeux. L'obscurité profonde entourait sa voiture, la pluie produisait un pianotement désordonné sur le capot.

Comment, après trois ans, réussissait-il à se souvenir de chaque détail avec une telle précision, une telle clarté ?

Quelques semaines plus tard, il avait croisé Denis en ville, avec son pauvre fils défiguré. Ils avaient parlé de tout et de rien ; Denis semblait aller vraiment mieux, même s'il y avait toujours ce filtre devant ses yeux. À un moment, Bruno avait osé demander, très sérieusement :

— Et l'écho ?

Denis avait eu un petit sourire entendu, vaguement amer.

— Maintenant, ça ressemble plus à l'écho de l'écho. C'est beaucoup moins pire… mais c'est tout de même présent…

Bruno n'y avait jamais plus repensé par la suite mais maintenant, derrière son volant, les yeux fixés sur le rideau de pluie devant lui, il se demandait si Denis entendait encore cet écho.

À l'époque, cette histoire avait vraiment secoué Bruno. Quand il l'avait racontée à certains amis, ceux-ci avaient ri en disant que ce n'était qu'un chien, et un chien enragé en plus… Ils avaient raison, mais cela n'atténuait pas l'horreur.

Puis il avait fini par ne plus y penser, évidemment.

Alors pourquoi trois ans plus tard, et à ce moment précis, cette histoire reviendrait-elle le hanter ? Les gémissements et les grognements de chien qu'il entendait seraient ceux de Luky ? Bon Dieu ! mais pourquoi ? Quel rapport ?

Dans son rétroviseur, il vit des phares, loin derrière lui. Par prudence, il démarra rapidement.

Non, cela n'avait rien à voir. Mercure s'égarait complètement. Ou il essayait d'ébranler Bruno psychologiquement.

Et il réussit, non ?

Il chassa cette vieille histoire de ses pensées. Il regrettait d'être sorti pour ça, c'était vraiment idiot ! Il aurait dû écouter sa première idée et rester au chalet !

Il se concentra donc sur ce qu'il ferait au monstre tout à l'heure. Car ce soir, il devait absolument grimper un échelon…

De sa main libre, il tâta le ruban bleu dans sa poche.

◆

— Parfait ! Vous y allez immédiatement et vous fouillez partout ! J'ai réussi à dénicher un mandat, gênez-vous pas ! Vous me rappelez aussitôt que vous avez mis la main dessus !

Wagner raccrocha et se frotta les mains. Mercure, Cabana et Ruel attendaient des explications. Le directeur annonça que la triangulation avait fonctionné à merveille : on avait repéré un immeuble de douze appartements.

— Hamel se trouve dans un de ces logements. Aussitôt qu'ils l'ont trouvé, ils nous rappellent. Disons dans une quinzaine de minutes, au plus !

Il toisa Mercure un moment.

— Tu sautes pas de joie vraiment, Hervé…

Les agents de Drummondville étaient habitués à la sobriété émotionnelle du sergent-détective, mais Wagner trouvait qu'il avait l'air carrément tracassé. En effet, Mercure, assis sur une chaise, se frottait doucement la joue en secouant la tête avec scepticisme.

— Il ne sera pas là, dit-il enfin.

— Qu'est-ce que tu racontes là ?

Mercure soupira. Voilà, il l'avait dit. Et le simple fait d'exprimer ses doutes à voix haute les transforma automatiquement en certitudes.

— Hamel nous a menés en bateau…

◆

Bolduc, Pleau ainsi que deux autres agents de Longueuil se tenaient dans le salon et regardaient autour d'eux d'un air perplexe. Pourtant, la triangulation avait bel et bien détecté cet immeuble. De plus, cet appartement était le seul qui avait été loué au cours des deux dernières semaines et qui était habité par un homme seul, selon le proprio.

Bolduc se rappelait très bien avoir visité ce logement, deux jours auparavant. Il n'avait rien trouvé à ce moment-là, pourquoi serait-ce différent aujourd'hui ?

— Fouillez les autres appartements ! ordonna-t-il. Demandez aux gars, dehors, de vous aider ! Entrez de force dans ceux dont les locataires sont absents ! Il est ici, c'est sûr ! Pis en douceur : on doit le prendre par surprise !

Les trois policiers sortirent. Déboussolé, Bolduc déplaça ses cent dix kilos d'une pièce à l'autre. Les mêmes vestiges de repas que la dernière fois, le même lit défait, le même livre ouvert au salon… Comme deux jours auparavant. Pareil. *Trop* pareil, justement…

Il devait appeler Mercure.

Il trouva le téléphone : pas de tonalité. Il remarqua que l'appareil n'était pas branché. Par contre, de la prise téléphonique du mur partait un autre fil, qui disparaissait derrière le divan. Et d'une prise électrique partait aussi un fil, qui suivait le même chemin.

Sans hésiter, Bolduc repoussa le meuble d'une seule main, sous l'œil intrigué de Pleau et d'un autre agent qui étaient de retour. Un ordinateur portatif apparut, déposé sur le sol. À ses côtés se trouvait un téléphone cellulaire, branché sur l'ordinateur. Sur l'écran, des poissons nageaient paresseusement sur un fond noir. Bolduc fixait stupidement les deux appareils, la tête penchée sur le côté.

— Qu'est-ce que c'est que ça ? demanda l'agent de Longueuil en se penchant vers l'ordinateur.

Et il appuya sur la barre d'espacement du clavier, dans l'intention de faire disparaître l'écran de veille. Pleau, qui avait déjà compris, voulut lui crier de ne pas y toucher, mais trop tard. Non seulement les poissons se volatilisèrent, mais l'ordinateur s'éteignit carrément, après avoir émis un grincement peu rassurant.

Bolduc se frotta le front en grommelant un « *shit !* » rageur. Puis, avec l'air d'un condamné qui marche à la guillotine, Pleau brancha le téléphone et composa un numéro.

◆

— Je suis pas un crack en informatique, mais c'est pas dur à comprendre. Il est ailleurs, avec un autre ordinateur. Il se branche sur Internet et entre en communication avec l'ordinateur ici, lui-même sur le net et branché sur le cellulaire. À distance, Hamel allume son cell, compose un numéro et parle à distance… C'est pour ça qu'on a localisé une cellule de Longueuil… Le cellulaire est ici, mais… pas Hamel.

Le combiné contre l'oreille, Mercure hocha la tête, l'air plus fatigué que découragé. Le découragement, c'était le rayon de Wagner qui, debout à l'écart, se frottait furieusement le cou des deux mains. Les autres agents dans la salle écoutaient la discussion grâce aux haut-

parleurs et se taisaient, penauds. Bolduc, à l'autre bout
du fil, se taisait aussi, attendant la suite.

Hamel avait pris, quelque part, un abonnement à
Internet. Deux, en fait. Un à Longueuil, l'autre… ailleurs.
Lorsque Mercure avait vérifié les dépenses récentes du
médecin à l'aide de sa carte de crédit, en début de semaine, aucune transaction de ce genre n'était apparue.
Hamel avait donc ajouté deux abonnements sur le
serveur qu'il utilisait déjà chez lui. Mais quel était ce
serveur? Bell-Sympatico? Non, Mercure s'en serait
déjà rendu compte en vérifiant les appels de son cellulaire… Globetrotter?… Vidéotron?… AOL?…

— Quel est le serveur utilisé? demanda le policier.

— On le sait pas, l'ordinateur est fermé et on est pas
capables de le rallumer, fit Bolduc. Mais le spécialiste
en informatique du poste de Longueuil va être ici
d'une minute à l'autre. En tout cas, c'est un ordinateur
que Hamel venait d'acheter, les collants du magasin
sont encore dessus…

— Rappelez aussitôt que l'ordinateur est ouvert.

Il raccrocha. C'était le signal qu'attendait Wagner
pour exploser. C'était pas croyable, se faire fourrer
comme ça! Dire qu'ils fouillaient Longueuil comme
des cons depuis cinq jours! Ah! Il devait bien rire,
Hamel, dans son trou, à s'imaginer la gueule ahurie
des flics qui le cherchaient au mauvais endroit!

Pendant ce temps, Mercure essayait de joindre
Sylvie Jutras pour lui demander quel serveur ils utili-
saient, elle et son conjoint, à la maison, mais personne
ne répondait. Il raccrocha et, les bras croisés, garda le
silence, tandis que Wagner s'époumonait toujours. De
nouveau, le sergent-détective était frappé, terrifié par
la minutie de l'opération, par toutes les précautions
qu'avait prises le médecin, par l'ampleur des prépara-
tions.

La haine était donc une force si puissante pour
amener un homme à imaginer un plan si parfait?

Mais trop de puissance pouvait détruire… C'est pour cela que Mercure avait finalement opté pour autre chose que la haine, lors de la mort de sa femme…

Mais était-il plus en paix pour autant ?

— Il est peut-être même aux États-Unis ! se défoulait Wagner, dont les deux premiers boutons de chemise étaient carrément détachés.

Mercure continuait à réfléchir, entendant à peine son supérieur. C'est la haine qui avait donné la force à Hamel de préparer si minutieusement son plan, mais c'est aussi la haine qui risquait de le perdre… Il était dans un train qui roulait à trois cents kilomètres à l'heure. S'il ne ralentissait pas bientôt, il irait s'écraser contre une montagne… et Mercure ne servirait qu'à ramasser les morceaux.

Le sergent-détective repensa à la conversation qu'il avait eue plus tôt avec le médecin. À cette histoire de chien… Il avait senti Hamel ébranlé malgré son ton arrogant. Mercure avait-il réussi à ralentir le train fou ? ou du moins à semer quelque chose qui germerait au cours des deux prochaines journées et bousillerait le moteur ? Il l'espérait, mais il était loin d'en être sûr…

Wagner était maintenant vidé et, dans un souffle, il proposa enfin quelque chose de constructif :

— En attendant que leur spécialiste en informatique nous rappelle, on pourrait commencer, de notre bord, à appeler les serveurs…

Le téléphone sonna à ce moment précis et Mercure répondit. C'était la spécialiste en informatique, une dénommée Massicotte. Elle avait réussi à rouvrir l'ordinateur sans problème : le système de protection mis en place par Hamel était, selon elle, assez simpliste. Elle nomma le serveur utilisé par l'ordinateur, Globetrotter, et Mercure la remercia. Tandis que Ruel appelait chez Globetrotter, Wagner se frotta les mains de contentement.

— Hé ben ! Il est pas si génial, finalement, le docteur ! Il avait pas pensé qu'en trouvant l'ordinateur de Longueuil, on remonterait jusqu'à la source !

Mais son air ravi oscilla légèrement et fit place au doute. D'une voix dubitative, il demanda à Mercure :

— Tu crois qu'il y a pensé ?

Le silence du sergent-détective suffit à décourager Wagner.

Moins de cinq minutes après, Ruel raccrocha.

— Hamel a effectivement ajouté deux adresses à son abonnement chez Globetrotter. Une à Longueuil et l'autre à Charette. J'ai l'adresse complète.

Tout le monde se regarda.

— Quelqu'un sait où c'est, Charette ? demanda piteusement Ruel.

Cabana, qui n'avait pas dit un mot depuis un moment, alla à un ordinateur, se brancha sur Internet et trouva rapidement.

— C'est en Mauricie. Un tout petit village, à une trentaine de kilomètres de Trois-Rivières.

— Pas de police là-bas, c'est trop petit, fit Mercure. Il va falloir qu'on trouve le poste de la SQ le plus proche…

Avant même que le sergent-détective ait terminé sa phrase, Wagner sautait sur le téléphone.

◆

Quand Bruno entra dans le chalet, la première chose qu'il fit, après s'être débarrassé de son déguisement, fut de marcher vers le réfrigérateur. Allons, juste une autre petite bière ! Ce ne serait que sa troisième de la journée, c'était vraiment peu ! Il se rendit au salon en s'obligeant à ne prendre que de petites gorgées. Voilà, il était raisonnable. Ainsi, il se contrôlerait parfaitement tout à l'heure.

Son regard tomba sur la télévision, toujours ouverte à TVA. Les nouvelles étaient terminées, mais il devait y avoir une émission spéciale sur son « cas », car une voix expliquait :

— ... pas seulement des manifestations qui approuvent la conduite de Bruno Hamel, mais aussi des manifestations qui la dénoncent.

Avec ahurissement, debout au milieu du salon, Bruno vit défiler des images de manifestations « contre-Hamel », et ce, dans différentes villes.

— Je peux comprendre les raisons de Bruno Hamel, expliquait un manifestant d'une trentaine d'années dont le chandail portait l'effigie du « peace and love ». Mais je peux pas les accepter. Il fait ça à titre personnel pis la justice, c'est pas une affaire personnelle, c'est une affaire de société.

Bruno serra les dents. C'est sa fille qu'on avait détruite, pas celle de la société! Alors, oui, c'était une vengeance personnelle! Et il l'assumait parfaitement!

Mais, en même temps, ces images l'obligeaient à constater que ça allait plus loin; son action, toute personnelle fût-elle, avait tout à coup une portée sociale. Sauf qu'il ne pouvait maîtriser cette portée, et c'est bien ce qui l'enrageait le plus. Si son acte devait avoir une portée sociale, il voulait l'expliquer lui-même publiquement, en démontrer le sens; ainsi, tous ces gens qui le dénonçaient ne pourraient qu'être d'accord avec lui!

Et quel était-il, justement, ce sens?

Il poussa soudain un soupir contrarié et prit une gorgée de sa bière. Au diable ces considérations sociologiques! Qu'est-ce qui lui prenait, tout à coup, de vouloir se donner des airs de porte-étendard? Il n'avait jamais voulu ça! Il voulait juste venger sa fille, venger sa mort, libérer toute cette haine qui le grugeait, qui jetait son cœur dans un abîme insondable, point final!

Point final!

À la télévision, l'animatrice de l'émission spéciale apparut, entourée de gens assis et très graves:

— Je vous présente maintenant mes invités qui sont des spécialistes du...

Bruno s'empressa de fermer la télévision. Des spécialistes, maintenant ! Et puis quoi encore ? Allait-il devenir un cas d'étude dans les universités ? Il émit un ricanement.

Un ricanement sans joie, amer.

Il demeura immobile quelques secondes, puis brusquement se dirigea vers la chambre du monstre.

En entrant dans la pièce, il se rendit à ses trousses médicales, en sortit un scalpel et, dédaignant masque, gants et stérilisation, marcha vers la table. Le monstre dormait, toujours attaché, le tube de soluté dans le bras. Lorsque Bruno lui saisit le menton, il se réveilla en sursautant. Pendant une ou deux secondes, il eut ce même air de zombie débranché de la réalité, mais lorsqu'il vit le scalpel tout près de son visage, le même rituel recommença : la peur, les supplications, les lamentations… De sa voix étrangement enfantine, il appelait Bruno le Diable, lui disait qu'il ne voulait pas rester en enfer pour l'éternité…

Imperturbable, Bruno descend lentement le scalpel vers l'œil droit, et le monstre, tout en continuant ses implorations, secoue la tête en tous sens. Bruno a beau la lui maintenir de toutes ses forces de sa main libre, l'autre déploie une énergie insoupçonnée pour un homme en si piteux état. Le médecin, grimaçant sous l'effort, tente quand même une première perforation, mais la tête bouge trop et la lame, au lieu de s'enfoncer, lacère la paupière qui se met à saigner.

— *Tuez-moi ! Par pitié, arrêtez de me faire mal pis tuez-moi !*

Bruno devrait ressentir une joie délicieuse à entendre ces mots, mais le monstre le dégoûte trop tout à coup. Mais évidemment qu'il le dégoûte ! C'est pour ça qu'il veut le torturer, non ? Alors, vas-y ! Crève-lui les yeux, à ce fumier qui a tué et violé ta petite fille ! Crève-lui les yeux et laisse ton dégoût se transformer en satisfaction ! En satisfaction ! *En satisfaction, ciboire !*

Et tandis qu'il vise l'œil à nouveau, essayant tant
bien que mal d'immobiliser cette tête hystérique, les
hurlements se transforment graduellement en cris ani-
maux… en hurlements de chien…

Pas encore ! Non, non, *pas encore !*

Il brandit son scalpel bien haut, comme pour frapper
au hasard, lorsqu'un léger mouvement sur sa droite lui
fait tourner la tête.

Dans l'embrasure de la porte, il a juste le temps de
voir disparaître une silhouette. Il entrevoit même une
robe déchirée, une mèche de cheveux… et du rouge,
trop de rouge…

Une fulgurante seconde de stupéfaction totale, puis
il se rue vers la porte, court jusqu'au salon. Il n'y a
personne. Pas de silhouette. Pas de robe.

De sa main qui tenait toujours le scalpel, il frotta son
front couvert de sueur. Les cris du monstre se frayèrent
de nouveau un chemin jusqu'à lui… mais cette fois, il
y avait des mots… des phrases…

— *J'ai violé d'autres enfants !… Je l'avoue, j'ai
violé pis tué d'autres petites filles !…*

En courant, Bruno retourna dans la pièce. Le monstre,
pleurant des larmes et du sang, articulait entre ses sanglots :

— Je… je suis prêt à tout confesser… Je suis en
enfer pour expier, alors je vais… je vais tout confesser…
Je vais vous donner leurs noms, je vais tout avouer…
Mais promettez-moi… promettez-moi de me laisser
mourir tranquille, après…

Sur le coup, Bruno pensa à le faire taire d'un coup
de poing : il ne voulait rien savoir de lui, aucun renseignement sur son passé ! Mais tout à coup, il réfléchit. Il
repensa à ces images vues à la télé, à ces manifestations
pour ou contre lui…

Il retourna au salon et chercha fébrilement du papier
et un crayon. Il en trouva sur la petite table du téléphone
puis revint dans la chambre. Là, il se planta devant le
monstre, papier en main, prêt à écrire tel un secrétaire

attendant la dictée de son patron. Le supplicié parut ne pas comprendre pendant quelques secondes, puis une lueur traversa son regard.

— Vous… vous allez me laisser sortir de l'enfer, ensuite ?

Bruno ne répondit rien, ne bougea pas, mais regarda son prisonnier d'un air menaçant. Alors, avec une voix sanglotante, mélange d'espoir et de peur, le monstre donna le nom de trois fillettes, précisa les dates, et finalement nomma deux villes : Joliette pour la première victime, Saint-Hyacinthe pour les deux autres. Bruno écrivait à toute vitesse, serrant le crayon avec tant de force qu'il aurait pu le casser… À chaque nom qu'il transcrivait, le visage d'une petite fille apparaissait sur la feuille. Trois figures anonymes, mais qui arboraient toutes le masque de la peur et de la souffrance, et qui, par conséquent, ressemblaient toutes à Jasmine.

— Je vais… je vais pouvoir quitter l'enfer, hein ? bredouilla le monstre lorsqu'il eut terminé. J'ai payé, maintenant, je peux… je peux aller au paradis ?… Oui ?… Je peux ?…

Lentement, Bruno mit le calepin et le crayon dans sa poche et dévisagea un moment le monstre. Soudain, il saisit le scalpel et le brandit bien haut, prêt à frapper. Le monstre hurla et ferma les yeux, anticipant la nouvelle torture, et à nouveau son cri devint animal, canin. Bruno cherchait un endroit où frapper, l'endroit le plus douloureux. Il hésitait, le scalpel indécis, insatisfait des choix qui s'offraient à lui… Même les yeux ne lui semblaient plus une si bonne idée… Et ces hurlements de chien qui l'exaspéraient ! Alors, avec une grimace de dépit, il frappa complètement au hasard et la lame s'enfonça dans le bras gauche. Il sortit rapidement, laissant le scalpel dans le bras du monstre hurlant.

Il enfila son déguisement et sortit, sentant à peine la pluie froide. Il monta dans sa voiture et démarra.

Il réalisa que c'était la deuxième fois en une heure qu'il allait appeler… mais contrairement à tout à l'heure, cela ne le préoccupa pas, ne le fit même pas hésiter : c'était trop important, cette fois ! Ce serait une vraie bombe !

Tandis qu'il roulait sur le chemin des Pionniers, son visage reflétait une certitude, une assurance inébranlable.

◆

À l'autre bout du fil, l'agent de la SQ expliquait qu'ils venaient d'arriver à l'appartement de Charette : vide, à l'exception d'un ordinateur portatif ouvert et d'un micro.

— Est-ce que c'est possible de laisser deux hommes sur place, au cas où Hamel reviendrait ?... Merci...

Après avoir raccroché, Mercure se tourna vers Wagner.

— Hamel a vraiment tout prévu. Il a commencé par nous mettre sur une fausse piste à Longueuil... Et il a loué cet appartement à Charette au cas où on découvrirait le pot aux roses...

— C'est quand même un bon indice, fit Cabana. S'il utilise cet appartement pour les coups de téléphone, il doit se cacher dans le coin...

— Mais il peut être à deux minutes de Charette comme à une heure ! rétorqua Wagner en soupirant. Comment savoir !

Mercure, qui regardait dans son calepin, marmonna :

— Il y a un moyen...

◆

Bruno arrêta sa voiture au coin de la rue. À une cinquantaine de mètres devant lui, la silhouette du duplex se dressait dans la nuit. Avec ses jumelles, il regarda vers la fenêtre illuminée. La cuisine apparut à travers les lentilles. Toujours tranquille, toujours manifestement déserte. Son ordinateur était toujours à la même place…

Il se raidit tout à coup.

Sur l'écran de son ordinateur, les deux souris ne se poursuivaient plus. Tout était noir et un curseur clignotait. Son écran de veille n'était plus en fonction. Et il était programmé pour se déclencher après douze minutes d'inactivité.

Quelqu'un venait de toucher à son clavier.

Il abaissa lentement les jumelles en sentant un grand frisson lui parcourir le corps. Puis, il les remit devant ses yeux et examina la rue, en face de l'immeuble. Il y avait deux voitures stationnées. Dans l'une d'elles, Bruno distingua une silhouette derrière le volant. Ses traits étaient camouflés par l'obscurité, mais le médecin voyait bien qu'elle ne faisait rien. Comme si elle attendait quelqu'un. Quelqu'un comme Bruno…

Il s'empressa de faire reculer sa voiture, jusqu'à ne plus voir la maison. Avait-il été répéré ? À cette distance, dans cette obscurité et cette pluie, ce serait étonnant. D'ailleurs, personne ne tournait la rue devant lui, aucune voiture ne se mettait à sa poursuite. Il fit demi-tour puis se remit lentement en route. Il prit deux longues respirations, le corps couvert de sueur.

Ça y était, la police avait découvert la fausse piste de Longueuil et était remontée jusqu'ici. Et tout cela dans la dernière heure ! Bon Dieu ! il l'avait échappé belle…

Pourtant, il voulait absolument donner ce coup de téléphone ce soir. Ce serait le dernier, mais il devait le faire !

Il vit une cabine téléphonique devant un magasin fermé. Il observa les alentours : la rue était parfaitement déserte.

Oui, pourquoi pas ? Même si la police découvrait qu'il avait utilisé cette cabine, cela n'avait plus aucune importance, puisque maintenant Charette avait été ciblée…

Il arrêta sa voiture, courut sous la pluie et s'engouffra dans la cabine téléphonique. Il demanda à la téléphoniste le numéro de TVA, à Montréal. Il composa ensuite le numéro, mais on refusait de lui passer la personne à laquelle il voulait parler. Quand Bruno dit qui il était, il y eut hésitation, perplexité, puis on le mit en attente. Une longue minute passa, il regardait nerveusement vers la rue, mais il n'y avait toujours personne. Enfin, une voix annonça sèchement :

— Monette.

— Je veux parler au directeur des nouvelles.

— Vous lui parlez en personne. Et vous, vous vous faites passer pour Bruno Hamel, c'est bien ça ?

— Je le suis.

— J'ai besoin d'une preuve.

Le directeur des nouvelles tentait de garder une voix froide, vaguement méprisante, mais Bruno sentait l'excitation à l'arrière-plan...

— Je n'ai rien à vous prouver, monsieur Monette. Je vous appelle parce que mon prisonnier...

— Vous parlez de Lem...

— *Ne dites pas son nom !* grogna soudain le médecin.

Monette se tut. Il devait commencer à le prendre au sérieux. Bruno reprit, la voix plus calme :

— Mon prisonnier m'a fait des aveux très intéressants... Il a admis avoir violé et tué trois autres petites filles. Il m'a dit leurs noms. Je peux vous les donner...

Silence à l'autre bout du fil.

— Je me suis dit que ça pourrait faire un très bon reportage, non ? continua Bruno. Vous pourriez même aller annoncer ça aux parents des victimes, recueillir leurs réactions...

— C'est très gros, ce que vous me dites là... Il faut absolument que j'aie une preuve que vous êtes Hamel.

Toujours cette voix distante, mais l'excitation était de plus en plus perceptible. Il voulait *vraiment* que ce soit Hamel...

Bruno réfléchit. Il vit une voiture approcher, puis passer devant lui, mais ce n'était pas la police.

— Parfait. Écoutez-moi. Jusqu'à aujourd'hui, la police m'a cherché à Longueuil. Mais ce soir ils se sont rendu compte que je n'y étais pas. Maintenant, ils vont me chercher dans les environs de Charette, en Mauricie…

— Qui me dit que tout ça est vrai ? Vous pouvez l'inventer…

— Appelez l'inspecteur Mercure à Drummondville.

Le silence, cette fois, fut troublé par un bruit humide. Bruno imaginait Monette s'humectant nerveusement les lèvres, de plus en plus fébrile.

— O.K., donnez-moi ces noms…

Bruno sortit un papier et lut les trois noms, les dates et les deux villes.

— Pourquoi vous faites ça, Hamel ?

Il l'avait appelé par son nom. Cette fois, il y croyait. Bruno se tut un court instant, puis dit sèchement qu'il avait terminé.

— Attendez, une dernière question… Votre prisonnier… Dans quel état il est ?

Le médecin discerna alors une émotion qui le déconcerta : une sorte de fascination morbide, comme si…

Il repensa à la caissière du dépanneur.

Je suis avec vous…

Il raccrocha et sortit rapidement de la cabine. Cette fois, il devait partir et vite. Peut-être que des dizaines de flics avaient commencé à ratisser le coin…

◆

Mercure, les yeux dans son calepin, expliquait lentement, comme s'il effectuait des calculs tout en parlant.

— Mon message à TVA, tout à l'heure, est passé à six heures quatre… Il a duré environ deux minutes, donc il s'est terminé à six heures six… Lorsque Hamel a appelé, il était six heures vingt. L'endroit où il se cache est à quatorze minutes de voiture de l'appartement de Charette...

Il tapota ses lèvres avec le crayon, puis :

— On a une *map* de la Mauricie ?

Cabana en trouva une et on la déplia sur une table.

— Voilà, Charette est ici...

Les quatre hommes formaient un cercle autour de la table. On aurait dit un conseil organisé par des stratèges militaires la veille d'une attaque.

— Regardez, fit Mercure en désignant du doigt la région. À part la 350 et la 351, ce sont toutes des routes de campagne assez sinueuses. Même si Hamel était pressé, il pouvait difficilement rouler plus de cent kilomètres à l'heure sur de telles routes. Bon. Mettons cent en quatorze minutes, il a donc fait...

Il fit un calcul rapide sur une feuille.

— Hamel a parcouru un maximum de vingt-trois kilomètres. Disons vingt-cinq, s'il a utilisé la 350 ou la 351, qui sont plus rapides.

— Hé ! Ça limite nos recherches pas à peu près ! s'écria Ruel, tout content.

— Le problème, c'est que ces vingt-cinq kilomètres peuvent être dans n'importe quelle direction à partir de Charette, précisa Wagner. Et sur chaque route principale, il y a des routes secondaires et...

— Bon. Voyons toutes les possibilités...

Ils se munirent de crayons de couleur, calculèrent l'échelle sur la carte, puis tracèrent toutes les possibilités sur les routes entourant le village. Au bout d'une demi-heure, on pouvait voir sur la carte un point rouge représentant Charette duquel partait une série de ramifications. Le tout ressemblait à l'impact d'une balle dans une vitre de voiture.

— Voilà, fit Mercure. Hamel est caché quelque part sur ces lignes rouges.

— Ou, plutôt, aux extrémités de ces lignes rouges, dit Ruel.

— Pas nécessairement, rétorqua Wagner, agacé que
son agent n'ait pas compris. S'il est parti cinq, six ou
sept minutes après avoir écouté le message à la télé, il
a parcouru une distance moins grande. Il peut être à
vingt-cinq kilomètres de Charette comme il peut être
tout à côté…

Ruel se gratta la tête, les yeux suivant la série de
lignes rouges.

— Ça fait beaucoup de possibilités…

Au moins, ça ne se rendait pas jusqu'à Trois-
Rivières. En fait, ça ne touchait que des villages. Ils
les identifièrent un par un : Charette, puis Saint-Étienne-
des-Grès… Saint-Barnabé… Saint-Mathieu-du-Parc…
Saint-Élie… À mesure que Mercure les nommait,
Wagner les notait sur une feuille.

— Neuf ! soupira le directeur. C'est beaucoup !

Cabana fit remarquer que c'était tout de même plus
précis que de le chercher à Longueuil, blague qui laissa
Wagner de glace.

— Pis c'est pas juste dans les villages qu'il faut
chercher, mais dans tous les recoins autour ! précisa
Ruel. Il y a plein de bois, dans cette région ! Il doit
être caché dans une cabane dans la forêt !

— Une cabane où il peut se rendre en voiture et où
il y a l'électricité, rappela Mercure. J'opterais plus pour
un chalet qu'il aurait loué sous un faux nom et payé
comptant. Il faut demander aux agences de location
s'ils en ont loué au cours des deux dernières semaines.
Mais il ne faut rien négliger, alors interrogeons aussi
les hôtels, les motels, les commerces…

Wagner approuva, lentement gagné par l'optimisme.
Après tout, ils avaient finalement quelque chose, non ?

— Parfait ! lança-t-il à Mercure. J'appelle les gars
de la SQ pour avoir leur collaboration. Je vais leur
envoyer huit de nos agents.

Le téléphone sonna au même moment et Wagner
répondit. Il parut étonné, puis dit à Mercure qu'un
certain Monette voulait lui parler, de TVA. Le sergent-

détective eut un mauvais pressentiment et prit le combiné des mains de Wagner. Un déclic annonça le transfert, puis la voix de Monette, joviale :

— En forme, inspecteur ?

— Qu'est-ce qui me vaut votre appel, monsieur Monette ?

— Maintenant que vous savez que Hamel n'est pas à Longueuil, vous allez le chercher dans le coin de Charette, c'est ça ?

Wagner, qui avait allumé les haut-parleurs, devint blanc comme neige, ce qui, dans son cas, était contre-nature. Mercure fut tellement pris au dépourvu qu'il demeura silencieux deux secondes. Deux secondes qui le trahirent.

— J'ai raison, on dirait, fit Monette en ricanant.

— Qui vous a révélé ces informations ? demanda Mercure d'une voix plus ébranlée qu'il ne l'aurait voulu.

— Hamel m'a appelé il y a à peine une heure. J'avais besoin d'être sûr que c'était bien lui, et vous venez de me le confirmer... On va pouvoir préparer notre reportage.

— Quel reportage ?

— Vous écouterez les nouvelles. On n'a pas le temps de préparer grand-chose pour ce soir, mais demain, on va frapper fort...

— Monette, si vous ne me dites pas immédiatement ce que Hamel vous a dit, je défonce la porte de votre bureau dans deux heures avec un mandat pour vous obliger à parler !

Sans se faire prier, plutôt amusé même, Monette raconta tout. Wagner et les autres policiers furent sidérés. Mercure lui-même en demeura sans voix quelques instants puis, trop surpris pour vraiment réfléchir, il lâcha d'une voix plus ou moins convaincante :

— Je vous interdis de diffuser un reportage là-dessus !

— Non seulement on va le diffuser, mais on a même l'intention de passer un bulletin spécial demain à midi !

Et comme c'est un reportage qui ne nuit pas à votre enquête, ça m'étonnerait que vous réussissiez à obtenir une injonction !

Il raccrocha. Mercure soupira.

— Il sait qu'on a trouvé son appartement à Charette. Quand il a appelé TVA, il devait être tout près…

Wagner ricana avec amertume : les gars de la SQ l'avaient sûrement manqué de très peu. C'était vraiment trop ironique !

— Trois autres fillettes, soupira Cabana, bouleversé. Il a tué trois autres petites filles…

Tous se turent un moment, troublés.

— Je commence à penser comme Boisvert, ajouta le sergent à voix basse.

— C'est-à-dire ? demanda Wagner d'un air soupçonneux.

Mais Cabana préféra se taire. Mercure s'assit et demanda calmement au directeur :

— Pourquoi Hamel a-t-il pris la peine d'appeler à TVA pour leur donner ces informations ? Il doit bien se douter que ça va passer à la télé…

— C'est peut-être ce qu'il veut…

Mercure hocha la tête. Wagner demanda s'il devait essayer ou non d'obtenir une injonction pour empêcher ce reportage.

— Monette a raison, on ne trouvera pas de juge pour nous l'accorder, fit Mercure après un moment de réflexion.

— C'est aussi mon avis, soupira Wagner.

Il examina son inspecteur un moment et dit :

— Toi, tu penses à quelque chose, là…

Mercure réfléchit encore quelques secondes, puis fit un geste vague de la main.

— En tout cas, dit-il en changeant de sujet, Hamel sait maintenant qu'on le cherche dans le bon secteur. Donc, inutile de garder tout ça secret et aussi bien demander l'aide de la population…

Wagner le pria de préciser. Mercure proposa d'envoyer à tous les grands quotidiens provinciaux de même qu'aux principales chaînes de télévision un communiqué expliquant que Bruno Hamel se cachait dans les environs de Charette, en Mauricie. Les neuf petites municipalités incluses dans le périmètre seraient nommées. Les habitants de ces régions appelleraient la SQ s'ils avaient vu Hamel dans le coin ou s'ils possédaient le moindre indice de sa présence.

— Il ne reste que deux jours, alors si on veut que les médias en parlent dès demain, il faut écrire ce communiqué maintenant et l'envoyer tout de suite.

Wagner jeta un coup d'œil à l'horloge : presque vingt heures.

— O.K., dit-il. Je vais nous chercher du café et on se met là-dessus !

◆

Ce soir-là, vers vingt-deux heures trente, Bruno arracha un œil au monstre.

Il aurait voulu lui arracher l'autre aussi, mais les cris du supplicié l'avaient lassé, lui avaient donné mal à la tête. Il avait donc mis un pansement sur son orbite sanglante, puis était sorti de la pièce.

Pas de vraie satisfaction, encore une fois. Il n'avait pas gravi un échelon supplémentaire. Mais, contrairement à la veille, il n'en ressentait pas de réelle frustration. Ce soir, il avait trop l'esprit ailleurs. Il ne cessait de penser au coup de téléphone qu'il avait donné à Monette : c'est ça qui avait été sa vraie satisfaction de la soirée. Et le meilleur était à venir... Il avait écouté les nouvelles de vingt-deux heures à TVA et, évidemment, on en avait à peine parlé : on avait seulement dit que Hamel avait révélé à la station les noms de trois autres victimes du monstre. Par contre, le journaliste avait conclu :

— Nous aurons plus de détails à vous donner demain, à midi, au cours d'un bulletin spécial sur cette affaire...

La bombe serait donc pour demain. Et Bruno avait si hâte de la voir exploser qu'il n'arrivait pas à se concentrer sur ce qu'il faisait. Voilà pourquoi le supplice de ce soir avait été décevant.

Tu te trouves encore des raisons, objecta une petite voix intérieure. *Hier, c'était l'alcool, et ce soir...*

Mais non, ce n'étaient pas de fausses raisons ! Demain, après le reportage fracassant à TVA, son ardeur reviendrait, il le savait. Même en ce moment, assis devant la télé à écouter une minable comédie, bière à la main, il n'arrivait pas à penser à autre chose.

Demain, son histoire prendrait plus d'ampleur, et cela donnerait à son action une sorte de...

De quoi, au juste ?

Pourquoi as-tu vraiment raconté ça aux médias ?

Qu'est-ce que c'était que cette question ? Mais pour la bombe, évidemment ! La bombe qui éclaterait demain à la télé !

Il se frotta le visage. Justement, demain, il verrait bien. Tout serait plus clair. Pour tout le monde et pour lui aussi.

Il essaya de se concentrer sur le film.

◆

Mercure rentra chez lui à vingt-deux heures quinze, exténué. Le communiqué avait été envoyé à tous les médias. Demain, on en parlerait partout.

Il mangea un reste de tourtière, puis alla se coucher. Mais, comme d'habitude, il eut beaucoup de difficulté à trouver le sommeil. C'était le moment de la journée où les images de sa femme s'imposaient avec le plus d'insistance. Une en particulier, qu'il n'arrivait pas à effacer de son esprit depuis cinq ans : Madelaine morte, le front perforé d'une balle de revolver.

Il tenta à nouveau de chasser ces sombres pensées et repensa à sa soirée. Ce coup de téléphone que Hamel avait donné à Monette, par exemple. Hamel n'avait pu prévoir cela dès le départ, car il ne savait pas que Lemaire avait violé d'autres enfants. Il avait dû l'apprendre durant la semaine, à force de torturer sa victime. Et ces informations l'avaient ébranlé au point qu'il avait couru le risque d'appeler un journaliste pour tout lui raconter... Lui qui, au départ, ne voulait que torturer et tuer Lemaire, voilà qu'il ajoutait un nouvel aspect à son plan... Pourquoi ?

Un déraillement s'était produit chez Hamel, Mercure en était convaincu. Un déraillement qui le faisait sortir de sa trajectoire initiale. Ce coup de téléphone en était la preuve.

Mais un déraillement de quelle envergure ? Hamel avait une intention précise en voulant que cette histoire sorte à la télé. Et le seul moyen de savoir laquelle était de laisser Monette faire son reportage...

Et tout à coup, Madelaine revint s'imposer sans crier gare... Par ricochet, il pensa aussi à Demers. Lorsqu'il était allé le voir la veille, Mercure avait vraiment songé à arrêter ses visites. Ce n'était pas la première fois, mais hier cette éventualité avait été plus forte que jamais.

Étrange que cela arrive en même temps que le cas Hamel... D'ailleurs, tout au long de la semaine, ses réflexions sur le médecin l'avaient souvent conduit à songer à Madelaine et à Demers. Pourquoi donc ? Bien sûr, Mercure avait aussi perdu un être aimé, comme Hamel, mais cette explication lui semblait... incomplète.

En soupirant, il ralluma la lampe et, résigné, prit un livre sur la petite table de chevet : ce n'était pas encore ce soir qu'il s'endormirait rapidement...

JOUR 6

Les gémissements de chien devenaient insupportables, mais Bruno continuait d'avancer dans le labyrinthe : il voulait voir. Et plus il progressait, plus il discernait ces autres sons accompagnant les gémissements, ces coups sourds qui hantaient ses nuits depuis le début de la semaine…

Gémissement et coup… Gémissement et coup…

Enfin, il arriva au bout du labyrinthe. Un grand danois noir était couché sur le flanc. C'était Luky, ou du moins ce qu'il en restait. Ensanglanté, disloqué, il baignait dans ses tripes mais vivait toujours. Et il gémissait… Un homme s'acharnait sur le chien avec une batte de baseball et chaque coup, terrible, produisait un son affreux ; mais plus affreux encore était l'écho de chacun de ces coups.

L'homme tournait le dos à Bruno, mais le médecin savait que ce n'était pas Denis Bédard. En fait, l'être avait une silhouette plus animale qu'humaine. N'étaient-ce pas des sabots qui entouraient la batte ? Et ces excroissances sur sa tête, elles ressemblaient vraiment à des cornes… On aurait dit un mélange grotesque d'homme et de taureau… et Bruno décida qu'il ne voulait pas savoir de quoi il s'agissait. L'idée même que cette créature se retourne pour montrer son visage terrifia le médecin au point de l'obliger à rebrousser chemin.

Mais un mur était apparu derrière lui ; impossible de retourner sur ses pas. Avec effroi, Bruno comprit qu'il devait regarder la scène, l'affronter... la confronter.

Tout à coup, l'homme-taureau cessa de frapper et, d'un seul mouvement, se retourna. Horrifié, le médecin reconnut ses propres traits dans ce visage vaguement humain. Le double dévisagea Bruno avec un regard dans lequel se mêlaient haine et désespoir. Même si la batte ne frappait plus, les coups résonnaient encore, rythmiquement, et l'écho qu'ils produisaient gonflait au point de devenir plus fort que les coups eux-mêmes...

Paralysé d'effroi, Bruno fixait son double, son crâne s'emplissant de l'écho, jusqu'à l'insoutenable, jusqu'à...

Il se réveilla en sursaut. Pendant un instant, il crut que c'était le soir, tant l'éclairage de la fenêtre était blafard. Mais sa montre indiquait dix heures du matin. Il se leva, se sentant toujours aussi lourd, et écarta les rideaux : il pleuvait encore, une véritable averse cette fois, et le ciel gris-noir annonçait un orage.

Ce rêve était ridicule... Et pourtant, sa simple évocation lui donnait la chair de poule. Cet imbécile de Mercure ! Tout ça était de sa faute ! Il devait se débarrasser du souvenir de ce chien qui ne lui apportait rien de bon !

Il enfila ses vêtements crasseux et alla voir le monstre. Ce dernier était en si pitoyable état que Bruno s'empressa de le rebrancher sur un nouveau soluté. Il changea aussi le bandage de son œil crevé : l'infection était vraiment vilaine. Le monstre se laissait faire, à moitié inconscient, son souffle irrégulier produisant un sifflement sinistre.

Et si Bruno le laissait dépérir ? L'observer mourir d'épuisement et de souffrance, cela serait une bonne torture, non ?

Non, ce ne serait pas satisfaisant. Trop passif, alors que le médecin voulait être actif. La satisfaction ne pouvait naître que de l'action.

Il alla préparer deux rôties et un jus d'orange. Il nourrit lui-même le monstre, qui avalait péniblement ce qu'on lui glissait entre les lèvres. À un moment, son œil valide mais éteint se tourna vers Bruno. Il prononça même quelques mots que le médecin eut toutes les peines du monde à saisir :

— Je suis au paradis, là ?... C'est fini ?...

Comment cette ignoble charogne pouvait-elle espérer accéder au paradis ? Si un tel endroit existait, c'était Jasmine qui s'y trouvait, pas lui ! Jamais, jamais !

Il voulut lui enfoncer les doigts dans l'œil, mais se retint au dernier moment : pas de nouvelles tortures avant cet après-midi, sinon il l'achèverait. Il se contenta donc de lui cracher au visage. Le monstre poussa un faible gémissement et balbutia :

— J'ai expié... J'ai expié...

Bruno recula de quelques pas et contempla un moment son prisonnier, branché sur le soluté. Il ne ressemblait plus beaucoup au jeune homme arrogant que Bruno avait kidnappé six jours auparavant. En fait, il ne ressemblait plus à grand-chose. Froidement, le médecin fit un inventaire visuel de l'état du monstre : le corps couvert de zébrures rouges, les deux genoux cassés et gonflés, le sexe déchiqueté, la fente crasseuse sur le ventre, le nez cassé, l'œil droit arraché ; le tout souillé de sang, de pus, d'urine et de merde.

Ce n'était plus un monstre que Bruno avait devant lui, ni un malheureux être humain qui souffrait. C'était... rien. Rien du tout. Pourtant, il détestait ce rien, le méprisait, voulait le réduire en miettes, mais cette haine était frustrante car, justement, Bruno avait l'impression qu'elle portait sur du vide.

Il sortit de la pièce de mauvaise humeur et appela Morin.

— Je suis content de voir que vous avez pris la décision la plus... intéressante. Pour vous et pour moi.

— Où est l'argent ? se contenta de demander Morin.

Il y avait de la rancune dans sa voix. Bruno consulta son calepin et expliqua l'endroit où se trouvait la somme de la journée. Morin demanda alors :

— Vous allez l'achever demain, c'est ça ?

— Oui, répondit Bruno d'une voix parfaitement neutre.

— Qui me dit que vous allez m'appeler ?

— Je n'ai plus besoin de cet argent, Morin. Il va me servir à quoi, une fois que je serai en prison ?

Le *jobbeux* se taisait, réfléchissant sûrement à cet argument.

— Je vous appellerai dans la matinée, ajouta Bruno.

Il coupa le contact et se prépara à déjeuner. Tout en mangeant, il repensa au coup de téléphone de la veille au soir. Au prochain bulletin de nouvelles à la télé, il en entendrait parler, il en était sûr… Cela lui remonterait le moral. Cela donnerait un nouveau

… *sens ?…*

regain d'énergie à ce qu'il faisait, lui donnerait l'élan nécessaire pour se rendre jusqu'en haut de l'échelle et ainsi atteindre la satisfaction complète et totale qui devait conclure cette longue semaine.

Dès la fin de l'après-midi, le monstre irait mieux. Alors, Bruno se défoulerait dessus une ultime fois, lui ferait subir tout ce qu'un corps humain peut subir sans mourir, le laisserait agoniser de souffrance toute la nuit… Demain, il se lèverait, observerait avec délectation les derniers soubresauts du monstre, puis l'achèverait d'une balle dans la tête.

Après quoi, pleinement satisfait, il appellerait la police et se rendrait.

Durant toutes ces réflexions, Sylvie ne lui traversa jamais l'esprit.

◆

Il n'y avait personne dans la petite rue tranquille et cela faisait bien l'affaire de Sylvie. Elle marchait d'un pas lent sous l'averse, protégée par son parapluie. Sa sœur lui avait dit que c'était insensé d'aller se promener par ce temps de cochon, mais Sylvie avait vraiment besoin de prendre l'air, de marcher. De chercher. Du moins, de se donner l'impression de chercher.

Car depuis son arrivée chez sa sœur, à Sherbrooke, elle avait eu beau éviter tout contact avec la télévision et les journaux, s'isoler le plus possible, elle n'avait toujours pas trouvé ce qu'elle était venue chercher. Bruno et toute la démence des derniers jours occupaient encore trop son esprit, brouillant le deuil qu'elle aspirait tant à vivre. Elle se surprit même à se demander s'il pleuvait autant à l'endroit où se cachait Bruno…

S'il avait été avec elle en ce moment, tout aurait été si simple… Mais il n'était pas avec elle, justement, et il ne le serait plus jamais. Alors, aussi insensé et impossible que cela semblât être, elle devait l'écarter de ses pensées, pour laisser la place complète à Jasmine.

Elle arriva au bout de la rue à l'orée du bois, ce petit bois dont raffolait Jasmine. Chaque fois qu'ils venaient rendre visite à Josée, la petite voulait toujours aller s'y promener. Sylvie l'avait souvent accompagnée.

Prise d'une impulsion subite, motivée autant par la nostalgie que par un vague espoir, Sylvie entra dans le bois et marcha sur le sentier de terre qui serpentait entre les arbres. Le bruissement de la pluie dans les arbres donnait une tout autre ambiance au bois, créant en Sylvie une sorte de vertige qui l'encourageait à pénétrer plus avant dans ses souvenirs…

Elle se rappelait ses promenades avec sa fille, sur ce sentier… Elle se souvenait d'une en particulier, il y avait un peu plus d'un an, au cours de laquelle Jasmine avait suggéré qu'elles sortent du sentier et qu'elles s'enfoncent dans les bois, au hasard. Elles avaient ainsi erré quelques minutes, puis avaient trouvé un splendide et énorme tronc d'arbre, couché à l'horizontale mais suspendu à cinquante centimètres du sol, sur lequel elles s'étaient assises un moment. Sylvie avait alors sorti un chocolat de ses poches. Et c'est cette image qui s'imposait soudain à sa mémoire : elle et sa fille mangeant leur friandise, assises côte à côte, et Jasmine balançant ses petites jambes, les yeux pétillant de plaisir.

Mais l'image, même si elle s'imposait, demeurait imprécise, étrangement dénuée d'une réelle émotion. Sylvie voulut tout à coup retrouver ce tronc d'arbre. Elle regarda autour d'elle, tentant de se rappeler à quel endroit Jasmine et elle avaient quitté le sentier. Mais elle n'y arrivait pas, il y avait trop de confusion dans sa tête, malgré le doux chuchotement de la pluie dans les branches. Elle en voulut un instant à Bruno, l'accusa mentalement d'être le responsable de son incapacité à l'abandon, puis écarta cette idée : elle s'éparpillait, cela était stérile. Elle ramena donc ses pensées au bois, au sentier, au tronc… et se souvint tout à coup de ce que lui avait dit Jasmine :

— On va pas se perdre, maman, si on quitte le chemin ?

Cette puérile inquiétude avait amusé Sylvie. Elle aurait pu expliquer qu'il était impossible qu'elles se perdent dans un si petit bois, en quittant le sentier pour quelques minutes seulement, mais cette réponse était trop rationnelle, trop adulte. Elle avait donc joué le jeu. Sylvie gardait toujours trois ou quatre rubans à cheveux dans ses poches, car Jasmine perdait souvent les siens. Elle avait expliqué à sa fille qu'elles attacheraient des rubans à des branches d'arbre sur leur chemin. Ainsi, elles ne se perdraient pas.

— Comme le Petit Poucet ? s'était émerveillée Jasmine.

— Comme le Petit Poucet !

Sur les trois minutes qu'avait duré la grande aventure à travers bois, Sylvie avait attaché trois rubans aux arbres, au grand bonheur de Jasmine. Pendant qu'elles revenaient au sentier, la petite avait supplié sa mère de laisser les rubans à leur place.

— Ils vont pousser avec les arbres ! avait-elle expliqué avec des étoiles dans les yeux. Et pis dans deux ou trois ans, on va venir les rechercher, et pis ils vont être très, très grands !

Les rubans étaient donc restés aux branches… et Jasmine ne reviendrait jamais vérifier s'ils avaient poussé.

Sylvie demeura un moment immobile sous son parapluie, au milieu du sentier, puis se mit à chercher le premier ruban. Tout en promenant ses yeux d'un arbre à l'autre, elle se traita d'idiote : le vent et la neige les avaient sûrement arrachés. Et puis, quelles chances avait-elle vraiment de les trouver ? Le sentier était long, elle ne se souvenait plus du tout où elle avait attaché le premier… Pourtant, sans cesser de marcher, le pas plus fébrile, elle s'obstinait à regarder chaque arbre qui longeait le petit chemin. Il fallait qu'elle trouve ces rubans, qu'elle retrouve le chemin…

Elle vit soudain le premier. Un ruban bleu, attaché à une branche, tout empesé par la pluie. Sylvie s'approcha, incrédule, et, sans réfléchir, s'enfonça dans le bois. Ça lui revenait, maintenant. Elles étaient allées dans cette direction, elle en était presque certaine. Les branches basses accrochaient son parapluie, rendaient difficile sa recherche. Embêtée, elle le ferma, sentant à peine la pluie sur sa tête.

Elle aperçut le second ruban, un rouge. Le cœur battant à tout rompre, elle s'en approcha, le toucha des doigts, puis pénétra plus avant dans les bois. Le troisième était tout près, elles avaient marché à peine trois minutes…

Le voilà ! Tout jaune, il se détachait avec netteté sur l'écorce brune. Sylvie respirait si rapidement, si intensément que des gouttes de pluie lui entraient dans la bouche et le nez. Presque en courant, elle dépassa le troisième ruban, maintenant certaine de son chemin, reconnaissant parfaitement chacun des arbres qu'elles avaient croisés, Jasmine et elle… Et tout à coup, le tronc apparut, dans la même position, magnifique sous l'averse qui le recouvrait d'une cire scintillante.

Trempée des pieds à la tête, les cheveux collés au visage, Sylvie le contempla longuement. Elle finit par s'en approcher, se hissa dessus et, assise bien droite, commença à balancer ses jambes.

Alors elle s'inclina, jusqu'à être complètement couchée sur le tronc, et ne bougea plus. Aux ruisseaux de pluie sur l'écorce s'ajoutèrent des rigoles de larmes, qui se mêlaient parfaitement au sol, comme se confondaient tristesse et bonheur dans les sanglots de Sylvie…

◆

À midi, Bruno s'installa sur le divan et, tout excité, alluma la télé à TVA.

— Mesdames et messieurs, nous présentons ce court bulletin spécial pour vous communiquer de nouveaux développements dans cette spectaculaire affaire qu'il est maintenant convenu d'appeler « le cas Hamel ». Affaire qui, rappelons-le, se conclura soit par la découverte de Bruno Hamel par la police, soit par la mise à mort de son prisonnier, demain lundi, date à laquelle prendra fin le plus incroyable compte à rebours de l'histoire de la criminalité québécoise.

Bruno tiqua au mot « criminalité ».

Le journaliste expliqua que Bruno Hamel avait donné le nom de trois autres jeunes victimes du « prisonnier » (on prenait toujours soin de ne pas mentionner son nom) que celui-ci aurait violées et tuées au cours des six dernières années.

— Nous pouvons très bien imaginer que c'est sous la torture que Bruno Hamel a arraché ces confessions à son prisonnier…

Bruno eut une moue d'impatience, comme si ces détails ne l'intéressaient pas. C'est la suite qu'il attendait. Le journaliste ajouta :

— Nous sommes allés voir les parents de ces trois fillettes, à Joliette et à Saint-Hyacinthe. La mère de l'une d'elles a refusé de nous parler, mais les parents des deux autres victimes ont livré de puissants messages.

Bruno s'avança sur le divan, joignit les mains et se mit à les frotter nerveusement l'une contre l'autre.

Un couple dans la quarantaine apparut, installé dans un salon banal. Un peu gênés devant les caméras, manifestement bouleversés, ils expliquèrent qu'ils avaient abandonné depuis longtemps l'espoir de retrouver un jour l'assassin de leur petite Sara, tuée six ans auparavant à Joliette. Un reporter leur demanda ce qu'ils souhaitaient, maintenant qu'ils savaient le présumé coupable entre les mains de Bruno Hamel. La femme parut hésiter un moment, comme si elle se demandait si elle avait le droit de dire ce qu'elle voulait, puis finalement lâcha :

— Franchement, on ne serait pas vraiment tristes si ce Hamel le tuait demain...

— Même qu'on serait assez contents, ajouta le mari sans trace d'ironie.

Les mains de Bruno se détendirent et une étincelle passa dans ses yeux.

— Vous auriez aimé être à la place de Bruno Hamel, cette semaine ? persista le journaliste.

La femme hésita de nouveau. Mais dans le regard du mari apparut une haine glaciale. Furtive, à peine perceptible, mais bien réelle. Et elle brilla juste assez longtemps pour qu'il ait le temps de prononcer :

— Oui, j'aurais aimé être là.

Au faible mouvement de tête de la femme, Bruno comprit qu'elle approuvait.

Un autre couple apparut, devant une petite maison coquette, à Saint-Hyacinthe. L'homme, malgré sa grande tristesse, était assez posé, mais la femme ressemblait à une furie, et la haine dans ses yeux n'était pas furtive : Bruno comprit même qu'elle s'y trouvait depuis longtemps, ténue mais bien ancrée, et qu'elle n'attendait qu'un événement comme celui d'aujourd'hui pour exploser.

— J'espère qu'il l'a torturé comme jamais un homme a été torturé ! crachait-t-elle avec tant de véhémence que le ridicule l'emportait presque sur la tragédie. Jamais il souffrira autant que Joëlle a souffert ! Quand je pense qu'on l'a arrêté il y a deux ans pis qu'on l'a relâché parce qu'ils manquaient de preuve ! Belle justice !

Pendant un instant, l'émotion l'emporta et des larmes tremblèrent dans ses yeux. Mais la haine revint aussitôt et elle se remit à vociférer de plus belle :

— Ben, ce coup-là, si la police veut enfin faire la justice, qu'elle laisse Bruno Hamel tranquille pis qu'elle le laisse aller jusqu'au bout !

Lentement, Bruno recula et s'enfonça profondément dans le divan, le visage presque serein. En s'en rendant à peine compte, il sortit le ruban bleu de sa poche et, sans quitter la télé des yeux, le caressa doucement entre ses doigts.

Le reporter demanda alors au mari s'il était d'accord avec sa compagne. Beaucoup plus modéré, ce dernier semblait un peu embêté par les excès de sa femme, mais il n'eut aucune hésitation en disant :

— J'approuve parfaitement ce que fait Bruno Hamel.

— Non seulement on l'approuve, mais on aurait aimé être avec lui ! ajouta la femme qui, cette fois, commença à pleurer.

Une grimace qui se voulait un sourire étira les lèvres du médecin. Le journaliste en studio réapparut à l'écran :

— De plus, la police a maintenant délimité une zone où se cacherait Hamel, avec son prisonnier.

Il nomma neuf petites municipalités. Le nom de Saint-Mathieu-du-Parc fut prononcé, mais cela n'inquiétait pas Bruno : la police ne fouillerait pas les maisons privées et considérées comme habitées à l'année, telle celle-ci. Le journaliste ajouta que si les habitants de ces régions avaient vu ou cru voir cet

homme (et la photo de Bruno apparut en médaillon),
ils devaient appeler le numéro apparaissant au bas de
l'écran. Quand la musique annonçant la fin du bulletin
spécial résonna, Bruno ferma la télé et poussa un profond soupir d'aise.

C'était mieux qu'il ne l'avait espéré ! Il avait maintenant la preuve que ce qu'il faisait avait un sens ! Il y
avait bien les parents de la troisième victime qui refusaient de parler aux médias, mais peu importait : les deux
autres couples approuvaient Bruno. Ils l'encourageaient
même à continuer !

Mais aussitôt, la même petite voix intérieure que la
veille se fit entendre.

*C'est pour ça que tu as appelé Monette, hier ? Parce
que tu as besoin soudainement de légitimité ?*

Assis dans le divan, il fronça les sourcils et baissa
la tête vers le ruban qu'il tenait toujours. La mort de
Jasmine n'était pas une raison suffisante ?

La *haine* n'était pas suffisante ?

Pendant une seconde, il demeura immobile, quelque
peu ébranlé. Puis il ricana. Mais non, il n'avait évidemment pas besoin de légitimité ! Seulement, ce reportage
lui donnait une preuve supplémentaire et extérieure
qu'il avait raison, rien de plus !

Il hocha la tête, réfléchit encore un moment, puis,
après avoir remis le ruban dans sa poche, ralluma la
télévision, l'air buté. Il fit le tour des chaînes mais ne
trouva rien d'intéressant. Il ferma l'appareil, se leva
et, après hésitation, marcha vers le petit couloir. Il était
certain que le monstre n'avait pas encore assez récupéré pour être torturé, mais il voulait tout de même le
voir, sans trop savoir pourquoi.

L'œil valide du prisonnier était fermé, mais celui-ci
l'ouvrit lorsque le médecin s'approcha. Pouvait-on
encore lire de la peur dans cet abîme de désespoir
résigné ? Malgré tout, il allait déjà un peu mieux que tout
à l'heure. Du moins, il semblait plus conscient, plus

lucide. Souffrait-il encore beaucoup ? Ou son corps n'était-il qu'une masse engourdie ?

Il essaya d'humecter ses lèvres et articula, de cette voix rocailleuse et enfantine à la fois :

— Je voudrais voir ma mère…

Bruno fit quelques pas supplémentaires, jusqu'à être tout près.

— Je voudrais voir… ma mère…

Un soudain haut-le-cœur saisit Bruno. Par réaction, sans réfléchir, il frappa avec force le nez déjà cassé du monstre. Ce dernier poussa un faible couinement.

La veille, le coup de poing qui avait cassé le nez du monstre avait procuré à Bruno au moins quelques secondes de satisfaction.

Cette fois, il ne ressentit rien.

Évidemment ! Ce qu'il souhaitait, ce n'était pas lui frapper le nez, mais lui arracher le… lui fendre les… le…

Tue-le… Finis-en et tue-le…

C'était la seconde fois que cette pensée ridicule lui traversait l'esprit, et cela l'exaspéra tant qu'il poussa un véritable rugissement, faisant sursauter le monstre qui trouva la force de tourner un regard sidéré vers son tortionnaire.

Le médecin sortit en vitesse de la chambre et fila jusqu'à la cuisine où il s'arrêta, le souffle court. Pourquoi cette rage ? Le reportage qu'il venait de voir l'avait pourtant stimulé à peine quelques minutes avant ! Appuyée contre le mur, sa main droite tremblait. Ahuri, il la leva devant ses yeux.

Mon Dieu, qu'est-ce qui lui arrivait ?

Il donna un coup de poing sur le mur et se fit très mal, ce qui le calma efficacement.

Il se mit à réfléchir de manière posée et structurée. Dans deux ou trois heures, il pourrait retourner dans l'échelle et gravir de nouveaux échelons.

Mais ça faisait deux jours qu'il se disait cela !

Il repensa aux témoignages des parents et une certaine assurance monta en lui. Mais de nouveau la petite voix intérieure répéta sa phrase parasite :

Pourquoi as-tu besoin de légitimité ?

Il ouvrit le frigo et prit une bière. Il la but en moins de deux minutes, en contemplant l'averse par la fenêtre.

◆

— Aucune trace de lui jusqu'à maintenant, disait Cabana à l'autre bout du fil. Mais il nous reste encore tellement de superficie à couvrir, on a à peine fouillé le quart...

— La SQ collabore bien ? demanda Wagner.

— Très bien. Avec nous, ça fait seize gars sur le coup.

Wagner raccrocha, morose, et résuma le coup de téléphone à Mercure, qui écoutait la fin du bulletin spécial à la télévision de la grande salle. Quatre autres policiers regardaient aussi l'émission.

Mercure, l'air navré, écoutait la mère hystérique qui regrettait de ne pas avoir été avec Hamel durant cette longue semaine.

— Je la comprends, observa Boisvert. Elle va se sentir pas mal mieux si Hamel tue Lemaire.

— De toute façon, Boisvert, on sait ce que t'en penses, donc inutile d'en rajouter ! maugréa Wagner.

— Je crois que je viens de comprendre ce que souhaitait Hamel avec ce reportage, marmonna Mercure.

Wagner hocha la tête, comme s'il saisissait lui aussi. Mercure repensa à son idée de la veille, celle du déraillement.

— En tout cas, soupira Pleau en désignant la télé du menton, c'est pas ce genre de reportage qui va inciter Hamel à se rendre !

Le sergent-détective se caressa la joue puis demanda :

— Le journaliste a dit que les parents d'une des victimes avaient refusé de parler aux journalistes, non ?

Wagner confirma la chose. Mercure ordonna alors à Pat d'appeler TVA et de découvrir le nom de ces parents. Wagner demanda au sergent-détective où il voulait en venir.

— Je voudrais rencontrer ces parents.

— Pourquoi ?

Mercure demeura silencieux, les yeux toujours rivés sur l'écran de télé qu'il ne voyait plus, perdu dans ses pensées. Il voulait connaître les raisons du refus de ces parents. Car peut-être pourrait-il s'en servir… Peut-être…

Après une dizaine de minutes au téléphone, Pat expliqua qu'il n'y avait qu'une mère, le père étant mort huit ans plus tôt. Elle s'appelait Diane Masson et habitait Saint-Hyacinthe. Sa petite fille de huit ans, Charlotte, avait été violée et tuée il y avait quatre ans.

— Tu as son numéro de téléphone ?

Boisvert le lui donna et Mercure appela aussitôt, sous l'œil intrigué de Wagner. Mercure, de sa douce voix rauque habituelle, demanda à son interlocutrice un rendez-vous pour l'après-midi. Ce fut assez difficile, mais il finit par l'obtenir. Il nota l'adresse, remercia puis raccrocha. Maintenant, Boisvert et Pleau aussi le considéraient avec curiosité.

— Vas-tu enfin me dire pourquoi tu veux la rencontrer ? s'impatienta le directeur.

— Plus tard…

Il marchait déjà vers la sortie lorsqu'il s'arrêta net et revint au téléphone : il voulait appeler Sylvie, la conjointe de Hamel. Avait-elle écouté les nouvelles de tout à l'heure ? Qu'en pensait-elle ?

Le téléphone sonna longtemps, aucun répondeur automatique ne se déclencha. Il finit par raccrocher.

— Hervé…, persistait Wagner.

Mais Mercure était déjà sorti.

◆

Il écoutait la télé depuis plus de deux heures. En fait, il regardait une chaîne dix secondes, puis changeait de canal. Comme la télévision captait seulement cinq postes, il en faisait rapidement le tour. Mais à mesure que les bouteilles de bière vides s'accumulaient à ses pieds, les canaux changeaient de moins en moins rapidement. Bruno baissa les yeux et compta le nombre de dépouilles : huit. Bon Dieu ! c'était ridicule de boire autant ! S'enivrer n'était vraiment pas une bonne idée, il en avait pourtant eu la preuve deux jours plus tôt...

Il consulta sa montre, le regard légèrement embrouillé : quinze heures cinquante. Peut-être que le monstre avait déjà repris suffisamment de forces... Fallait voir... Il ferma la télévision, se leva, étourdi un court moment, et voulut se diriger vers le couloir, mais l'étourdissement persistait et il bifurqua vers la cuisine pour se passer de l'eau sur le visage. Il tendit la main vers le lavabo et vit qu'elle tremblait toujours.

— Criss ! arrête de trembler ! cria-t-il.

Peut-être devrait-il attendre d'être dégrisé... sinon, il risquait de ne rien sentir, comme il y avait deux jours...

Se cherchait-il des raisons pour ne pas passer à l'action ?

Ridicule ! Il irait, immédiatement, tout de suite ! Et il le tuerait !

Non, non, pas le tuer ! Demain ! Demain seulement ! D'ici là, il fallait... il devait... il fallait qu'il atteigne le haut de l'échelle, le sommet de la satisfaction...

Il leva les yeux vers la fenêtre en prenant une bonne respiration. Dehors, l'averse s'était enfin arrêtée, mais le ciel noir indiquait clairement qu'il ne s'agissait que d'une pause. Tout à coup, le médecin distingua entre les arbres une silhouette sautillante. Elle disparut aussitôt derrière un énorme tronc, mais le médecin eut le temps d'entrevoir une robe bleue familière, et une crinière châtaine...

D'un seul bond, il fut à la porte et se retrouva dehors, sans manteau, insensible au froid. Le ciel était si couvert qu'on se serait cru en soirée. Le lac gris se confondait presque totalement avec les nuages bas.

— Jasmine !

Quelque chose n'a-t-il pas bougé, là-bas, dans les bois ? Mais Bruno n'est pas sûr, le filtre devant ses yeux rend tout également gris, également plat... Il descend la galerie et s'enfonce dans la forêt. Ses souliers traînent dans les feuilles mortes, s'accrochent dans des racines. Il court entre les arbres, le visage éraflé par les branches, le pas tortueux, ralenti par l'ivresse et par cette maudite lourdeur qui ne le quitte plus... Ses yeux fous cherchent la silhouette, cherchent sa fille... Elle est tout près, il en est sûr, elle n'a pas eu le temps d'aller bien loin...

Une présence dans son dos... Il se retourne et sa respiration se casse.

À moins de dix mètres devant lui se tient Jasmine. Elle est partiellement camouflée par les branches, mais il voit sa robe bleue en lambeaux, ses cheveux désordonnés, ses bras et ses jambes lacérés... et son visage, son magnifique visage, recouvert de croûtes brunâtres... Il n'arrive pas à en déchiffrer l'expression. Douleur ? Indifférence ? Tristesse ? Il est par contre convaincu qu'elle le regarde, droite et immobile, sa peau tout humide de la pluie de tout à l'heure...

Non, ce n'est pas de la pluie...

Il se met en marche vers elle, tel un somnambule, lève une main tremblante.

— Jasmine...

Il croit voir un éclair de tristesse dans ses yeux, un pli de déception sur son visage ensanglanté... puis, elle fait deux pas de côté et disparaît derrière un arbre.

— Jasmine !

Il court, se rend à peine compte que l'écho de ses appels est amplifié de façon démesurée. Il court vers l'arbre derrière lequel a disparu sa petite Jasmine, sa fille, celle pour qui il fait tout ça...

Il n'y a plus personne derrière l'arbre.

Hébété, Bruno regarda autour de lui, puis ses épaules s'affaissèrent, comme si toutes ses forces se liquéfiaient. Il appuya son dos contre l'arbre, se laissa glisser jusqu'au sol et croisa ses mains sur ses genoux relevés, la tête penchée vers le sol boueux.

Il ne bougea plus.

◆

Quand le sergent-détective revint de Saint-Hyacinthe, Wagner le rejoignit aussitôt dans son bureau. Mercure avait une expression bizarre, mais lorsqu'il vit le directeur entrer, il se secoua et demanda :

— Du nouveau sur Hamel ?

— Rien, grommela Wagner. Mais ils n'ont pas encore fouillé partout. Et toi ? Vas-tu enfin me dire la raison de ta petite visite à cette femme ?

— J'ai convaincu Diane Masson de parler aux journalistes. Ça n'a pas été facile, mais elle va le faire. Quand elle m'a expliqué ce qu'elle pensait de tout ça, de l'affaire Hamel, je lui ai expliqué qu'elle devait le dire à la télévision, que ça nous aiderait peut-être dans notre enquête.

— Comment ça ? Qu'est-ce qu'elle va dire ?

Mercure hésita, tandis que son air étrange réapparaissait lentement.

— Tu vas voir tantôt, aux nouvelles…

Wagner faillit se fâcher, mais Mercure semblait si troublé qu'il se tut. Le directeur se doutait bien que cette histoire avec Hamel avait de drôles de répercussions dans l'esprit du sergent-détective, des vibrations qui le ramenaient sûrement à la mort de Madelaine…

… et peut-être que cette visite à Saint-Hyacinthe avait créé des vibrations plus fortes que prévu…

Wagner savait que Mercure lui en parlerait lorsqu'il serait prêt à le faire. Il hocha donc la tête et sortit du bureau en silence.

◆

La pluie recommença un peu avant dix-huit heures, alors que Bruno se trouvait toujours assis contre l'arbre, le visage absent. Cela faisait presque deux heures qu'il était dans cette position. Il ne s'était même pas rendu compte de l'arrivée graduelle de l'obscurité et ce sont les premières gouttes éparses qui le tirèrent enfin de sa catatonie. Il regarda autour de lui les sombres silhouettes des arbres et se leva, hagard. Que faisait-il là?

Il avait vu Jasmine.

Il passa ses mains sur son visage. Il avait déliré complètement. Complètement.

La fine pluie commençait à s'intensifier. Bruno s'empressa donc de rebrousser chemin. Il ressentait encore les vapeurs de l'alcool dans sa tête, mais l'ivresse était maintenant une vague griserie.

Malgré la noirceur, il retrouva assez facilement le chalet. À peine rentré, il marcha vers la chambre de son prisonnier. Le monstre avait assez récupéré, maintenant, et Bruno devait passer à l'action, c'était une véritable urgence. Mais il se sentait si engourdi…

Il regarda l'heure: dix-huit heures trois. Les nouvelles commençaient. Pourquoi ne pas revoir le reportage du midi? Juste avant de torturer le monstre, cela le mettrait en train, l'énergiserait, ferait disparaître cet engourdissement. Et peut-être y avait-il de nouveaux détails…

Sans s'asseoir, il syntonisa TVA et bientôt on parla de lui. On expliqua de nouveau qu'il se cachait dans le coin de Charette, on nomma les neuf municipalités visées et on afficha le numéro de téléphone de la SQ. Puis, on repassa le reportage du midi et Bruno l'écouta avec la même joie malsaine. Il faisait déjà un pas vers le couloir, gonflé à bloc, lorsque le lecteur de nouvelles annonça que la mère de la troisième victime, Diane Masson, avait finalement accepté de recevoir les journalistes durant l'après-midi, alors qu'elle s'y était refusée le matin. Intéressé, Bruno s'assit enfin.

Une femme dans la trentaine avancée apparut à l'écran. Ni belle ni laide, elle dégageait force et assurance. Assise dans son salon, cinq ou six micros de différentes stations de radio et de télévision braqués vers elle, elle parlait d'une voix froide mais parfaitement calme.

— Oui, je sais que monsieur Hamel détient en ce moment le violeur et l'assassin de ma petite Charlotte. Mais je ne suis pas du tout d'accord avec ses agissements. L'assassin devrait être entre les mains de la police, pas entre celles de monsieur Hamel. Mon mari est mort alors que ma fille n'avait que trois ans, mais je suis sûr qu'il serait d'accord avec moi.

La bouche de Bruno s'ouvrit lentement, en même temps que ses yeux s'agrandissaient. Un journaliste demanda :

— Mais après toutes ces années sans avoir su qui était l'assassin de votre fille, ne ressentez-vous aucune satisfaction à savoir qu'il souffre maintenant autant qu'ont souffert votre enfant et les autres victimes ?

Une imperceptible grimace douloureuse déforma brièvement le visage de Diane Masson, mais cette dernière se ressaisit bien vite et répondit d'une voix égale :

— Tout ce que je veux, c'est passer à autre chose. Et si monsieur Hamel m'écoute en ce moment, je lui dis ceci : ne tuez pas cet homme demain. Arrêtez tout ça et rendez-le à la police.

Les yeux de Bruno n'étaient plus grands ouverts, maintenant, mais presque fermés : deux minces fentes incandescentes qui transperçaient l'écran de la télévision.

— Un point de vue différent des autres parents, disait le lecteur de nouvelles. Un point de vue, même, en parfaite opposition avec...

Mais Bruno n'écoutait plus. Le corps droit et figé, les muscles tendus à se rompre, il repassait mentalement les paroles de cette Diane Masson. Mais comment pouvait-elle être si insensible ? Le fait que le tueur de sa fille soit puni la laissait donc indifférente ?

Une femme sans cœur, voilà ! C'était la seule explication ! Une de ces mères sans émotions qui n'éprouvaient rien pour leurs enfants !

Son attention fut de nouveau attirée par la télé, où l'on voyait encore une fois des groupes de manifestants, certains pour Bruno, d'autres contre. La voix du journaliste disait :

— Pour la première fois, deux groupes opposés se sont rencontrés à Drummondville il y a environ une heure. Il n'y a pas eu de bagarre, mais les échanges verbaux ont été véhéments.

Et l'on voyait des gens dans la rue humide se crier des injures par la tête, des dizaines et des dizaines d'hommes et de femmes, plusieurs tenant des pancartes qui, selon le camp, proclamaient : « Hamel le justicier » ou « La vengeance est mauvaise ». Il y eut quelques gros plans d'individus expliquant une fois de plus leur position, et l'un d'eux proclama en regardant la caméra : « Demain, ce sera un grand jour pour la Justice ! »

Bruno coupa le son, excédé par les cris des manifestants.

Mais Diane Masson revenait hanter son esprit et la rage gonflait. Et ses mains qui s'étaient remises à trembler !

Il se leva d'un mouvement brusque : il allait faire mal au monstre. Très mal. Comme jamais depuis son arrivée ici.

Pourtant, il n'y allait pas.

Était-ce cette connasse de femme qui le faisait douter, tout à coup ? Bien sûr que non ! C'était juste qu'il était trop énervé : s'il allait voir le monstre maintenant, il le tuerait sûrement, emporté par sa rage.

Il se prit une autre bière. Ses mains tremblaient tant qu'il fut incapable de dévisser le bouchon et qu'il dut utiliser un ouvre-bouteilles.

Bruno passa la demi-heure suivante dans une confusion totale, son esprit en proie aux plus furieuses perturbations. Il arpentait la maison de long en large, s'arrêtait, repartait, marchait d'un pas décidé vers la chambre du monstre puis se figeait, revenait sur ses pas en grognant, tentait de s'asseoir mais se relevait aussitôt... Il but deux bières sans même s'en rendre compte, frappant distraitement du pied les bouteilles vides qui roulaient sur le plancher. L'ivresse qui couvait en lui fut rapidement éveillée par ces quelques bières. Dans cette tempête mentale, une seule constante : les paroles de Diane Masson, qui refusaient de lui sortir de la tête. Pourtant, les autres parents, eux, comprenaient ce qu'il faisait ! Pourquoi pas elle ? Mais il n'avait qu'à l'oublier et à s'en crisser, c'était pas compliqué ! Sauf qu'il n'y arrivait pas. Tout à coup, il aurait voulu lui parler et lui montrer qu'il avait raison. Oui, l'avoir devant elle maintenant et la convaincre ! La convaincre parce que... parce que...

Imbécile, imbécile, *imbécile !*

Et il frappa de nouveau sur le mur, se remit à tourner en rond.

Il s'immobilisa subitement, frappé par une idée. Il alla dans sa chambre. Mit sa fausse barbe et sa perruque. Revint au salon. Enfila son manteau. Ses gestes étaient rapides mais étrangement saccadés, à cause de l'alcool... et peut-être d'autre chose aussi, une sorte d'état mental qui rendait toute sa physionomie déréglée, inquiétante...

Il entra dans la chambre du monstre et prit une de ses trousses. Il se tourna vers la table et s'immobilisa enfin un moment. Le monstre dormait, la respiration sifflante. Bruno sentit la haine monter en lui comme une éruption volcanique. Il devait lui faire mal tout de suite, il ne l'avait pas torturé de la journée… Quelque chose, n'importe quoi, il y avait tant de possibilités…

Crever son autre œil, trancher ses testicules, entrer des lames sous ses ongles, enfoncer un couteau dans son anus, couper sa langue, arracher la peau de son ventre, perforer ses tympans, couper, arracher, fendre, défoncer, trancher, trouer, crever…

Un fulgurant étourdissement le fit chanceler. Il se prit la tête à deux mains puis, de dépit, cracha vers le monstre. Il sortit ensuite de la pièce, trousse en main, et se retrouva rapidement à l'extérieur du chalet.

L'averse était de retour, et cette fois le vent s'était mis de la partie. Une fois sur le chemin des Pionniers, Bruno fila à bonne vitesse, pourfendant le mur liquide qui se reconstruisait inlassablement derrière lui.

Il était ivre, mais jamais il n'avait senti ses sens si aiguisés, ses réflexes si vifs.

Ce qu'il voulait faire était absurde, il le savait. Il savait que Saint-Hyacinthe était à presque deux heures de route. Il savait surtout que la région grouillait de flics à sa recherche. Et pourtant, cela ne l'inquiétait pas du tout. Malgré toutes les bières ingurgitées, il conduisait même très bien. Lorsqu'au bout de dix minutes il croisa une voiture de police, il ne broncha pas, n'eut pas le moindre frisson d'angoisse. Jamais on ne le reconnaîtrait en pleine nuit, avec un pareil temps ! Et les flics ne pouvaient quand même pas arrêter toutes les voitures qu'ils croisaient ! Effectivement, la voiture de police le dépassa sans ralentir.

Bruno eut beau resserrer l'étreinte sur le volant, ses mains tremblaient de plus en plus.

◆

Dans la grande salle, tous regardaient à la télé Diane Masson qui prononçait les dernières phrases de son intervention-surprise. Boisvert, atterré, n'y comprenait rien. Comment une femme dont la fille avait été violée et tuée par Lemaire pouvait-elle parler ainsi ? Pleau eut un petit soupir agacé tandis que Wagner lui assénait le plus sombre de ses regards, tout en se demandant de quelle manière il devait lui dire de fermer sa grande gueule.

— C'est vous, hein, Hervé ? fit Boisvert en se tournant vers Mercure. Vous êtes allé la voir cet après-midi pour la convaincre de dire ça, je suis sûr !

Mercure, assis sur le coin d'un bureau, expliqua qu'il l'avait rencontrée pour connaître les raisons de son refus de parler. Quand elle les lui avait expliquées, il l'avait effectivement convaincue de les dire aux journalistes.

— Mais ce sont ses paroles, ses idées, pas les miennes, précisa le sergent-détective.

— Et vous croyez que ces simples paroles vont ébranler Hamel au point qu'il se rende ? demanda Bolduc.

Mercure prit le temps de réfléchir avant de répondre :

— J'espère que ça va amplifier son déraillement.

Les agents semblaient ne pas comprendre, mais Wagner observait son inspecteur avec attention.

— En tout cas, moi, ça me ferait pas douter pantoute ! marmonna Boisvert, qui donnait des petits coups de pied sur la patte d'un bureau.

— Écoute ben, Boisvert, si je t'entends faire un autre commentaire de ce genre-là, je te suspends trois jours !

— Il a quand même pas tort, osa timidement Bolduc.

Pendant une seconde, Wagner fut si congestionné qu'aucun son ne sortit de sa bouche. Lorsque la voix lui revint enfin, ce fut sismique :

— Je veux plus entendre aucune criss d'opinion personnelle sur les agissements d'Hamel ! On va faire tout ce qu'on peut dans les vingt-quatre prochaines heures pour le retrouver parce que c'est notre job ! C'est-tu assez clair, ça, câlice ?

Les agents se turent, vraiment effrayés. N'y avait-il pas sur Wagner une légende voulant que, dans un de ses accès de rage, il ait déjà mordu l'oreille d'un agent? Quand son visage eut retrouvé une teinte à peu près normale, le directeur se tourna vers Pat, toujours posté au téléphone, et demanda:

— Des nouvelles de la Mauricie?

Question idiote et inutile, puisqu'il savait très bien que le téléphone n'avait pas sonné depuis plus d'une heure, mais il ne pouvait s'empêcher de demander. Pat fit signe que non.

Wagner se tourna vers Mercure et, discrètement:

— Incroyable, quand même, le détachement de cette femme vis-à-vis de ce qui est arrivé à sa fille, non?

— C'est pas vraiment du détachement, c'est plus compliqué que ça... Pour la télévision, elle a simplifié un peu les choses, mais...

Il se tut. Il avait de nouveau son air troublé de l'après-midi.

— Elle t'en a dit plus cet après-midi, hein? demanda Wagner.

— Disons qu'elle a été plus... précise.

Mais il ne fournit pas ces précisions. Wagner l'observa longuement.

◆

La pluie et le vent l'ayant retardé, ce n'est qu'à vingt et une heures et des poussières que Bruno arrêta sa voiture dans une petite rue tranquille de Saint-Hyacinthe. Il observa intensément la maison en face de lui, de l'autre côté de la rue. Les fenêtres éclairées ressemblaient à des phares de détresse perçant les ténèbres et la pluie.

Comme Diane Masson était monoparentale, il avait trouvé sans difficulté son adresse dans l'annuaire téléphonique. Ensuite, il avait pris le risque d'acheter une carte routière de la ville dans une station-service. Le commis, un adolescent plongé dans une revue de voitures d'occasion, avait à peine regardé ce client barbu, sale et malodorant.

Bruno remarqua que son réservoir d'essence était aux trois quarts vide. Serait-il obligé de le remplir sur le chemin du retour? Il y avait vraiment trop d'improvisation, tout à coup...

Bruno étudia la maison un moment. Une bonne bière lui ferait du bien. D'ailleurs, durant les deux heures du trajet en voiture, la soif n'avait cessé de le tenailler.

Il ouvrit sa trousse. Il prépara tout d'abord un chiffon imbibé de chloroforme, puis une seringue hypodermique. Il rangea le chiffon dans une poche de son manteau, la seringue dans une autre et examina les alentours. L'averse était sa complice: il n'y avait pas un chat dans les rues. Par contre, il vit une silhouette à l'une des fenêtres illuminées de la maison voisine. Bruno attendit un moment. Lorsque la silhouette eut disparu, il sortit en vitesse et courut, un rien titubant, jusque sous l'abri à voiture. De là, personne ne pouvait le voir. Il s'appuya contre l'automobile stationnée, prit de grandes respirations, puis marcha vers la porte, qui communiquait avec l'abri de stationnement. Aucun voisin ne le verrait ni entrer ni sortir.

Devant la porte, il hésita. Même si ce n'était pas verrouillé, il faisait quoi, une fois dans la maison? Et si Diane Masson n'était pas seule? Il appuya fortement deux doigts sur les arêtes de son nez en fermant les yeux. L'enlèvement du monstre avait été préparé à la perfection, sans rien laisser au hasard... Et maintenant, à une journée de la fin, il prenait des risques inconséquents... Et pour quoi, au juste? Pour convaincre cette femme?

Merde! qu'il parte de là tout de suite, il n'était pas trop tard!

Mais il prit la poignée et, avec mille précautions, comme s'il avait peur de déclencher une explosion, la tourna. Un déclic. La porte s'entrouvrit. Il la poussa un peu et risqua un œil. Une cuisine. Dans l'évier, les restes d'un souper récent.

Il avança dans la pièce à pas lents et prudents. Son front était plus mouillé de sueur que de pluie. Un petit corridor menait à une pièce ouverte sur la gauche, sûrement le salon. De cette pièce parvenait une voix : Diane Masson n'était pas seule, il devait partir au plus vite ! Mais il finit par comprendre qu'elle était au téléphone. Rassuré, il s'engagea dans le petit couloir, fit quelques pas et s'arrêta. Le dos contre le mur, il tendit l'oreille et discerna enfin ce que disait la femme au salon :

— Non, l'inspecteur ne m'a pas forcée à quoi que ce soit ! J'ai réfléchi et j'ai accepté. C'est mon choix, Éric.

L'inspecteur ? De qui parlait-elle ?

Mercure ! Mercure qui l'avait troublé avec cette ridicule histoire de chien et qui, manifestement, avait convaincu Diane Masson de parler aux médias !

— Non, je préfère rester seule, je te remercie… Ce sont des souvenirs trop personnels, tu comprends ? Et je dois les affronter seule… Oui… Je t'aime aussi…

Bruit d'un téléphone qu'on repose sur son socle. Bruno crut percevoir une sorte de soupir (ou de sanglot ?), puis un frottement : elle se levait.

Toujours contre le mur, Bruno retint son souffle et sortit son chiffon imbibé de chloroforme.

Et tout à coup, elle apparut. Avant même qu'elle ne vît Bruno, celui-ci l'agrippa de sa main libre, la plaqua contre le mur et pressa le chiffon contre sa bouche et son nez. Cri étouffé. Elle se débattit, mais inutilement, elle était petite et frêle. Ses yeux écarquillés, emplis de surprise et de peur, fixaient Bruno et ce dernier, mal à l'aise, ferma les siens sans relâcher sa prise. Au bout de longues secondes, les secousses diminuèrent d'intensité, le corps ramollit, puis ce fut l'inertie totale. Bruno ouvrit les yeux. Diane Masson était endormie.

Il se mit à respirer bruyamment. Il enfouit le chiffon dans sa poche, s'essuya distraitement la bouche, le regard nerveux, puis prit la femme dans ses bras. Il marcha vers la porte avec son fardeau mais eut un flash : il ne pouvait pas traverser la rue en transportant un corps dans ses bras. On risquait de le voir.

Il songea à l'automobile de Diane Masson, sous l'abri à voiture, où personne ne pouvait le voir… Et prendre ce véhicule n'était pas dangereux : la disparition ne serait pas signalée avant le lendemain, sûrement en soirée… et à ce moment-là, tout serait terminé. De plus, s'il y avait suffisamment d'essence dans le réservoir, cela lui éviterait de s'arrêter à une station-service.

Il trouva le sac à main de la femme et sortit les clés. Il alla jeter un coup d'œil dans la Honda Civic bleu-gris : le réservoir était à moitié plein, ce qui suffirait sans doute. Diane Masson se retrouva allongée sur la banquette arrière de sa propre voiture et Bruno lui fit une injection qui la maintiendrait endormie pas loin de trois heures.

Deux minutes plus tard, la voiture reculait jusque dans la rue. Toujours personne dans les environs. Il vit par contre une silhouette dans une fenêtre, la même que tout à l'heure. Une voisine fouineuse, on dirait… Il se félicita de son idée.

La voiture s'éloigna. Derrière le volant, Bruno s'humecta les lèvres. Il aurait dû regarder dans le frigo de Masson pour voir s'il y avait de la bière…

◆

Malgré le déluge, une dizaine d'autos-patrouille, certaines de Drummondville, d'autres de la SQ, continuaient leurs recherches dans le périmètre dont le centre était Charette.

À vingt et une heures vingt-trois, quatre-vingt-dix minutes avant le retour de Bruno Hamel, une voiture de la SQ, qui roulait sur le chemin des Pionniers, passa devant l'entrée menant au chalet de Josh. Mais la voiture ralentit à peine et accéléra de nouveau lorsque le chauffeur constata que cette adresse ne faisait pas partie de la liste des chalets loués. Il s'agissait d'une propriété privée. Donc, on ne s'en occupait pas. Comment Hamel aurait-il pu se cacher une semaine dans une maison habitée ?

Les propriétaires de motels et d'hôtels, les serveurs de restaurants et les commerçants furent interrogés tout au long de la journée. À vingt-deux heures vingt-cinq, la caissière du dépanneur de la rue principale de Saint-Mathieu-du-Parc, celle qui avait servi Bruno Hamel deux jours auparavant, se fit montrer la photo du médecin par un policier de Drummondville. Elle affecta une moue désolée et répondit que ce visage ne lui rappelait rien. Elle voyait tant de clients dans une journée… Et tandis que le policier retournait sous la pluie, un discret sourire complice apparaissait sur les lèvres de la femme.

◆

Le poste était à peu près vide. Wagner passa devant le bureau de Mercure et vit le sergent-détective assis, les bras croisés. Le directeur entra et lui demanda ce qu'il faisait.

— J'attends.

— Tu attends ! fit Wagner avec une ironie sans joie. C'est tout ce que tu trouves à faire ?

Mercure leva la tête vers lui :

— Il y a près d'une vingtaine de policiers qui fouillent le périmètre en ce moment. Alors peux-tu me dire ce que moi, à minuit et quart, je pourrais faire de plus ?

Wagner voyait rarement son collègue démontrer tant de froideur et cela le laissa tout penaud. Mercure soupira et s'excusa.

— On est tous à bout, je pense, renchérit Wagner.

Ils se turent un moment, puis le directeur demanda :

— Qu'est-ce que tu espères vraiment de cette entrevue avec Diane Masson ?

Mercure mit ses mains derrière la tête, le regard toujours lointain.

— J'ai l'impression… (Il rétrécit les yeux, songeur.) J'ai l'impression que lorsque j'ai parlé à Hamel de l'histoire du chien, hier, je l'ai ébranlé. Au point qu'il a fait un premier geste non prévu : il a appelé un journaliste pour lui parler des autres victimes de Lemaire. Comme s'il avait besoin tout à coup de justifier tout ça, de se justifier lui-même. Je crois qu'une sorte de réaction en chaîne s'est mise en branle. J'ai voulu ajouter un maillon à cette chaîne en demandant à Diane Masson de parler à la télé ; je savais que ça ne plairait pas à Hamel…

— C'est ça que tu veux dire, quand tu parles de son déraillement… Tu penses qu'il a commencé à dérailler du chemin qu'il s'était fixé ?

— Je pense, oui.

— Au point de tout abandonner ?

— C'est ce que j'espère.

Wagner soupesa cette idée un moment, eut une mine dubitative :

— Mais son déraillement peut le faire chavirer du mauvais bord aussi… Il peut, par exemple, achever Lemaire plus vite, dès cette nuit…

— Je sais.

Mercure avait dit cela d'une voix égale, mais il avait baissé les yeux.

Cette fois, le silence fut plus long.

— Tu vas passer la nuit ici ? demanda Wagner.

Mercure ne répondit pas et le directeur hocha la tête :

— Moi aussi, je pense.

Le vent secoua un moment la vitre de la fenêtre.

— Qu'est-ce qu'elle t'a raconté, cette femme, cet après-midi ?

Wagner, plus tôt, avait décidé d'attendre que le sergent-détective lui en parle le premier, mais le moment lui semblait trop bien choisi pour ne pas tenter une approche. Mercure, les mains toujours derrière la nuque, leva la tête vers le directeur. Il eut un petit sourire qui, même dénué de joie, exprimait une réelle complicité. Wagner lui renvoya le même sourire.

— Va te chercher un café et rapporte-m'en un, répondit Mercure.

◆

Bruno, à deux mètres du divan, la vit ouvrir les yeux. Elle parut complètement déboussolée, renifla et grimaça de dégoût. En voyant Bruno, elle se leva rapidement, sembla prise d'un étourdissement mais se ressaisit vite. Sur le qui-vive, elle dévisagea intensément le médecin. Elle avait peur, certes, mais il admira un bref moment son calme et son contrôle. Cette femme ne devait pas céder à la panique souvent.

— Qu'est-ce que vous me voulez ? lança Diane Masson d'une voix un rien haletante. Qui êtes-vous ?

Et soudain elle fronça les sourcils. Sur son visage, ce fut d'abord le doute, puis la stupéfaction la plus totale. Il sut qu'elle l'avait reconnu.

— Mon Dieu, lâcha-t-elle dans un souffle.

— Il était temps que vous vous réveilliez, dit-il tout simplement. J'allais commencer sans vous.

Elle avala sa salive et articula :

— Commencer quoi ?

— À m'occuper du monstre.

Il surveilla sa réaction. Elle pâlit légèrement, mais continua de supporter son regard.

— Je suis sûr que vous avez envie de l'entendre japper.

— De l'entendre quoi ?

— Crier, je veux dire…

Il eut une grimace contrariée. Elle renifla de nouveau, vaguement écœurée :

— Seigneur ! qu'est-ce que c'est que cette épouvantable odeur ?

Bruno ne répondit rien. L'odeur dans la maison, il ne la remarquait plus depuis longtemps. Elle observa le désordre dans la maison, les vêtements du médecin, son visage…

— Que vous est-il arrivé ?

Elle revint à ses yeux :

— Que vous *arrive*-t-il ?

Il haussa les épaules, prit une gorgée de sa bière.

— Et vous êtes soûl…

Sûrement un peu, oui, mais il avait le contrôle. Ses mains légèrement tremblantes s'entêtaient à prétendre le contraire, mais il les méprisait. D'ailleurs, il avait maintenant opté pour le mépris universel. Il emmerdait tout le monde.

Sauf cette femme, qu'il voulait convaincre, qu'il avait *besoin* de convaincre…

Léger mal de tête. Il se frotta furtivement le front, fit quelques pas.

— J'ai vu votre intervention à la télévision. C'est Mercure qui vous a obligée à dire ça ?

— L'inspecteur Mercure ne m'a obligée à rien du tout. Je pense tout ce que j'ai dit.

— Vous pensez que ce que je fais n'est pas bien ?

— Je pense que c'est inutile.

Bruno s'humecta les lèvres, sans la quitter des yeux, puis :

— Vous ne deviez pas aimer votre fille pour parler comme ça…

— Je vous interdis de dire ça, rétorqua Masson d'une voix un peu plus rauque. J'aimais Charlotte au moins autant que vous aimiez votre fille.

— Alors pourquoi vous ne souhaitez pas la mort de son assassin ?

— Ce n'est pas ce que j'ai dit.

Dehors, l'averse était devenue si violente qu'on aurait dit que le lac au complet se déversait sur la maison.

— Pourquoi m'avez-vous amenée ici ?

Et elle regarda autour d'elle, comme pour chercher à comprendre où elle se trouvait. Les rideaux de toutes les fenêtres étant tirés, elle ne pouvait voir à l'extérieur. Bruno termina sa bière d'une lampée, laissa tomber la bouteille sur le plancher de bois et marcha rapidement vers le couloir en disant :

— Venez.

— Non, pas question.

Il se retourna vers elle. Elle était maintenant debout, dans une étrange position, comme si elle était sur le point d'entrer dans un château hanté. Son visage se voulait ferme, mais on sentait la fissure.

— Je sais où vous voulez m'amener et je refuse.

— Osez me dire que vous ne souhaitez pas le voir !

— C'est la dernière chose que je veux !

Bruno fronça les sourcils, déconcerté par une telle attitude. Mais c'est parce qu'elle n'était pas encore devant lui ! Une fois qu'elle aurait le monstre à ses pieds, elle changerait…

Et il voulait qu'elle change ! Pour lui montrer qu'il avait raison ! *Qu'il avait raison !* Et lorsqu'elle le comprendrait, ils tortureraient le monstre tous les deux, ensemble ! Ce serait magnifique ! La complicité dans la vengeance et dans la haine ! Et demain, ils l'achèveraient aussi ensemble ! Elle devait comprendre ! Elle *devait !*

— Si vous refusez de le voir, je vous amène de force !

Elle persistait dans son immobilité. Bruno se mit en marche, menaçant. Elle sursauta et leva les bras : d'accord, elle obéissait ! Satisfait, le médecin lui dit de passer devant et, d'un pas raide et hésitant à la fois, elle s'engagea dans le petit couloir. Tout en la suivant, Bruno lui dit de pénétrer dans la chambre à gauche.

Devant celle-ci, Masson s'arrêta le temps d'un souffle, puis entra.

Quand Bruno entra à son tour, la femme était au milieu de la pièce, lui tournant le dos, immobile, à deux mètres du monstre. Ce dernier, inconscient, était maintenant accroché aux deux chaînes du plafond, suspendu à quelques centimètres du sol, la respiration sifflante. De temps à autre, il bougeait un peu la tête, poussait une faible plainte, mais n'ouvrait pas les yeux. La pluie battait avec force contre la fenêtre camouflée par un rideau.

Bruno voyait bien que Masson se voilait le nez de sa main gauche, mais il ne discernait pas son visage et tenta de deviner son expression. Surprise ? Révolte ? Joie de voir le monstre dans cet état ? En tout cas, elle ne pouvait plus être si détachée qu'elle prétendait l'être, c'était impossible ! Il fit quelques pas vers la droite pour distinguer ses traits. Il reconnut, avec une joie féroce, un éclat de haine, sinon de colère, dans les yeux de la femme. Mais une autre émotion, plus grande, plus englobante, débordait de ce regard et affectait son visage, son corps complet.

La détresse.

Pouvait-elle avoir pitié du monstre ? Non, ce n'était pas ça : l'éclat de haine, bien que petit, le démentait. C'était une détresse qui ne concernait pas le monstre, mais qui semblait… qui semblait la concerner, elle…

Bruno ne sut comment réagir pendant plusieurs secondes. Puis, il marcha vers la garde-robe, l'ouvrit et saisit le fouet, qu'il tendit à Masson. Cette dernière prit plusieurs secondes à tourner son visage vers l'accessoire. Bruno attendait, les traits durs, la main tenant le fouet toujours tendu. Une bourrasque de vent secoua la maison. La respiration du monstre endormi envahissait la chambre.

Le fouet tremblait au bout de la main du médecin, mais ce dernier ne le réalisait même pas.

Une horrible grimace de dégoût tordit alors la bouche de Masson et presque en courant, elle sortit de la pièce. Après une seconde de stupeur, Bruno laissa tomber le fouet et sortit en vitesse, convaincu de la trouver à la porte du chalet. Mais elle était au salon, immobile, lui tournant le dos, les mains sur le visage.

— Qu'est-ce qui vous prend? s'écria-t-il. Vous avez l'assassin de votre petite Charlotte devant vous et vous jouez les fillettes épouvantées?

Elle étouffa un sanglot derrière ses mains. Bruno s'approcha d'elle, les poings serrés.

— C'est quoi, votre problème?

Toujours aucune réponse. À bout, Bruno saisit la femme par les épaules et la retourna brusquement:

— Mais dites quelque chose, criss!

Plus d'horreur sur le visage de la femme, ni de panique. Le calme était revenu, ses yeux étaient secs, même si subsistait toujours l'affliction, prête à refaire surface à tout moment.

— Avez-vous la moindre idée de ce que vous venez de faire? de *me* faire?

Il ne répondit rien, ne comprenant pas.

— Cet homme n'existait plus pour moi. J'avais arrêté de penser à lui.

— C'est impossible! rétorqua brutalement Bruno.

— Oh! oui, c'est possible! Pendant les trois premières années, j'ai souhaité sa mort, je n'aimais plus personne, ni amis, ni amants, ni moi-même. Pendant trois ans, j'ai vécu dans la haine. Mais il n'y a pas de fond, dans la haine, on s'enfonce toujours, et j'ai compris que, tant que cet homme existerait dans mon esprit, moi, je n'existerais plus. Chaque fois que je penserais à Charlotte, mes souvenirs seraient teintés de sang et de colère. Et ça, c'était pire que tout…

Bruno ne bronchait pas d'un centimètre. Il aurait voulu lui ordonner de se taire, mais il ne disait rien. Masson parlait de plus en plus lentement, détachait chaque syllabe. Elle fixait toujours Bruno mais d'un regard lointain. Elle prit une grande respiration et pour-suivit :

— Alors, il y a un an, j'ai… effacé cet homme de mon esprit. J'ai laissé la haine derrière moi et j'ai réappris à vivre.

— Vous avez fait une croix sur votre fille !

— Pas sur ma fille, sur celui qui l'a tuée ! réplique-t-elle durement.

Mais cette dureté ne dura qu'un moment et Masson s'apaisa de nouveau :

— Il n'y a pas un matin où je ne me lève sans songer à Charlotte, pas un soir où je ne me couche sans sentir ses bras autour de mon cou, mais je suis enfin disponible à la vie. Heureuse, je ne sais pas, mais… disponible. Et surtout, surtout…

Elle sourit, le regard maintenant serein, et Bruno se surprit tout à coup à la trouver incroyablement belle.

— … lorsque je pense à ma fille, je ne la vois plus ensanglantée mais souriante, belle et heureuse…

Elle parut enfin voir réellement Bruno et son regard s'assombrit, se remplit même de larmes.

— Et après tout ce temps, vous… vous venez tout gâcher ! Vous ramenez le tueur de ma fille à la vie ! Pas pour le livrer à la police, non ! Ça, ç'aurait été un moindre mal ! Une fois arrêté, il serait rapidement ressorti de mon existence. Mais non ! Vous le gardez en otage, vous le torturez, vous venez me narguer à la télévision et vous… vous me replongez dans l'obscurité !

Bruno se taisait, impressionné. Les traits de Masson se crispaient de colère désespérée, mais elle ne pleurait pas encore.

— L'inspecteur Mercure m'a dit que si j'expliquais ce que je ressentais à la télé, cela vous ferait peut-être entendre raison ! Et moi, pauvre idiote, je l'ai cru ! Je l'ai cru, et le pire arrive : vous m'amenez ici et vous me mettez devant *lui* ! Même si je ne veux pas ! Parce que je savais que si je le voyais, la haine reviendrait !

Cette fois, les larmes coulèrent, et la voix se gonfla de rage.

— Et elle est revenue ! Vous comprenez ce que je vous dis ? *Elle est revenue !*

Elle eut deux sanglots brefs mais déchirants, tandis qu'une vague destructrice tordait son visage.

— Vous savez ce que j'ai senti tout à l'heure, en voyant cet homme ? J'ai senti que ma fille mourait à nouveau ! Et cette fois par votre faute ! *Vous avez tué ma fille une deuxième fois !*

Bruno respirait bruyamment maintenant. À la consternation sur son visage se mêlait peu à peu une froide colère. Diane Masson reprit soudain son calme. Elle ne pleurait plus, même s'il restait des traces de larmes sur ses joues. La détresse de son regard fit place à une grande, à une immense pitié, tandis qu'elle ajoutait d'une voix éteinte :

— Et vous, depuis une semaine, à chaque torture que vous infligez à cet homme, vous tuez votre fille. Encore, et encore, et encore.

Le coup partit tout seul. Car il devait la faire taire, il devait l'empêcher de dire de telles obscénités ! Son poing atteignit Masson en pleine mâchoire, un coup puissant et précis qui résonna avec tant de force que l'écho rebondit sur tous les murs du chalet, emplissant le crâne douloureux de Bruno. Il ferma les paupières, se plaqua les mains contre les oreilles en grimaçant de longues secondes. L'écho finit par disparaître et il rouvrit les yeux, haletant. Masson était étendue sur le plancher, assommée.

— T'as pas le droit de dire ça, salope ! cria-t-il au corps inerte. Tu comprends rien à ce que je fais ! Rien, rien, RIEN !

Tout en l'insultant, il marchait autour d'elle. Pourquoi lui avait-elle fait ce sermon ? Elle espérait quoi, qu'il change d'idée ? Mais pour qui le prenait-elle ? Sous une impulsion subite, il sortit la petite clé de sa poche, celle qui ouvrait et fermait les bracelets des chaînes de son prisonnier, alla à la porte et jeta la clé de toutes ses forces vers la forêt, recevant par la même occasion une rafale de pluie. Il referma la porte en poussant une exclamation de contentement. Même mort, le monstre pourrirait dans ses chaînes! Bruno se prit une autre bière au réfrigérateur et retourna près de la femme. Il la considéra un moment avec confusion.

Qu'elle aille au diable! Il s'occuperait seul du monstre, c'est tout! Il n'avait qu'à administrer une puissante dose de somnifère à cette sans-cœur et elle dormirait jusqu'au lendemain. Mais il savait que ça ne fonctionnerait pas. Elle était supposée se joindre à lui, pas être contre lui! Même réduite au silence, sa présence seule dans la maison l'embêterait, le déconcentrerait, l'empêcherait de... de...

Il termina sa bière d'une gorgée et lança la bouteille vide contre le mur, où elle éclata en morceaux.

Hébété, il fixait Masson. Elle respirait étrangement. En fait, ce n'était pas une respiration, c'était un... Oui, un halètement de chien...

Elle ne pouvait pas rester là.

— Connasse, connasse, *connasse!* hurla-t-il.

En criant, il s'était penché vers elle; il perdit l'équilibre et s'écroula sur le sol. Il se releva en maugréant et alla enfiler son manteau, dédaignant son déguisement. Péniblement, il glissa ses bras sous la femme et la souleva. Il faillit perdre l'équilibre de nouveau, le salon se mit à tourner. Dieu! il était plus ivre qu'il ne le croyait! Mais la confusion de son esprit n'était pas due qu'à l'alcool, il le savait. C'était *elle!* Il fallait qu'elle parte! D'ailleurs, ses halètements de chien devenaient de plus en plus bruyants, ils envahiraient bientôt la maison, l'empliraient d'écho, ce serait insupportable!...

Dehors, la tempête empirait. Même que Bruno crut entendre le tonnerre au loin, mais il n'en était pas sûr. La pluie était si bruyante, la forêt si animée, son esprit si confus...

Sans délicatesse, il balança Masson sur la banquette arrière de la Honda Civic. Sur le point de s'installer derrière le volant, il eut un moment d'indécision, puis retourna à l'intérieur de la maison. Il se prit une autre bière, hésita, puis, en haussant les épaules, emporta la caisse avec lui.

Il tourna la clé ; le moteur vrombit, les phares s'allumèrent et éclairèrent le lac tourmenté, à vingt mètres de la voiture. Un gémissement se superposa alors au vacarme de l'averse : Masson était sur le point de se réveiller !

En vitesse, Bruno sortit de la voiture et retourna encore une fois dans le chalet. Là, il courut vers la chambre du monstre, mais son pas devenait de plus en plus imprécis et il se frappa le tibia contre le fauteuil, ce qui le fit crier de douleur et de rage. Dans la chambre, il prépara avec des mains tremblantes une injection, sans un seul regard vers son prisonnier inconscient, se reprit deux fois, puis ressortit en boitillant.

Diane Masson, légèrement redressée sur la banquette arrière, avait les yeux ouverts et, à moitié inconsciente, regardait vers le lac d'un air hébété. Quand Bruno se précipita sur elle, elle eut à peine le temps de le reconnaître qu'il lui plantait l'aiguille dans le bras. Dix secondes plus tard, elle dormait profondément.

Rassuré, il prit une grande respiration. Il s'installa derrière le volant et hésita devant l'ampleur du déluge. Conduire par un temps semblable était complètement insensé. Maintenant que Masson dormait, il n'avait qu'à la garder là, non ?

Non. La tempête n'était pas que dehors, mais aussi dans sa tête. Et elle ne s'apaiserait pas si cette femme restait dans la maison ! Ses dernières phrases, ses horribles, insultantes dernières phrases ne lui sortiraient pas de la tête tant qu'elle serait ici !

Et, surtout, il savait qu'il ne pourrait torturer le monstre avec elle dans la maison… C'était absurde, mais c'était comme ça !

Avec rage, il actionna le bras de vitesse et recula sur le petit sentier. Il effleura un arbre mais se retrouva enfin sur la route.

Tandis que la voiture accélérait, Bruno tendit sa main vers la caisse et s'ouvrit une bière.

◆

Le dos appuyé contre le mur, Wagner prit une gorgée de café tandis que Mercure, derrière son bureau, jouait avec son gobelet vide. Pendant de longues secondes, on n'entendit que les rafales de pluie contre le carreau, puis le directeur dit :

— Effectivement, c'est plus précis que ce qu'elle a dit à la télé, mais… En quoi tout ça te bouleverse tant ? Comme je te connais, tu dois être d'accord avec elle ?

— Ce n'est pas la question… C'est juste que… Ç'a m'a ramené à la mort de Madelaine… et à Demers.

Wagner hocha la tête d'un air entendu. Mercure continuait d'étudier son gobelet en parlant :

— Depuis toutes ces années, j'essaie de me convaincre que mes visites à Demers sont une façon de combattre la colère. Essayer de comprendre est mieux que de vivre dans la haine, non ?

Il leva la tête vers Wagner. Le directeur ne répondit rien. Mercure ramena les yeux à son gobelet en soupirant :

— Hé bien, je n'en suis plus sûr, justement…

Il commença à déchirer des petits morceaux du verre.

— Dans tout ce que cette Masson m'a dit, tu sais ce qui m'a le plus ébranlé ? C'est que tout le temps qu'elle a vécu dans la haine et la colère, elle n'a pu évoquer des images de sa fille que morte… Pour se souvenir d'elle vivante et heureuse, il a fallu qu'elle efface Lemaire. C'est ce qu'elle a dit : effacer.

Il laissa tomber les restes du gobelet et tourna son regard vers la fenêtre.

— Mais si j'effaçais Demers, il me semble que…
que ce serait injuste pour Madelaine.

— C'est peut-être exactement ce que se dit Hamel,
fit doucement Wagner. S'il ne tue pas Lemaire, ce sera
injuste pour sa fille…

Le sergent-détective grimaça, se passa les mains
sur le visage en poussant un long soupir. Wagner se
dit qu'il n'avait jamais semblé si maigre. La voix de
Mercure n'était plus qu'un murmure :

— L'autre jour, Demers m'a dit qu'en allant lui
rendre visite, j'étais le pire des bourreaux…

Sourire triste.

— Est-ce que je vis dans la haine depuis toutes ces
années sans même m'en rendre compte ?

— Je pense que c'est plus compliqué que ça,
Hervé…

Mercure hocha la tête d'un air absent. Puis, un coup
de tonnerre retentit. Wagner tourna la tête vers la fenêtre et, le visage illuminé par un éclair, grogna :

— Ça y est, l'orage, maintenant…

◆

Bruno roulait depuis environ trois quarts d'heure
de manière parfaitement imprudente. Il avait croisé
très peu de voitures et n'aurait pu dire s'il s'agissait
de policiers ou de gens ordinaires. Même une fois sur
l'autoroute vingt, la circulation était demeurée très
faible. De plus, il avait bu deux autres bières durant ce
laps de temps et la Honda avait de plus en plus ten-
dance à déraper vers la droite. Deux fois, il avait senti
les pneus frôler le terre-plein et il était revenu dans la
voie à la dernière seconde. Mais il ne voulait pas ralentir. Il voulait se débarrasser de cette femme le plus
vite possible. Il la sentait derrière lui, et dix fois il s'était
retourné brusquement, convaincu qu'elle était réveillée
et qu'elle le pourfendait de son regard accusateur.

Il n'avait jamais autant bu en une seule journée et sa vision devenait confuse. La pluie se transformait en lances qui attaquaient sa voiture, les éclairs étaient des explosions nucléaires, le tonnerre des tremblements de terre… Il eut soudain l'impression que son véhicule n'avançait plus mais qu'il tournait, comme une toupie…

Dans un éclair de lucidité, il se rangea sur le bas-côté. Là, il appuya son front contre le volant et prit de grandes respirations, exténué. Un haut-le-cœur le prit et il ouvrit la portière, convaincu qu'il allait vomir. Mais rien ne sortit. L'alcool persistait à demeurer en lui pour lui pourrir l'esprit.

Mais il n'y avait pas que l'alcool, il le savait…

Malgré sa confusion, il s'efforça de réfléchir. Il regarda l'heure : une heure quarante. Il ne pouvait se rendre à Saint-Hyacinthe, c'était encore trop loin, il risquait de se tuer…

Il sortit dans la fureur de la tempête, ouvrit la portière arrière et sortit le corps de Diane Masson. Il l'étendit sur le gazon, à bonne distance de la route, et remonta dans la voiture. La Honda traversa carrément le terre-plein central, s'engagea dans la voie inverse et s'éloigna à toute vitesse.

Voilà, elle n'était plus là ! Elle n'était plus dans ses pattes ! Dès qu'il serait de retour au chalet, il pourrait s'amuser avec le monstre en toute tranquillité !

Pourtant, les dernières phrases qu'elle avait dites ne lui sortaient pas de l'esprit.

Il ouvrit une autre bière.

Il quitta l'autoroute vingt et s'engagea sur des routes de campagne. Il roulait toujours trop vite, mais il s'en moquait. Devant lui, c'était l'enfer, un enfer obscur dans lequel se mêlaient pluie, phares de voitures et route sinueuse, le tout éclairé par d'apocalyptiques éclairs qui jetaient une brève lumière grise sur ce chaos. Et ces coups de tonnerre qui devenaient de plus en plus assourdissants, comme des coups qu'un géant donnerait sur un animal, sur un…

Deux phares devant lui. Un camion. Qui tourne et tourne et tourne et…

Bruno donne un coup de volant, évite de justesse le dix roues qui le dépasse en klaxonnant furieusement. Couvert de sueur, il termine sa bière en riant. Il défie les camions, comme il défie la faiblesse et la lâcheté de Diane Masson ! Il défie la tempête de le tuer, de l'empêcher d'aller jusqu'au bout de sa vengeance, de sa mission !

Il roule, zigzague littéralement sur les routes heureusement presque désertes. Et tout à coup, à un tournant, il quitte le chemin, s'enfonce dans un champ détrempé qui a tôt fait de l'immobiliser. Bruno grogne de molles injures puis essaie de reculer. Les roues sont enlisées, il patine. Il beugle de rage en frappant sur le volant. Il effectue une série de manœuvres, avance de dix centimètres, recule de cinq… Au bout de dix minutes, il revient enfin sur la route et repart, sans ralentir son allure.

Il veut le monstre… Il veut se défouler sur lui… C'est le seul moyen de faire taire cette femme, d'étouffer ses terribles paroles…

Les éclairs aveuglants… Les coups de tonnerre assourdissants, pleins d'échos sans fin…

À deux heures trente-huit, il dépassa l'entrée du chalet. Il freina de toutes ses forces et fit deux tours complets sur lui-même. Il revint vers le petit chemin, s'y engagea. Celui-ci était trop étroit pour sa voiture louvoyante, mais pas question qu'il ralentisse. Au moment où il voyait le chalet, il percuta un arbre. Son front cogna contre le volant, mais il le sentit à peine. Il hurla des insultes vers l'arbre, puis sortit. Il voulut courir jusqu'au chalet, mais il n'y arrivait pas, il ne pouvait que tituber vers la porte. Il glissa trois fois, s'étendit dans la boue, se releva en meuglant…

Et cette lourdeur qui l'accablait sans répit ressemblait tout à coup à deux mains titanesques qui appuyaient de toutes leurs forces sur ses épaules.

Il entra dans la maison et passa en l'ignorant totalement devant la télévision ouverte mais muette. Tout en marchant vers le couloir, il se débarrassa péniblement de son manteau. Il manqua le couloir et s'écrasa contre le mur. Il donna un coup de poing, se fendit le côté de la main puis continua son chemin vers la chambre de son prisonnier, le visage fou.

Le monstre, toujours suspendu par les bras, avait repris un peu conscience.

Cette fois, ce n'est pas un échelon que Bruno gravirait mais l'échelle au complet ! Il monterait jusqu'en haut, jusqu'à exploser dans la satisfaction finale ! Celle à laquelle il aspirait depuis le début, celle qu'il souhaitait tant !

Il alla prendre un scalpel, tituba jusqu'au treuil et le débloqua. Les chaînes se détendirent et le monstre s'écroula au sol. Il éructa un son plaintif tout en ouvrant grand un œil affolé.

Bruno s'approcha et se pencha vers lui, scalpel dressé. Frappe, n'importe où ! Frappe, c'est tout, *frappe !*

Et il abaisse le scalpel vers la cuisse droite. Mais la tempête de dehors est toujours dans sa tête, les éclairs et le tonnerre continuent de bombarder son cerveau, sa vision est encore pleine de pluie et de ténèbres. Il manque sa cible, le scalpel lacère le plancher. Le monstre pousse des cris de stupeur, remue frénétiquement le haut de son corps et ses mains enchaînées. En jurant, Bruno relève la lame et frappe de nouveau. Cette fois, le scalpel s'enfonce dans la cuisse. Cris du monstre, qui trouve encore la force de manifester de la douleur, mais dans ces cris il y a aussi une écœurante résignation, comme s'il se lassait de sa propre souffrance.

Bruno ressort la lame. Rien ! Il n'éprouve rien ! Il a beau regarder la cuisse saigner, entendre les plaintes du monstre, il n'éprouve aucune joie, aucune satisfaction. Rien de rien !

Cette fois, il frappe dans le genou droit violacé. Le cri est plus aigu, mais Bruno ne ressent toujours rien !

Et ce tonnerre qui n'arrête pas ! Et sa vision qui tournoie de plus en plus ! Et, comble de tout, un haut-le-cœur le prend soudain, il passe près d'être malade. C'est trop ! Cette fois, il vise l'œil intact. Mais la main du monstre intervient et le scalpel va se planter dans la paume. Sous le choc, la main enchaînée donne un coup vers l'arrière et l'instrument chirurgical, après un long vol plané, disparaît dans un coin de la chambre.

Bruno se met à frapper des deux poings cette face ignoble, qui ballotte mollement de gauche à droite. La moitié des coups manquent leur but, mais certains sont si violents que du sang gicle jusque sur le visage du médecin. Ce sang chaud qui devrait l'exciter, lui faire plaisir...

... mais il ne sent toujours *rien* !

Alors, il se relève en poussant un cri dément et balance un terrible coup de pied dans le ventre du supplicié. Ce dernier émet un cri étouffé, un flot d'excréments jaillit de la fente pratiquée sur son abdomen. La vue de cette merde écœure Bruno, puis l'enrage jusqu'au délire. En lâchant des cris rauques, il administre une série de coups de pied hystériques. Et à chaque impact, le monstre pousse une plainte... une plainte de plus en plus animale, de plus en plus canine... Mais pas question que Bruno arrête ! Il n'arrêtera que lorsqu'il ressentira enfin de la satisfaction, lorsque sa soif de vengeance et de haine sera assouvie, pas avant ! *Pas avant !* Et chaque coup de pied produit un son de plus en plus sourd, de plus en plus mat... Et chaque fois, le corps noir pousse sa plainte animale...

Le corps noir ?

Ce n'est plus sur de la chair nue et sanglante que Bruno s'acharne mais sur de la chair poilue... Bruno arrête de frapper et, halluciné, regarde enfin attentivement son prisonnier.

Ce n'est plus le monstre... C'est un chien... Un énorme chien noir ensanglanté, les deux pattes anté-

rieures enchaînées, qui jette de longs hurlements d'agonie…

Bruno se met à respirer rapidement, à s'en brûler
les poumons. La nausée revient, plus forte que jamais,
et le tonnerre lui martèle toujours la tête… Non, ce n'est
pas le tonnerre… Ce sont les coups, les coups sourds
qu'il assénait au monstre, ces coups dont l'écho continue d'emplir la pièce…

À ses pieds, le chien hurle toujours, la langue pen-
dante…

Une peur effroyable, comme jamais il n'en a ressentie dans sa vie, saisit le médecin. Il recule jusqu'à
la porte et, là, court jusqu'au salon. Mais il s'arrête
aussitôt, réalisant que l'écho des coups parvient jusqu'à
lui. En gémissant, il se précipite vers la chambre à
coucher et ferme la porte. L'écho le rattrape toujours,
il semble même augmenter. En poussant un cri affolé,
Bruno se jette sur le lit, le manque et s'affale à terre.
Le sang fuse de son nez. Il rampe jusqu'au lit, se hisse
dessus et camoufle sa tête sous l'oreiller.

Mais l'écho des coups ne disparaît pas ! Car il est
dans sa tête, Bruno le comprend maintenant ! Et il a
beau hurler, frapper sur l'oreiller, s'enfoncer les doigts
dans les oreilles, rien n'y fait ! Tout à coup, la nausée
déborde et il vomit une fois, deux fois, crachant et pleurant. Mais l'écho persiste, dilate sa tête, résonne dans
tout son corps, dans tous ses muscles, jusqu'au bout de
ses doigts…

Alors, vaincu par l'épouvante et le délire, il perd
conscience, gisant dans la vomissure et le sang.

JOUR 7

Diane Masson était assise depuis une vingtaine de minutes dans la salle d'interrogatoire, devant une table sur laquelle se trouvait son troisième café. Une heure plus tôt, un homme l'avait vue faire de grands signes sur l'autoroute vingt, sous la pluie qui se calmait progressivement. Elle tremblait tellement que l'homme avait proposé de l'amener à l'hôpital de Drummondville, à trente minutes de là, mais elle avait insisté pour aller au poste de police.

Maintenant, elle portait des vêtements trop grands pour elle mais secs et elle serrait autour d'elle une épaisse couverture de laine grise. Elle venait de finir de raconter son histoire et se taisait enfin, ses yeux cernés et rougis fixés sur le café. Elle renifla, tendit une main blanche vers une boîte de mouchoirs et se moucha, geste qu'elle avait effectué une bonne trentaine de fois au cours de la dernière demi-heure. Elle avait un grand bleu qui lui enflait tout le côté gauche du visage.

Mercure était assis devant elle, de l'autre côté de la table. Il avait enlevé son veston et desserré sa cravate, signe chez lui d'un grand épuisement. Derrière, appuyé contre le mur et les bras croisés, Wagner attendait en camouflant mal son impatience. Sa cravate à lui était maintenant carrément détachée et pendait de chaque côté de son cou.

L'horloge murale indiquait quatre heures trente-neuf.

— Je suis désolé, marmonna Mercure.

Masson leva un œil vers lui.

— Je souhaitais que votre intervention à la télévision le fasse réagir, mais… jamais au point qu'il aille vous enlever. Si j'avais eu le moindre doute qu'il ferait une chose aussi incroyable, j'aurais fait surveiller votre maison.

Et en plus, cela aurait été si simple de le cueillir chez cette femme… Mais il garda cette réflexion pour lui.

— Je suis désolé, répéta-t-il.

— Ce n'est pas votre faute…

Mais la vitesse avec laquelle elle détourna les yeux montrait bien qu'elle en voulait un peu au sergent-détective. Malgré la culpabilité, Mercure ne pouvait s'empêcher de ressentir une certaine excitation.

Wagner intervint enfin :

— Vous nous avez dit que vous dormiez quand il vous a amenée dans sa cachette. Vous dormiez aussi pour le retour ?

— Oui…

Elle prit son café à deux mains, but une gorgée, réfléchit. Mercure était impressionné par son calme, par ce parfait contrôle qu'elle réussissait à conserver même après une telle expérience.

— Mais je me suis réveillée quelques secondes avant qu'on reparte et… J'étais confuse, mais je suis sûre qu'on était dans ma voiture…

Mercure demanda la marque et le numéro de la plaque. Elle les donna, tandis que Wagner notait cela sur une feuille de papier.

— Vous avez vu autre chose, durant ces quelques secondes d'éveil ? L'extérieur de la maison, par exemple ?

— Non, pas la maison… Comme je vous dis, ça tournait pas mal, mais… Les phares de la voiture éclairaient de l'eau pas très loin… Un lac ou une rivière, je ne sais trop…

— Excellent ! jubila Wagner en marchant vers la porte. Je vais délimiter les municipalités où on loue des chalets près d'une étendue d'eau !

— Ce n'était pas un chalet loué, fit alors Diane Masson.

Les deux policiers la regardèrent, surpris. La femme prit une autre gorgée de son café, le front plissé.

— Un chalet qu'on loue, ça n'a pas de personnalité… Ou, en tout cas, ça prend plus qu'une semaine pour lui en donner une…

Wagner et Mercure écoutaient en retenant leur souffle.

— Ce chalet est une véritable maison, avec tout ce qu'il faut, mais surtout il a une… une personnalité, j'arrive pas à trouver un autre mot. Il y avait un désordre terrible, mais la décoration, les meubles, les cadres, les bibelots… Quelqu'un vit dans cette maison…

Elle haussa les épaules avec lassitude.

— C'est pas très scientifique comme raisonnement, mais c'est vraiment l'impression que ça m'a donnée.

— Les impressions sont souvent les meilleurs raisonnements, approuva Mercure avec un petit sourire.

— Mais le chalet qui appartient à Hamel est dans les Cantons de l'Est, pas en Mauricie, objecta Wagner.

— Alors il est dans la maison de quelqu'un d'autre, rétorqua Mercure.

Wagner approuva, même si cela le sidérait. Mais comment Hamel avait-il fait ça ? Il avait assommé et attaché le propriétaire quelque part ? Ou il avait choisi une maison dont les propriétaires étaient partis pour au moins une semaine ?

— Peu importe ! s'excitait Wagner en reprenant son élan vers la porte. Je vais prévenir les gars pour que désormais ils visitent toutes les habitations près d'un lac ou d'une rivière, y compris les propriétés privées ! Et qu'ils entrent de force s'il y a personne !

— Ça va nous prendre un mandat pour ça.

— Inquiète-toi pas, on va l'avoir ! Je vais réveiller tous les juges de la province s'il le faut !

Mercure demeura seul avec Diane Masson. Il lui dit qu'un médecin viendrait l'examiner sous peu. Elle but une gorgée de son café, se moucha une autre fois, puis demanda au sergent-détective :

— Vous croyez que ce que j'ai dit à Hamel va le faire réfléchir ?

— En tout cas, quand vous me l'avez dit à moi, hier après-midi, ça m'a fait réfléchir…

— À quoi ?

Il sourit, dit que ce serait trop compliqué à expliquer.

— Quand le docteur vous aura examinée, un de mes hommes vous reconduira chez vous si vous le désirez.

Elle approuva en silence. Son regard était tout à coup lointain et vaguement effrayé.

— Je l'ai vu, marmonna-t-elle. J'ai finalement vu l'assassin de ma fille…

Mercure ne dit rien.

— C'est épouvantable, ce que Hamel lui a fait, ajouta-t-elle.

Le sergent-détective soupira, baissa la tête un instant. Une ombre passa dans le regard de Masson :

— Mais quand je l'ai vu, quand j'ai compris que c'était lui qui avait violé et tué ma petite Charlotte, j'ai… j'ai senti quelque chose renaître en moi, quelque chose…

Elle se mit alors à pleurer.

— Je ne veux pas que la haine revienne ! Je ne pourrais pas vivre ça une seconde fois… Je ne pourrais pas !…

— Elle ne reviendra pas.

Il osa lui prendre la main.

— Vous êtes trop forte, vous la combattrez encore une fois… D'ailleurs, c'est ce que vous avez fait en refusant de vous joindre à Hamel : vous avez déjà gagné !

Elle le regarda, les yeux pleins de larmes, et, pour la première fois depuis son arrivée au poste, elle eut un pâle sourire.

◆

Autour du chalet de Josh, les roucoulements d'oiseaux se multipliaient. L'aube commençait à peine, mais aucun nuage ne flottait dans le ciel et la journée s'annonçait splendide.

Dans la chambre à coucher, Bruno était étendu sur le dos, recouvert de sang et de vomissure séchés, un bras pendant hors du lit. Sous ses paupières closes, ses pupilles tressautaient et un tic déformait sporadiquement sa bouche. Dans la maison, le silence était complet, à l'exception des gazouillements qui parvenaient de l'extérieur.

À plusieurs kilomètres de là, des policiers étaient sur le point de commencer à fouiller toutes les habitations se trouvant près d'un lac ou d'une rivière.

Il était cinq heures trente-cinq et le sommeil de Bruno devenait de plus en plus agité.

◆

Il y avait de l'électricité dans l'air de la grande salle du poste de Drummondville. Pleau et Boisvert, à qui on avait demandé d'entrer plus tôt, venaient d'arriver, encore endormis, et on leur expliquait les derniers développements. Boisvert réagit très peu, mais Pleau était si enthousiaste qu'elle félicitait Mercure comme si on avait déjà trouvé Hamel. Wagner se crut obligé de remettre les pendules à l'heure.

— Du calme. Il reste quand même six municipalités à fouiller. Et des maisons près de l'eau, dans ce coin-là, il en pleut ! On peut le trouver dans une demi-heure comme dans quatre heures. Et dans quatre heures, Lemaire sera peut-être déjà mort: on sait que Hamel veut le tuer aujourd'hui, mais quand exactement...

— On n'a qu'à leur envoyer plus d'hommes, fit remarquer Pleau.

— C'est pas parce que Hamel monopolise l'attention que la vie s'est arrêtée à Drummondville! En ce moment même, il y a un magasin en feu au centre-ville et j'ai quatre gars qui sont là-bas, alors… Quant à la SQ, ils font ce qu'ils peuvent pour nous aider.

— Je suis quand même sûre que Hamel a pas l'intention de tuer Lemaire ce matin…

— Qu'est-ce que t'en sais, Anne-Marie?

Elle ne trouva rien à répondre, penaude. Les ardeurs se calmèrent donc un peu. Boisvert marcha alors vers la sortie et Wagner lui demanda où il allait.

— Chercher des muffins. Pas eu le temps de déjeuner ce matin…

Mercure réfléchissait, appuyé contre un bureau, les bras croisés. Le directeur lui demanda à quoi il pensait.

— Pour qu'il soit allé jusqu'à l'enlèvement de cette femme, répondit le sergent-détective, il faut vraiment qu'il soit perturbé. Il doit être complètement confus.

— Donc, ton plan marche: ça prouve qu'il… comment tu disais, déjà?

— Déraille.

— Ouais, il déraille complètement…

Ils se turent. Car tous deux pensaient à la même chose: au résultat encore inconnu de ce déraillement. Soit le train s'arrêtait tout simplement… soit il s'écroulait et tuait tous les passagers à bord.

Wagner regarda l'horloge: cinq heures quarante-quatre.

◆

Bruno ouvrit les yeux à sept heures trente-huit.

La première chose qui le frappa fut l'odeur. Puis, quand il voulut se redresser, il ne put s'empêcher de gémir: la tête lui fendait en deux. Quand il fut assis, il vit enfin le sang et le vomi séchés sur les draps, sur ses vêtements. Il se passa une main dans les cheveux, des croûtes immondes tombèrent sur le matelas. Il n'eut même pas la force d'éprouver du dégoût.

Pour l'instant, il n'éprouvait rien.

En grimaçant de douleur, il réussit à se mettre debout. Trois cents canons tonnèrent en même temps dans les restes de son crâne. L'idée de se recoucher, malgré les souillures dans le lit, lui traversa l'esprit. Mais il ne pouvait pas dormir.

Pas aujourd'hui.

Il marcha. La pesanteur sur ses épaules lui rappela cruellement sa présence. Après un siècle, il atteignit le couloir. Hésita devant la porte de la chambre du monstre. Entra. Trouverait-il encore un chien noir ensanglanté et gémissant? Non, c'était bien le monstre, ramassé sur le sol comme un paquet de détritus, les poignets enchaînés, l'œil gauche fermé. Il respirait avec difficulté, poussait parfois des râles inquiétants.

Bruno le considéra un moment puis finit par sortir.

Il marcha vers le salon si lentement que c'était à se demander s'il avançait. Il trébucha sur des bouteilles vides, vit le divan et s'y laissa choir, ce qui déclencha une nouvelle fin du monde dans sa tête.

Quand il ouvrit les yeux, il réalisa que la télé était toujours ouverte, le son coupé. Guy Mongrain souriait à une chroniqueuse qui elle-même souriait à la caméra en racontant quelque chose d'inaudible.

Il repensa à Diane Masson. Au monstre transformé en chien. À ses coups de pied. Et à l'écho des coups. Cet écho qu'il entendait encore, qu'il avait entendu toute la nuit dans le chaos de ses rêves.

Bruno ne bougea plus, la bouche entrouverte, son regard de zombie rivé à l'écran qu'il ne voyait pas.

◆

Sept heures quarante-deux.

Les deux hommes avaient repris leur position de la nuit: Mercure assis derrière son bureau, les bras croisés;

Wagner en face de lui, appuyé contre le mur, les mains
derrière la nuque, le regard au plafond. Une fatigue
indicible émanait des deux policiers, qui ne faisaient à
peu près rien depuis presque deux heures. Sinon attendre.
Un peu plus tôt, Mercure avait bien essayé de joindre
Sylvie Jutras, mais en vain. Si elle n'était pas chez
elle à pareille heure, c'est qu'elle avait quitté la ville.
Et il la comprenait parfaitement.

Pas un mot n'avait été prononcé au cours des dix
dernières minutes lorsque Mercure, la voix parfaitement
neutre, lâcha :

— Je n'irai plus voir Demers.

Le regard de Wagner descendit vers le sergent-
détective. Celui-ci, la voix aussi détachée, articula
doucement :

— Je ne regrette pas de l'avoir fait durant toutes ces
années, mais maintenant… ça suffit. C'est fini.

Sur ces mots, il regarda enfin Wagner. Ce dernier
ne dit pas un mot, mais il hocha imperceptiblement la
tête.

Ils demeurèrent ainsi trois longues minutes, sans
malaise, sans inconfort.

La soudaine sonnerie du téléphone parut vulgaire
dans une telle ambiance. Mercure était d'ailleurs si
perdu dans ses pensées que c'est Wagner qui répondit.
C'était Cabana qui faisait un premier rapport : jusqu'à
maintenant, la majorité des résidents se trouvaient chez
eux lors de la visite des policiers (ils avaient été pour
la plupart réveillés !) et on leur avait posé des questions
qui avaient été suffisantes pour écarter tout doute. Quant
aux maisons désertes, elles avaient été fouillées, mais
en vain. Il restait encore les habitations autour du lac
Souris et du lac à l'Eau Claire à visiter.

— C'est ben long ! s'énerva le directeur.

— Mais il y a autre chose, continua Cabana. Les
journalistes sont au courant.

Mercure, qui écoutait grâce aux haut-parleurs, se
redressa brusquement. Cabana expliqua qu'il venait

de visiter une maison quand une voiture s'était approchée : un journaliste de TVA.

— Il savait tout ! ajouta le policier. Il m'a demandé combien de maisons, approximativement, se trouvaient près d'un point d'eau dans la région !

Wagner voulut desserrer sa cravate, mais se rendit compte qu'elle était déjà complètement détachée. Il ordonna à Cabana de ne rien répondre à ce journaliste.

— Évidemment, sauf qu'il me suit et j'ai l'impression qu'il me lâchera pas ! Pis y a un gars de la SQ qui m'a dit qu'un journaliste de Radio-Canada lui collait au cul depuis dix minutes !

— Qu'ils vous collent au cul s'ils veulent, mais vous dites rien ! rétorqua Wagner. Tu passes le message à tout le monde, c'est compris ?

Il coupa le contact en poussant un juron.

— Dans une demi-heure, ça va grouiller de journalistes là-bas, soupira Mercure.

— Peut-être qu'il n'y a que Radio-Can et TVA au courant ?

— Pour l'instant, mais tu sais comme moi que ça va faire boule de neige…

— Tu crois qu'ils ont l'intention de montrer des images en direct ?

— Je ne sais pas… Peut-être pendant leurs émissions du matin, quand ils parlent d'actualités…

Furibond, Wagner arpenta le bureau quelques secondes, puis prit une décision : il allait donner quelques coups de téléphone, s'arranger pour qu'aucune télé ni radio ne fasse de reportage en direct. Comme argument, il dirait que si la présence des journalistes alertait Hamel, cela pourrait mettre la vie du prisonnier et même des policiers en danger. Il s'en occupait tout de suite.

Quand il fut sorti, Mercure demeura un moment à réfléchir, puis frotta avec rage ses yeux rougis. Il se rendit en vitesse à la grande salle. Tous le regardèrent avec malaise : ils étaient au courant, évidemment. Mais Mercure les ignora et alluma la télé. Il fit le tour des principaux canaux. On ne parlait des recherches nulle part. Il retourna dans son bureau, toujours sans dire un mot à personne.

Vingt minutes plus tard, Wagner le rejoignait, plus calme malgré son visage encore rouge.

— O.K. Pas une télé ni une radio ne va parler de ça en direct ce matin. Ça empêche pas que les journalistes vont sûrement s'accumuler et butiner autour de nos gars, mais ils passeront rien avant les nouvelles de ce midi… sauf si on l'arrête avant. Aussitôt que Hamel est entre nos mains, ils diffusent en direct. On sait pas si Hamel regarde la télévision le matin, mais il n'y a pas de chance à prendre…

— Au fond, dit enfin Mercure en se caressant la joue, ça n'aurait sûrement rien changé…

Wagner ne comprenait pas.

— Ce qui est arrivé cette nuit a sûrement accéléré le déraillement de Hamel, expliqua Mercure. Je pense qu'il a pris sa décision. Consciemment ou inconsciemment, il l'a prise. Et qu'il sache ou non qu'on est sur le point de le trouver ne le fera pas changer d'idée…

— Et sa décision, tu penses que c'est quoi ?

Mercure ouvrit la bouche, la referma et secoua la tête en se mordillant les lèvres. Wagner fit alors le tour du bureau, s'accroupit devant le sergent-détective assis et lui mit les mains sur les épaules.

— Écoute, Hervé. T'as raison, on l'ignore. D'ailleurs, à l'heure qu'il est, il est peut-être trop tard, on le sait, toi et moi. Mais à partir de tout de suite, on fait un pacte. On fait comme s'il était pas trop tard. Correct ? Sinon, on va s'écrouler.

Mercure observa son supérieur. Un petit sourire apparut sur ses lèvres et il hocha la tête en marmonnant un « correct » amusé et sincère à la fois. Wagner approuva à son tour, se releva et redevint rapidement sombre :

— Si les journalistes sont au courant, c'est que quelqu'un d'ici a parlé…

Mercure repensa soudain à Boisvert, qui s'était absenté le matin pour chercher des muffins…

Il se leva et sortit de son bureau. Wagner, intrigué, le suivit.

Dans la salle, le sergent-détective trouva Boisvert en train de discuter avec Pleau. Il lança à l'intention de tout le monde :

— Les journalistes ne pourront pas diffuser en direct tant qu'on n'aura pas arrêté Hamel.

Puis, directement à Boisvert :

— Pas trop déçu, Michel ?

Quatre paires d'yeux stupéfaits se tournèrent vers l'interpellé. Pendant cinq bonnes secondes, Boisvert ressembla vraiment à une statue, la bouche ouverte, les yeux écarquillés, même que cela aurait pu être comique dans une autre situation. Puis le sergent joua les vierges offensées, mais avec une telle fausseté que personne ne fut dupe et, peu à peu, le malaise apparut sur chaque visage.

— À part de ça, avez-vous des preuves ? continuait-il de se défendre en s'embourbant de plus en plus. Une preuve, juste une !

Mercure ne répondit rien. Il se contenta d'observer Boisvert non pas avec reproche, mais avec une sorte de tristesse résignée. Wagner le foudroyait du regard, les poings serrés comme un boxeur attendant la cloche pour démolir son adversaire.

Boisvert comprit enfin qu'il avait perdu. Il parut pris de panique, puis, par autodéfense, opta finalement pour l'arrogance :

— Je regrette rien !

— P'tit criss de salaud ! grogna Wagner en s'élançant soudain vers le sergent.

Il le saisit par le collet et se mit à le secouer en le traitant de tous les noms. Boisvert répliquait sauvagement, voulait être menaçant mais n'osait frapper, pris entre la peur et la fureur. Pleau et Pat s'interposèrent, exhortèrent les deux hommes au calme et réussirent finalement à faire lâcher le directeur, qui n'en continuait pas moins d'abreuver Boisvert d'injures. Durant toute la scène, Mercure était demeuré à l'écart, le visage impassible.

— C'est ça que tu voulais, hein? fulminait toujours Wagner. Tu espérais que les journalistes en parlent en direct pis qu'Hamel voie ça à la télé! Pour qu'il se dépêche d'achever Lemaire!

— Mais est-ce que je suis le seul qui voit clair, ici? explosa Boisvert. Si vous pensez que je vais vous regarder sauver Lemaire les bras croisés!…

— T'es un flic, Boisvert, tu représentes la loi pis la justice!

— Depuis quand la justice protège les assassins d'enfants?

— Tu comprends donc pas, câlice de tête de cochon, que si on veut arrêter Hamel à temps, c'est justement pour le protéger? Pis on veut pas protéger Lemaire, on veut le crisser en prison pour vingt-cinq ans!

— La prison! ricana Boisvert. C'est justement ça que Lemaire doit espérer, en ce moment! Il va être ben, en prison, comparé à ce qu'il vit en ce moment! On va même lui rendre service! Pis le pire, c'est qu'on va mettre Hamel en prison aussi!

— Pour pas mal moins longtemps, si on l'arrête à temps!

— Peu importe! vociféra Boisvert en secouant la tête. Ça marche pas! Vous le voyez pas, ciboire? *Ça marche pas!*

Tous le regardaient, sidérés devant une telle crise. Même Wagner se tut un moment, malgré la rage qui lui gonflait les veines du cou. Seul au milieu du cercle créé autour de lui, Boisvert continua à déverser son trop-plein de révolte, impressionnant, mais sa voix tremblait de plus en plus, comme sur le point de se briser.

— J'ai deux enfants, moi, les deux en bas de dix ans! Pis vous pensez… vous pensez que je vais laisser faire *ça*? Vous pensez que je vais servir ce genre de justice?

— Fous-moi la paix avec ça! C'est purement émotif, ce que tu dis! C'est pas...

— Oui, c'est émotif! l'interrompit le sergent avec une force presque désespérée, tandis que ses yeux s'emplissaient de larmes, en parfaite contradiction avec son visage de fauve. C'est sûr que c'est émotif! *Est-ce que ça peut être autre chose que ça?*

Le silence tomba. Mercure se frotta le front. Il se sentait tellement, tellement fatigué... Au fond, cette petite scène mélodramatique, au-delà de son aspect spectaculaire, lui paraissait terriblement banale. Ce qui se jouait là, c'était le sempiternel paradoxe de l'homme civilisé. Civilisé mais toujours, irrémédiablement, fatalement humain.

Boisvert essuya d'un geste furtif ses yeux, mal à l'aise à l'idée qu'il avait presque pleuré.

— Vous allez me suspendre, c'est ça?

— Te suspendre? s'exclama Wagner, revenu de sa stupeur. Je vais te faire arrêter pour complicité, oui! Parce que c'est exactement ça que tu...

— Greg!

C'était Mercure. En une seconde, toute l'attention se déplaça vers lui. Wagner se demandait s'il devait engueuler son inspecteur pour cette insolence, mais il était trop surpris pour réagir. Mercure sembla regretter cette interpellation cavalière, leva une main en signe d'excuse, puis dit avec lassitude:

— Plus tard...

Ce fut au tour de Wagner de se frotter les yeux, soudain vidé. Boisvert demanda avec un reste de défi:

— Pis moi?

Mercure lui jeta un regard non pas méprisant, mais totalement dénué d'intérêt.

— Rentre chez toi. Va te reposer.

Wagner n'eut même pas la force de protester. Boisvert hésita une seconde et, enfin, il laissa la fatigue et l'impuissance transparaître sur son visage, au point qu'il s'affaissa même de quelques centimètres. Il sortit du poste, sous les regards gênés des agents présents.

Pendant un très long moment, personne ne dit mot.

Et tout à coup, comme s'il venait de prendre une décision inébranlable, Mercure marcha vers la sortie. Wagner lui demanda où il allait.

— Là-bas. Je veux être là quand ils vont l'arrêter. Je veux…

Sans cesser de marcher, il fit un geste vague :

— Juste le voir.

— C'est à une heure d'ici, Hervé !

— Je vais mettre ma sirène et rouler à fond.

Il sortit en coup de vent.

◆

Les agents Guy Ouellette et Karl Fulton, de la SQ, roulaient lentement sur le chemin des Pionniers, cherchant des yeux la prochaine maison. Ils venaient d'en visiter quatre situées sur le bord du lac Souris et, selon leur carte, il y en avait cinq ou six autres dans les trois prochains kilomètres.

— Tiens, juste là, fit Ouellette en indiquant un petit chemin de terre devant.

La voiture s'engagea dans l'étroite entrée en pente descendante, mais elle dut s'arrêter car un autre véhicule bloquait une partie du chemin. Une Honda Civic bleu-gris qui avait embouti un arbre. Ouellette fronça les sourcils. Fulton ricana derrière son volant :

— Le bonhomme devait être soûl pas à peu près, hier soir…

— Mais pourquoi l'avoir laissée comme ça ? Elle est quand même pas très abîmée…

Il demanda à son collègue de vérifier le signalement de la voiture recherchée. Fulton sortit son calepin en haussant les épaules, mais, tandis qu'il lisait la description de l'automobile de Diane Masson, son visage s'allongeait de plus en plus. Il leva la tête vers la plaque d'immatriculation, la relut plusieurs fois.

— Sacrament... lâcha-t-il d'une voix blanche.

Ouellette, plus sobre, se contenta de siffler entre ses dents. Plus bas, ils voyaient une petite maison en partie camouflée par les arbres.

Lentement, la voiture de police recula et se stationna sur le chemin des Pionniers, tandis que Fulton appelait au poste de la SQ.

◆

À huit heures quarante-trois, Mercure reçut l'appel. Il roulait à tombeau ouvert depuis son départ de Drummondville, la sirène hurlante, au point que, s'il se fiait à la carte dépliée sur ses genoux, il était à moins de cinq minutes de Charette. Quand il entendit la voix excitée de Wagner, il comprit qu'on avait trouvé Hamel.

— On l'a arrêté ? demanda le sergent-détective sans lâcher des yeux la route devant lui.

— Pas encore, on vient juste de découvrir la maison. Tout est calme, il ne sait pas qu'il est localisé. Les gars vont faire une entrée-surprise pour...

— Attends, attends ! C'est où, exactement ?

Wagner expliqua avec précision, tandis que Mercure repérait le lac Souris sur la carte. C'était un peu plus loin que Charette.

— Tu leur dis de ne rien faire avant que j'arrive ! insista-t-il. Je suis là dans six minutes !

— On peut pas vraiment se permettre d'attendre, Hervé...

— Trois minutes !

Il coupa la communication et accéléra encore.

◆

Depuis combien de temps était-il assis comme ça sur le divan à fixer le néant ? Une demi-heure ? Une heure, peut-être ? Impossible à dire. Peu à peu, le soleil était entré à pleins rayons dans le salon, atteignant même son visage, mais Bruno ne s'en était pas rendu compte.

Tout à coup, alors que son cerveau n'avait enregistré jusque-là aucune des images qui avaient défilé sur l'écran devant lui, une scène sembla enfin le tirer de sa catatonie. On voyait des manifestants, dans des petites rues tranquilles, qui se battaient sous la pluie. Lentement, sa main prit la télécommande et remit le son. La voix hors champ d'une femme expliquait :

— ... images prises hier en soirée, et ce, en pleine averse ! Pour la première fois, l'affrontement entre ceux qui approuvent Bruno Hamel et ceux qui le désapprouvent est passé de la parole aux actes, et il y a eu des altercations, comme on le voit ici... Quelques blessés, mais rien de grave. On a vu des scènes de ce genre dans trois villes au moins...

— Incroyable l'ampleur que prend cette histoire, fit la voix hors champ de Guy Mongrain.

— Oui, et cette vague d'excitation est sûrement due au fait que le compte à rebours établi par Bruno Hamel se termine aujourd'hui... D'ailleurs, on invite les spectateurs à regarder les nouvelles ce midi, car nos journalistes auront sûrement plus de détails...

Bruno regardait ces images, ces gens en colère qui se prenaient au collet, se donnaient des coups de poing, arrosés par la pluie moqueuse... Une femme essayait même de frapper un jeune homme avec sa pancarte sur laquelle était inscrit : « Enfin, une vraie justice ! » Le visage impassible, le médecin ferma les yeux et, d'une main molle, éteignit la télévision.

Le silence. Sauf l'écho dans sa tête... L'écho des coups...

Il sent une présence. Ouvre les yeux. Tourne la tête.

Dans le couloir se tient Jasmine.

Il n'a aucune réaction pendant quelques secondes. Puis, il se lève lentement et, immobile, contemple sa fille.

Sa robe bleue déchirée, ses bras et ses jambes recouverts de sang, son visage lacéré, meurtri et enflé, ses cheveux collés et souillés et surtout, surtout, son regard, si triste, si accablé…

Le silence est vertigineux, comme si plus rien ne vivait ni dans la maison, ni à l'extérieur, ni ailleurs dans le monde.

Il se met en marche vers sa fille, le poids sur ses épaules transformant chacun de ses pas en une épreuve colossale. Jasmine le regarde s'approcher sans réagir, ses yeux tristes toujours rivés sur lui. Il la prend par la main et se dirige vers la salle de bain. Elle le suit, docile.

Là, il déshabille sa fille. Il lave ses longs cheveux blonds, jusqu'à ce qu'ils redeviennent doux et éclatants, jusqu'à ce que leur odeur naturelle de miel envahisse la pièce. Avec une serviette mouillée, il nettoie son petit corps, efface chaque trace de sang, chaque blessure, chaque souillure. Il s'occupe ensuite de son visage, lave avec une douceur infinie son nez, sa bouche, ses joues, ses paupières, et les plaies disparaissent sous la serviette. Tout cela dans le même silence absolu. Même l'eau qui dégouline ne produit aucun son.

Il n'y a que l'écho des coups.

Bruno lui remet enfin sa robe bleue, maintenant propre et intacte.

Assis sur le rebord du bain, il contemple sa fille devant lui. Elle est parfaite, resplendissante, belle et pure. Comme avant. Comme elle l'a toujours été. Elle regarde son père en silence, impassible, mais la tristesse a disparu de ses yeux. Bruno voudrait la prendre et la serrer contre lui, mais il est si sale, si souillé, et elle si propre, si immaculée…

Il sort de sa poche le ruban bleu. Le tissu est maintenant propre, il n'a plus aucune trace de sang. Bruno s'avance et, délicatement, attache les cheveux de sa fille en une longue queue de cheval soyeuse.

Ils s'observent de longues minutes. Puis, la bouche vermeille et coquine de Jasmine se retrousse en un doux sourire.

Bruno veut sourire aussi, mais il en est incapable.

L'écho l'en empêche.

◆

Lorsqu'il fut à moins de cinq kilomètres de son but, Mercure éteignit la sirène. Au bout d'une minute, il vit un attroupement à cent mètres devant: six ou sept voitures de police, autant de voitures civiles, une trentaine de personnes. Son cœur s'accéléra et il prit de grandes respirations.

Il s'arrêta, sortit et marcha vers les policiers. Ils discutaient devant un petit chemin de terre qui descendait dans les bois. Six ou sept journalistes entourèrent Mercure instantanément.

— Vous êtes chargé de l'affaire?

— Vous allez provoquer une attaque-surprise?

— Vous croyez qu'il est trop tard?

— Écoutez, fit Mercure avec une patience dont lui-même ne se serait pas cru capable. Je vous demande de rester le plus silencieux et le plus discret possible jusqu'à l'arrestation de Hamel. La vie d'un homme, peut-être même de deux, est en jeu. Si vous nous mettez des bâtons dans les roues, je vous fais évacuer du coin, liberté de presse ou non.

Le calme autoritaire du sergent-détective fit son effet: tous se turent, malgré les moues déçues. Mercure alla rejoindre le groupe d'une quinzaine de policiers. Six d'entre eux étaient de Drummondville, dont Cabana, et ils saluèrent le sergent-détective. Le plus âgé du groupe lui donna la main et se présenta: sergent Normand Raîche, de la SQ. Il montra du doigt le chemin de terre:

— Tout indique qu'il ne sait pas encore qu'on est là. C'est le calme absolu, en bas. Il dort peut-être encore...

Mercure hocha la tête et fit quelques pas dans le petit chemin. Il distingua le chalet plus bas, paisible. C'est donc dans cette jolie maisonnette que Hamel, depuis une semaine, se livrait à sa fureur…

Il vit la voiture de Diane Masson, enfoncée dans l'arbre. Son idée du déraillement lui traversa l'esprit.

Il revint vers le groupe et regarda autour de lui en se caressant la joue. Pas très loin, les journalistes attendaient en prenant des notes. Deux d'entre eux s'adressaient même à une caméra, en vue d'un reportage ultérieur. Une ambulance de l'hôpital de Shawinigan était stationnée à l'écart. Une voiture passa, ralentit : le conducteur regarda avec étonnement ce rassemblement, puis accéléra. Il faudrait peut-être barrer la route… Tout Saint-Mathieu-du-Parc devait être au courant de ce qui se passait, maintenant. Dans dix minutes, des habitants du coin rappliqueraient…

— C'est votre enquête, Mercure, fit Raîche, alors on vous laisse les commandes.

Mercure examina les policiers. Tous attendaient, manifestement très nerveux. Ils avaient beau être de la SQ, ils étaient affectés en région et ils n'étaient pas habitués à ce genre d'affaire spectaculaire.

Mercure non plus, d'ailleurs.

Il se tourna de nouveau vers l'entrée qui menait au chalet en se frottant la joue avec de plus en plus d'insistance, réfléchissant à toute vitesse.

C'est fini. Tu as fait ce que tu devais faire. Maintenant, tu ne sers plus à rien. Ce qui doit arriver va arriver.

Il se mordit les lèvres, agacé par le soleil dans ses yeux.

— Alors, on fait quoi ? demanda un agent.

◆

Bruno entra dans la chambre à coucher. Il ne remarquait même plus l'odeur de vomi. Il alla au bureau sur lequel se trouvait son revolver et, impassible, observa l'arme un moment. Dans sa tête, l'écho était moins fort, mais il persistait quand même. Et il n'en pouvait plus.

Il voulait faire taire cet écho.

Il prit le revolver et sortit de la pièce.

◆

Mercure organisa enfin un déploiement: trois hommes passeraient par les bois à gauche, trois autres par les bois à droite. Trois autres, dont Cabana, descendraient par le petit chemin. Mercure accompagnerait ces derniers avec un mégaphone que Raîche venait de lui remettre.

— On se contente d'approcher le plus silencieusement possible, en restant camouflés. On se parle par walkie. Pas d'intervention avant mon signal, compris?

Tous se déployèrent, sous les regards excités des journalistes. Au moment de suivre les autres dans le petit chemin, Mercure vit trois voitures s'arrêter, à une cinquantaine de mètres de là, et des civils en sortir. Ça y était, les curieux arrivaient.

— On n'a pas encore bloqué la route?

— Heu, bloquer le chemin des Pionniers, c'est pas évident, expliqua Raîche. C'est le chemin qui longe le lac et pour les habitants du coin...

Les curieux approchaient et l'un d'eux cria soudain, la voix heureusement assourdie par la distance:

— Vas-y, mon Hamel, tue-le, ce salaud!

Mercure jura. Ah, non, pas une manifestation en plus! Et d'autres voitures qui arrivaient, plus loin!

— Il faut absolument empêcher ces gens d'approcher! Jusqu'à ce qu'on ait arrêté Hamel, je ne veux ni en voir ni en entendre un, c'est clair?

Raîche donnait déjà des ordres à ses trois agents restants qui, aussitôt, se précipitèrent vers les curieux.

Mercure regarda vers le chalet. Il voyait les agents dans les bois, pliés en deux, avancer lentement vers l'habitation.

— On y va, lança-t-il à ses trois hommes.

Et tous les quatre s'engagèrent prudemment sur le petit chemin de terre.

Deux minutes plus tard, ils étaient en position. Mercure et ses hommes se tenaient cachés derrière la voiture de Diane Masson. Du walkie-talkie de Cabana, une voix basse se fit entendre :

— Tous les hommes sont prêts. Quand vous voulez, Mercure.

Mercure serrait le mégaphone de toutes ses forces, le front couvert de sueur. Il avait les yeux rivés au chalet. Silence. Rideaux fermés à toutes les fenêtres. Essayer de discuter ? Effectuer une entrée-surprise ? Et s'il était déjà trop tard ? L'idée du déraillement lui martelait la tête. Et de nouveau cette pensée lui traversa l'esprit :

Tu n'as plus rien à faire, c'est fini.

Il décida de compter mentalement jusqu'à dix, après quoi il donnerait un ordre.

Même s'il ignorait encore lequel...

◆

Bruno entra dans la chambre du monstre. Celui-ci était toujours couché sur le sol, ses deux bras enchaînés étendus en croix de chaque côté de son corps supplicié. Sa respiration n'était plus qu'un râle constant, mais il était conscient car, en entendant les pas de Bruno, il voulut relever la tête. Incapable d'un tel mouvement, il se contenta de la tourner légèrement. Quand son regard éteint reconnut son bourreau, il émit quelque chose qui ressemblait à un soupir et ferma son œil valide.

À quelques pas de lui, Bruno s'arrêta. Son expression était bizarre, inhabituelle, un curieux mélange de haine et de découragement. Le monstre, la tête contre le sol, ouvrit péniblement la paupière gauche. Lorsqu'il vit le revolver, il n'y eut ni peur ni désespoir dans son expression, mais, au contraire, une sorte de soulagement résigné. Il tourna le regard et fixa quelque chose d'invisible, peut-être le néant qui l'envahissait graduellement.

Bruno respirait un peu plus vite. Le revolver tremblait imperceptiblement dans sa main droite. Il entrouvrit la bouche et d'une voix rocailleuse articula :

— Tu as tué ma fille…

Le monstre trouva la force de sursauter. Il regarda de nouveau Bruno et, malgré l'épuisement et la souffrance, un certain ahurissement déforma son visage lacéré, tuméfié. La respiration de Bruno devint irrégulière, des hoquets sortirent douloureusement de sa bouche tandis que sa voix chevrotante reprenait avec plus de force :

— Tu as violé et tué ma petite Jasmine…

Alors, tout se cassa en lui, se brisa, comme s'il appuyait de toutes ses forces contre une vitre depuis trop longtemps et qu'elle finissait par éclater en morceaux, entraînant dans sa pulvérisation la chute de celui qui poussait. Une chute terrible, effrayante, mais en même tant si apaisante, si libératrice, car l'effort surhumain cessait enfin, et le corps, dans sa chute, se détendait dans un grand cri…

— TU AS TUÉ MA FILLE !

Et il éclata en sanglots. Ses pleurs étaient si intenses qu'il dut s'appuyer des deux mains sur ses cuisses, le visage tourné vers le plancher. Le monstre le regardait toujours, la bouche entrouverte, la respiration sifflante. Le médecin sentit qu'avec les larmes quelque chose d'autre le quittait. C'était le poids sur ses épaules, cette pesanteur terrible qui ne l'avait plus lâché depuis l'arrivée des ténèbres et qui tout à coup diminuait, fondait, s'évaporait par chaque pore de sa peau, à travers chaque respiration, chaque sanglot.

Bruno tomba sur les genoux et continua de pleurer, de plus en plus fort, de plus en plus profondément, accueillant en lui cette nouvelle légèreté.

◆

Camouflés autour du chalet, ils attendaient tous. Cabana, walkie-talkie en main, dévisageait Mercure, attendant de lui un ordre.

Et au moment où le sergent-détective ouvrait la bouche pour dire quelque chose, le coup de feu claqua, provoquant l'envol de dizaines d'oiseaux dans la forêt. Tous les policiers sursautèrent, l'un d'eux se leva et sortit son revolver en maugréant un « *shit!* » nerveux. Là-haut, sur la route, des cris de stupeur se firent entendre. La voix de Mercure, amplifiée par le mégaphone, explosa soudain :

— Hamel, sortez de la maison et rendez-vous !

À ces mots, tous les policiers se levèrent d'un bond et une dizaine de revolvers furent pointés vers la maison. Mercure haletait derrière son mégaphone, bouleversé. Hamel avait tiré, c'était trop tard ! Trop tard !

— Hamel, rendez-vous, je vous en conjure ! cria Mercure d'une voix désespérée. Nous entrons dans la maison dans vingt secondes !

De la route en haut provenait une cacophonie hystérique, de laquelle on distingua un hurlement joyeux : « Bravo, Hamel ! »

Mais tout à coup, il y eut un second coup de feu en provenance de l'intérieur du chalet, et cette détonation créa une paralysie complète, un silence absolu. Même de la route en haut, plus aucun son ne se fit entendre. Puis, les policiers baissèrent lentement leur arme, résignés. Mercure blêmit et ferma les yeux.

Tout à coup, un grincement : la porte du chalet s'ouvrait.

Comme si on venait de leur envoyer une décharge électrique, tous les policiers s'accroupirent et levèrent leur arme avec un synchronisme parfait. Mais rapidement, il y eut doute. L'homme qui se tenait sur le seuil sortait de l'enfer : les vêtements sales et fripés, la peau tachée de sang et de souillures, les rares cheveux et la barbe de plusieurs jours hirsutes, et le visage si blanc, les yeux si cernés, si rougis… Pendant un bref moment, tous les policiers crurent qu'il s'agissait de la victime. Mais lorsqu'ils reconnurent enfin ce masque effrayant, une épouvante incrédule apparut sur chacun des visages, y compris celui de Mercure.

— Jésus-Marie… marmonna Cabana, son arme toujours pointée vers le médecin.

Hamel fit quelques pas sur la galerie, regarda gravement autour de lui, puis leva lentement les bras.

Les policiers se lancèrent aussitôt vers lui, l'entourèrent et lui passèrent les menottes, le tout avec une intensité et une rapidité en parfaite opposition avec le calme et la résignation de Hamel, qui se laissait faire sans regarder personne en particulier, sans proférer un son.

Deux policiers entrèrent dans le chalet, dont Cabana. L'odeur qui les assaillit était si horrible qu'ils hésitèrent un moment, observant avec inquiétude l'épouvantable désordre autour d'eux. Constatant rapidement que la cuisine et le salon étaient vides, ils coururent vers le couloir, armes toujours dressées, et entrèrent dans la chambre de gauche.

Ils s'immobilisèrent aussitôt. Le corps de Lemaire était recroquevillé sur le sol, si on pouvait encore parler d'un corps. Cabana grimaça de dégoût et de dépit. L'autre policier mit sa main devant sa bouche, pris d'une soudaine nausée. Sur le plancher traînait un revolver.

Le policier de Drummondville plaçait son walkie-talkie devant sa bouche pour annoncer à Mercure la mort de Lemaire, quand le corps ouvrit soudain son œil valide et tourna faiblement la tête. Bouche bée, l'agent abaissa lentement son appareil, tandis que son collègue écarquillait les yeux d'horreur.

Cabana remarqua alors un détail: les deux chaînes attachées aux poignets de Lemaire étaient cassées.

◆

Mercure observait les policiers escorter Hamel et descendre la galerie. Toujours près de la Honda Civic, il ne bougeait pas. Ce n'était plus le mégaphone qu'il tenait, mais un walkie-talkie. Et il attendait, résigné.

Une voix sortit enfin de l'appareil :

— Lemaire n'est pas mort !

Le sergent-détective cligna des yeux.

— Les deux coups de feu, c'était pour briser les chaînes à ses poignets ! expliqua Cabana.

Mercure s'appuya contre la voiture et poussa un long, très long soupir.

— Mais envoyez vite les ambulanciers, continuait Cabana, parce qu'il est magané comme c'est pas possible !

En haut, on avait dû capter le message, car dix secondes plus tard les deux ambulanciers avec leur civière dépassaient le sergent-détective à toute vitesse et se ruaient à l'intérieur de la maison.

Mercure demeura un bon moment le dos contre la voiture, la main gauche sur la tête. Enfin, il se tourna vers la maison. Hamel remontait lentement le chemin, menotté, escorté par cinq ou six policiers qui ne disaient rien, impressionnés par l'allure cauchemardesque et paradoxalement calme de Hamel. Quand il passa à quelques mètres de Mercure, le médecin tourna la tête vers lui. Les deux hommes se regardèrent pour la première fois de leur vie, mais Mercure sut que Hamel l'avait reconnu. Le policier eut alors un sourire triste et hocha légèrement la tête. Hamel, qui avançait toujours, continua de le fixer un moment, puis hocha imperceptiblement la tête à son tour. Sans sourire.

Le petit groupe n'avait même pas atteint la grande route que les journalistes arrivaient en courant, lançant des questions dans une confusion totale, tandis que les cameramen bousculaient tout le monde pour être le plus près possible. Épuisé à la seule idée d'affronter ce cirque, Mercure leur tourna le dos et descendit la petite entrée. Il croisa les ambulanciers qui remontaient rapidement. Il eut le temps de voir Lemaire, étendu sur la civière, branché au soluté, un masque à oxygène sur la bouche. L'air accablé, Mercure suivit un moment des yeux la civière, puis poursuivit son chemin. Il pensa un moment à pénétrer dans le chalet, puis renonça. Plus tard, pas maintenant. Il marcha donc jusqu'à la rive du lac.

Il s'arrêta et observa la nappe d'eau étincelante qui déployait ses vaguelettes sereines devant lui. Madelaine lui traversa furtivement l'esprit.

Il renversa la tête et, comme s'il voulait aspirer toute cette lumière, prit une profonde inspiration.

◆

À la télévision, une émission spéciale en direct annonça qu'on venait enfin de trouver Bruno Hamel, la journée même où il devait tuer son otage.

— Mais, à la surprise générale, annonçait la journaliste tout excitée, le médecin s'est rendu sans même essayer d'achever sa victime ! On le voit arriver, ici, derrière moi, et je vais essayer d'approcher…

La caméra instable filmait tant bien que mal un spectre effrayant, menotté et entouré de policiers.

Au poste de Drummondville, une dizaine d'agents regardaient l'émission en applaudissant. Wagner, debout au milieu d'eux, hochait la tête, satisfait. Il attacha sa cravate autour de son cou et, en poussant un soupir de contentement, s'assit confortablement.

— Alors, Greg, victoire complète, non ? vint lui dire Bolduc en souriant.

Le directeur ouvrit la bouche pour répondre, mais il vit alors, à la télévision, une image de Lemaire sur sa civière, le visage en charpie, éborgné, branché au soluté. Il referma la bouche, le visage soudain sombre, et ne répondit rien à Bolduc.

Chez lui, Gaétan Morin regardait le bulletin spécial en mangeant son déjeuner et rageait intérieurement. Adieu, les sept mille dollars qu'il aurait dû avoir aujourd'hui et miser ce soir aux courses ! Sa femme, assise devant lui, regardait aussi les images et elle secouait la tête, désolée.

— Mon Dieu, pauvre homme... Je me demande quelle sorte de semaine infernale il a passée...

Morin mastiqua avec véhémence sa rôtie, en songeant aux quatre-vingt-dix mille dollars qu'il avait perdus en moins de deux semaines. Il sentait que sa journée serait longue et morose...

Josée Jutras regardait aussi l'émission spéciale. Lorsqu'elle vit son beau-frère apparaître à l'écran, elle mit sa main devant sa bouche, horrifiée par son allure, et ses yeux s'emplirent de larmes. Il fallait qu'elle prévienne Sylvie ! Elle se leva donc, alla vers la chambre d'amis et entra.

Sylvie dormait à poings fermés, en tenant contre elle la photo encadrée de Jasmine. En fait, songea sa sœur, c'était la première nuit depuis son arrivée ici qu'elle passait sans pleurer, et le premier matin qu'elle dormait si longtemps. Cela réconforta tant Josée qu'elle n'eut pas le cœur à la réveiller. De toute façon, elle saurait tout bien assez vite...

Elle referma donc la porte et Sylvie continua à dormir paisiblement, le visage souriant de Jasmine contre sa poitrine.

◆

Quand Bruno passa à côté de cet homme maigre et fatigué qui le regardait avec insistance, il sut tout de suite que c'était Mercure. Il le sut à son regard.

C'était donc lui. Lui qui l'avait harcelé, qui s'était acharné à s'infiltrer dans sa tête et à l'ébranler. Lui qui, sans l'avoir vu en personne une seule fois, ne l'avait tout de même pas quitté de la semaine. Lui à qui Bruno en avait tant voulu.

Et, maintenant, il ne lui en voulait plus. La rancœur avait disparu, comme le poids sur ses épaules. Et, surtout, comme l'écho des coups dans sa tête.

Mais pas le filtre devant ses yeux. Il y demeurerait toujours, Bruno le savait. C'est à travers ce filtre décolorant qu'il vit Mercure lui sourire tristement en hochant la tête. Hamel hésita, puis répondit finalement par le même mouvement, sans sourire.

C'est à travers ce filtre qu'il vit, avant même qu'ils atteignent la route, les journalistes se ruer sur lui. Ils tendaient leurs micros, pointaient leurs caméras, posaient mille questions en même temps. Les policiers tentaient de les repousser tout en continuant d'avancer, sans lâcher le bras de Bruno. Le médecin les ignora complètement, le visage fermé.

Une fois sur la route, Bruno regarda autour de lui. D'autres policiers, à l'écart, le dévisageaient, certains avec horreur, d'autres avec soulagement, certains même avec pitié. Plus loin, une quarantaine de personnes criaient vers lui, soit des injures, soit des approbations, mais tous avec la même rage. Ils voulaient s'approcher du médecin, mais les policiers les maintenaient à l'écart, ce qui les rendait furieux. Bruno les dévisagea avec une lassitude qui confinait au dédain. Enfin, il jeta un œil vers l'ambulance et aperçut Lemaire, qu'on installait dans le véhicule. Sur le visage du médecin, il n'y eut aucune expression.

Autour de lui, les journalistes, malgré les policiers, continuaient de le bombarder de questions cacophoniques. Mais une femme parla plus fort que les autres, s'imposa davantage, au point que Bruno, sur le point de monter dans la voiture de police, ne put s'empêcher de l'entendre :

— Bruno Hamel, vous avez enlevé l'assassin de votre fille et vous l'avez torturé pendant une semaine. Vous croyez que ce genre d'action est une solution ?

Bruno se tourna vers la journaliste, la dévisagea un moment puis répondit avec nonchalance :

— Non.

Tous se turent et, fébriles, attendirent la suite. Mais Bruno les regardait toujours aussi gravement et n'ajoutait rien. La journaliste, tout excitée de son avantage, le relança :

— Donc, vous regrettez ce que vous avez fait ?

Bruno sembla réfléchir, fit une drôle de petite moue avec sa bouche, puis lâcha sur un ton vaguement contrarié :

— Non.

Et tandis que le concert de questions reprenait de plus belle, les policiers le firent entrer dans la voiture et celle-ci démarra trente secondes plus tard, poursuivie par les cris contradictoires des manifestants frustrés.

REMERCIEMENTS

Merci au docteur Valérie Bédard, pour ses conseils d'ordre médical.

Merci au sergent Michel Poirier et à maître Jérôme Gagner, pour leurs conseils d'ordre judiciaire.

Merci à Bernard Rioux, Jean Mercier et Maher Jahjah, pour leurs conseils d'ordre informatique et électronique.

Merci à René Flageole, Éric Tessier, Marc Guénette, Julie Senécal et Camille Séguin, qui ont commenté la première ébauche de ce roman et dont les conseils m'ont grandement aidé pour la rédaction de la version finale.

Merci à Jean Pettigrew, l'homme à qui aucune incohérence n'échappe et qui continue à croire en ce que je fais.

Merci à mes enfants adorés, Nathan et Romy, sans qui ce roman n'aurait sûrement jamais été écrit.

Merci enfin à ma douce Sophie, pour ses conseils éclairés et sa compréhension face aux caprices de son amoureux d'écrivain.

Patrick Senécal
août 2002

PATRICK SENÉCAL...

... est né à Drummondville en 1967. Bachelier en
études françaises de l'Université de Montréal, il
enseigne depuis quelques années la littérature, le
cinéma et le théâtre au cégep de Drummondville.
Passionné par toutes les formes artistiques mettant
en œuvre le suspense, le fantastique et la terreur,
il publie en 1994 un premier roman d'horreur,
5150, rue des Ormes, où tension et émotions fortes
sont à l'honneur. Son troisième roman, *Sur le seuil*,
un suspense fantastique publié en 1998, a été
acclamé de façon unanime par la critique. Après
Aliss (2000), une relecture extrêmement originale
et grinçante du chef-d'œuvre de Lewis Carroll,
Les Sept Jours du talion (2002) a conquis le grand
public dès sa sortie des presses. Outre *Sur le seuil*,
porté au grand écran par Éric Tessier, des adapta-
tions de *5150, rue des Ormes* et des *Sept Jours du
talion* sont actuellement en développement.

EXTRAIT DU CATALOGUE

Collection «Romans» / Collection «Nouvelles»

Collection «Essais»

VOUS VOULEZ LIRE DES EXTRAITS
DE TOUS LES LIVRES PUBLIÉS AUX ÉDITIONS ALIRE ?
VENEZ VISITER NOTRE DEMEURE VIRTUELLE !

www.alire.com

LES SEPT JOURS DU TALION
est le soixante-sixième titre publié
par Les Éditions Alire inc.

Ce sixième tirage
a été achevé d'imprimer
en février 2007 sur les presses de